Flucht in Gedanken

Sven Hensel

Roman

Impressum

Bibliografische Information der Deutschen Nationalbibliothek:
Die Deutsche Nationalbibliothek verzeichnet diese Publikation in der
Deutschen Nationalbibliografie, detaillierte bibliografische Daten sind
im Internet über dnb.dnb.de abrufbar

TWENTYSIX - Der Self-Publishing-Verlag
Eine Kooperation zwischen der Verlagsgruppe Random House und
BoD - Books on Demand

© 2019 Sven Hensel

Herstellung und Verlag:
BoD - Books on Demand, Norderstedt

ISBN: 978-3-740-71718-6

Für alle,
die dem Sturm der Widrigkeiten trotzen und
Hoffnung im Herzen tragen.

Für jene,
die noch immer in Arbeitslagern in Nordkorea,
China, Russland und anderen Ländern ihr Leben
fristen und um selbiges fürchten müssen.
Möget auch ihr bald den Wind der Freiheit auf eurer
Haut spüren, auf das eure Tränen trocknen und eure
Leiden davonwehen.

Prolog - Die Ankunft

Fremde Stimmen und lautes Gepolter drangen in die Wohnung eines Mannes, der seit langem alleine war. Er sah sich selbst als loyales Urgestein eines Mietshauses, dessen andere Bewohner längst das Weite und damit ihr Glück gesucht hatten. Eine Fluktuation an menschlichen Leben. Ähnlich den Lebensadern einer Handfläche verlief sie mit zahlreichen Abzweigungen: mal kamen interessierte Wohnwillige in Scharen, mal verließen sie das Gebäude. Oft auch den Ort und in jüngster Vergangenheit sogar das Land — aus Angst, aber voller Hoffnung. Mit ihnen nahmen sie die Lebhaftigkeit und das bunte Treiben, das Ansammlungen von Menschen ausmacht. Es war still geworden im Haus.

Umso aufdringlicher wirkte der Krach vom Hausflur, den Ulrich Jaffke vernehmen musste. Er schüttelte sich vor Wut über diesen Umstand. Sein streng zur linken Seite gestriegeltes, helles Haar wurde zum Wackeln gebracht. Er sah sich gezwungen, es sorgsam von Neuem zu ordnen. Seine Hand roch nach der flüssigen Produktion seines Mundraumes, die dafür sorgte, seine Frisur erneut in die Position zu bringen, die er für angebracht, gar modern hielt.

Es ärgerte ihn, dass er genötigt wurde, sich aufzuregen! Der erste Moment des Lärms hatte ihn nicht sonderlich gestört. Er hielt das für Kinder, die mit Steinen der zerstörten Häuser hantierten und sie gegen die Fassade seines verschonten Wohnhauses warfen. Sicher langweilten sie sich und vertrieben sich so die Zeit, hatte er gedacht. Bestimmt würde er auch, wenn er noch so jungen Alters wäre, mit Schandtaten und Streichen versuchen, die Körnchen der Alltagssanduhr schneller hinunterfallen zu lassen.

Er, als 38 Jahre alter Mann, dessen Gesichtszüge zwar kantig waren, ihn jedoch in Verbindung mit einer knollenartigen Nase und großen rehbraunen Augen jünger wirken ließen, konnte sich kindliche Missetaten nicht mehr erlauben. Sein körperlicher Zustand hätte das ohnehin nicht mehr zugelassen: Der Schmerz in seinem linken Bein und das phantomartige Leiden des rechten "Stumpen", wie er ihn zu nennen pflegte, erforderte zu häufig seine Aufmerksamkeit. Er musste sich dann hinsetzen und seine Oberschenkel massieren, oft minutenlang.

Jaffke nutzte diese Zeit, um seine Augen zu schließen und in den Bildern einer Vergangenheit zu schwelgen, in denen er in einer besseren Verfassung war. Damals konnte er noch herumtoben. Er dachte oft daran, wie er früher mit Schulfreunden Fußball auf einem der Ascheplätze in der Nähe spielte. Oder wie er stundenlang Fahrradfahren konnte, bis er völlig das Gefühl in den Beinen verloren hatte und erschöpft in sein Bett fiel. Am nächsten Tag hätte er dann erneut seine physischen Grenzen ausgetestet.

Doch seit er wieder von der Front zurückgekehrt war, zurückkehren musste, wurde das Austoben durch Ruhephasen ersetzt. Er massierte dann seine Beine und wünschte sich, er könnte den Schmerz betäuben oder ihn zumindest für eine Weile vergessen.

Umso lästiger war es, dass ausgerechnet in einem solchen Augenblick der Ruhe eine Störung erfolgte. Gegenstände, die anscheinend getragen und unsanft gegen Treppen und Wände des Flurs gestoßen wurden, verschmolzen mit lauten Stimmen, die tennisballgleich hin und her flogen, und dabei keine Rücksicht auf andere Nachbarn nahmen.

Jaffke wurde klar, dass es sich bei dem vorher noch vermuteten Kinderstreich in Wirklichkeit um einen Einzug in die Wohnung gegenüber handelte. Auch das ärgerte ihn. Weder war das vorher mit ihm abgesprochen worden noch hatte man es für nötig gehalten, ihn im Vorfeld davon in Kenntnis zu setzen. Eine bodenlose Sauerei, wie er kopfschüttelnd befand.

Der Umstand, dass er sich denken konnte, wer für diesen Krach verantwortlich war, steigerte seine Unruhe nur noch weiter. Auch wenn er überrascht war, dass sie bereits so schnell ihre Zelte wieder in diesen Gefilden aufschlagen würden. Es gab in den letzten Wochen öffentliche Meldungen, dass es wohl in den nächsten Monaten vermehrt zu Enteignungen kommen würde. Vom Krieg unberührte Wohnungen, deren Besitzer entweder nicht mehr kontaktiert oder identifiziert werden konnten, sollten in den Besitz des Staates übergehen. Der wiederum würde jenen eine Rücksiedlung ermöglichen, die als Bevölkerungsgruppe zuvor verflucht und vertrieben wurde — auch von Jaffke.

»Das sind sie. Müssen sie sein. Einen solchen Lärm machen nur die. Es ist Sonntag! Mittagsruhe geht bis exakt 15 Uhr, aber die Herrschaften meinen natürlich, dass sie unsereinem wieder auf der Nase herumtanzen können. Aber nicht mit mir, das werden sie aber erleben!«, sprach er zu sich selbst und schlug dabei mit Kraft auf die Lehne seines grauen Sessels.

Kurz darauf war erneut ein Geräusch zu hören, das danach klang, als hätte man ein schweres, hölzernes Möbelstück nicht hoch genug gehoben und sei gegen die Treppenstufen gestoßen. Jaffke schaute mürrisch auf die Hebräer Tageszeitung und begann mit den Zähnen zu knirschen. Währenddessen suchten seine Augen nach einer unterhaltenden Ablenkung gegen seinen Ärger. Hektische Pupillen sprangen zwischen den Artikeln umher, wurden dabei in ihrem Versuch, einen Ankerpunkt zu erhaschen, immer hastiger, aber Jaffkes Konzentration wurde jäh durch weitere hörbare Schritte und Stimmen unterbrochen.

»Da wohnt man im vierten Stock und hat noch keine Ruhe! Eine Unverschämtheit! Diese Bagage! Neue Mieter — schlimm genug, aber dann auch noch solche!«, sagte er erneut zu sich selbst und trat kurzerhand gegen den kleinen dunkelbraunen Beistelltisch neben sich. Das Wasserglas darauf erzitterte.

Dann griff er mit einem Arm zu seinen beiden metallischen Hilfen, die seitlich an den Sessel gelehnt waren. Sie standen dort seit seinem letzten Gang und warteten darauf, dass man ihrer Existenz wieder eine Begründung verschaffte — zwei Diener, die sich nie beklagten und stets für den Besitzer da gewesen waren. Auch wenn der sich nichts sehnlicher wünschte, als diese Dinger aus dem Fenster werfen zu können, um Eigenständigkeit zurückzuerlangen. Sein Blick auf die Hilfen wurde stets mit einem Gesichtsausdruck des Abscheus begleitet, so auch in diesem Moment. Er entschied sich, eine der beiden stehen zu lassen und somit zumindest zur Hälfte der Mensch zu werden, der er vor der zersplitternden Erfahrung gewesen war.

Ulrich Jaffke führte seine rechte Hand über die Gehhilfe, die zwar stabil aussah, sich für ihn aber selbst nach monatelanger Übung noch immer wie ein Fremdkörper anfühlte. Er richtete sich vom Sessel auf, indem er seinen linken Arm auf die Lehne stützte, sein linkes Bein begradigte, die Gehhilfe in Position brachte und mit einem anstrengenden Kraftakt aus dem tiefen Sitzpolster erhob. Ein leises Stöhnen war zu vernehmen.

In gerader Haltung musste er, wie immer, einen kurzen Augenblick verharren, damit er durchatmen konnte. War ein Aufstehen für viele Menschen keine Herausforderung, spürte er speziell bei dieser Bewegung regelmäßig einen Stich in seine rechten, unteren Gliedmaßen ziehen. Er wusste, dass es nicht sein konnte, aber sein Gesicht verzog sich dennoch zu einer schmerzhaften Miene. Genauso als würde man mit dem kleinen Zeh gegen einen Schrank stoßen. Sicher empfand er nur Gespenster, besser gesagt Phantome, die hinunter in sein vermeintliches Bein jagten. Dennoch waren die Schmerzen für ihn so real, wie sie für andere Menschen nur sein konnten.

Nachdem der Stich einige Sekunden lang seinen Geist gelähmt hatte, hörte er erneut zwei Stimmen vom Hausflur kommen. Das Stechen war daraufhin zwar nicht vergessen, aber sein Zorn überstieg den Schmerzpegel. Jaffke konnte sich wieder darauf konzentrieren, warum er überhaupt aufgestanden war und sich den Pfeilspitzen ausgesetzt hatte: Er drehte seinen Körper in die Richtung der Eingangstür und versuchte, so souverän und unauffällig gehend wie nur möglich, die Distanz der wenigen Meter zu überbrücken. Eine Scharade, die er, ob unbeobachtet oder nicht, aufrechterhielt. Er wollte nicht wirken, als müsste man zu ihm eilen und ihm bei der Fortbewegung unter die Arme greifen. Zwar bekam er die gleichnamige Rente, aber er war noch lange kein Invalide — dem eigenen Selbstverständnis nach zumindest.

Dieses Maß an Normalität zu erreichen, war zu Beginn ein schwieriges Unterfangen, da sein linkes Bein ein anderes Tempo vorgab, als er mit dem rechten Arm und der Metallhilfe gehen konnte. Aber nachdem er sich angewöhnt hatte, die rechte Körperhälfte zuerst nach vorne zu bringen, lief es besser. Trotzdem wusste er, dass er von einem normalen Gang weit entfernt war; allein das klackernde Geräusch des metallischen Stabes zerstörte jede Illusion eines reibungslosen Ablaufs. Nichtsdestotrotz hatte er in den letzten Monaten Fortschritte gemacht und sich selbst in die Lage versetzt, wenige Meter auf ebener Fläche einigermaßen zügig hinter sich bringen zu können. So konnte er seine Eingangstür noch rechtzeitig erreichen, als die Stimmen — er machte eine eher gleichaltrige männliche und eine jüngere, weibliche Klangfarbe aus — unmittelbar hinter dem dünnen Holz seiner Tür zu hören waren.

Jaffke rang zwar ein wenig nach Sauerstoff, schaffte es aber, sich stabil auf das linke Bein zu stellen. Die Krücke nahm er in die Linke, mit der rechten Hand griff er nach der Türklinke und öffnete sie bewusst leise. Hätte er doch nur einen Türspion eingebaut, ging es ihm durch den Kopf.

Er hob die Tür leicht mit dem Zeigefinger und Daumen an, da sie die ungebührliche Angewohnheit besaß, auf dem Holzboden zu kratzen. Jaffke konnte sich bisher nicht dazu durchringen, den Bereich abzuschleifen, um dem ausgedehnten Holz mehr Platz zu geben.

Die Tür öffnete er nur einen kleinen Spalt, pupillenbreit. Er sah, wie zwei hagere Menschen einige Taschen in die ihm gegenüberliegende Wohnung trugen. Sie unterhielten sich, aber noch bevor er das Thema verstehen konnte, blickte sich der fremde Mann vor ihm in seine Richtung um.

Das überraschte Ulrich Jaffke so sehr, dass er die Holztür reflexartig mit beiden Händen zudrückte. Dabei lockerte er unachtsam den Griff um seine Gehhilfe, die zu Boden fiel und mit ihrem Hals, in den man seinen Arm steckt, gegen die Tür schlug.

Ein stumpfes Geräusch ertönte, das Jaffke mit rotem Gesicht zur Kenntnis nahm. Seine Augen waren krampfhaft geschlossen, seine Lippen zusammengepresst.

»Was erschreckt mich dieser Ruhestörer auch so«, murmelte er vor sich hin, nachdem einige Sekunden vergangen waren und er darauf gewartet hatte, ob vom Hausflur eine Reaktion kam.

Alles war still. Vielleicht hat die Bagage es auch nicht gehört? Oder sie traut sich nicht. Die wissen wohl, dass sie sich nicht mit mir anlegen sollten, dachte er.

»Die sollen bloß aufpassen. Sonst blüht ihnen was, dieses dreckige Pack!«, sagte er, nachdem er seine Gehhilfe gegriffen hatte und peinlich berührt zu seinem Sessel gegangen war.

Kapitel 1 - Das Tischgespräch

»Das bildest du dir ein, David«, sagte Esther in einem beschwichtigen Tonfall, während sie eine weiße Tischdecke auf den dunklen Holztisch in der Mitte des Wohnzimmers legte und sie glättete. Vorsichtig arrangierte sie die Decke, sodass sie eine Raute auf dem Tisch bildete — sie fand, es sähe dynamischer und damit weniger trist aus, wie sie David beim Einzug beteuert hatte.

Ihm war die Decke nicht wichtig genug, um gegen ihren Willen vorzugehen. Er sah darin nur ein Stück weißen Stoff, der zur Dekoration diente, aber sonst keinen Nutzen hatte. Wenn es nach ihm gegangen wäre, hätte der Tisch auch blank dastehen können. Es gab wichtigere Dinge, über die man sich Gedanken machen könnte.

»Nur weil du die Augen nicht gesehen hast, heißt es nicht, dass es sie nicht gegeben hat. Ich schwöre dir, Esther, die Tür gegenüber ging auf«, erwiderte David etwas aufgebracht. Er nutzte dabei seine Hände für bestätigende Gesten, um Esther von dem Wahrheitsgehalt seiner Worte zu überzeugen. Wie ein tanzendes, aber unchoreografiertes Ballett bewegten sie sich in der Luft. Ähnlich den Tänzen mancher Ureinwohner, die sich Regen wünschen, lag Davids Sehnsucht darin, Gehör zu finden und er war sich nicht zu schade, diesen Wunsch auch körperlich zur Geltung zu bringen.

»Hast du das Gepolter etwa nicht gehört? Es klang, als hätte jemand etwas zu Boden fallen lassen und ich meine, ein leises Fluchen gehört zu haben«, fuhr er fort.

»Das Fluchen kam vermutlich von mir, weil du, anstatt mir die schweren Kisten abzunehmen, nur dastandest und auf die Tür des einzigen Nachbarn gestarrt hast, den wir haben«, erwiderte Esther, die von ihrer Decke zufrieden aufblickte, sie noch ein letztes Mal glatt strich, eine Hand Richtung Tisch ausstreckte und David zu einem Kommentar ermutigte. Dieser registrierte die Aufforderung. Er wusste aber nicht, was von ihm erwartet wurde und begnügte sich zunächst damit, anerkennend zu nicken und zu lächeln. Sie könnte es so oft versuchen, wie sie wollte, aber er würde vermutlich nie wissen, was er antworten sollte. Es war nur eine Tischdecke für ihn, aber er wollte ihr die Freude nicht rauben. Daher spielte er mit und deutete zusätzlich einen kleinen Applaus an. Esther verneigte sich daraufhin lächelnd.

»Eine Ehre Ihnen dienen zu dürfen, Lord David von und zu Rosch.«

»Die Ehre ist ganz meinerseits, werte Frau Seligmann«, antwortete David. Ihm gefiel diese spielerische Leichtigkeit, die sie in sein Leben brachte.

Später hatten sich David und Esther in der Küche ihrer Wohnung eingefunden. David saß gerade im Schneidersitz auf einem der zwei Stühle, die an beiden Enden des kleinen, dunkelgelben, quadratischen Tisches standen. Schlichte hellbraune Holzstühle waren es, die sie bereits in der Wohnung hatten. Anstatt aufwendiger Verzierungen und Schnitzarbeiten war in den oberen Rückenbereich und auf der Sitzfläche jeweils ein grünes Polster angebracht worden. Das Polster seines Stuhles war oben bereits etwas aufgescheuert. Es hatte wohl schon vielen Rücken Halt gegeben, bevor es selbige Arbeit auch für ihn verrichtete.

Er mochte den Stuhl. War er doch nicht zu weich, sondern besaß eine gewisse Härte, die seinem nach vorne gebeugten Rücken eine stabile Fläche bot. Wenn ihm mal der Schmerz in die Glieder fuhr, konnte er sich in die Lehne drücken und verspürte Erleichterung. Es kam nicht häufig vor, aber dennoch oft genug, sodass er sich von allen Einrichtungsgegenständen am meisten über die Stühle freute. Sicherlich waren der Tisch und die Betten eine angenehme Dreingabe. Aber Menschen überlebten auch ohne Gegenstände, auf denen sie ihre Arme abstützen konnten. Selbst auf dem Boden ließe sich im Notfall eine Fläche schaffen, die zwar nicht zum Schlafen einladen würde, auf der es dennoch möglich wäre, in der Nacht Ruhe zu finden. Ein guter Stuhl allerdings war eine Handwerkskunst, die er zu schätzen wusste.

Esther fand seine Freude über den Stuhl belustigend. Sie schmunzelte, wenn sie sah, wie zufrieden David schaute, sobald er sich vom Sofa im Wohnzimmer hinüber zum Küchenstuhl begab. Sie nannte ihn einen Spinner und sagte, er wäre sicher der einzige Mensch, dem man zum Geburtstag einfach einen guten Stuhl anfertigen könnte. Er hätte nichts dagegen, hatte er geantwortet und es stimmte. Das wäre ein Grund zur Freude.

Während er seinen maroden Rücken an die Lehne drückte, war sein Blick an Esther vorbei auf das Fenster gerichtet. Es war wahrlich kein schönes Städtchen, das sie sich da ausgesucht hatten. Das war es wohl auch nicht, bevor es die fallenden Schrecken des Krieges heimgesucht hatten. In seinem Kopf wurden die eingestürzten Häuser wieder zusammengesetzt und er versuchte sich vorzustellen, wie die Stadt und das Leben vor einigen Jahren ausgesehen hatten. Ob die Menschen hier ebenfalls Paraden abhielten und ihre Arme für diejenigen in die Höhe streckten, die diese Stadt und deren Einwohner in Schutt und Asche verwandelten? Oder war es eine Hochburg des Widerstandes, die nur aus Unwissenheit nicht verschont wurde?

»Womit betrübst du deinen Geist?«, fragte Esther und riss ihn damit aus einem Strudel an Fragen, der möglicherweise kein Ende gefunden hätte. Er verlor sich zu gerne in dem dunklen Wald seiner Gedanken. Das konnte stundenlang so gehen und ganze Seiten füllen, bis der Stift ihn um Gnade anflehte.

Ihm fiel das durchaus hin und wieder auf, aber es war nichts, wogegen er sich hätte wehren können. Eine Rodung dieses Waldes wäre nicht möglich gewesen, bot er ihm doch eine Art Rückzugsort. Er wusste, dass seine Gedanken frei waren und für jemanden, dessen Existenz so lange umzäunt wurde, war es tröstend, sich wenigstens im Kopf fessellos bewegen zu können.

»Ach, nichts Wichtiges«, antwortete er ihr und machte dabei eine beschwichtigende Handbewegung.

Sie schaute ihn mit leicht geschlossenen Augen an, während sich ihr Kopf minimal zur Seite neigte. »Sicher? Dein Gesichtsausdruck spricht eine andere Sprache.«

»Ja, wirklich. Es war nichts. Nur ein Hirngespinst. Aber es flog schon davon«, sagte David und bemühte sich dabei, seine Gesichtszüge weicher werden zu lassen.

Esther tat es ihm gleich.

»Wir wissen beide, dass deine Gespenster nicht verschwinden«, begann sie mit klarer Stimme. »Ebenso wie meine. Sie suchen ein nettes Plätzchen, warten bis sie wieder spuken können, nur um uns dann erneut heimzusuchen. Rede mit mir, David. Das ist die einzige Art, wie wir mit diesen Gespinsten umgehen können.«

Davids Lippen formten den Anflug eines Lächelns, gefolgt von einem Kopfschütteln. »Es ist manchmal unheimlich, wie du aus mir ein viel zu leicht lesbares Buch machst. Aber ich bin dir dankbar dafür. Wer weiß, wie sehr ich in meinen Gedanken versinken würde, wenn ich nicht durch dich einen Ausgang aus diesen Labyrinthen finden könnte? Du stehst immer wieder da und leuchtest mir den Weg.«

»Genug Süßholz geraspelt«, sagte sie und gab ihm einen kleinen Klaps auf die Schulter.

»Du bist gnadenlos«, antwortete er zuerst mit eiserner Miene, die sich dann aber in einen freundlichen Blick wandelte. Er griff nach ihrer Hand, um sanft über sie zu streichen. Esther zuckte kurz, ließ die Berührung aber einen Wimpernschlag lang zu, nur um ihre Hand dann ruckartig von ihm zu nehmen, als wäre ihr spontan etwas bewusst geworden. Wie ein Kind, das nicht auf seine Eltern hören wollte, und, von Entdeckergeist getrieben, auf eine heiße Herdplatte fasste, die Schmerzen spürte und die Hand schnellstmöglich wegriss.

»Entschuldige, Esther«, sagte er und wurde sich bewusst, dass seine Berührung unüberlegt war.

»Nein, mir tut es leid. Es ist ein Reflex. Ich kann es nicht kontrollieren.«

»Ich weiß. Er richtet sich nicht gegen mich oder meine Berührung, es ist ein trauriger Gruß aus der Vergangenheit.«

Esther nickte und ihre Augen verloren für den Moment etwas von ihrem leuchtenden Glanz, der David den Glauben an eine bessere Zukunft gab.

»Lass uns nicht weiter darüber reden. Willst du wissen, worüber ich eben nachdachte?«

»Sehr gerne, aber nur wenn du es mir auch von selbst verraten möchtest. Ich sah dich erneut in dieser Starre; dein Blick trübte sich. Ich wollte nicht, dass du dich in dir selbst verirrst. Fühle dich aber bitte nicht gedrängt.«

»Ach, deine lieb gemeinten Aufforderungen sind wichtig für mich. "Gedrängt" wäre das falsche Wort, ich würde eher "ermutigt" sagen«, gab er ihr zu verstehen und zwinkerte ihr zu. Ein Signal, dass er zurechtkommt. Sie erkannte es und ihre Mundwinkel zeigten ihre Freude über das Gesagte.

»Viele Worte, alter Mann, aber ich weiß noch immer nicht, woran du eben dachtest.«

Auch sie zwinkerte.

»"Alter Mann" — eine Unverschämtheit. Eigentlich verdienst

du es nun nicht mehr, einen Blick in meinen Kopf gewährt zu bekommen. Aber du würdest sowieso nicht aufhören, mich danach zu fragen. Irgendwann gebe ich dir doch immer nach. Das weißt du und das nutzt du viel zu gerne aus«, er setzte kurz ab, um sich davon zu überzeugen, dass sie das Gesagte scherzhaft aufgefasst hatte, »Ich fragte mich eben, ob Hebräu eine Stadt war, in der die Menschen der Flagge der Schattenmänner zujubelten oder sie vielmehr verbrennen wollten. Wo standen die Bürger dieser Gegend? Auf der Seite der Schatten oder auf unserer? Wollten sie, dass dieses Land den Krieg gewinnt und alle Ziele erreicht werden, wodurch Menschen wie du und ich ihren Sieg nicht mehr hätten bezeugen können? Oder wollten sie ein Ende des Schreckens, den sie nicht aufhalten konnten? Wurden die vielen Häuser, wenn auch längst nicht alle, zurecht zum Einsturz gebracht, weil es die gerechte Strafe für ihre Taten war oder waren sie Schäden eines Krieges, den die Menschen hier nicht gefordert haben?«

Während David sinnierte, versteinerte sich seine Miene und er blickte erneut hinaus. Er sprach mehr vor sich hin als wirklich zu Esther. Vielleicht lag es daran, dass es ihm ein mulmiges, ungutes Gefühl gab, sie während einer solchen Beichte anzusehen. Die Angst vor ihrer Enttäuschung war zu groß. Enttäuschung, dass er sich noch nicht normalisiert hatte und weiterhin mit den Gedanken beim Lager war, das sie physisch verließen, aber emotional mit sich trugen.

»Du stellst dir also wieder diese vielen Fragen, die auch schon in vorherigen Gegenden durch deinen Geist waberten.«

»Sicherlich. Aber interessiert es dich nicht auch? Ob wir umringt sind von Tätern oder Opfern?«

»Was würde es ändern?«

»Wir hätten Gewissheit.«

»Und was würden wir mit dem Wissen tun?«

»Wir könnten uns dementsprechend verhalten. Sie mit unseren Blicken, unserer Kälte strafen oder, wenn sie ebenso unschuldig wären wie wir, sie als unsere Freunde und Leidensgenossen näher an uns heranlassen.«

»Aber nichts davon würde die Unschuldigen wieder zum Leben erwecken. Nichts davon würde die Häuser wieder unbeschadet vor uns stehen lassen. Wir hätten, wie Abertausende neben uns, die gleichen Erfahrungen gemacht. Du hast recht, dass es interessant wäre zu wissen, wem wir da draußen begegnen, wer uns anschaut, mit wem wir Blicke, vielleicht sogar manches Mal Worte oder Berührungen austauschen, aber letztendlich ändert es nichts an unserer Gegenwart. Es wäre nur der Versuch, dem Leben einen Sinn zu entnehmen, der uns noch verborgen liegt. Alles in der Hoffnung, dass wir auf einmal das Geschehene hinter uns lassen und von vorne anfangen könnten. Aber das werden wir nicht, David. Ob die Menschen, die da draußen ihre Häuser und ihre Leben verloren haben, auf unserer Seite oder gegen uns waren, hilft weder dir, mir, noch irgendwem. Lass dich nicht von einem falschen Gefühl von Gerechtigkeit blenden. Sicher werden viele gegen uns gewesen sein und nur wenige für unser Wohl. Aber selbst das Wissen wird diese Tatsache nicht ändern.«

David schaute auf den Tisch vor ihm. Seine Augen wanderten von einer Ecke des Holzes zur nächsten, anscheinend auf der Suche nach einer Antwort. Das Gesagte rotierte in seinem Kopf, suchte Ankerpunkte, durch die er die Worte einordnen konnte. Ein schwieriges Unterfangen. Esthers Argumente waren meist so stichfest, dass er sich manches Mal kindisch vorkam, seinen Gedanken vorher so viel Raum gegeben zu haben.

»Was würdest du denn tun, wenn du wüsstest, dass du mit jemandem sprichst, der die vielen Dinge, die man uns antat, gut hieß und sie vielleicht aktiv forderte? Wenn er die Reden im Rundfunkgerät hörte, die stürmisch nach unseren Hälsen rufenden Tageszeitungen las und nur zu gerne selbst beteiligt gewesen wäre?«, fragte David mit bebender Stimme, die weniger fest schien, je länger die Worte ihren Weg aus seinem Mund fanden. Er schaute sie dabei beinahe vorwurfsvoll an, selbst wenn er das nicht wollte. Vielleicht sprach er in jenem Moment gar nicht so sehr zu ihr persönlich, sondern vielmehr zu allen Lagerinsassen, die so tun wollten, als sei nichts geschehen. Als gäbe es keine Schuld, die beglichen werden müsste. Einfach zur Normalität überzugehen, kam für ihn nicht infrage.

»Was sollte ich tun? Der Schaden ist entstanden, die Taten sind vollbracht. Nichts, was ich tun oder sagen würde, könnte auch nur einen Tag der vergangenen Jahre ungeschehen machen. Nichts, was jemand erzählen würde, könnte die Erinnerungen auslöschen oder diejenigen zurückholen, die man verscharrt hat. Wir können nur noch nach vorne gehen, da wir das hinter uns Liegende nicht mehr beeinflussen können. Wir sind das Resultat einer Endlösung, die wir nie wollten. Wir müssen damit leben, so schwer es auch ist.«

»Du bist viel zu weise für so ein junges Ding, Esther«, sagte er und schüttelte den Kopf, erneut über seine eigenen Gedanken und ihre Antwort staunend.

»Das Leben lehrt einem so manches, wenn man es lässt und eine aufmerksame Schülerin ist.«

»Dann hätte ich wohl mehr aufpassen sollen, anstatt die vielen Jahre in meinem eigenen Geist zu verbringen. Ich muss den Unterricht des Lebens an einigen Tagen geradezu geschwänzt haben.«

»Vielleicht gibt es für uns alle nicht dieselbe Lektion, sondern eine auf uns zugeschnittene Variante. Deine Erfahrungen waren auch andere als meine. Selbst wenn beide schwer in Worte zu fassen sind.«

»Vielleicht hast du recht.«

Es entstand eine kurze Pause, in der beide sich stumm ansahen. Es war keine unangenehme Ruhe zwischen ihnen, eher eine vertraute Stille.

»Von allen Menschen, die mir auf diesen langen Märschen begegnet sind, die mich manches Mal für eine Millisekunde berührten, bin ich nun ausgerechnet mit einer Frau verbunden, die nicht nur ihren Kopf strukturiert hält, sondern meinen noch zusätzlich aufräumt.«

»Das war auch bitter nötig. Es war ganz staubig da oben«, antwortete Esther und zeigte mit der linken Hand auf seinen Kopf. David lächelte und kniff seine Augen zu einem gespielt bösen Blick zusammen.

»Frech, Frau Seligmann. Frech. Aber wo du von Dingen sprichst, die bitter nötig sind, weißt du, was wir dringend hinter uns bringen sollten?«, fragte David einen Themenwechsel anstrebend.

»Sag's mir.«

»Uns mit unserem Nachbarn auseinander zu setzen.«

»Aber hast du nicht gesagt, dass er die Tür zugeknallt und irgendetwas umgeworfen hätte, als du in seine Richtung blicktest?«

»Dem war auch so. Aber inzwischen ist ein Tag vergangen und bisher habe ich ihn nicht mehr gesehen. Ich bin mir nicht einmal sicher, ob er daheim ist. Aus seiner Wohnung kam kaum mehr ein Geräusch.«

»Meinst du, er hat sich verletzt und war deswegen nicht mehr zu hören?«, fragte Esther mit leicht aufgeregter Stimme, die nur eines bedeuten konnte: Ihr Helfersyndrom hatte sich aktiviert und versetzte die ehemalige Krankenschwester in den Zustand der Bereitschaft.

»Das kann ich mir nicht vorstellen. Er hat uns gehört, das steht fest. Sonst wäre er nicht zur Tür gekommen. Also hätte er rufen können, wenn ihm wirklich etwas passiert wäre.«

»Wenn er es denn konnte. Vielleicht ist er auf den Kopf gefallen und liegt bewusstlos da. Uns wurde gesagt, dass er eine Verletzung aus dem Krieg hat und deswegen verbittert ist«, gab sie besorgt zu bedenken.

David überlegte einen Moment, drehte sich in Richtung der eigenen Haustür, schaute von dort zu Esther und wieder zurück. »Du wirst nicht ruhen, bis du dir sicher bist, dass dem Mann nichts passiert ist, oder?«, fragte David.

Esther hob die Arme und zuckte mit den Schultern. »Ich kann nicht anders …«

»Ich weiß. Wenn du spürst, dass jemand Hilfe brauchen könnte, riskierst du sogar dein eigenes Leben, nur damit es der Person besser geht. So wie bei mir damals.«

»Das ist doch selbstverständlich.«

»Für dich. Für viele nicht. Ich schlage vor, wir sehen einmal nach.«

»Einverstanden«, sagte Esther nickend.

»Dann bist du erst einmal beruhigt, wenn wir ihn antreffen sollten. Direkt im Anschluss kann ich auch einkaufen gehen. Wir benötigen noch einige Lebensmittel, denn ich glaube nicht, dass wir mit den paar Brotscheiben auskommen werden, die man uns mitgegeben hat. Weißt du noch den Namen von dem Mann?«, fragte David.

»Stand der nicht unten an der Tür?«

»Mag sein, aber ich habe ihn mir nicht gemerkt. Ich ging davon aus, dass man sich auf dem Hausflur begegnen und kennenlernen würde.«

»Ich glaube, es war Ulf Jaffke. Bei dem Vornamen bin ich mir unsicher, aber der Nachname prägte sich mir ein. Jaffke. Das klingt so zackig, so hart, beinahe militärisch.«

»Stimmt. Das ist mir auch aufgefallen, aber war es nicht Ulrich anstelle von Ulf?«, fragte David mit gerunzelter Stirn.

»Möglich, ich weiß es nicht mehr so genau.«

»Egal, Jaffke wird reichen. Hoffentlich öffnet er nicht gerade die Tür, wenn ich vor ihm stehe. Wir wollen ihn nicht erschrecken oder den Eindruck vermitteln, dass wir auf ihn gewartet hätten. Das wäre ein noch schlechterer Start als sein Zuknallen der Tür und das anschließende Randalieren.«

»Hoffentlich geht es ihm gut.«

»Sorge dich nicht, ihm wird nichts passiert sein.«

»Wir werden sehen.«

Kapitel 2 - David

Es ist ein mulmiges Gefühl, das mich beschleicht, während ich die Stadt betrachte. Alles wirkt fremd. Die Häuser sind in sich zusammengefallen wie die Menschen, die ich kannte und schätzte. Einige Kleidungsstücke schauen ebenso aus den Ruinen hervor wie die Spielsachen von Kindern, die sie nicht mehr benötigen. Die Straßen sind vom Staub bedeckt. Es knirscht unter den Schuhen. Überreste einer Vergangenheit, die nur noch in kleinen Partikeln vorhanden ist. Und diese zerbrochene Welt soll wieder meine Heimat sein.

Auf dem Weg in die kleine Stadt, die wir als unser neues Zuhause bestimmten, durchquerten Esther und ich ein Land, das ein großer Krieg hinterlassen hat. Meist wählten wir die Richtungen, ohne groß darüber nachzudenken. Wir nahmen jede unerforschte Abzweigung, wanderten Hügel hinunter und anderswo wieder herauf, ohne uns zu begrenzen. Wir wollten nur fort von dem Ort, den wir hinter uns ließen.

Hätte man mir zu den Zeiten des Arbeitslagers gesagt, dass ich noch einmal die staubige Luft dieses Landes in meine Lungen saugen würde, wäre ich wohl zu Boden gegangen vor Lachen. Mein Schicksal schien vorbestimmt und wie so viele vor mir, sah ich keinen Ausweg. Ich sah nur den Tod.

Jedoch überlebte ich — zu meiner Überraschung. Anders als viel zu viele meiner Mitgefangenen. Ich weiß noch immer nicht, wie mir das gelang. Geschweige denn warum ich verschont wurde, während viel klügere, nützlichere und bessere Menschen nicht so ein Glück hatten.

Eines weiß ich allerdings: Ich überlebte nicht, weil mich die Bürger dieser Stadt in ihre Gebete einschlossen oder auf mein

Wohl hofften. Die meisten werden das Gegenteil getan haben. So wie die breite Masse des gesamten Landes. Und dennoch kehrte ich vor kurzem zurück. Getrieben von der Hoffnung, die Erlebnisse hinter mir lassen zu können, wenn ich mich nur stark genug bemühe. "Hoffnung" — ein schönes Wort für diejenigen, die es sich erlauben können.

Während diese und andere wirre Gedanken mein Inneres umkreisen, regt sich ein Eindruck in meiner Brust, der sie mir zugleich zuschnürt, sodass mein eigener Körper drückt und spannt wie Schnürsenkel, die man bis zur Betäubung zugezogen hat: Ich fühle mich in diesem Land beobachtet. Als lägen Dutzende, wenn nicht gar Hunderte Augenpaare auf mir. Ständig. Sie schauen aber nicht nur auf mein Äußeres. Das würde ich ertragen können. Ich merke eher, wie die vielen Augäpfel an mir hoch und runter krabbeln, als wären es Schaben, die auf der Suche nach Nahrung sind. Es ist spürbar, wie sich die Blicke über meine Haut, meine Kleidung und meine Existenz bewegen. Hilflosigkeit überkommt mich in solchen Momenten, denn ich kann es ihnen nicht verbieten. Sie analysieren mich und mir bereitet Sorge, was sie wieder mit mir machen, sollte die Untersuchung schlecht für mich ausgehen. Bestimmt fallen sie erneut über mich her. So zumindest ist mein Gefühl.

Vielleicht machen mir diese Blicke deswegen so viel aus, weil ich im Lager nur eine unter vielen Zeichenketten war. Nichts Besonderes. Ein Gesicht, ausgemergelt, wie ich an den wenigen vorhandenen Spiegeln im Hospitalbereich sehen konnte, aber keinesfalls mehr Individuum. Ich war Teil einer Masse, die sich versammelt hatte, tagtäglich, weil sie es musste. Vereint sowohl in der übermenschlichen Kraft, unter diesen Zuständen leben zu können, als auch in dem Wunsch, nicht an diesem Ort den letzten Atemzug zu nehmen.

Den Blicken, die mich anstarren und absuchen, versuche ich jedoch, trotz meiner Sorgen, ebenso standhaft zu begegnen. Ich schaue sie direkt an. Dabei fällt mir vor allem auf, wie viele ihre Abscheu kaum verbergen können. Aber damit hatte ich gerechnet. Man sieht mir an, woher ich komme. Dafür brauchte es nur einen Blick auf meine Haut. Einige von ihnen, damit rechnete ich nicht, weichen meinen Augen demonstrativ aus. Von einem auf den anderen Moment nehmen sie keine Notiz mehr von mir. So als gäbe es mich plötzlich nicht mehr. Als wäre ich ein in Ungnade gefallenes Spielzeug dieser Figuren des öffentlichen Lebens, über dessen Existenz sie lieber den Mantel des Todschweigens werfen wollen.

Vermutlich beherbergt das Innere dieser Leute, die meinem Blick nicht begegnen wollen, ein Schuldgefühl, das größer nicht sein könnte. Sie wussten, was in den Lagern geschah. Ich bin sogar überzeugt, dass es alle Menschen dieses Landes taten. Selbst wenn einige von ihnen nun das Gegenteil behaupten. Manche besitzen sogar die Unverfrorenheit zu sagen, sie hätten keine Chance gehabt, den rollenden Vernichtungsapparat aufzuhalten. Und sowieso hätte man sie ebenfalls in das Lager gesteckt, wenn sie sich aufgelehnt hätten. Das wollte man nicht. Man hinge doch so am Leben, sagen viele.

Immer wenn ich solche Begründungen mitbekomme, beginnt mein Blut zu kochen. Wenn ich schon höre, dass sie unter einem nationalen Zauberbann standen, der ihnen jegliche Kontrolle nahm. Hanebüchene Ausreden für fürchterliche Taten, die jeder Beschreibung entbehren. Die Bürger dieses Landes wissen, dass sie die Gräueltaten für immer in Form von unsichtbarer Asche auf ihrer Haut tragen werden. Das ist nur gerecht, wenn ich auf die erkennbaren Narben auf meiner rechten Hand schaue.

Diese Wut und der Wunsch nach Gerechtigkeit lassen mich nur selten los seit dem Lager. Immer wieder stelle ich mir die Frage, wie ich mich den Menschen dieser Stadt gegenüber überhaupt verhalten soll. Ich kann nicht so tun, als wäre nichts vorgefallen. Ich kann nicht vergessen, was sie mir, Esther und uns allen angetan haben. Deswegen fällt es mir auch so schwer, mit ihnen in Kontakt zu treten und normale Unterhaltungen zu führen. Ich vermute einfach immer, dass hinter jedem von ihnen ein Schattenanhänger steckt, der nur darauf wartet, mich erneut ins Lager zu schicken.

Daran ändert auch nichts, dass der Krieg etwas in den Menschen zu verändert haben scheint: Sie hielten sich merklich vom ersten Tag unserer Rückkehr an im Zaum. Sie bespuckten und beleidigen nicht in der Form, in der sie es früher taten. Aber soll dieses Mindeste an normalem Umgang schon ausreichen, damit ich ihnen verzeihe? Das kann ich nicht. Erst Recht kann ich nicht über die Erlebnisse hinwegkommen, wie oft von jenen gefordert wird, die schnell vergessen wollen. Wir hätten doch den Krieg gewonnen und sollten froh sein. Aber das ist eine Sichtweise, die mir mehr als fremd ist. Das Scheitern des Bösen bedeutet nicht automatisch unseren Sieg.

Wie soll man von einem Sieg oder einem Gewinn sprechen können, wenn es so viele von uns gibt, die mehr als nur ihre Identität verloren haben? Wie sollen wir Glück empfinden, wenn uns die Erinnerungen gebrandmarkt haben und wir das heiße Eisen weiterhin spüren? Es sind keine Streiche gewesen, die man uns da gespielt hat. Man kann solche Erlebnisse nicht wie die Kreide einer Tafel wegwischen und sie sind aus dem Sinn. Ähnlich wie ich auch meinen leichten Buckel nicht einfach wieder loswerde, nur weil ich es mir wünsche.

Den habe ich noch heute, auch wenn bereits viele Monde ins Land gestrichen sind. Er erinnert mich stets daran, wie schwer ich tragen musste. Ambosse — hin und her. Kein wirklicher Sinn, zumindest erschien es mir so. Trotzdem folgte ich den

Anweisungen. Es war Teil des Alltags im Lager, in dem man es sich zur Aufgabe gemacht hatte, uns zu Nutztieren zu formen, deren einzige Aufgabe es war, sich völlig zu verausgaben. Jedwedes Widersetzen führte dazu, dass nichts mehr im Leben hätte folgen können.

Daher schleppte ich und schleppte. Bis es eines Tages hieß, wir müssten aufbrechen. Das Lager verlassen. Aber keineswegs, um endlich in Freiheit sein zu dürfen. Es hieß, wir sollten zu einem anderen Lager marschieren. Niemand sagte uns, wie weit der Weg war oder wie beschwerlich er sein würde. Es gab nur ein Kommando: »Lauft!«

Und das taten wir.

Auf diesen Märschen war es auch, wo ich Esther begegnete. Es war mehr Zufall als alles andere. Aber eines steht fest: Sie war mir von Anbeginn an eine große Stütze, indem sie mich die Grausamkeit und Sinnlosigkeit um mich herum vergessen ließ. Sie erlöste mich zwar nicht von den irdischen Übeln, aber sie beruhigte mich, während wir umringt waren von hunderten kaputten Menschen. Alle waren erschöpft und hatten das Gefühl, genug gelebt zu haben. Doch sie hatte eine Aura der Zuversicht, so als wüsste sie, wie heilend ihre Wirkung auf andere wäre. Vor allem auf mich. Auch ich schien ihr etwas gegeben zu haben, selbst wenn ich überfragt bin, was das war, denn schon nach kurzer Zeit suchten wir die Nähe des anderen.

Dies taten wir jedoch, ohne einander zu berühren. Denn das durften wir nicht. Die Schattenmänner, Verantwortliche unseres Leids, dachten, man würde sich verbünden und aufbegehren, wenn sich Gefangene so zusammenrotten und ein Gefühl von Gemeinschaft entwickeln konnten. Übermäßiger physischer Kontakt wurde daher mit Erschießung bestraft. Was zu viel war, bestimmten diejenigen, die uns festhielten. Noch heute haben wir deshalb Probleme, kleinste Berührungen zuzulassen. Stets ist da die Angst, man könnte uns dafür bestrafen.

Damals war diese physische Distanz allerdings kein Thema zwischen uns. Die Gedanken kreisten schlichtweg nicht um natürliche, körperliche Bedürfnisse. Wir wollten nicht lieben. Einzig der Wunsch nach Überleben war für uns von Bedeutung. Wir fanden deshalb schnell Wege, den erzwungenen Abstand kein Problem sein zu lassen: tagsüber, indem wir möglichst im Blickkontakt der anderen Person gingen. Abends, wenn wir rasteten, sprachen wir in einer besonderen Lautstärke, die es uns erlaubte, von den Wachen nicht gehört zu werden. Gleichzeitig wollten wir aber natürlich jedes Wort verstehen. Silben wurden so wie teure Güter, die bewusst und präzise ausgesprochen werden mussten. Kein Atemausstoß durfte verschwendet werden. Er konnte das Todesurteil bedeuten, wenn eine Wache ihn hörte und eine angestaute Laune abreagieren wollte.

Diese Lautstärke wurde mit der Zeit zu einem antrainierten Zwang, den wir kaum abschütteln konnten. Sogar nach dem Lager erwischten wir uns dabei, wie wir sie unbewusst wählten. Nur mit Mühe gelang es uns in den letzten Wochen, unsere Stimmen merklich zu erheben. Wir blickten uns dabei stets verunsichert um, als würden wir nur darauf warten, dass uns jemand zurechtweist oder schlimmere Dinge tut. Doch die meiste Zeit über waren da nur wir beide.

Es war allerdings wichtig für uns, dass wir diese Zurückhaltung irgendwann überwinden konnten. Immerhin standen nach unserer Befreiung einige Fragen im Raum, die wir gemeinsam zu beantworten hatten. So mussten wir beispielsweise für uns herausfinden, was wir uns von der Zukunft erhofften. Immerhin hatte jeder von uns eine Vergangenheit, die vom Aufenthalt im Lager beschnitten wurde. Niemand wusste, ob die vorherigen Leben nur pausiert und fortgeführt werden konnten.

Schnell waren wir uns aber darüber einig, dass wir beide die

Sehnsucht verspürten, in unsere alten Welten zurückkehren zu können: Esther als Krankenschwester und ich als Lehrer. Wir kannten nichts anderes. Außerdem teilten wir den Gedanken, das dunkle Kapitel unseres Lebens aus unseren Köpfen verdrängen zu können, wenn wir wieder Normalität schaffen würden. Dafür fehlte uns nur der richtige Ort, aber die Klärung zu diesem Problem ließ nicht lange auf sich warten.

Warum wir letztendlich die Stadt Hebräu auswählten, wissen weder Esther noch ich, da es mehr die Entscheidung unserer Bäuche, denn unserer Herzen war. Vermutlich war es die erste Gegend, die uns weit genug von dem entfernt schien, das uns zusammenführte. Wir haben nicht lange darüber gesprochen, ob Hebräu unsere neue Heimat sein würde. Wir sahen vielmehr ein, dass wir nicht unendlich lang weitergehen und uns von dem ernähren könnten, was wir auf unseren Wegen fanden. Ein rastloses Leben stand uns beiden nicht gut zu Gesicht. Jeder sehnte sich nach Stabilität und einem Ort, in dem man ein Zuhause besaß. Gerade für den herannahenden Winter.

In Hebräu stießen wir auf offene Arme bei denen, die den Krieg gewonnen hatten. Zwar mussten wir zuerst den unrühmlichen Beweis antreten, dass wir wirklich Lagerinsassen waren, aber dann half man uns gerne. Diese Prozedur, unsere Hände sehen zu wollen, sei notwendig, wurde gesagt. Viele der Schatten, wie wir sie nennen, versuchten, die Hilfeleistungen für ehemalige Lagerinsassen für sich auszunutzen. Ein für mich unbegreiflicher Gedanke, der doch so naheliegend ist, wenn man sich ihre Skrupellosigkeit vor Augen führt. Wir nahmen das kurze Prüfverfahren nicht übel. Ich empfand sogar Dankbarkeit, dass Maßnahmen getroffen wurden, um Schatten zu entlarven. Nur hätte ich gerne beigewohnt, wenn sie ihre verdiente Strafe erhielten.

Man versicherte uns nach dem Prüfverfahren wiederholt, uns

würde nun keine Gefahr mehr drohen. Wir könnten ganz unbesorgt sein. Das beruhigte mich nur zum Teil, da solche Worte früher schon gesprochen und gebrochen wurden. Jedoch wollte ich nicht unhöflich erscheinen und behielt die Vorbehalte für mich. Stattdessen nahm ich dankend einen Zettel mit einer Adresse entgegen, in der wir leben sollten. Die Wohnung wäre leer stehend und für Lagerinsassen bereitgehalten worden. Sie befände sich im vierten Stock eines beinahe unbewohnten Hauses. Wir könnten die Wohnung bereits nutzen, während man versuchte, die Besitzer der anderen Behausungen ausfindig zu machen. Außerdem gab man uns Kleidung, Lebensmittel und einige Haushaltsgegenstände, von denen sie wussten, dass sie nicht in unserer neuen Bleibe vorhanden sein würden.

Man lud alles auf einen dunkelgrünen Kleinlaster, fuhr mit uns zu eben jener Wohnung und half dabei, die Sachen hinauf zu tragen. Als sie sich dann verabschiedeten, wünschten sie uns viel Glück in unserem neuen, besseren Leben. Ihr Lächeln wirkte so ehrlich, wie ich es seit Jahren nicht mehr sah. In jenem Moment wünschte ich mir, dass sie Recht behalten sollten.

Kapitel 3 - Der Handschlag

Kalter Wind zog durch das vierstöckige Gebäude. Ein leises Pfeifen erklang. Es durchquerte den Eingangsbereich, suchte sich seinen Weg über eckig verlaufende Treppen, um letztendlich am begehbaren Dachboden zu enden. David schüttelte sich ob des kühlen Luftstroms, der seine nackte Haut oberhalb seines Hemdkragens berührte. Er merkte, wie sich seine Härchen an den Armen aufrichteten und ein Kribbeln seinen Rücken überzog.

Esther stand versetzt neben ihm und hatte eine kerzengerade Haltung eingenommen. Sie atmete etwas schneller. Aufregung. Ihr Mund war ein wenig geöffnet. David konnte den Lufthauch hören, der beschleunigt in ihre Lungen gesogen wurde, um dann sauerstoffärmer wieder in die Welt entlassen zu werden.

Er hatte seine Hände nah an sich gedrückt, um der wahllos durch den Hausflur strömenden Kaltluft nicht zu viel Angriffsfläche zu bieten. Auch Esther war sie unangenehm; ihr Oberkörper zitterte leicht. Sie schien es allerdings nicht zu merken, sondern starrte, ohne David wahrzunehmen, auf die Tür vor ihnen. Sie war sicher in Gedanken bereits davongeeilt, vermutete David, und stellte sich vor, wie sie auf den Nachbarn treffen, sich unterhalten und das Missverständnis mit dem Lärm aufklären würden.

Dann durchbrach ein noch stärkerer Luftzug diese fantasierten Bilder und sie wurde wieder in die Gegenwart geholt. Sie schüttelte sich kurz und schaute David in einer Art an, als wolle sie fragen, wie es nur so kalt und zugig in einem Hausflur sein konnte. David hob lediglich kurz die Arme und signalisierte, dass er nicht wüsste, wie er das Problem lösen solle.

Sie sahen beide zur Tür und lauschten, ob ein Geräusch zu vernehmen war. Irgendein Zeichen hätte genügt und sie hätten zurück in ihre Wohnung gehen können, aber alles war stumm. Der Wind war zusätzlich von Nachteil, da das immer wieder aufkehrende Pfeifen eventuelle Regungen im Inneren der Wohnung übertönen könnte.

David wäre nur zu gerne hinuntergegangen und hätte die Tür im Eingangsbereich geschlossen, aber diese alte, dürre, braune Holztür war anscheinend mehrmals aufgebrochen worden und rastete nicht mehr ein. Sie war nur angelehnt und jeder stärkere Windstoß konnte sie erneut öffnen. Der Bereich, in den sich das Metall des Schließmechanismus' hätte verhaken sollen, war vielfach zersplittert, wie er beim Einzug sah. Als hätte man keilförmige Dinge benutzt, um die Tür aus der Verankerung zu lösen. Vielleicht hatte man sie sogar zu Anfang noch repariert, aber die vielen unbehandelten, kaputten Stellen um das Schloss und am Türrahmen deuteten darauf hin, dass man den Kampf gegen die Einbrecher aufgegeben hatte. Möglicherweise haben die anderen Mieter deshalb das Haus verlassen?

Denkbar wäre es, antwortete Esther, als David ihr diese Idee beim Einzug unterbreitet hatte. Er war es, der ihre Aufmerksamkeit damals auf die Tür gelenkt und darauf hingewiesen hatte, dass sie nicht mehr vollständig geschlossen werden könne. Er wäre sich zwar sicher, dass im vierten Stock keine Gefahr drohen würde, aber dennoch hatte er sich beunruhigt darüber gezeigt und die Tür selbst reparieren wollen. Immerhin wäre es kein Zustand, in einem Haus zu leben, das nicht einmal diesen kleinen Funken an Schutz und Sicherheit garantiere. Besser sie würden frühzeitig gegenlenken, als wenn sie sich später reuig zeigen müssten.

Esther hatte aber nur mit dem Kopf geschüttelt. Für sie hatte es in diesen Zeiten nur wenig Sinn, sich um die eigene Sicherheit zu sorgen. Man war gerade erst einer viel gefährlicheren Situation entkommen und musste froh sein, nicht mehr die schreienden Sirenen zu hören, die den Tod vom Himmel ankündigten. Da war eine solche Kleinigkeit nebensächlich, so unangenehm die kalte Luft auch sein mochte.

»Wahrscheinlich hat sich Jaffke an die Möglichkeit eines Einbruchs gewöhnt«, antwortete sie, als er heute Morgen erneut darauf bestanden hatte, die Tür reparieren zu wollen. »Wären die Einbrecher gefährlich oder an mehr interessiert als nur an ein paar leblosen Dingen, hätte er sich um eine Reparatur gekümmert. Da er das nicht tat, gibt es keinen Grund zur Sorge, David. Sicher geschehen diese Einbrüche nicht aus Raffgier, sondern dem Wunsch des eigenen Überlebens. Familien haben ihre Ernährer verloren. Kinder und Mütter sind zurückgeblieben — mittellos, oft ohne Ausbildung, weil man sich auf den Vater verlassen hatte. Dazu noch der blühende Schwarzmarkt. Raubzüge sind im Moment notwendig, um vielerorts leben zu können. Du und ich sind auch nicht davon freizusprechen, wie du weißt.«

David war zuerst wenig angetan von ihrer Antwort und hatte argumentiert, dass es Jaffke auch an Geld fehlen könnte, um die Reparatur in Auftrag zu geben. Esther hatte jedoch erwidert, dass er sein Geld ebenso auf die Fensterbank legen und vom Wind davontragen lassen könnte, da auf eine Reparatur nur ein weiterer Einbruch folgen würde und das investierte Geld verschwendet wäre. Erneut hatte sie ihn mit ihrer wasserdichten Logik geschlagen.

In dem Moment, in dem sie vor Jaffkes Tür standen, verfluchte er sich aber dennoch ein wenig dafür, nachgegeben zu haben. Durch seine Nachsicht standen sie in der Kälte des Hausflures und froren. Je schneller sie die Sache mit Jaffke geklärt haben, umso früher können sie diesen Windstößen entkommen, dachte er sich und sah Esther fragend an. Er wartete auf ein Zeichen von ihr, dass die Zeit des Lauschens vorbei und der Moment des Anklopfens gekommen sei.

Esther bemerkte ihn und sah noch einmal an sich herunter. Sie fand einige Falten und Flusen auf ihrem braunen Latzrock und ihrem weißen Wollkragenpullover, auf dem ihr schwarzes Haar friedlich lag. Mehr ein gedankenloser Reflex als bewusste Handlung führte sie ihre Hände einige Male über ihre Kleidung, was von David interessiert beobachtet wurde. Er äffte sie kurz nach und strich ebenfalls über sein dunkelgrünes Hemd, was von ihr mit einem leichten Klaps auf seinen Bauch gewürdigt wurde.

»Willst du einen guten Eindruck machen? Warst doch eben noch besorgt, ob er überhaupt lebt«, neckte er sie flüsternd.

Esther wurde sich der Bewegung ihrer Hände bewusst und schloss ihre Augen zu kleinen Schlitzen.

»Wenigstens einer von uns sollte vorzeigbar sein«, antwortete sie leise und stach ihm mit dem Finger in die rechte Seite. Er legte theatralisch seine linke Hand auf die getroffene Stelle, seine Rechte auf den Ort, wo er sein Herz vermutete und verzog das Gesicht, als hätte er starke Schmerzen.

»Ein schlimmer Treffer von Seligmann«, sagte er, ohne auf seine Lautstärke zu achten.

Beide fingen an zu lachen.

Plötzlich hörten sie ein lautes »Ruhe da draußen!« aus der Wohnung von Jaffke. Esther und David zuckten zusammen und wichen einen Schritt zurück. Klappergeräusche waren zu hören, die wie metallische Stäbe klangen, gefolgt von dumpfen Schlägen, als würde jemand auf den Boden stampfen.

»Zumindest lebt er«, flüsterte David, nachdem er seinen Kopf zu Esther gestreckt hatte.

Esther hatte ihre Hände, die den Latzrock eben noch glatt

strichen, in selbigen gekrallt, während David seine linke Hand hinter ihren Rücken hielt. Sie machte keine Anstalten, sich gegen die mögliche Berührung zu wehren, sondern schaute geradeaus. Ihre Atmung hatte sich noch einmal beschleunigt. David kannte diesen Gesichtsausdruck. Er erinnerte ihn an ein kleines Mädchen, das wusste, dass es eine Regel gebrochen und eine Strafe zu erwarten hatte, aber hoffte, ohne ein blaues Auge davonzukommen.

Dann wurde die Tür mit einem schnellen Ruck aufgerissen. Erneut erschraken David und Esther, die dieses Mal aber nicht zurückwichen, sondern lediglich kurz nach Luft japsten. Vor ihnen stand Ulrich Jaffke. Seine beiden metallischen Gehhilfen verbreiterten seine imposante Statur, die bei einem Boxer nicht ungewöhnlich wäre. Er hatte nur noch sein linkes Bein, während sein rechtes knapp über dem Ort, wo normalerweise sein Knie wäre, endete. Sein rechtes Hosenbein war gewölbt und sah aus, als hätte man es nach hinten umgeknickt, damit der Stumpen völlig mit Stoff bedeckt war.

»Gefalle ich dir etwa nicht?«, blaffte Jaffke, als er sah, wie Esthers Blick auf die Leere seines rechten Beines gerichtet war.

»Ich, äh. Entschuldigung«, sagte sie und schaute ihm ins Gesicht.

David hatte schneller reagiert und gar nicht erst nach unten gesehen. Ihm gab das Klacken der Gehhilfen die Vorwarnung, dass Jaffkes Kriegsverletzung wohl mit seinen Beinen zu tun haben würde. Er hielt seinen Blick auf gerader Linie, musste dann aber, als Jaffke vor ihnen stand, seinen Kopf etwas in den Nacken legen, um in die hellblauen, beinahe gräulichen Augen sehen zu können. Sie waren etwas tiefer in seinem Schädel verankert, als man es hätte erwarten können. Das mochte aber auch an seinem überdimensional wirkenden Kopf mit der streng gekämmten, blonden Scheitelfrisur liegen. Seine Nase war leicht eingedrückt, die Gesichtszüge eher kantig. Er war ein Hüne, der trotz seines fehlenden Beines eine Härte und Selbstsicherheit ausstrahlte.

David nahm die Imposanz von Jaffkes Erscheinung wahr und fühlte sich eingeschüchtert. Nicht nur hatte ihn die Stimme beeindruckt, auch die Gewichtsklassen, die zwischen ihm und Jaffke lagen, ließen in ihm ein Gefühl von Reue aufkommen, nun vor seiner Tür zu stehen. David war noch deutlich vom Nahrungsmangel gezeichnet, den er in den letzten Jahren durchleben musste. Selbst mit dem fehlenden Teil des Beines musste Jaffke dreißig oder vierzig Kilo mehr wiegen und über mehr Muskeln verfügen, wenn man dem angespannten Bereich des grauen Hemdes an seinem Oberarm glauben konnte. Er musste wie ein Schuljunge neben diesem Mann aussehen, dachte sich David.

»Wir wollten«, begann er mit dünner, brüchiger Stimme.

»Was? Hör auf zu piepsen! Was ist das hier für ein Lärm? Gestern auch schon!«, rief ihm Jaffke entgegen. »Wenn ihr glaubt, dass ihr euch hier einfach breit machen könnt, um mich zu terrorisieren, dann habt ihr euren Meister getroffen! Nicht mit mir!« Jaffke hob seinen rechten Krückstock hoch und stieß ihn nach vorne, sodass er Davids Bauch traf. Dieser trat einen Schritt nach hinten. Nachdem er die Überraschung überwunden hatte, versuchte er die Krücke wegzudrücken.

»Lassen Sie das!«, rief Esther.

»Halt deinen Mund, du Schnepfe!«

»Hören Sie sofort auf, so mit ihr zu reden!«, echauffierte sich David und wunderte sich im nächsten Moment über den Reflex. Sofort stieg die Befürchtung in ihm auf, die falsche Abzweigung gewählt zu haben und ihm erschienen Bilder, wie sich der Einbeinige auf ihn stürzte. Instinktiv hob David seine Arme auf die Höhe seiner Brust. Eine Verteidigungshaltung, die er für seine eigene Beruhigung einnahm, wohl wissend dass er in einem wirklichen Kampf keine Chance hätte.

»Was war das?«, fragte Jaffke und humpelte einige Schritte von seiner Haustür weg in den Hausflur, sodass er nur noch eine halbe Armlänge von David und Esther entfernt stand. Sein Gesicht zeigte eine so deutliche Mischung aus Wut und Hass, die David seit seinem Lageraufenthalt nicht mehr gesehen hat. Es ist erstaunlich, wie unterschiedliche Menschen ihn zu ebenso verschiedenen Zeitpunkten mit dem gleichen Gesichtsausdruck anschauen konnten. Die Universalität des Ekels.

»Sie sollen die Frau in Ruhe lassen, sagte ich«, versuchte David seinen Mann zu stehen. Der Anfang seines Satzes war noch recht stark, aber innerhalb weniger Silben verschwand der Elan. Von einem rauschenden Wasserfall verwandelte sich der Sprachfluss in ein seichtes Bächlein. David hörte es selbst und hoffte, dass Jaffke zu sehr mit seiner eigenen Wut beschäftigt war, um auf die Feinheiten von Davids Aussprache zu achten.

»Und wenn nicht? Willst du mir dann das andere Bein auch noch nehmen? Das eine habe ich wegen eurer Sippschaft schon verloren«, sagte Jaffke und führte eine Krücke zügig zu Esther. Auch sie traf er mit dem unteren, schmutzigen Ende der Gehhilfe. Dabei ließ er David nicht aus den Augen.

»Hören Sie auf! Wir kamen nur herüber, um nachzuschauen, ob es Ihnen gut geht«, entgegnete Esther, während David nach der Krücke griff und einmal ruckartig an ihr zog, um sie Jaffke aus den Händen zu reißen. Jener musste überrascht von den flinken Händen des schmächtigen Mannes vor ihm gewesen sein, denn er konnte seine Hand nicht schnell genug starr schließen. Es war ein Leichtes für David, an die Krücke zu kommen.

»Hey! Was soll das? Gib das Ding wieder her!«, brüllte Jaffke ihn an, während er versuchte, sich auf einem Bein und einer

Krücke zu balancieren.

»Sie entschuldigen sich erst bei meiner …«, er unterbrach, weil er den Blick von Esther bemerkte, die zu ihm hinüber sah, als wolle auch sie wissen, welches Wort folgen würde, »Bei Esther. Sofort! Dann bekommen Sie die Krücke wieder.«

»Das wäre noch schöner. Pass lieber auf, dass ich dich nicht mit der anderen verprügle«, drohte Jaffke und hob sie in die Luft, als würde er seine Beweglichkeit zeigen wollen. Sein Oberkörper war durch diesen Übermut gezwungen, sich um ein Gleichgewicht zu bemühen.

»Jetzt gib sie ihm wieder«, war auf einmal von Esther zu hören, die David am Arm zog.

»Das kann nicht dein Ernst sein. So wie er mit dir umgegangen ist.«

»Er braucht die Stütze, siehst du das nicht?«, sagte sie.

»Nein! Erst muss er sich entschuldigen, Gerechtigkeit muss sein!«

»Ein Starrkopf wie der andere«, antwortete sie, griff nach der Krücke und riss sie David aus der Hand. Sie drehte sie in der Luft, sodass sie das untere Ende hielt, und streckte die andere Seite, die normalerweise für die Hände gedacht ist, Jaffke hin. Dieser fummelte hastig danach, stellte sie hin und erlangte sein Gleichgewicht wieder.

»Machst du das nochmal, kann dir auch deine kleine Freundin hier nicht helfen«, sagte Jaffke und starrte David erbost an.

»Schluss jetzt!«, schritt Esther ein, »Wir wollten nur nach Ihnen sehen. Wir haben uns gesorgt, weil wir nichts mehr von Ihnen hörten, abgesehen von dem Krach gestern.«

»Ihr wart es doch, die hier einen Lärm veranstaltet haben!«

»Wir haben lediglich einige Möbel und Kartons hochgetragen«, antwortete David mit zurückhaltender Stimme. Er versuchte nun, die Situation zu beschwichtigen. Obwohl er innerlich weiterhin kochte und eine Entschuldigung von Jaffke hören wollte, sah er die Ausweglosigkeit der Situation. Sich mit dem einzigen Nachbarn des Hauses minutenlang, wenn nicht sogar noch länger, lautstark zu streiten, wäre sicherlich der Atmosphäre wenig dienlich. Er hatte kein Interesse, sich nur wenige Meter von seiner eigenen Wohnungstür einen Feind zu schaffen. Aber vielleicht war das längst der Fall? Jaffke war bereits aggressiv und hasserfüllt aus seiner Wohnung getreten, noch bevor David ein Wort sagte.

»Ich musste mir die Ohren zuhalten und selbst dann habe ich euch noch gehört!«

»Das ist doch nicht die Wahr …«, setzte David an, als er merkte, wie Esther ihre rechte Hand auf seinen Ärmel legte. Er ließ sie gewähren, denn er mochte die Berührung. Auch wenn ihm ihre eisigen Finger durch den dünnen Stoff spürbar waren und ihm eine Gänsehaut bescherten.

»Es tut uns leid. Wir sind sicher einige Male ungeschickt gegen das Treppengeländer oder die Stufen gestoßen. Ich kann mir vorstellen, dass, so dünn die Türen und Wände hier sind, Sie sich davon belästigt fühlten. Wir wollten Sie nicht verärgern«, erklärte sie.

David schaute sie ungläubig an. Eine Entschuldigung? Von ihr an ihn? Der Klügere darf gerne mal nachgeben, aber doch nicht in diesem Fall! Er spürte, wie sich sein Inneres gegen ihre Worte sträubte und eigentlich rebellieren wollte. Lautstark dagegen anreden wollte er, dass nichts davon wahr wäre, Jaffke sich nicht anstellen, sondern für sein Verhalten entschuldigen solle. Als er diese Szenerie jedoch in seinem Kopf durchspielte und ansetzte, spürte er, wie sich der Druck von Esthers Griff an seinem Unterarm verstärkte. Sie musste ahnen, wie er sich über diese Ungerechtigkeit aufregte und wollte jegliches Brodeln in ihm unterdrücken.

Es gelang ihr. Er verharrte und machte diesen Kampf mit sich selbst aus, ohne ein Wort zu sagen.

»Das habt ihr aber!«

»Wie gesagt, es tut uns leid. Nicht wahr, David?«

Sie schaute zu ihm. Auch Ulrich Jaffke wandte seinen Blick zu dem jung aussehenden Mann mit dem leichten Buckel und einem Restkörper, der nur noch aus Haut und kurzen braunen Haaren bestand.

David überlegte einen Moment. Dann sah er zu Jaffke und spürte weiteren Zorn in sich aufsteigen, den er sofort in seine Hände fließen ließ. Sie ballten sich und verloren ihre Farbe. Er schaute aus dem Augenwinkel zu Esther und bemerkte, wie hoffnungsvoll sie war. Er nickte — ihr zuliebe.

»Den hast du gut erzogen«, erwiderte Jaffke und lachte laut.

»Wir sollten jetzt gehen«, sagte David zähneknirschend. Er hatte inzwischen seine rechte Hand an seinen Oberschenkel gepresst, während seine andere weiterhin zu einer Faust geformt war.

»Richtig. Sie sind, wie wir feststellen konnten, halbwegs wohlauf. Daher entschuldigen Sie die Störung. Wir werden versuchen, in Zukunft leiser zu sein. Immerhin sind wir nun Nachbarn und werden uns öfter begegnen. Da sollte man Rücksicht aufeinander nehmen«, sagte Esther freundlich lächelnd.

»Ich wohnte hier schon immer. Ihr kamt ungefragt und ungewollt dazu. Ihr habt Rücksicht zu nehmen.«

»So meinte ich das nicht, Herr Jaffke. Selbstverständlich respektieren wir, dass Sie bereits vor uns in diesem Haus gewohnt haben.«

»Das wäre das erste Mal, dass eure Bagage Respekt gegenüber denen zeigt, die hier schon lange leben!«

Esther atmete tief durch. »Wie dem auch sei. Wir werden

aufpassen, Sie nicht zu stören.«

David hörte auf einmal eine Veränderung in ihrer Tonlage. Zuvor war der Klang noch hell und normal, aber Jaffkes Kommentar über Respekt schien auch in ihr für eine negative Reaktion gesorgt zu haben. Ihre Stimme war etwas dunkler, weniger friedlich, beinahe schon ernst geworden.

»Eure bloße Anwesenheit ist bereits störend«, provozierte Jaffke und verlagerte dabei seinen Blick von Esther auf David. Der rollte mit den Augen und kaute angestrengt auf seiner Lippe.

»Wir werden aufpassen, Ihnen nicht zur Last zu fallen, Herr Jaffke«, gab David zu verstehen. Die Wut, die in ihm kochte, spiegelte sich in der Härte seiner Stimme wider.

»Das will ich hoffen.«

»In Ordnung. Dann wünschen wir Ihnen noch einen schönen Tag und verabschieden uns. Auf gute Nachbarschaft«, sagte Esther und streckte ihm ihre Hand entgegen.

Jaffke schaute hinunter, sah das physische Friedensangebot in der Luft hängen. Wie eine weiße Taube, die man mitten in der Luft eingefroren hatte. Dann blickte er auf, starrte Esther einen Moment verhasst an und drehte sich um. Er ging zurück in seine Wohnung, knallte die Tür hinter sich so stark zu, dass sie noch einige Male im Schloss wackelte. Kurz darauf waren einige dumpfe Ausrufe zu hören, allen voran die Worte "Dreckspack" und "abhauen".

Esther und David blieben noch einige Augenblicke regungslos stehen. Als sich die Starre bei ihnen löste, machte David Anstalten, zur Tür von Jaffke zu gehen und erhob bereits wütend seine Faust, um sie gegen die Tür zu schlagen. Wäre Esther nicht gewesen, hätte er mit Sicherheit die Konfrontation gesucht. Er wäre offenen Visiers in den Konflikt gestürmt, den er gegen diesen Hünen nicht gewinnen konnte. In diesem Moment konnte er sich glücklich schätzen, dass Esther schnell reagiert, ihn an seinem linken Arm festgehalten und ihn so daran gehindert hatte, sich mehr als nur verbal mit Jaffke auseinanderzusetzen.

»Lass ihn. Wir brauchen diesen Ärger nicht«, sagte sie.

»Aber hast du nicht gehört, wie er über dich sprach? Und dann deinen Handschlag nicht anzunehmen, obwohl wir praktisch vor ihm auf die Knie gegangen sind?«

»Natürlich. Aber dich jetzt wütend auf ihn zu stürzen, wird die Situation nicht ändern. Lassen wir es gut sein für den Moment.«

»Erkläre mir: Warum bist du so gütig zu ihm?«, forderte er von ihr.

»Lass uns später darüber reden. Geh erst einmal die Einkäufe erledigen und kehre dann, ohne Wut im Bauch, zurück. Im Moment würdest du nur schlechte Entscheidungen treffen und das möchte ich verhindern.«

»Und was machst du in der Zeit?«

»Ich werde mich einfach ans Fenster setzen und ein wenig nachdenken. Die vielen Gedanken ordnen, zur Ruhe kommen.«

»Von mir aus. Ich gehe mich abregen. Zu gerne würde ich diesem Kerl … Aber du hast recht. Wir sind Nachbarn. Was wir nun am wenigsten brauchen, ist ein neuer Feind in unserem Leben, der den Neustart beeinträchtigt.«

Mit diesen Worten wandte er sich herum und begann seinen Weg hinunter zur angelehnten Eingangstür.

Kapitel 4 — Esther

Wir haben es geschafft.

Ein recht unwirklicher Gedanke. Gleichzeitig erfüllt er mich mit so viel Glück und Freude, wie sie ewig nicht mehr mein Herz beheimateten. Der Nebel des Krieges lag viel zu lange vor uns; der Rauch der Schornsteine sogar noch ein wenig länger. Umso erstaunlicher ist es, den Stacheldraht und das Beisammensein mit hunderten Menschen gegen vier Wände zu tauschen, die nur uns beiden gehören. Es kommt mir so vor, als wären die vielen Schritte, die wir unternehmen mussten, um an diesen Punkt zu gelangen, schon ein Teil einer fernen Vergangenheit. Auch wenn ich die aufgeplatzten Stellen an meinen Hacken und meiner Fußsohle noch spüren kann. Aber auch dies wird sich mit der Zeit ändern; körperliche Wunden werden heilen.

Das sollte ich am besten wissen. Ich sah so manche Verletzungen und das nicht nur im Lager. Bereits davor, in meiner Ausbildung zur Krankenschwester, schlossen sich Wunden vor meinen Augen, Schmerzen ließen nach, wichtiges Heilfleisch baute sich über offene Risse auf. Der Körper ist ein selten erreichter Apparat, der über eine Robustheit verfügt, dass man den Heilungsprozess oftmals eher mit Zauberei der Natur als mit Sachverstand erklären kann. Deswegen mache ich mir um meine Hacken und Sohlen keine Sorgen. Das wird. Ich bin sicher.

Weniger hoffnungsvoll bin ich, was die seelischen Gebrechen angeht. Davids viel mehr als meine. Seine gebückte Haltung kommt nicht nur von den schweren Dingen, die er tragen musste, auch wenn er das zu gerne als Grund angibt. Irgendetwas drückt ihn gen Boden. Eine Kraft reißt an seiner

Kleidung und zerrt ihn hinunter. Ich spüre es, wenn ich neben ihm stehe. Manches Mal bekomme ich den Impuls, diese unsichtbaren Teufel zu greifen und David von ihnen zu befreien. Aber es hätte wenig Sinn. Ich kriege sie nicht zu fassen; er lässt sich nicht helfen.

Vielleicht ist er zu stolz. Vielleicht aber auch zu ängstlich, ich könne ebenfalls in seine Abgründe fallen. Ich weiß es nicht. Einzig ein Seil kann ich um ihn spannen, um ihn aus den tiefen Löchern herauszuholen. Ich würde gerne mehr tun, aber er sagt immer, ihm reiche das bereits. Er sei sogar dankbar dafür, wenn er seine Gedanken mit mir teilen könne und ich ihn wieder auf den richtigen Weg bringe. Ich antworte dann häufig, er solle sich seine Dankbarkeit sparen und die Energie eher darin investieren, mir Zugang zu der Welt in seinem Kopf zu verschaffen. So düster, kalt und trostlos sie auch aussehen mag. Er lächelt dann nur.

Manches Mal ertappe ich mich dabei, wie ich ihn versunken in seiner eigenen Welt sitzen sehe. Er starrt meist auf seine Hände, drückt sie zusammen, um ihnen Leben einzuhauchen und gegen die zunehmende Versteifung vorzugehen. Wer über Stunden seine Finger in einer verkrampften Haltung lässt, wird diesen Reflex der An- und Entspannung nicht mehr los. Anders als der von Eltern an ihre Kinder weitergereichte Schwindel, sie sollen nicht zu lange schielen oder die Augen würden die schiefe Position behalten, sind die eingefroren erscheinenden Glieder Wirklichkeit. Manchmal glaube ich, er könnte das stundenlang machen, wenn ich ihn durch meine Anwesenheit nicht dabei unterbrechen würde. Völlig konzentriert geht er diesen Übungen nach.

Währenddessen schlägt er in seinem Kopf Schlachten. Ich sehe es. Er begibt sich in innere Grabenkämpfe mit sich und seinen Erinnerungen. Seine Augen zucken dabei nicht selten hin und her wie zwei flinke, unbändige Säbel, die durch die Luft sausen. Ich würde ihm gerne etwas Ruhe und Frieden schenken. Aber sein Geist bleibt für mich ein verschlossener Ort — der unbetretbare Garten Davids.

Es nagen viele Dinge an ihm. Ich weiß es. Auch wenn er noch so oft beteuert, dass es ihm den Umständen entsprechend gut ginge und er am meisten Kraft daraus ziehe, dass ich bei ihm sei.

Ich glaube, dass er diese Worte ehrlich meint. Dennoch erfassen sie nicht die ganze Wahrheit. Es ist, als würde er mir nur einen Teil seiner Gedanken zeigen, mich unberührt festhalten und dadurch verhindern, dass ich mich frei umsehen kann. Er wird wissen, warum er das macht. Ich für meinen Teil glaube, dass er noch nicht vollständig aus dem Lager zurückgekehrt ist. Das sind wir alle nicht. Aber er muss einen größeren Teil dort hinterlassen haben.

Welch ein abstruser Gedanke. Da steht ein Mann in seiner Gänze vor mir und dennoch kann ich mich nie von dem Gefühl lösen, er wäre unvollständig. Ich würde ihn gerne wieder zusammensetzen. Wie eine in zwei gebrochene Figur, die man aus einem Gefühl der Wut auf den Boden fallen ließ. Aber leider hat David seine eigene Version eines Stacheldrahtes um sich herum. Kein Näherkommen möglich. Ich versuche es immer wieder einmal, aber scheitere, weil ich noch nicht das richtige Werkzeug gefunden habe, um seine Barriere zu überwinden. Er ist einfach anders als ich. Er behandelt alles im Inneren, während ich eher ein offenes Gespräch führen würde. Reden hilft mir in so manchen schwarzen Stunden.

Gerade einmal 21 Jahre war ich alt, als meine schwärzeste Stunde begann: ich sah die Tore mit diesem sarkastisch-widerlichen Schriftzug und wurde Teil einer Welt, von der man nur hinter vorgehaltener Hand sprach. Das wahre Übel konnte man sich aber mit keiner noch so finsteren Farbe ausmalen. Ich war damals ein junges Mädchen, das noch nicht viel von der Welt gesehen hatte. Ich sorgte mich weniger darum, was die Zukunft brachte, sondern lebte für in den Tag. Ein sonniges Gemüt attestierte man mir, insbesondere im Bergener Hospital, in dem ich meine Ausbildung machte.

Meine Vorgesetzte sagte immer, sie könne einen Sonnenschein wie mich gut brauchen. Die dicken, grauen Wände des Krankenhauses wirkten auf so manche Menschen trist und deprimierend. Da würde ich schon für etwas Abwechslung sorgen, wenn ich nur morgens ins Zimmer käme und die Patienten mit einem Lächeln begrüße. So viel positive Energie hätten sie sonst nicht in der Belegschaft, sagte sie. Ab und an schickte sie mich sogar zu besonders traurigen Patienten oder solchen, die eine schlechte Nachricht erwarteten. Als seelischer Beistand. Heutzutage würde ich anzweifeln, dass allein meine Anwesenheit so viel Veränderung für die Patienten brachte. Aber mir ist bewusst geworden: ohne die Erfahrung, leidenden Menschen in die Augen zu sehen und sie aufzuheitern, hätte ich das Lager und die anschließenden Märsche nicht überstanden.

Für Lagerinsassinnen wirkte es mit Sicherheit absurd, dass ich an so manchen Tagen sogar ein Lächeln auf den Lippen hatte. Dieser kleine Anflug an Zuversicht galt nicht den Umständen oder den Wärtern, sondern dem tiefen Glauben daran, dass wir es gemeinsam schaffen können, diese Schrecklichkeit zu überleben. Und ich sollte recht behalten.

Wenn ich so darüber nachdenke, haben mich diese Anflüge letztendlich zu David gebracht: Auf dem ersten unserer drei langen Märsche — zu denen wir gezwungen wurden, um der eigenen Rettung zu enteilen — ging er gedankenverloren an mir vorbei. Es gab nicht mehr genug Zeit, die Geschlechter, wie im Lager, getrennt voneinander laufen zu lassen. Dafür waren wir zu viele und der Aufbruch erfolgte zu zeitig.

Ich sah ihn an. Sein Kopf war nur noch lose mit seinem Hals verschraubt. Er wirkte betroffen, erschöpft. Mehr noch als die Anderen um uns herum. Sein körperlicher Zustand war zwar nicht heruntergekommener als der von den anderen Insassen, aber in seinem Blick lag eine Leere, die in mir tiefe Trauer auslöste. Er war mir da noch fremd und trotzdem ließ mich diese Kapitulation nicht mehr los. Er hatte aufgegeben. Es wäre nur noch eine der Frage der Zeit gewesen, bis die Sanduhr seines Lebens kein Körnchen an Überlebenstrieb mehr in sich tragen würde. Mir war klar, dass ich es mir nicht hätte verzeihen können, wenn ich ihn ignoriert hätte und weitergegangen wäre.

Ich versuchte deswegen, mich an ihn heranzuschleichen, ohne dass die Wachen bemerkten, welches Ziel ich hatte. Wenn er sich zurückfallen ließ und sein Tempo verlangsamte, tat ich es ihm gleich. Es waren sicher keine bewussten Befehle, die er seinem Körper gab. Dafür war er zu sehr Hülle und zu wenig lebendig. Der Weg war schlichtweg uneben und an vielen Stellen steinig. Beschleunigte er seinen Gang aufgrund der Gegebenheiten, so beschleunigte auch ich wieder. Ich wurde zu einem wandernden Spiegelbild. Vor Jahren hätte man mich auch noch als seinen Schatten bezeichnen können, aber dieses Wort trägt inzwischen zu viel furchtbaren Ballast.

Nach einer Weile musste ich ihm aufgefallen sein, denn er schaute öfter in meine Richtung. Wenn auch nur für Sekundenbruchteile. Dann richtete er den Blick wieder auf die Schultern des Vordermannes.

Irgendwann konnte ich die Distanz zwischen uns schließen, sodass wir nebeneinander liefen. Für die Wärter muss es wie ein Zufall ausgesehen haben, denn sie schritten nicht ein. Ich räusperte mich, um seine Aufmerksamkeit zu erlangen und als er mich ansah, lächelte ich.

Es war ein ernst gemeintes Lächeln, das von Herzen kam. Da jede Berührung vermutlich damit geendet hätte, dass einer von uns, wenn nicht gar beide, erschossen worden wäre, blieb mir nur meine Mimik.

Mein Handeln überrumpelte ihn. Er verlangsamte auf einmal sein Tempo deutlich, als hätte ihn meine Freundlichkeit zum Stolpern gebracht. Es bestand die Gefahr, er könnte in seinen Hintermann stoßen. Aber meine weit aufgerissenen Augen und mein Kopfschütteln müssen ihn aus der Sekundentrance gerufen haben. Er normalisierte seinen Gang rechtzeitig.

Ich war erleichtert über diese schnelle Veränderung, hätte er nur durch mich beinahe für einen Auflaufunfall gesorgt. Wer weiß, wie die Schattenmänner reagiert hätten? Im schlimmsten Fall hätten sie ihn aussortiert, weil sie ihn für zu schwach für die Reise hielten. Einer der Männer wäre mit ihm an den Seitenrand gegangen, man hätte einen kurzen Knall gehört und nur der Schütze wäre wiedergekehrt.

Die Stille vor dem Schuss setzt einem am meisten zu. Das unfreiwillige Warten darauf, dass ein Mensch sein Leben verliert. Man gewöhnte sich auch nicht daran. Noch heute höre ich dieses Geräusch manches Mal im Schlaf. Ich zucke dann zusammen, wache auf und spüre mein Herz rasen. Umso schlimmer wäre es gewesen, hätte David aufgrund meines Lächelns dieses Schicksal geblüht.

Zum Glück fing er sich aber wieder, sodass der Schrecken kaum mehr als eine Sekunde andauerte und wir von da an die Strecke gemeinsam gehen konnten. Wir ließen dabei mal mehr, mal weniger Abstand zueinander, uns stets im Blick habend, sodass niemand auf die Idee kommen konnte, wir würden zueinander gehören.

"Zueinander gehören" — verrückt diese Worte, wo wir doch kaum wagen, uns näherzukommen. Es existiert ein innerer

Graben, der uns voneinander trennt. Bei ihm vielleicht aufgrund seiner verstorbenen Anna und Erfahrungen, die so völlig andere sein müssen als die meinigen. Bei mir sind es vor allem die neun Jahre, die zwischen uns liegen. Er wirkt zwar jünger, als es sein Lebensalter vermuten lässt und hat sich ein gewisses jugendliches Aussehen erhalten. Gleichzeitig gibt es Momente, in denen er sein Alter durch seine Nachdenklichkeit verrät. Es scheint manchmal seine Leidenschaft zu sein, seinen Kopf mit Dingen zu füllen, die ihn ähnlich beschweren wie einen gewaltigen Krug, den man über Stunden unter einen Wasserhahn hält.

Dabei müsste er sich kaum mehr sorgen, wenn man unsere Situation von vor einigen Monaten mit der aktuellen Lage vergleicht: wir haben eine Wohnung, bekommen Lebensmittel, Kleidung, sowie einige Möbel für den Haushalt. Man hat mir sogar in Aussicht gestellt, dass ich im Hebräer Krankenhaus arbeiten könnte, sobald ich mich eingelebt habe und mich dazu bereit fühle. Ich war überrascht über dieses Angebot, als man es mir bei unserer Ankunft in Hebräu vonseiten der Behörden unterbreitete, aber gleichzeitig auch von Glück berührt. Immerhin wollten wir die Großzügigkeit der Behörden nicht zu lange beanspruchen. Wir strebten nach Unabhängigkeit.

Für David könnte es schwer werden, sagte man uns, wieder auf eigenen Beinen zu stehen. Es fehlte an Institutionen, in denen man ihn unterrichten lassen könnte. Schulen waren dem Krieg zum Opfer gefallen. Erst einmal stände der Wiederaufbau im Vordergrund, während die Notwendigkeit von Bildung noch keine Priorität genoss. Das Gerüst müsse stehen, bevor man das Innere füllen kann, hieß es.

Hoffentlich ändert sich das über die nächsten Wochen und Monate. Ich würde es ihm wünschen. Er ist ein guter Mann und auch wenn er es nicht selbst sagt, weil er in seiner

Bescheidenheit nie positiv von sich sprechen würde: er hat viel Talent, den Menschen aus den Fesseln der Bildungsarmut zu befreien. Und wenn wir eine Sache wirklich dringend brauchen, dann ist es, eigenständig denken zu können. Ein neues Zeitalter der Aufklärung sei vonnöten, wiederholt er immer wieder. Er ist der Meinung, wir dürften uns nicht mehr von Obrigkeiten verführen, sondern sollten uns von der eigenen Vernunft leiten lassen. Jeder von uns hätte einen inneren Kompass. Nach dem könne man gehen. Dann würde man bessere Entscheidungen treffen, als wenn man auf andere Leute höre.

Mir fällt es schwer, da zu widersprechen. Immerhin haben wir positive Erfahrungen damit gemacht. Mit diesem Kompass, meine ich. Und das unter den wohl denkbar widrigsten Umständen: als wir von Gefangenen zu Befreiten wurden. Es gab hierfür keinen ruhigen, gelassenen Übergang. Von einem Tag auf den nächsten waren wir plötzlich nicht mehr das Eine, sondern das Andere. Als würde man eine Plakette an einem Wagen tauschen, so schnell geschah unser Lebenswechsel: Die Schatten waren in einer Nacht klammheimlich aufgebrochen und ließen uns zurück. Der alltägliche Morgenappell, den es trotz des anstehenden Marsches zu einem der Lager im Landesinnern, gab, fiel auf einmal aus. Es war völlig ruhig außerhalb der Baracken. Wir verschliefen sogar, weil kein markerschütternder Schrei uns aus dem tiefen Schlaf riss. Die Anstrengung der dutzenden Kilometer steckte in unseren Knochen. Unsere Körper sehnten sich nach Erholung. Doch als die Ersten von uns erwachten, verbreitete sich ein Gefühl der Unruhe. Was hatten die Schatten vor? War das ein neuer Trick? War unser Ende gekommen und sie ließen uns nur länger allein, um unsere Auslöschung vorzubereiten?

Einige in der Baracke gerieten damals in Panik. Andere wiederum legten sich in ihre Betten und warteten auf das, was auch immer auf sie zukommen würde. Ihre Erschöpfung überstieg das Maß an Lebenswillen. Sie wollten nur nicht mehr laufen. David und ich waren mittendrin. Die Stille, die sich über das Lager legte, hätte beruhigend wirken sollen. Immerhin waren wir erlöst von den gebrüllten Anweisungen der Schatten. Aber es fühlte sich an, als sei es die Ruhe vor dem Sturm auf unsere Existenz. Es schien, als wäre dieser Gedanken in der Baracke verbreitet: Einige von uns begannen zu beten, andere sich in Ecken zu kauern, sich so klein zu machen, wie sie nur konnten, als würden sie dadurch unsichtbar werden.

Es gab nur wenige Mutige unter uns, die sich trauten, zu den Fenstern zu gehen, um Bescheid geben zu können, dass der finale Akt für uns begann. Doch diese Meldung blieb aus. Eine lange Zeit verharrten wir, bis wir auf einmal einige Jubelschreie hörten. Stimmen, die von Weinkrämpfen zitterten, drangen an unsere Ohren. Sie riefen, dass wir herauskommen sollten, dass wir frei wären.

Die Menschen um mich herum zögerten ebenso wie ich es tat. Auch David glaubte diesem Frieden nicht. Erst als die Tür zu unserem Ruheplatz ruckartig geöffnet wurde und wir die ersten Schritte hinauswagten, überkam uns die Gewissheit, dass die Schatten geflohen waren. Es war überstanden. Auch wenn es sich nicht so anfühlte, da wir wussten, dass eine lange Reise vor uns liegen würde — zurück ins Leben und in unsere Menschlichkeit.

Zu Beginn dieses Weges schwiegen wir, vermutlich weil weder er noch ich in Worte fassen konnten, welche gemischten Gefühle in uns wohnten, sich ausbreiteten und miteinander rangen. Es war eine langwierige, anstrengende Zeit. Selbst als wir allmählich wieder Worte füreinander entwickelten, fanden wir kaum Trost in dem Gedanken, uns vom Lager zu entfernen. Wenn zwei Seelen zu Schlachtfeldern werden, ist kaum Raum für ruhige Gedanken. Dennoch war genau das vonnöten, da eine Entscheidung getroffen werden musste, welchen Weg David und ich für unsere Zukunft einschlagen sollten. Sollten wir ins Ausland gehen und uns ein neues Leben aufbauen oder weiterhin in unserer Heimat bleiben, die uns verstoßen hatte? Keiner von uns konnte das entscheiden, da jeder dieser Pfade Ungewissheit bot.

Wir einigten uns darauf, uns von unserer Vernunft leiten zu lassen und einen Ort zu suchen, der kein Gefühl von Gefahr erweckte. Die erste Gegend, die erste Stadt oder das erste Dorf, das wir betreten und nicht den Eindruck bekommen, wir wären in Lebensgefahr, sollte für uns die Station zurück in einen Alltag darstellen. Letztendlich führte uns diese Entscheidung nach Hebräu. Ich hoffe weiterhin, dass es die richtige Wahl war und wir niemals bereuen müssen, nicht ins Ausland geflohen zu sein.

Kapitel 5 — Der Kontakt

Das Küchenfenster stand offen. Der hineinwehende Wind brachte die Flammen der zwei Kerzen auf dem Tisch zum Tanzen. Schatten und Licht wechselten sich an der grauen Wand daneben ab. Manchmal konnte man sogar kleine Formen sehen, die für einen Augenblick im Feuer brannten und dann wieder verschwanden.

Es war ein ruhiger Abend angebrochen. David saß zunächst alleine auf der Seite des Küchentisches, die einen Blick in den Sternenhimmel erlaubte. Esther folgte ihm wenig später. Sie setzte sich anfangs noch ihm gegenüber, entschied sich dann aber dafür, ihren Stuhl neben David zu platzieren. Tagsüber mochte es für sie keinen Unterschied machen, dass David auf dem Stuhl mit dem aufgescheuerten Polster saß, während sie das einzige Fenster der Küche im Rücken hatte. Aber abends, wenn die Nacht langsam ihr Sternenkleid anzog, saß Esther lieber an seiner Seite.

Zuerst verharrten sie einige Minuten nebeneinander völlig stumm. Sie hörten lediglich die Stimmen der ihnen unbekannten Menschen, die dort draußen ihren Leben nachgingen. Vereinzelt erklangen einige Motorengeräusche.

David entspannte dieses allabendliche, sanfte Gewimmel der zur Ruhe kommenden Stadt. Er genoss es, Esther bei sich zu wissen und die Sterne hatten eine beruhigende Wirkung auf ihn. Die Küche war bereits zu seinem Lieblingsort in der Wohnung geworden, da das Fenster einen Blick auf Hebräu ermöglichte und nicht, wie die Fenster im Wohnzimmer, gegenüber einer Häuserwand lagen. Außerdem gaben ihm die zwei Stühle in der Küche eine gewisse Sicherheit im Umgang mit Esther. Sie waren zwar räumlich miteinander vereint, dennoch existierte eine kleine Lücke zwischen den beiden Kanten der Stühle.

Das mochte für Außenstehende kaum von Belang sein, aber für ihn war es wichtig: das Gefühl von wirklicher Nähe und längerem Hautkontakt war etwas, das er erst langsam wieder für sich entdecken musste. Deswegen war er dankbar dafür, dass sie die Küche stillschweigend zu einem regelmäßigen Treffpunkt auserkoren hatten und nicht etwa das Wohnzimmer, in dem das alte Sofa die einzige Sitzgelegenheit gewesen wäre.

Esther teilte dieses Gefühl sicherlich, wenn er sich an den ersten Tag des Einzugs erinnerte: Esther hatte an eben jenem Tag den Härtegrad der Kissen im Wohnzimmer ausprobiert, nachdem sie das erste Mal durch die Tür geschritten waren und das dunkelgrüne Sofa gesehen hatten. Sie war mit einem kleinen Satz auf das bequem wirkende Objekt mit den zwei Sitzkissen gesprungen und hatte offensichtlich eine leichte Federung erwartet, die sie wippen lassen sollte. Doch anstatt gemütlich zu landen, sackte sie etwas ein. So als wäre das Sofa mit Treibsand gefüllt. Erschrocken war sie aufgestanden, hatte es etwas vorsichtiger erneut probiert, nur um einem Déjà-vu ausgesetzt zu sein.

David hatte es daraufhin selbst versucht und war sogar noch mehr eingesackt. Er hatte die Couch verwundert angeschaut und Esther gebeten, sich ebenfalls zu setzen. Er hatte angenommen, dass dieses Möbelstück bereits sehr alt war und man zu zweit besser darauf sitzen könnte. Das hatte er ihr zumindest gesagt. Jedoch war in ihm die Hoffnung, für einige Sekunden enger bei ihr sein zu können, um ein Gefühl dafür zu bekommen, wie sich Nähe mit diesem für ihn zwar vertrauten, aber gleichzeitig so fremden Menschen in dieser Umgebung anfühlte. Immerhin würden sie in den nächsten Wochen,

Monaten, gegebenenfalls sogar Jahren, noch einige Male auf diesem Sofa Platz nehmen. Daher sollten sie sich daran gewöhnen, nicht mehr nur gegenüber voneinander zu sitzen, sondern auch derart nah, dass er einen Arm um sie hätte legen können.

Sie hatte ihn damals fragend angeschaut, da sie seiner Gedankenkette nicht so recht folgen konnte, hatte ihm aber den Gefallen getan und fand sich kurz darauf in einer Situation wieder, in der sie keine fünf Zentimeter voneinander entfernt gesessen hatten. Das Sofa hatte beiden Körpern nachgegeben und jeder von ihnen war jeweils ein Stück in die Mitte gerutscht. Ein unangenehmes Gefühl hatte ihn unmittelbar beschlichen, da das Sofa bei jedem seiner Versuche, sich gerade aufzurichten und eine vernünftige Sitzposition zu finden, immer mehr nachgegeben hatte und ihre Körper sich näher kamen.

Keiner von ihnen hatte gesprochen oder Anstalten gemacht, den Moment aufzulösen. David hatte sich beengt gefühlt, als würde er in einem Raum stehen, dessen Wände sich auf einmal auf ihn zu bewegen. Er war nicht fähig aufzustehen, ohne ihr das Gefühl zu geben, mit der Situation überfordert zu sein. Gleichzeitig hatte sich sein Puls beschleunigt, da er aus dem Augenwinkel sehen konnte, dass sie sich weiter näherten. Auch Esther war der Moment unangenehm. Sie hatte geschwiegen und nur ein schüchternes Lächeln für David übrig.

Er hatte damals fieberhaft nach Worten und Themen gesucht, die diesen Augenblick entspannen würden. Aber wie in einer gewaltigen Maschine schossen die Wörter auf Laufbändern mit einer solchen Geschwindigkeit an ihm vorbei, dass er nur unvollständige Sätze hatte bilden können, die fernab von jedem Sinn gewesen waren. Hätte er sie ausgesprochen, wäre es noch bedrückender geworden.

Als er schließlich ein weiteres Mal bemüht hatte, sich durch

Balancieren in eine Position zu bringen, die ihr nicht ganz so nah war, hatte das Polster erneut nachgegeben und sein Arm berührte ihren. Es hatte sich für ihn nicht so verheerend und unangenehm angefühlt, wie er erwartet hatte. Allerdings konnte er den Kontakt nicht genießen. Zu nah, zu schnell waren sie Haut an Haut geraten. Vor allem zu ungewollt.

Aber noch bevor David sich überlegen konnte, wie er sich elegant aus der Situation hätte retten konnte, war Esther es, die sich rasch vom Sofa erhoben hatte. Sie hatte seinen Blick vermieden und gemurmelt, sie sollten die restlichen Sachen hochholen. Seitdem versuchten sie, nicht erneut in eine solche Situation zu gelangen. Sie achteten vermehrt auf ihren Abstand. Berührungen kamen zwar vor, waren jedoch nie langanhaltend oder aus romantischer Absicht heraus. Sie waren Momente der Unterstützung oder der Aufmunterung. Anfassen besaß eine logische Funktion, kein Gefühl. So dachte er.

»Fast den Hals habe ich mir heute Morgen gebrochen. Diese vermaledeite Tür!«, unterbrach David die Stille, während sie weiterhin die Sterne beobachteten und nebeneinander saßen.

»Wie ist das denn passiert?«, fragte Esther mit einigen Falten in der Mitte ihrer Stirn, als würde sie seinen Worten keinen Glauben schenken können.

»Frost, nehme ich mal an. Es ist verrückt, wie schnell es gefriert, sobald die Sonnenstrahlen nicht mehr die Erde erreichen. Als ich durch die Haustür und in Richtung des Marktplatzes ging, konnte ich meinen Atem bereits sehen. Sogar meinen Mantel musste ich zuknöpfen, so kalt wurde es.«

»Einen Schal hast du nicht bei dir gehabt?«

»Ich wollte noch umdrehen, als ich merkte, wie mir der Wind durch die Mantelöffnung am Hals pfiff. Aber die Faulheit siegte.«

»Der Winter hat gerade angefangen, David. Ohne Schal

herumzulaufen ist keine gute Idee. Uns wurden extra welche mitgegeben«, erinnerte sie ihn. »Warum warst du überhaupt heute Morgen unterwegs?«

»Weißt du, ich habe auf dem Rückweg von meinem Einkauf, nach dem unsäglichen Gespräch mit Jaffke vor einigen Tagen, eine kleine Bäckerei gesehen. Sie wirkte einladend, aber da ich erst am Nachmittag vorbeiging, war fast alles bereits verkauft. Heute früh erinnerte ich mich an die Backstube und wollte dich überraschen. Wie lange hatten wir schon keine warmen Brötchen mehr? Ich wäre sogar zurückgekommen und hätte mir einen Schal umgebunden, aber ich war schon zu weit und fürchtete, dann wieder zu spät bei der Bäckerei anzukommen. Daher ertrug ich den eisigen Wind.«

»Aber wir hatten heute doch keine Brötchen?«

»Sie waren alle vergriffen, sagte mir die Verkäuferin.«

»Wie schade. Aber der Gedanke ist lieb gemeint gewesen.«

»Ob das die Wahrheit war, kann ich dir allerdings nicht sagen«, begann er. »Die Auslagen waren leer, das stimmte wohl. Aber ihr Gesichtsausdruck zeigte keine Bereitschaft, mir überhaupt etwas verkaufen zu wollen. Ihre Augen waren kalt und ihr Ton schroff. Ihr war es sicher nicht unlieb, dass ich ihr Geschäft unmittelbar nach meiner Frage wieder verließ.«

»Also hast du umsonst gefroren«, sagte Esther mit weichem Blick, »Aber was ist denn nun mit deinem Hals gewesen? Wie konntest du dir den beim Bäcker brechen?«

»Nicht beim Bäcker. Als ich wiederkam, war ich in Gedanken und stellte mir vor, wie ich mich aufwärmen könnte, indem ich einige Decken um mich herumwerfe und mir vielleicht einen Tee mache. Ich öffnete die Eingangstür unten, machte meinen Weg durch die kurze Eingangshalle, hob meinen Fuß, um die ersten Stufen zu nehmen — du weißt, die vier Stufen, bevor noch einmal ein kleiner Gang kommt, vor der eigentlichen

Treppe — und meine Sohle fand nur ganz kurz Halt. Dann spürte ich, wie ich das Gleichgewicht verliere. Plötzlich war da ein Stich im Knöchelgelenk. Ich verlor die Balance. Nur mit Mühe konnte ich mich an der Wand abstützen. Umgeknickt bin ich! Weil die Treppe über Nacht an einigen Stellen leicht vereiste«, empörte er sich, »Als ich das Haus verlassen habe, muss ich Glück gehabt haben, dass meine Sohlen mehr Haftung zur Treppe hatten. Sonst wäre ich da sicher schon hingeflogen.«

»Warum hast du nicht erzählt, dass du dich verletzt hast, als du zurück warst? Ich hätte mich doch um dich gekümmert«, antwortete sie anklagend.

»Ich wollte dich nicht sorgen.«

»Schmerzt es sehr?«

»Es geht schon. Ich habe bereits Schlimmeres ertragen«, sagte er, nur um daraufhin in betretenes Schweigen zu verfallen. Eine kurze Ansammlung an Worten mit einer unendlichen Schwere. Beiläufig ausgesprochen, ohne viel Acht auf die Wortwahl zu geben, und schon eine Verbindung in die Vergangenheit geschaffen. Wann sie wohl unbedarft sprechen können? Ohne doppelte Böden und unsichtbare Löcher zu finden, in die sie hineinfallen und den Sturz nur beschwerlich stoppen können?

Nach einer Weile war es Esther, die ihre rechte Hand kurz auf seinen linken Arm legte und liebevoll zudrückte. Er schämte sich dafür, die Vergangenheit so unbedarft in diesen friedlichen Abend gebracht zu haben. Ihre Berührung erleichterte sein Gemüt solange, bis sie ihre Hand wieder wegnahm und sie neben seine auf dem Tisch ablegte.

»Bitte verzeih, Esther. Es war unüberlegt formuliert«, sagte er schließlich.

»Vergeben und vergessen. Wir dürfen die Geschehnisse nicht unsere Sätze begrenzen lassen. Frei — das sind wir und so müssen die Dinge sein, die wir sagen. Wir haben uns die

Freiheit hart erarbeitet, erkämpft und erlaufen. Lass uns bitte nicht jedes Wort auf eine goldene Waage legen und bei bestimmten Gewichten zu Tode betrübt sein. Es gibt keine Zwänge und keinen Stacheldraht mehr, die uns einschränken.«

»Aber sind wir das denn? Frei, meine ich. Bist du nicht auch nur stückweise aus den Lagern wiedergekehrt und hast einen Teil von dir dort verloren?«, fragte David mit glasigen Augen. Es war für ihn kein Geheimnis, dass er als ganzer Mann hinein und als Überrest wieder herauskam. Er merkte es insbesondere dann, wenn er sich an frühere Freudenmomente erinnerte und fühlte, wie sein Inneres sie wie Luftballons zum Platzen bringen wollte. Jeder positive Gedanke, den er an eine Zeit vor dem Lager hatte, wurde, je länger er in seinem Kopf verweilte, in die Mangel genommen und zerquetscht. Inzwischen spielte er mit der Idee, diese Luftballons gar nicht mehr aufzupusten, sondern sie vor sich selbst und diesen seelischen Krallen zu verstecken. Er hatte eine Vergangenheit, aber die begann für ihn mehr und mehr nur ab dem Zeitpunkt seiner Verhaftung und des Lagertransports.

»Sicher. Wie jeder von uns. Aber ich habe zu viel zu geben, als man mir hätte nehmen können. Als Menschen besitzen wir doch so viele Seiten, Ebenen, Erinnerungen, Gedanken und Ideen, dass man Jahrhunderte bräuchte, um dies alles wie Grashalme auf einem Rasen pflücken zu können«, antwortete Esther.

»Und wenn man dir das Menschsein nimmt?«

»Wenn man es sich nehmen lässt, ist man verloren. Wenn man aber daran festhält, sich windet und diejenigen abschüttelt, die es rauben wollen. Oder ihnen nur kleine Brocken gibt, sodass ihr Hunger gestillt ist und sie zufrieden ablassen. Vielleicht Teile davon im inneren Labyrinth so versteckt, dass man nur selbst den Weg dahin findet. Dann ist man zwar in der Gefahr des

Leids, nicht aber in der einer Menschlosigkeit.«

»Hmm«, gab David leise von sich, schaute erneut hinunter auf ihre Hand und dachte nach. Seine Augen tanzten dabei ein wenig hin und her, als würde er nach einer Antwort suchen, die vor ihm ausgebreitet läge. Aber da war nichts. Nur die schroffe, an manchen Stellen eingekratzte Oberfläche des Tisches und Esthers helle Haut.

»Weißt du, was sie vorhin im Radio in den Meldungen des Tages sagten?«, unterbrach sie seine Suche nach einer Reaktion.

»Dass es eisig wird und wir die Tür des Treppenhauses richtig schließen und nicht nur anlehnen sollten, sodass sich keiner den Hals brechen kann?«, antwortete er trocken.

»Das auch, aber mehr noch: die Aufräumarbeiten haben nicht nur da draußen begonnen«, sagte sie und zeigte aus dem Fenster, »sondern sollen jetzt auch im Inneren beginnen!«

Er verstand nicht, was sie meinte. Im Inneren? War das nicht das Gleiche, ob sie draußen aufräumen oder im Landesinneren?

»Du wirkst so begeistert wegen dieser Nachricht, dass ich umso mehr wünschte, sie verstehen und dir folgen zu können«, antwortete er ihr.

»Sie fangen bald an, diejenigen, die uns Unrecht taten, vor Gericht zu stellen und sie dafür zu bestrafen!«

»Ist das wahr?«, fragte er sie ungläubig.

»Ja, David! Sie haben es erzählt, als du weg unterwegs warst. Sie hoffen jetzt auf Mithilfe der Bürger, sodass alle, die sich verantwortlich zeichneten, nun auch überführt werden können. Endlich Gerechtigkeit, David. Endlich. Davon hast du doch immer gesprochen!« Esthers Stimme war aufgeregter geworden. Auch ihr Tonfall änderte sich zu einem freudigen Aufschrei, der von einem Leuchten in ihren Augen unterstrichen wurde.

»Aber kann es die geben?«, fragte David nach einem kurzen Moment des Überlegens.

»Wovon sprichst du?«, fragte sie und schon wirkte das Leuchten reduziert.

»Gerechtigkeit«, setzte er an, nur um erneut einen Augenblick zu verharren, »So viele von uns sind nicht mehr da. Und die Zahl derer, die Dinge gesehen haben, die nie vergessen werden, ist ebenso hoch. Der Haufen der Männer und Frauen, an deren Hände die zerfallenen Überreste unserer Verwandten, Freunde, Nachbarn und Brüdern wie Schwestern kleben, eben jene Menschen, die nie vergessen dürfen, was sie taten oder zuließen, ist noch viel größer. Wie kann es da Gerechtigkeit geben? Wenn es nicht alle trifft und die entstandenen Wunden weiterhin offen sind? Wird das Volk dieses Landes bereuen, was es denen, die über Jahrzehnte unter ihnen waren, angetan haben? Wie man uns bereitwillig, ohne große Gegenwehr, dafür mit umso größerer Begeisterung, in die Hölle sandte? Ich glaube nicht«, sagte David und schaute sie eindringlich an. Er war nicht sauer auf sie oder ihr böse, dass sie ihm diese Nachricht überbrachte. Sein Innerstes sehnte sich nur so sehr und schon so lange nach Gerechtigkeit, dass eine solche Suche noch nicht genug war. Er wollte sie bestraft sehen. Sie alle. Wenn möglich, sollten sie ähnlich so viel Leid erfahren, wie er es tat. Dann, und nur dann, wäre es gerecht. Alles andere war ein unnützes Schauspiel, das niemandem etwas brachte. Insbesondere ihm nicht.

»Es wird die Schäden, die angerichtet, die Leben, die beendet, die Verbrechen, die begangen wurden, nicht ungeschehen machen. Nichts hat diese Kraft. Aber mir ist es lieber, es wird der Versuch unternommen. Allemal besser als die Taten und Personen unter alte rot-weiß-schwarze Teppiche zu kehren, das Land wieder aufzubauen und so zu tun, als wäre nie etwas geschehen«, antwortete Esther und hielt seinem bohrenden Blick stand.

Es war ihr sicher nicht entgangen, dass wenn er einen seiner tiefgründigen und ihn belastenden Gedanken hatte, er mit seinen Augen fest auf seinem Gegenüber war. Es war keine böse Absicht; er war sich des Blickes nicht einmal ständig bewusst. Aber er fokussierte sich so auf seinen Gesprächspartner und den vorliegenden Meinungsunterschied, dass er wie mit einer Lupe alles untersuchte, jede Mikromimik und jede noch so kleine Geste. David wollte verstehen können, wie man in dieser Frage eine andere Ansicht haben könnte als er. Aus diesem Grund sagte er ihr auch, dass er ihre Offenheit schätzte. Er mochte, dass sie mit ihren Meinungen nicht hinter dem Berg hielt, auch wenn sie konträr zu seinen sein konnten. Damit gab sie ihm häufig eine Perspektive, die er aufgrund seiner Weltsicht und der Färbung seines Herzens nicht von selbst hätte annehmen können.

»Hältst du es denn für möglich, dass die Mittäter und Mitwisser um uns herum diejenigen verraten werden, denen sie zujubelten und deren Entscheidungen sie beklatschten?«, fragte David mit einem Unterton, der die Antwort auf seine eigene Frage deutlich offenbarte.

Natürlich würden sie das nicht, dachte er. Warum sollten sie? Sie gewinnen nichts dadurch. Der Krieg war beendet und die Welt wird nie wieder so sein, wie sie vorher war. Die Menschen wollen nur vergessen und so tun, als sei nie etwas passiert. Als hätten sie nicht die Taschen voll mit zahllosen, abertausenden Schuldscheinen, die sie vor dem finalen Richter begleichen werden müssen.

»Wenn du mich jetzt fragst, ob die Menschen es den drei Affen nachmachen und so tun werden, als könnten sie nichts sehen, sagen oder hören, so muss ich das verneinen. Es wird auch hier Einzelne geben, die mit den Dingen, die geschehen sind, nicht einverstanden waren.«

»Doch sie schwiegen.«

»Vielleicht, aber freiwillig?«, fragte sie.

»Hat das etwa eine Bedeutung? Wer Unrecht sieht und nicht einschreitet, ist Komplize.«

»Also eine ganze Nation voller Täter und Komplizen?«, fragte Esther und kniff dabei leicht die Augen zu, so als sei er auf einer weit entfernten Insel und sie versuche ihn, trotz der Entfernung, noch zu erkennen.

»Eher eine Nation voller Feiglinge, Moralloser und Mitwisser«, redete er sich in Rage. »Eine Bagage, die sich dafür entschied, ihre Seelen einem Teufel zu geben, der diese als Antrieb für seine Feuermaschinen nutzte«, sprach David. Seine Stimme wurde nun giftiger, hasserfüllter, beinahe energisch verachtend.

Esther schien dieser Wandel zu erschrecken. David sah, wie ihr Mund halb offen stand, als wolle sie antworten, wüsste aber nicht, was sie sagen könnte. Sie bewegte ihre Hand, die beinahe berührend an seiner gelegen hatte, ein Stück weg, ehe Esther sie ganz zurückzog und auf ihren Schoß legte.

»Habe ich etwas Falsches gesagt?«, fragte David verunsichert und schaute zuerst auf den Ort, an dem Esthers Hand vorher gelegen hatte, um dann zu ihrem Schoß zu blicken.

»Du hast nur das gesagt, was du wirklich denkst.«

»War das Gesagte zu schroff?«

»Zu einseitig würde ich es eher nennen.«

»Inwiefern?«

»Du gibst einem ganzen Land mit Millionen Einwohnern Charaktereigenschaften, die allgemeingültig und universell sind. Alle sind in deiner Beschreibung gleich, keine Auswüchse nach oben oder unten, links oder rechts. Sie alle sind Täter oder Mitschuldige, richtig?«

»So sehe ich es, ja.«

»Mit der gleichen Rhetorik sprach man von uns, David. Mit einer ähnlichen Logik, ähnlich verallgemeinernden Worten begründete man, warum man uns alle zusammenpferchen musste. Warum es keine Ausnahmen geben konnte. Wir waren alle Täter und Verbrecher in den Augen jener, die du ausnahmslos als ebensolche beschreibst und die nun aufgerufen sind, jene vor Gerichte zu bringen, die strafenswerte Dinge taten.«

Davids sah sie an und versuchte in ihren Augen zu lesen. Er wusste nicht, wonach er Ausschau hielt.

»Sie können mich vom Gegenteil überzeugen«, setzte er nach einer Denkpause an. »Wir werden es erleben. Ob sie alle so rein sind, wie du sie wäschst, oder ob sie nicht das Wasser mit ihrer Krankheit verfärben«, sprach er, erhob sich, deutete an, sie zu berühren, führte die Bewegung aber nicht vollständig aus und verließ die Küche.

Esther blieb sitzen und dachte nicht daran, ihm hinterher zu gehen.

Kapitel 6 - David

Wie kann sie das nur glauben?

Zu viel ist passiert. Zu viele landeten in Erdlöchern oder im prasselnden Feuer. Und sie gibt diesen Wölfen Kreide, damit sie harmlos klingen können. Nein, es kann nicht ihr Ernst sein. Darf es nicht!

Aber wer kann es ihr verbieten? Ich? Will ich das? Einer Frau einen Gedanken untersagen, nur weil er mir unbequem und fremd ist? Welches Recht habe ich, ihren Geist einzuschränken, während meiner frei in alle Richtungen treiben kann? Keines. Beide sind wir Menschen, die viel geben mussten, um nun hier stehen zu können. Um überhaupt stehen zu können, könnte man sagen.

Ich frage mich, wen sie mit ihrer Zuversicht verteidigen will. Menschen, die uns auslieferten und das ohne auch nur den unbewussten Reflex zu besitzen, mit der Wimper zu zucken. Nachbarn, die bereitwillig verrieten, wenn wir uns versteckt hatten. Freunde, die uns verkauften. Für eine bessere Position in der Partei der Schatten oder ein erhöhtes Ansehen bei anderen Fratzenfiguren, die begeisternd den Gleichschritt übten.

Ich habe noch im Ohr, wie viele Namen sie mir gaben. Eine brutale Kreativität ausgedrückt in Wortketten, die mich mehr verletzten, als ich zugeben wollte. Aber weniger, als sie es erhofft haben. Früh merkte ich, wie notwendig ein Schutzschild gegen diese Attacken der moralisch Degenerierten sein würde. Welches Phänomen auch immer diese Dürre in ihren Seelen ausgelöst hatte und ihr Mitgefühl zu einem zerbröselnden Stein werden ließ, es hatte gute Arbeit geleistet.

Vielleicht redet Esther aber auch von Menschen, die tatsächlich schwiegen. Denen hatte man die Lippen mit Angstnadeln zusammengenäht. Zumindest wird das gerne behauptet, wenn man durch das Land der Täter läuft, sich allerorts stumm in die Nähe von Gesprächen stellt, in denen es oft um die Frage der Schuld geht. Würde man dem glauben, was in diesen Runden erzählt würde, will es am Ende niemand gewesen sein, der sich von dieser kräftigen Stimme des Meisterschattens hat verführen und sich zu Ratten machen lassen, die der Melodie des Hasses folgten. Keiner von ihnen gestand bereitwillig, dass sie diese Kriegsentwicklung aktiv vorangetrieben hatten. Jeder von ihnen will innerlich dem Unrecht widerstrebt, aber letztendlich nicht dagegen gehandelt haben. Feine Menschen, die Esther da in Schutz nimmt. Richtige Saubermänner und Sauberfrauen.

Ob sie nun glücklich sind? Wenn sie sich umsehen und ihre Städte betrachten. Wie sie in Trümmern liegen, ähnlich wie das Innenleben von so vielen Menschen, ob direkt beteiligt, ungewollt hineingezogen oder passiv zuschauend. Auf jedem meiner Wege durch Hebräu sehe ich die zwei Seiten eines Krieges vor mir: die einen haben alles verloren, die anderen wurden verschont. Ich frage mich, worin da die Gerechtigkeit liegen kann? Ich wandere durch diese kleine Stadt, die früher sicher mal an die 50.000 Einwohner hatte, von denen nicht mehr viele übrig geblieben sind. Ruine reiht sich an Ruine, während nur einige Meter weiter Häuser unversehrt stehen. "Glück gehabt" könnte man es nennen. Sieht man jedoch, wie selbst die verschonten Häuser von Gewehrsalven und herumfliegenden Steinen getroffen worden waren, bleiben die Worte im Halse stecken.

Eigentlich sollte mir die Zerstörung gleichgültig sein. Mehr noch, ich sollte mich darüber freuen, dass diejenigen, die schwiegen und schrien, derart bestraft wurden. Ich empfinde aber kein Gefühl von Genugtuung. Mir fehlen die weltlichen

Bezüge. Es gibt keine Gesichter zu den Personen, die ihre Strafe erhielten. Momentan sind es nur Gebäude, die als Zeugen fungieren. Keine Menschen und keine Geschichten. Leblose Dinge, die Zerstörung erfuhren. Wie soll da Freude aufkommen?

Vielleicht ändert sich das noch, wenn ich den Menschen da draußen öfter ausgesetzt bin. Vielleicht kriegt ihr Leid dann mehr ein Gesicht für mich. Bisher war der Kontakt mit ihnen nur vorhanden, wenn es unausweichlich war. Ich wollte es nicht anders. Da ich nicht wusste, ob ich ihnen an die Gurgel springen würde, wenn sie auch nur ein falsches Wort sagen. Aber ich muss mich zügeln. Esther verlässt sich auf mich.

Trotzdem fällt es mir schwer. Noch zu fern ist mir alles, noch zu unwirklich die neue Situation. Dennoch habe ich keine Wahl: bereits jetzt haben Esther und ich die Sorge, dass sich die Geduld und Freundlichkeit der Behörden dem Ende neigen könnte. Wer weiß schon, wann sie uns den Hahn der Unterstützung abdrehen? Bisher haben wir zwar alles Notwendige von ihnen bekommen, aber weder sie noch wir haben im Sinn, dass dieses Arrangement auf Lebenszeit gilt. Umso wichtiger ist es, dass wir nicht auf die Rechtschaffenheit von Behörden vertrauen, sondern unabhängig werden. Wir können nicht darauf hoffen, dass man uns auch noch in einem Jahr mit Kleidung, Essen und Geld versorgt. Wir müssen es alleine schaffen.

Und selbst wenn sie tatsächlich doch so gütig sein sollten und uns weiterhin helfen würden, reicht das Geld, das sie uns zur Verfügung stellen, nur für den niedrigsten Überlebensstandard aus. Keiner von uns, weder Esther noch ich, sind ein Leben in Luxus gewöhnt oder streben danach. Aber selbst einfache Dinge wie weitere Mäntel oder einige Winterhosen sind von dem Geld nicht finanzierbar. Ein Umstand, der uns belastet, wollen wir doch wenigstens halbwegs menschenwürdig leben. Aber je länger der Monat voranschreitet, umso knapper wird das Geld und damit wächst die Angst, am Ende Hunger leiden oder dauerhaft frieren zu müssen.

Aus diesem Gefühl heraus habe ich mich inzwischen bereiterklärt, mich nach Arbeit umzuschauen. Zumindest bis Esther ihre Stelle im Krankenhaus antritt, falls sie das denn überhaupt möchte. Dabei ist vor allem eines problematisch: ich habe nichts gelernt außer das Lernen selbst. Ich habe keine handwerkliche Ausbildung oder bin in anderen Bereichen versiert. Lediglich unterrichten kann ich. Eine Gabe, die nicht sonderlich gefragt ist, wie mir bewusst wird, wenn ich an den Häusern Hebräus schelle, die halbwegs verschont wurden, mich den Bewohnern erkläre, sage, wer ich bin und meist verstörte, ablehnende Blicke ernte. Männer wie Frauen mustern mich zuerst von oben bis unten mehrere Male, fragen dann in einem harten Tonfall, was ich denn wolle. Manche bleiben mir sogar dieses Mindestmaß an Interesse schuldig und versuchen, mich von ihrer Türschwelle zu verscheuchen, während sie mir wilde Flüche entgegen werfen. Ohne, dass ich auch nur ein Wort sagte. Sie schauen mich an und wissen, wen sie vor sich haben. Deswegen soll ich weg.

Die wenigen Leute, die sich mein Anliegen trotzdem anhören, nämlich dass ich gerne unterrichten würde, fragen jedes Mal, ob ich mich schon einmal umgesehen hätte. Ich solle lieber anpacken, anstatt fürs Reden bezahlt zu werden. Meine Antwort darauf ist stets, dass ich nicht Erwachsenen etwas beibringen wollte, sondern den Kindern. Ich wolle verhindern, dass sie ins Hintertreffen kommen und stattdessen ihre Chancen auf eine Karriere wahren, sobald die Stadt wieder aufgebaut ist. Es bräuchte immerhin junge Geister, die lesen, schreiben und rechnen konnten.

Das brachte mir bisher zwar ein wenig Sympathie ein. Da die finanzielle Situation der Anwohner dieser Stadt allerdings nicht besser aussieht als die von Esther und mir, versichern mir die Zuhörer nur, sie würden mein Angebot zwar schätzen, aber ungern für den Unterricht zahlen wollen. Sie wüssten zudem auch nicht, ob ich überhaupt qualifiziert für den Beruf sei. Da könnte jeder kommen, sagen sie. Ich erwiderte dann nur, dass ich in Klassenzimmern stand, bis meine Dienste nicht mehr benötigt oder gewollt waren und man mich entfernte. Zu diesem Zeitpunkt flogen weitere Türen vor meiner Nase zu, weil es offensichtlich war, welchen Grund es dafür gegeben haben könnte, dass man mir den Schuldienst verwehrte: Natürlich war ich gegen das System. Und nun stand ich in der Hoffnung vor dessen Unterstützern, sie würden mir ihre Kinder anvertrauen und mich sogar dafür bezahlen.

Ein wahnwitziges Vorhaben, mich in diese Löwenhöhlen begeben zu wollen, aber was bleibt mir übrig? Esther fühlt sich noch nicht für die Arbeit im Krankenhaus bereit. Außerdem sind wir uns beide einig, dass es keine gute Idee ist, wenn sie alleine durch die Ruinen dieser Stadt marschiert. Und ich? Ich habe mein Leben lang die Nase in Bücher gesteckt und komme mir trotzdem vor, als wäre all das Wissen umsonst. Dabei war Unterrichten meine erste große Liebe und die Aufgabe meines Lebens, die mich stets zu einem Lächeln verleiten konnte. Wie soll ich da in einem anderen Beruf Erfüllung finden und aufblühen können? Zumal auch mein Körper nicht in der Verfassung ist, stundenlang schwere, physische Arbeit zu verrichten. Es bleibt also nur die Arbeit mit meinem zwar betrübten, doch noch ausreichend klaren Geist.

Ich kann nur hoffen, dass die vier Bewohner, die ich zumindest so weit von mir und meinem Anliegen überzeugen konnte, dass sie mir zugestanden, sie würden darüber nachdenken und sagten, ich solle einige Tage später noch einmal vorbeikommen, mir eine Chance geben. Auch wenn in meinem Hinterkopf eine Stimme kontinuierlich darauf beharrt, diese Blume würde nicht erblühen. Ich versuche, sie zu ignorieren und einen Grad an Optimismus zu erhalten.

Ich brauchte die Arbeit. Und die Menschen dieser Stadt dringend Unterricht — in so vielen Dingen. Neben lesen, schreiben und rechnen, muss ich vor allem dazu beitragen, das verkrustete Etwas, das man früher mal als "Moral" kannte, hervorzuholen. Damit die Menschen sich ihrer wieder bewusst werden. Was auch immer die letzten Jahre mit den Bewohnern gemacht haben, es darf keinen Platz mehr in der Zukunft besitzen. Ich muss und werde meinen Teil dazu beitragen, dass sich die Geschehnisse nicht wiederholen. Damit die jungen Geister nicht ebenso vergiftet werden wie die vorherige Generation.

Denn eines ist klar: Die alte Gesinnung brodelt noch. Wenn wir nicht den Kern, den Ursprung und jede Faser dieses dunklen Tumors aus dem Land, den Geistern und Herzen der Bürger schneiden, wird er sich eines Tages wieder ausbreiten. Der Virus, der dieses Land befallen hat, lauert unter der Oberfläche. Ich spüre ihn, wenn die Leute einen Blick auf meinen Handrücken werfen und ihre Mienen sich versteinern. Die Bazillen warten nur auf den geeigneten Augenblick für einen weiteren Ausbruch. Vielleicht würde das ganz offensiv und sichtbar geschehen, als wären Menschen von einer nur so triefenden Krankheit befallen. Möglicherweise aber auch während der Rest der Welt glaubt, es sei alles wieder in Ordnung. Klammheimlich würde der ganze Organismus dieses Landes erneut unterwandert, bis das, was vorher verschwunden schien, erstarkt zurückkehrt.

Ich verliere mich in Visionen, die finsterer sind als so manches Schicksal. Doch ich kann nicht behaupten, sie würden jeder Realität entbehren. Aber dieses Mal bin ich besser vorbereitet und sensibler für die Veränderungen in der Gesellschaft, empfänglicher für schattige Schwingungen. Ich mache nicht erneut den Fehler, das Gefahrenpotential zu unterschätzen. Zu viele der ehemaligen Schatten sind noch am Leben und ihre Unterstützer ebenso.

Ein Umstand, dessen Ungerechtigkeit mich wahnsinnig macht.

Kapitel 7 - Esther

Er ist wahrlich ein Hitzkopf. Manchmal ist es nur schwer zu verstehen, wie er zu diesen Gedanken kommt. Sie sind so fremd für mich, während die Person, die sie ausspricht, mir gleichzeitig vertraut ist. Trotzdem überrascht mich die Wucht seiner Worte.

Es ist mir nicht neu, wie sehr er von seinem Trieb nach Gerechtigkeit geleitet wird. Oder wie sehr es ihn danach dürstet, Balance wieder hergestellt zu sehen. Manche Menschen würden von Karma sprechen, aber für ihn ist es die schlichte Rechnung, dass diejenigen das gleiche Leid erfahren sollen, für das sie verantwortlich waren. Auge um Auge, Zahn um Zahn, Leben um Leben. Eine Milchmädchenrechnung, die in seinem Kopf zu funktionieren scheint. In der echten Welt findet sie jedoch kaum Verwendung. Das reale Leben ist nicht als Waage aufgebaut, bei der man, wenn man von der einen Seite etwas herunternimmt, dringend etwas hinzulegen muss, damit keine Schieflage herrscht oder es käme zum absoluten Stillstand. Leben bedeutet, sich mit diesen Balanceproblemen arrangieren zu müssen. Der Waage ist es gleichgültig, ob sie sich im Gleichgewicht befindet oder nicht. Schieflage ist Normalität.

Ich vermute, David geht es nicht einmal darum. So erpicht er auf diese Strafen für die Schatten beharrt, gleichzeitig aber nicht daran glaubt, dass die Täter gefunden werden, und emotional so aufgewühlt ist, muss er sich mehr von dieser "Gerechtigkeit" versprechen als nur einen Ausgleich. Aber was ist es, das er sich erhofft? Vielleicht will er seinen Frieden finden. Ein Schloss um dieses Kapitel seines Lebens hängen und es für immer versiegeln.

Auch wenn ich diesen Wunsch verstehen könnte, teile ich ihn

nicht. Es ist die Suche nach der unsichtbaren Nadel im unauffindbaren Heuhaufen. Ähnlich den Soldaten, die Teile ihrer Körper auf dem Schlachtfeld verloren, und von dem Moment an mit einem neuen Leben zurechtkommen müssen, sind auch wir angehalten, nicht nach Dingen zu suchen, die unwiederbringlich sind. Es ist aussichtslos, nach hinten zu blicken und sich Zeiten zurückzuwünschen, in denen alles noch gut war. Das Leben wird nicht aufgehalten. Es läuft stetig weiter, unabhängig davon, wie bockig man sich ihm entgegenstellen möchte.

Ich weiß das. Deswegen begegne ich dem, was da auf uns zukommen wird, von Angesicht zu Angesicht. Währenddessen steht David mit dem Rücken da und will das Unsichtbare aufspüren. Er sucht dieses eine ganz besondere Sandkorn in der Wüste des Lebens und wird immer verärgerter, keine Resultate zu erzielen.

Er macht mir damit zwar keine Angst, aber ich sorge mich. Nicht einmal um mein eigenes Wohl oder das Zusammenleben, sondern vielmehr um seinen Geist. Er redete bereits, wie die Schatten es taten und sein Blick verfinstert sich, sobald er von Gerechtigkeit und Bestrafungen spricht. Es ist, als würden diese zwei Worte ausreichen, um ihn auf ein Floß zu setzen und ihn von dannen treiben zu lassen. Hinein in eine dunklere Welt, zu der ich keinen Zutritt habe und auch nicht danach strebe, ihn zu bekommen. Er wird mir so fremd, wenn er diese Themen anspricht und seine Urteile über die Menschen fällt. Speziell über solche, denen wir nie begegnet sind. Ich würde ihn am liebsten an den Armen halten und diese vielen schwarzen Gedanken aus seinem Kopf schütteln, aber sie sind in seinem haarigen Gestrüpp verhakt. Ich nehme an, dass sie bereits bei unserem ersten Aufeinandertreffen da waren, vielleicht auch unterschwellig in unseren geflüsterten Unterhaltungen auftauchten, ich aber zu müde war, um sie zu bemerken. Jetzt, mit fehlender Erschöpfung, sind meine Ohren geschärfter für diese Auswüchse.

Es hilft nichts. Ich muss einen Weg finden, ihn auf meine Seite zu bekommen. Ich weiß noch nicht, wie ich es anstelle, aber zumindest beobachten sollte ich seine Worte und Entwicklung. Die Richtung, die er bisher einschlägt, führt in keine gute Welt. Davor möchte ich ihn bewahren.

Man stelle sich nur vor, wie er diesen Wunsch nach einem Leidausgleich immer weiter vorantreibt, er zu einer Obsession wird und David so immer schwärzer und schwärzer sieht. Es wäre nur eine Frage der Zeit, bevor er sich selbst in eine Art dunkle Gestalt, ähnlich wie die Schatten, verwandelt. Auch wenn ich bereit bin, ihn in vielerlei Hinsicht zu unterstützen, ihm gar zu helfen, möchte ich nicht sehen, wie dieser wunderbare Mensch verkommt.

Es würde mir das Herz brechen.

Kapitel 8 - Das Wäscheproblem

»Wieder zurück?«, fragte Esther und schaute ihn an. In ihr hatte sich ein Hauch von Traurigkeit aufgebaut. Sie hatte nicht erwartet, dass der Disput über die Suche nach den Verbrechern David dazu veranlassen könnte, die Wohnung zu verlassen. Zwar zog sie diese Reaktion einer möglichen Fortsetzung des Streitgespräches vor. Dennoch war es ein beengendes Gefühl, dass ihn eine Meinungsverschiedenheit forttreiben könnte.

»Wie du siehst«, antwortete David knapp. Er wich ihrem Blick aus und bewegte sich nur zögerlich. Als würde er sich unwohl dabei fühlen, zurückgekehrt zu sein und sie unmittelbar nach Betreten der Wohnung zu sehen. Sie war gerade auf dem Weg in die Küche, als sie seine Schritte im Hausflur hörte, gefolgt von einem Schlüssel. Er trat ein und sie stand bereits da. Vielleicht hatte ihn das überrumpelt und er wollte erst einmal in Ruhe ankommen, überlegte sie.

»Er tat gut. Der Spaziergang, meine ich«, schob er hinterher.

»Das freut mich«, antwortete Esther und drehte sich um. Sie ging zurück ins Wohnzimmer.

»Womit hast du die Zeit verbracht, während ich unterwegs war?«, fragte er. Ihm war, ebenso wie ihr, diese Ruhe zwischen ihnen nicht entgangen. Die Stille fühlte sich seltsam für sie beide an. Esther konnte sich nicht erinnern, dass sie in jüngster Zeit eine solche Unstimmigkeit hatten, die den Raum mit kleinen Fallen und durchsichtigen Bändern füllte, sodass jede Bewegung vorsichtig abzuwägen galt. Zum ersten Mal fühlte sie sich unwohl neben ihm. Es gefiel ihr nicht.

»Was soll ich gemacht haben? Gewartet, wann und ob du wiederkommst.«

»Bestanden da Zweifel?«

»Zweifel nicht, aber Ungewissheit. Du bist noch nie nach einer Diskussion geflüchtet.«

»Bin ich auch dieses Mal nicht. Ich brauchte lediglich etwas frischen Wind, um den Motor abzukühlen«, antwortete er und tippte sich mit einem angedeuteten Lächeln an die rechte Schläfe.

»So rot wie deine Wangen sind, scheint er mir unterkühlt«, erwiderte sie ohne zu lächeln.

»Wie dem auch sei, du saßt hier nur und hast auf meine Rückkehr gewartet? Sonst nichts?«

»Was sollen denn diese Fragen?«, sie fühlte sich, als sei sie plötzlich in ein Verhör geraten, »Ich habe noch versucht, die Wäsche aufzuhängen, die ich vorhin erst gereinigt hatte.«

David zog verwundert die Augenbrauen zusammen und sah sich um. »Wo aufhängen? Wo ist sie denn?«

»Es blieb leider nur bei dem Versuch. Wir haben einfach keinen Platz. Ein paar der Hemden konnte ich am Fenster und zwischen den Stühlen in der Küche befestigen, aber bis die trocken und die anderen Sachen ebenfalls nicht mehr triefend nass sind, wird es Nacht sein. Wir brauchen einen Ort, an dem wir die Wäsche lassen können, David. Es kann kein Dauerzustand sein, die nasse Kleidung über die Möbel zu legen. Wir holen uns den Schimmel ins Haus«, beschwerte sie sich.

»Wir können schauen, ob der Dachboden offen und groß genug für eine Wäscheleine wäre«, sagte er.

»Und du meinst, wir können den benutzen?«, fragte sie. Ihr war die Idee mit dem Dachboden zwar auch schon gekommen, aber sie hatte Sorge, sie würde ihren Nachbarn verärgern, wenn sie sich ungefragt umsähe.

»Wer soll es verbieten? Jaffke etwa? Würde ihm das Haus gehören, könnte er einschreiten. So bleibt er nichts weiter als ein unfreundlicher Mann, der die gleichen Rechte hat wie wir. Immerhin leben wir jetzt auch hier.«

Esther wippte daraufhin mit dem Kopf hin und her, so wie es Jongleure mit ihren Händen und einer Reihe von Bällen machen.

»Da hast du recht«, kam sie zum Schluss, »ich werde später mal hinaufgehen, wenn Jaffke aus dem Haus ist. Ich habe wenig Lust, ihm zu begegnen.«

»Steckt dir die Begegnung noch im Leib?«

»Weniger die Begegnung als diese Unsicherheit. Ich weiß nicht, wie ich mich verhalten soll. Mein Gefühl sagt mir, dass man nachsichtig mit ihm sein müsste, weil er sicher Schmerzen hat und ganz alleine ist. Mein Bauch hingegen hegt einen Groll, weil er sich so unverschämt verhielt. Mein Kopf sagt, ich sollte ihn nicht weiter beachten. Doch welcher der Stimmen soll ich folgen?«

»Ich fürchte, dass ich dir diese Frage nicht beantworten kann. Es sind deine Stimmen und du musst entscheiden, welche dich am ehesten überzeugt. Ich für meinen Teil gehe mit deinem Bauch d'accord. Jaffke hatte seine Chance auf einen neuen ersten Eindruck. Nachdem er bei unserem Einzug die Tür zugeknallt und Flüche ausgestoßen hatte. Er hat sie nicht genutzt. Damit ist das Kapitel mit ihm erledigt, bis er sich vernünftig und respektvoll zeigt.«

»Also für immer geschlossen.«

»Das liegt bei ihm. Ich habe nicht die Kraft, mich mit solchen Menschen auseinanderzusetzen. Es ist ein neues Leben, Esther. Keine Toleranz den Toleranzlosen. Wer dich oder mich schlecht behandelt, wird aussortiert und sollte in diesem Leben keine Rolle mehr spielen. Die Zeit auf der Erde ist zu wertvoll, um sie mit Dreck zu beschmutzen. Lass uns lieber in klaren Gewässern schwimmen, als im See von menschlichen Exkrementen zu tauchen. Letzteres haben wir bereits getan und es ist uns nicht gut bekommen.«

»Wir können Jaffke aber nicht entkommen. Er wohnt keine zehn Meter von unserer Haustür entfernt. Jedes Mal, wenn wir die Wohnung verlassen, könnten wir ihm begegnen«, warf sie ein.

David schüttelte den Kopf. »Dass dir dieser Kerl derart Gedanken bereitet. Ich sage dir etwas, ich gehe jetzt hoch und schaue mir an, wie der Dachboden aussieht. Die Wäsche zwischen unsere Stühle zu hängen, ist wahrlich kein Zustand. Damit du dich nicht weiterhin sorgst, sehe ich nach. Bis gleich.« Umgehend drehte er sich um und verließ das Wohnzimmer. Sie hätte vermutlich Bedenken geäußert und ihn ermahnt, er solle, falls er auf Jaffke treffen würde, keine weitere Verschärfung der Situation riskieren. Aber David war schon aus der Tür, bevor ihr diese Idee kam. Hoffentlich tut er nichts Dummes, dachte sie.

Als er wenig später wieder in das Wohnzimmer zurückkehrte, saß Esther nach vorne gebeugt auf der Sofakante. Ihre Hände waren in den Schoß gelegt und ganz hell. Das Blut musste teilweise aus ihren Händen gewichen sein in Folge dessen, dass sie die Handinnenflächen stark aneinander presste.

»Und?«, fragte sie im selben Moment, in dem sein Fuß die Türschwelle zum Wohnzimmer berührt hatte.

»Da ist ein Raum«, antwortete David. Er legte seinen Kopf leicht schräg zur Seite und sah sie verunsichert an. »Alles in Ordnung?«

»Ja, es ist nur … Ich dachte, ich hätte gehört, wie die Tür von Jaffkes Wohnung aufging und ich habe schon das Schlimmste befürchtet. Ihr Zwei solltet lieber nicht alleine aufeinander treffen, glaube ich.«

»Selbst wenn ich eine Auseinandersetzung wollte, wäre ich ihm in einem direkten Aufeinandertreffen körperlich unterlegen. Ich müsste wahnsinnig sein, mich auf einen Kampf einzulassen. Eine Antilope geht auch nicht auf einen Löwen zu und fordert ihn heraus. Sei unbesorgt.«

»Wenn du das sagst.«

David nickte. »Zurück zum Dachboden. Wir haben Glück: da gibt es bereits einige Wäscheleinen und ausreichend Platz! Und einige Kisten stehen auch noch herum. Ich habe zwar nur in eine hineingeschaut, aber ich bin mir sicher, dass das nicht die Sachen von Jaffke sind. Kleidung für Kinder und kleine Puppen fielen mir ins Auge.«

»Also Kisten von den früheren Mietern?«

»Denke ich, ja. Aber warum sie die bei ihrem Auszug zurückließen, kann ich dir nicht sagen. Vielleicht ist das nur Plunder und Schund. Wir sollten sicherheitshalber einmal nachsehen. Es könnte sein, dass wir einen Teil der Dinge benutzen können. Da oben verstauben sie nur. Und wenn es nur angenehme Winterkleidung wäre.«

»Einverstanden. Sollen wir gleich gehen?«

»Mit Jaffke im Haus? Lass uns lieber warten, bis er nicht da ist. So wenig er uns zu verbieten hat, auf den Dachboden zu gehen, so sehr könnte er Einwände vorbringen, dass wir die Sachen durchforsten. Sicher kannte er die Besitzer und wer weiß, ob die nicht doch eines Tages auf sein Drängen hin zurückkehren, um uns wegen Diebstahl die Polizei auf den Hals zu hetzen. Wir gehen morgen, schlage ich vor. Ich drehe meine Runde, versuche weiter einige der Eltern zu überzeugen, dass ihre Kinder Wissen benötigen und danach warten wir, bis Jaffke das Haus verlässt. Immerhin braucht auch er mal Lebensmittel und muss aus seinen vier Wänden raus. Selbst wenn es kalt ist und er mit seinen Krücken nicht gut vorankommen wird. Zum Glück schneit es noch nicht. Aber das dürfte auch nicht lange auf sich warten lassen.«

»Er tut mir etwas leid, muss ich sagen. Der Winter wird für ihn die Hölle werden«, sagte Esther mit sanfter Stimme.

»Das wird er sich verdient haben. Auf die eine oder andere Weise. Ausgleichende Gerechtigkeit.«

»Nicht schon wieder das Thema, David. Bitte.«

»Schon gut«, antwortete er und hob seine Hände, als würde er ihr zeigen wollen, dass er unbewaffnet und daher in Frieden gekommen sei.

Kapitel 9 - Der Diebstahl

Eine halbe Stunde nachdem David am nächsten Morgen zu seinem Spaziergang aufgebrochen war, hörte Esther die Tür von Jaffke. Sie schwang über den mäßig abgeschliffenen Holzboden und erzeugte ein kratzendes Geräusch. Schnaufend trat er auf den Flur, klapperte dabei mit seinen Krücken. Verharrte, bevor er die Tür hinter sich zuknallte.

Er machte sich wohl auf, um einem Tagwerk nachzugehen, von dem sie keinerlei Vorstellung hatte. Es interessierte sie, welche Unternehmungen dieser unfreundliche Nachbar vor sich hatte, welche Häuser und Menschen er ansteuerte, wie er sich die Zeit vertrieb. Aber der Wunsch, auf den Dachboden zu gehen, war größer als ihm nachzulaufen und mehr über ihn herauszufinden. Vermutlich würde sie ihn nur dabei beobachten können, wie er sich mit anderen Hebräuern über seine neuen Nachbarn aufregt. Das musste sie sich nicht antun. Der Dachboden war ein lohnenderes Unterfangen.

Eigentlich hätte sie auf David warten sollen, aber wenn Jaffke nun schon einmal aus dem Haus war, würde ihnen später sicher nicht noch einmal diese Gelegenheit geboten. Besser sie nutzte die Zeit, um sich ein wenig umzuschauen. David müsste dafür Verständnis haben. Auch wenn er sich schon darauf gefreut hatte, in den Kisten zu stöbern.

Am Morgen sprach er davon, dass der Ausflug endlich wieder einer kleinen Schatzsuche gleichkäme. Ein Glücksgefühl war in seiner Stimme zu hören. Seine Augen funkelten wie die eines kleinen, aufgeregten Jungen, dem man erzählte, er würde ein Geschenk erhalten, er müsse es nur suchen.

Sie mochte es, ihn so zu sehen. Auch wenn sie keine Erklärung dafür hatte, woher seine Begeisterung kam. Ob es nur der ausnahmsweise ruhige Schlaf war, den er in dieser Nacht erfuhr? Hatte der nicht nur seine Energiereserven, sondern auch seinen Blick mit etwas mehr Farben aufgefüllt als nur mit dem ewigen Grau, das sonst so typisch für seine Perspektive war?

Sie würde ihn fragen, sobald er wieder da wäre. Vielleicht war die Laune hilfreich, die zerstörten Häuser zu ignorieren. Dann würde er sich nicht von der Schwere in den Gesichtern der Menschen beeinflussen lassen und sich so präsentieren, dass Eltern ihre Kinder gerne etwas Unterricht zukommen ließen. Es war sicher nicht einfach für ihn, die Geschehnisse für die Interaktion zu vergessen. Er müsste seinen Zorn verbergen und sich als jemand zeigen, dem man gerne die eigenen Kinder anvertraute.

Sie konnte nur hoffen, dass er sich in seiner Freude, die er aufgrund der Schatzsuche empfand, zusammenriss und sich keinesfalls kopflos verplapperte. Hoffentlich erwähnte er nicht, worauf er sich am Nachmittag freute. David war normalerweise intelligent genug, so etwas nicht anzusprechen. Doch ein solcher Freudenanflug war eine derartige Seltenheit bei ihm, dass Esther nicht sicher war, er würde sich im Griff haben. Die Eltern würden es bestimmt nicht wertschätzen, wenn sie wüssten, der Lehrer ihrer Kinder wäre einem Diebstahl nicht abgeneigt.

Letztendlich war es aber genau das, was sie vorhatten: Diebstahl. Und doch konnten sie sich nicht schlecht dabei fühlen. Es war viel mehr selbstverständlich für sie beide geworden. Gegenstände, die sie in den letzten Monaten fanden, borgten sie aus, ohne den Besitzern Bescheid zu geben. Das wäre in den meisten Fällen kaum möglich gewesen, da sie zumeist nur von denen nahmen, die nicht mehr da waren und gefragt werden konnten. Wer das eigene Haus aus Angst zurückließ, hatte nichts dagegen, wenn man ihren Sachen wieder einen Nutzen gäbe, sagten sie sich. Manchmal bedienten sie sich in Ruinen, während die Besitzer daneben lagen und darauf zu warten schienen, dass man sie beerdige. Es machte Esther und David nicht viel aus; sie kannten einen solchen Anblick.

Aber diese innere Abgestumpftheit war nicht seit jeher ein Teil ihrer Selbst: Zu Anfang fanden sie es verwerflich, Gegenstände zu stehlen oder ungefragt zu nutzen. Sie rechtfertigten es allerdings vor sich damit, dass das Lager Menschen alles raubte, bis nur noch ihre verrottende menschliche Hülle übrig blieb. Da war es für sie beide, für David mehr noch als für Esther, nur rechtens. Auch wenn klar war, ihr mehr als ihm, dass sich das Erlittene mit neuem Unrecht weder aufwiegen noch ausradieren ließ.

Esther kamen die Gedanken und Erinnerungen früherer Taten, während sie zuhörte, wie sich die metallischen Stäbe ihren Weg von Jaffkes Wohnung zum Treppenansatz bahnten. Dann, mit regelmäßigen kurzen Pausen, nahmen sie eine Stufe nach der anderen. Sogar das zwischenzeitliche Japsen und sein scharfes Einatmen, das vermutlich durch einen Schmerz ausgelöst wurde, konnte sie vernehmen.

Sie müsste es eigentlich besser wissen, war Jaffkes Einstellung zu ihr und David deutlich geworden, als sie die erste und bisher einzige Interaktion hatten, aber dennoch löste er Mitleid in ihr aus. Sie konnte nicht anders, als den Impuls zu verspüren, hinauszulaufen, ihm unter die Arme zu greifen und die Treppen hinunterzuhelfen. Es war vermutlich ihr Krankenschwester-Syndrom, das ihr befahl, sich um diesen Mann zu kümmern. Unabhängig, wie er dachte, was er sprach und wie er sich verhielt. Aber sie tat es nicht.

Sie stellte sich stattdessen vor, wie sie herausstürmte und ihm ihre Unterstützung anbot. Dieses Bild setzte sich in ihrem Kopf fort, dass Jaffke aggressiv reagierte und mit den Gehhilfen nach ihr schlug. Sie verwarf die Überlegung, ihm zu helfen, schnell. Ihr wurde klar, dass Jaffke auch vor ihrem Auftauchen schon die Treppen überwunden haben musste und sie sowieso nicht immer da sein könnte, wenn er das Haus verlassen wollte.

Deswegen drehte sie sich um und ging, anstatt in den Hausflur, zurück ins Wohnzimmer. Dort wartete sie darauf, dass Jaffkes Geräusche verstummten. Sogar noch eine Weile länger harrte sie auf dem ihr weiterhin stark nachgebenden Sitzpolster aus, nur um dann hinauf zum Dachboden zu gehen.

Als sie die Wohnung letztendlich verließ, schloss sie die eigene Haustür nicht ab, sondern stellte vorsorglich nur einen Schuh zwischen die Tür und den Rahmen. Sie wollte nicht in die Bredouille geraten, erst lautstark einen Schlüssel hervorholen und unter Aufregung ins Schlüsselloch kriegen zu müssen, falls sie etwas im Treppenhaus hörte. Zu viele Variablen, die schiefgehen könnten, falls jemand sie bei ihrem Ausflug erwischte, womöglich noch mit reichlich Beute im Arm.

Oben angekommen, drückte sie die dunkelgelbe, von Rost überzogene Klinke der Dachbodentür mit ihrer linken Hand herunter. Immerhin mal eine Tür, die man vernünftig schließen konnte. Wenn das mal überall im Haus so wäre, dachte Esther, als sie die Tür vorsichtig aufschob und ein lautes Quietschen an den Seiten hörte.

Sie erschrak darüber. Plötzlich stieg in ihr die Angst auf, jemand würde von hinten an sie herantreten, sie anschreien, sie fragen, was sie hier zu suchen habe, vielleicht sogar Pranken auf ihre Schulter legen und an ihr zerren. Sie wartete einen Moment, rechnete mit beidem und hielt die Augen für diesen Zeitraum verschlossen. Mehrere Sekunden vergingen, in denen sie ihre

Sinne zu schärfen versuchte. Konzentriert wartete sie auf Signale ihrer Ohren. Doch keiner ihrer Sensoren meldete sich, sodass sie die Augen ebenso öffnete wie ihren Mund, der die angestaute Luft hinausließ.

Staub wirbelte aufgrund des Windhauchs der geöffneten Tür vor ihren Augen hoch. Einzelne Staubflocken tanzten in den vom Fenster kommenden Sonnenstrahlen. Esther atmete einige Male aus und konnte sehen, wie das Produkt ihrer Lungen in gräulicher Form vor ihren Augen in die Luft stieg. Es war bitterkalt geworden und die Sonne zeigte sich beinahe spottend, ohne etwas von ihrer Strahlkraft abzugeben.

Instinktiv rieb sich Esther über ihre Arme, während sie einen ersten Blick über die Gegenstände und Kisten schweifen ließ: Links von ihr stand ein alter Sekretär, auf den lieblos eine Decke geworfen wurde. Sie sollte wohl ein Schutz gegen die Horden an Staubflocken sein, die sich über die Jahre hinweg eingenistet und hemmungslos vermehrt hatten. Durch die unachtsame Verteilung der Decke sah Esther an einer der Kanten eine dicke Schicht an hellen Flusen. Hinter dem Sekretär befand sich ein kleiner hellbrauner Schrank, bei dem die Vordertür abmontiert — von Esthers Position wirkte es eher wie abgerissen — worden war und nur lose an den Schrank selbst gelehnt wurde. Auf der anderen Seite des Schränkchens stand ein Gemälde. Es lugte unter einer Plane nur teilweise hervor.

Sie fragte sich, was das für ein Bild sei und warum man ein Kunstwerk überhaupt auf dem Dachboden lagerte, anstatt es in der Wohnung zu haben. Es sei doch Verschwendung, sich ein Gemälde zu kaufen, nur damit es die Staubflusen und schelmisch herein starrenden Sonnenstrahlen sehen können. Sie würde sich das Bild später mal genauer ansehen müssen. Möglicherweise könnte sie dem Künstler, der hinter dem Bild steckte, die Ehre erweisen. Immerhin malt man doch keine Gemälde nur für die eigenen Augen. Da würde das Bild im Kopf reichen und man könnte sich daran satt sehen, dachte sie. Ähnlich wie Autoren doch sicher gelesen werden wollen, anstatt nur sich selbst Geschichten zu erzählen. So möchten auch Maler ihr Bild wertgeschätzt wissen. Es ärgerte sie, wie jemand die Arbeit eines Malers so wenig respektierte. Gleichzeitig wurde ihr bewusst, dass sie nicht als Kunstkritikerin auf den Dachboden gekommen war. Sie hatte einen Auftrag, dem sie nachgehen wollte: die Befriedigung der eigenen Neugierde.

Sie ließ ihren Blick weiter schweifen: Direkt vor Esther, nur unwesentlich einige Meter entfernt, waren einige Kartons zu sehen, die mit allerlei Gerümpel gefüllt wurden. Es würde sicher eine gute Stunde oder länger dauern, sich einen Überblick zu verschaffen, was für sie und David hilfreich wäre. Damit würde sie lieber warten, bis er wieder da war, um die Zeit des Suchens und Durchstöberns halbieren zu können. Vier Augen und Hände konnten schneller zum Erfolg gelangen als sie alleine. Sie wusste auch nicht, wann Jaffke wieder da sein würde und sie wollte nicht Ziel seiner Wut werden, wenn er sie hier oben in den Kartons wühlend erwischen würde.

Rechts von Esther stand, ganz weit in die hinterste Ecke gerückt, ein großer Wandschrank, an dessen linke Seite ein Spiegel angebracht war. Sie ging hinüber, fasziniert von der Größe des Schrankes und der Vorstellung wie viel man in ihm lagern könnte. Mit einer sanften Handbewegung fuhr sie über die Maserung des dunklen Holzes. Sie störte sich nicht an der dünnen Staubschicht, die es geschafft hatte, sich an der Schrankseite festzukrallen und dort zu verweilen.

Wie viele Helfer wohl nötig waren, um den Schrank hier hoch zu tragen, fragte sie sich. Er wird nicht sonderlich leicht sein mit diesen dicken Wänden und der schieren Größe. Man hatte ihn sicher nur knapp durch die Tür bekommen.

Sie stellte sich vor, wie sie den Schrank nach unten zu sich in die Wohnung schaffen könnte. Ein solches Möbelstück fehlte ihnen. Sie dachten bisher, sie hätten noch keinen Bedarf dafür. Immerhin besaßen sie kaum etwas, mit dem sie den Schrank hätten füllen können. Aber sie spürte, dass sie ihn dennoch mit hinunternehmen wollte.

Dann strich sie mit dem Ärmel ihrer hellgrauen Strickjacke über den Spiegel und legte ihr eigenes Antlitz dahinter frei. Sie machte sich keine Gedanken darum, sich dreckig zu machen. Die jüngste Vergangenheit lehrte sie, wie irrelevant Schmutz sein konnte. Es gab wichtigere Dinge im Leben, um die man sich zu kümmern hatte als ein paar Flecken.

Nachdem der Spiegel großteils entstaubt war, ging sie einige Schritte zurück und betrachtete sich. Sie begann bei ihren Füßen, die sie nicht leiden konnte. Früher schon nicht — aus ästhetischen Gründen. Seit den Märschen verband sie zudem Schmerzen mit diesen beiden Werkzeugen.

Dann wanderten ihre Augen zu ihren Beinen und ihrer Hüfte, die viel schmaler waren, als noch in ihrer Erinnerung. Schließlich zu ihrem Gesicht. Ihre Augen leuchteten etwas weniger, als sie es früher taten. Ihr Lächeln, das sie einmal ausprobierte, war belasteter. Auch älter wirkte sie auf sich selbst. Dünner sowieso, das hatte sie erwartet.

Ihre Augen verharrten eine Weile auf ihrem Spiegelbild auf der Suche nach den Dingen, die sie als typisch für sich empfand. Auch um Gewissheit zu erlangen, ob die Hülle, die zweifellos noch lebte, eine Ähnlichkeit mit ihrem vergangenen Selbst hatte. Sie suchte nach Details, die sie an sich wiedererkannte, aber es fiel ihr schwer, sich so zu sehen, wie sie sich früher ansah. Auch wenn man ihr körperlich wenig Leid zugefügt hatte — sie hatte Glück, reines Glück — erkannte sie die Zeit in ihren

Gesichtszügen. Die Wangenknochen traten stärker hervor, die Augen wirkten etwas mehr nach hinten versetzt. Ein gewisser Gelbstich mischte sich in das Weiß ihrer Augäpfel, während ihr Kinn knochiger und damit härter aussah, als das ehemals eher runde Gesicht, das vor dem Lager zu ihr gehörte. Dann drehte sie sich abrupt um und ging zum Gemälde hinüber. Sie brauchte Ablenkung von diesem Gefühl des körperlichen Wandels. Es schnürte ihr den Hals zu. Ihr Bauch wurde flau und ihre Augen wässrig.

Vorsichtig zog sie die Plane vom Bild. Sie hatte Angst, etwas kaputtmachen zu können, da sie nicht wusste, inwieweit die Lagerungsbedingungen die Plane mit dem Bild vereinigt hatten. Nach wenigen Augenblicken hatte sie das Bild restlos freigelegt. Sie nahm es in die Hände, stand aus ihrer gebückten Haltung auf und hielt es in Richtung des Lichtes. Eine ihr unbekannte Landschaft war auf die Leinwand mit Wasserfarben gebracht worden: ein Beet von Sonnenblumen, dahinter ein kleiner Fluss und eine große Bergkette waren zu sehen. Im Vordergrund liefen Kinder hintereinander her, als würden sie Fangen spielen, und in der rechten unteren Ecke stand eine kleine Hütte.

Ein schönes Bild, das sicher gut in die Küche passen würde, dachte sich Esther. Da wäre es besser aufgehoben, als unter einer Plane hier oben. Kurzerhand klemmte sie es sich unter den Arm, warf noch einmal einen Blick auf die Kisten, zählte sie gedanklich — mindestens ein Dutzend — und machte sich auf den Weg zum Hausflur. In der Tür stehend horchte sie erneut, ob nicht jemand ihren kleinen Raubzug bezeugen könnte, aber bis auf einige schwere Stiefel, konnte sie nichts vernehmen. Ein leichtes Kratzen, meinte sie zu hören, aber da es bereits nach kurzer Zeit wieder verschwand, machte sie sich keine Gedanken darum. Sie schob das Bild etwas höher in ihre Achselhöhle, schloss sachte die Tür und ging die Treppe hinunter.

Als sie vor ihrer Wohnung stand, hörte sie, wie die Eingangstür unten knarzend geöffnet wurde und ein Klackern ertönte. Erschrocken öffnete sie die Tür zu ihrer Wohnung mit dem Fuß. Mit raschen Bewegungen lief sie hinein und stieß den Hausschuh zurück in die Wohnung, sodass dieser hörbar gegen die rechte Wand des kurzen, in blankem weiß gehaltenen Flures prallte. Die Tür ließ sie vorsichtig einrasten, damit Jaffke nicht auf den Gedanken kam, sie wäre mit üblen Absichten durch das Haus gewandert. Diesem Mann war mit Sicherheit jede Möglichkeit zur Denunzierung recht.

Nach einem kurzen Moment des Ausharrens drehte sie sich um und ging mit eiligen Schritten in die Küche, um das Bild zwischen der kleinen Kochzeile und dem Küchenschrank zu verstecken. Ihre Augen waren vor Aufregung geweitet, ihre Atmung schnell. Sie spürte, wie sie rot im Gesicht wurde wie ein kleines Kind, das die Eltern bei etwas erwischten, wofür es sich schämte.

Hektisch wie sie war, verkantete das Bild zuerst und wollte seinen Weg nicht in die kleine Lücke finden. Nach mehreren Versuchen gelang es ihr aber, das Gemälde so zu stellen, dass man es nicht mehr auf den ersten Blick sehen konnte.

Dann atmete sie erleichtert aus und setzte sich auf den hölzernen Stuhl hinter ihr. Das war zu knapp, dachte sie, und fuhr sich mit der rechten Hand über ihre Stirn, um den dünnen Schweißfilm zu entfernen. Sie blickte auf den wässrigen Fleck, direkt neben der eingebrannten Lagernummer auf ihrer rechten Hand.

Plötzlich ertönte ein Schrei. Markerschütternde Dringlichkeit stieß vom Hausflur aus an ihr Ohr. Sie fuhr zusammen und schlug reflexartig mit ihrer Hand aus, als wollte sie einen unsichtbaren Feind bekämpfen. Ihre Hand prallte dabei gegen die Kante des Tisches. Ihr unschuldiges Gesicht zog sich zu einer Fratze zusammen, während sie über ihre Hand strich, um den Schmerz mit einer Massage zu betäuben.

Dann ein erneuter Schrei. Esther erschrak, hielt ihre Hände aber dieses Mal still. Sie stand auf, neugierig und besorgt zugleich, drehte ihren Kopf so, dass ihr linkes Ohr in die Richtung der Tür zeigte und machte sich langsam auf den Weg. Ein kindlicher Gedanke, das Ohr auch wortwörtlich zu spitzen, als würde sie dann besser hören können. Es war eine Angewohnheit, die sie sich seit ihrer Kindheit bewahrt hatte.

Je näher sie der Tür kam, umso lauter war der Schall einer Reihe von Flüchen zu hören. Schimpfworte, die mit einer Mischung aus Wut und Schmerz herausgeschrien wurden.

Ob wohl etwas mit Jaffkes Bein ist? Selbst wenn, er würde sie nur wüst beschimpfen, wenn sie ihre Hilfe anböte. Sie sollte ihn ignorieren. Er wird schon nicht verletzt sein, sagte sie sich. Dann folgte ein erneuter kurzer Schrei.

Es ging nicht. Sie konnte sich nicht zurückhalten, immerhin hatte sie geschworen, allen verletzten Menschen nach bestem Wissen und Gewissen zu helfen. Mit diesem Gedanken öffnete sie die Tür und lief den Hausflur herunter. Lautstark landeten ihre Schuhe auf der morschen Treppe, die bei jedem Schritt ächzte.

Unten ergab sich ein erbärmlicher Anblick: vor den ersten Stufen, die zum längerem Flur und damit den eigentlichen Treppen des Hauses führten, lag Jaffke auf dem Boden. Eine der Gehhilfen lag oberhalb der Stufen, während sich die andere neben ihm befand und fest von ihm umklammert wurde. Er schimpfte und rieb sich mit schmerzverzerrtem Gesicht den oberen Teil des rechten Beines.

»Was ist passiert? Wie kann ich Ihnen helfen?«, fragte Esther aufgeregt, während sie die letzten Stufen zu ihm überwand.

»Verschwinde!«, brüllte er ihr entgegen.

Esther ignorierte seine Aufforderung. Sie setzte sich neben ihn in die Hocke und griff unter seinen linken Arm, um ihm aufzuhelfen.

»Fass mich nicht an!«, wehrte sich Jaffke jedoch.

»Sie können nicht hier liegenbleiben!«, antwortete sie. Sie wurde ärgerlicher. So ein starrsinniger Holzkopf! Ihr Griff um seinen Arm wurde fester und sie machte Anstalten aufzustehen.

»Ich schwöre, ich prügele dich tot! Nimm deine dreckigen Pfoten von mir!«

Hass war in seinem Blick zu sehen. Blanker, lodernder Hass.

Esther fuhr zusammen und nahm ihre Hände von ihm. Ein solcher Blick war ihr nicht fremd. Sie hatte ihn im Lager, den Wochen vor der Festnahme und dem Abtransport gesehen. Kein Zweifel. Jaffke war nicht nur wegen seiner Verletzung verbittert. Er war einer von ihnen.

Sie wich zurück.

»Hau bloß ab!«, rief Jaffke ihr wütend entgegen.

Sie fühlte sich auf einmal an die Zeit vor dem Krieg erinnert, als sie diese Worte mit einer vergleichbaren Wucht ins Gesicht geschleudert bekam. Sie trafen Esther, als hätte jede Silbe das Gewicht eines Backsteins.

Jaffke versuchte sich aufzurichten und seine liegende Position zumindest in eine sitzende zu verändern. Er ließ sie dabei nicht aus den Augen. Während er seinen rechten Oberschenkel rieb, stützte er die Arme auf den Boden und stemmte den Rest seines Oberkörpers in die Luft. Kaum in halbwegs aufrechter Position, ließ er sich ein Stück nach hinten fallen, um mit dem Rücken an der Wand des Flures zu lehnen. Er keuchte schwer, als er seinen Oberkörper noch einmal neu justierte, sodass er nicht mehr von selbst wieder auf den Boden rutschen konnte. Völlig ungelenk versuchte er, das Gleichgewicht zu halten und auch die Wand gab ihm nicht die Stabilität, die er sich erhofft hatte. Er rutschte mit dem Fuß weg, als würde er auf seifigem Boden laufen. Jaffke stürzte erneut. Seine Gesichtszüge verließen die Regionen des Hasses und zogen sich unter dem Schmerz, auf dem Steißbein gelandet zu sein, zusammen.

So würde er es nie schaffen, dachte sich Esther. Sie konnte diese Hilflosigkeit nicht ertragen und näherte sich ihm erneut. Beherzt und ohne sich von seinem Zappeln stören zu lassen, legte sie einen Arm unter seinen und half mit dem anderen, ihn von der sitzenden Haltung hinzustellen. Das Rauschen der Flüche Jaffkes, der sich wehrte und möglicherweise lieber dort unten verhungert wäre, als von ihr Hilfe anzunehmen, nahm sie zwar wahr, blendete es aber als sinnloses Geschwätz aus. Je mehr er sich wandte und sogar versuchte, sich loszureißen, umso fester wurde ihr Griff. Man muss diesen Kerl zu seinem Glück zwingen und helfen, seine eigene Ignoranz zu überwinden, ging es ihr durch den Kopf.

»Lass mich sofort los!«, gab er erneut von sich. Sie ignorierte seine Forderung. Stattdessen half sie nicht nur, ihn aufzurichten, sondern positionierte sich so, dass er gezwungen war, zu stehen und einige Schritte in die Richtung, die sie ihm vorgab, zu hüpfen. Ihr Griff war zu stark, sodass er sich nicht losreißen konnte, ohne direkt wieder auf den Boden zu fallen. Er musste selbst einsehen, dass dieses Theater keine Endlosschleife werden durfte.

Mühsam gingen sie zum unteren Treppenansatz. Jaffke versuchte sich mit der Krücke an der ersten Stufe aufzustützen, aber rutschte weg, da die Gehhilfe keinen sicheren Halt fand. Esther wurde bewusst, dass die Stufen noch immer glatt von der hereingezogenen Kälte waren. Sie grinste für einen Bruchteil einer Sekunde, nachdem sie das Rätsel gelöst hatte, was hier passiert war.

Jaffke sah ihr Lächeln zum Glück nicht. Er hätte vermutlich angefangen, sie mit der Krücke zu schlagen, wäre ihm aufgefallen, dass sie fröhlich war, während er litt. Sicher hätte er sich ausgelacht gefühlt und wäre noch wütender geworden.

So aber verblieb er mürrisch, beinahe garstig. Zumindest bis er selbst eingesehen haben musste, dass ihre Unterstützung hilfreich für ihn war, die Treppenstufen zu nehmen. Seine Schimpftiraden ebbten langsam merklich ab. Möglicherweise wurden sie auch nur in sein Inneres verlagert. In jedem Fall war es Esther ganz recht. Sie hatte genug mit dem Gewicht zu kämpfen, das auf ihr lehnte. Seine Aggression musste nicht noch zusätzlichen Ballast sein.

Als Esther sicher war, dass er halbwegs stabil auf dem kurzen Stück des Flurs stand, ließ sie ihn für einen Moment los. Sie holte die andere Krücke, um sie ihm zu geben. Jaffke griff nach der metallischen Hilfe, setzte sie auf und fing an, näher zur Treppe zu gehen. Ohne ein Wort des Dankes wandte er seinen Blick von ihr ab und begann, die Stufen langsam zu erklimmen.

Das Leiden in seinem Bein musste noch immer spürbar gewesen sein, da er bei jedem Schritt hörbar einatmete. Esther wusste jedoch, dass er nun keine Hilfe mehr brauchte. Weitere Unterstützung hätte er mit Sicherheit sowieso nicht zugelassen. Vielleicht fühlte er sich beschämt oder gar entmannt, weil er auf ihre Hilfe angewiesen war. Aber der Blick, den er ihr zuwarf, als er die Krücke aus ihrer Hand nahm, war nicht der eines Menschen, der wusste, dass man ihm einen Gefallen getan hatte. Er wirkte eher wie ein Kleinkind, das man bei einer Dummheit erwischt hatte und einer Mischung aus Scham und Erniedrigung von dannen zog.

Esther beobachtete dieses bockige Kind, wie es langsam die Treppen hochging. Sie selbst lief mit einigem Abstand hinterher, sodass sie nicht vom Schwung der Gehhilfen getroffen wurde. Dennoch war sie nah genug, um im Fall eines Sturzes hätte eingreifen können. So gingen sie im Gleichschritt die Treppen bis zu ihrem Stockwerk hinauf.

Dort wartete Esther am Treppenansatz, ob noch eine Reaktion von Jaffke erfolgte. Stumm sah sie, wie sich dieser zur Tür schleppte, sich über das rechte Bein fuhr, einen Schlüssel aus seiner Hosentasche hervorholte und die Tür zu seiner Wohnung aufschloss. Dann ging er hinein und knallte die Tür zu, ohne Esther eines Blickes zu würdigen.

»Gern geschehen, alter Griesgram«, murmelte sie laut genug, um einen Hall zu erzeugen, aber nicht so laut, als das Jaffke es hätte hören können. Dann ging sie in die Wohnung zu ihrem neuen Gemälde.

Kapitel 10 - David

Trete ich aus dem Haus, ist es, als würde ich in eine andere Welt hinüber gleiten. Auch wenn man die teilweise zerstörten Gebäude von unserem Küchenfenster aus sehen kann, existiert noch eine gesunde Distanz zur Realität da draußen. Sobald ich aber hinausgehe, werde ich ein Teil dieser Zustände. Es wächst ein Zwiespalt in mir: eigentlich sollte mich der Anblick erfreuen, aber er bedrückt mich auch. Mehr sogar, als ich bereit bin, mir selbst einzugestehen.

Das ratternde Rollen hölzerner Räder auf dem von Kieselsteinen übersäten Boden ist mein ständiger Begleiter, wenn ich mich durch eben jene Stadt begebe. Schubkarren, die von einer Ruine zur nächsten geschoben werden, nur um sie zu beladen und zu einem späteren Zeitpunkt wieder zu leeren. Der Kreislauf des Aufbaus. Zeugen meiner Versuche, ähnlich wieder auf die Beine zu kommen wie die Stadt und mit ihr das ganze Land. Gefallene, die darum bemüht sind, wieder erhaben zu stehen. Nun gilt es, das Zerstörte zu beseitigen, um etwas Neues zu erschaffen. Etwas Besseres, wie ich hoffe — auf so vielen Ebenen. Holz, Steine, Werkzeuge, teilweise auch einige Leichen sind auf den Schubkarren geladen. Sie ziehen an mir vorbei und werden von mir mit einem kurzen Blick bedacht. Es besteht nicht die Hoffnung, dass sich darauf etwas befinden könnte, das es sich zu nehmen lohnen würde. Aber mein Interesse ist jedes Mal geweckt. In mir entsteht nicht selten eine morbide Faszination, die Schäden zu sehen. Dabei habe ich die Vorstellung, dass es Schatten sind, die mit den Schubkarren zum nächsten Müllberg gebracht und dort vom Feuer verschlungen werden. Es rühmt sich nicht, was sich in meinem Kopf abspielt, wenn die Leichen auch noch in Uniformen stecken. Gleichzeitig will ich mich nicht gegen diese Gedanken wehren, denn sie lassen mein Herz schneller schlagen. Sie befreien mich vom Impuls, den Menschen um mich herum in die Augen zu sehen und sie ins Verhör zu nehmen.

Aber ich beherrsche mich. Vielleicht aus Angst, den gewaltigen Fluss an Fragen und Vorwürfen nicht aufhalten zu können, sobald ich die Schleuse öffne und mir den Ersten von ihnen schnappe. Vielleicht liegt es aber an der Umgebung, die mich nicht so kaltlässt, wie ich es mir wünschen würde.

Ich habe eine solche Zerstörung noch nie gesehen. Auch wenn es genug Häuser gibt, die verschont wurden, sind die, die es erwischt hat, schrecklich verunstaltet. Gebäude, die das Zuhause so vieler Familien darstellten, sind nur noch leere Hüllen. Wie Geister sehen sie aus, so ohne Glas in den Fenstern, ohne Stockwerke und Leben im Inneren. Teile ihrer Struktur sind ausradiert und eingefallen. Bereiche ihrer Fassade wurden von den Flammen geschwärzt. Eine gruselige Atmosphäre herrscht in der Nähe dieser zu Aquädukt-ähnlichen verkommenen Behausungen, deren Fundamente und Mauern die Bewohner verächtlich anstarren.

Mir fiel diese Wirkung bereits beim ersten Mal auf, als Esther und ich uns auf den Weg zur Wohnung machten. Seitdem versuche ich, nicht in den stark nach mir rufenden Sog der Zerstörung zu fallen und mir diese Geisterhäuser zu lange anzusehen. Sie ziehen mich in einen Bann und machen mir Angst. Aber da scheine ich nicht der Einzige zu sein. Auch die Hebräer halten ihre Augen merklich auf die Straße gerichtet, ohne sich die Häuser genauer anzusehen. Sie müssen spüren, wie die steinernen Richter ihnen wieder und wieder die Frage nach dem Warum entgegenwerfen.

Trotzdem verdienen sie es. Mein Herz und mein Geist sprechen da mit einer Stimme. Auch mein Bauchgefühl stimmt dem zu. So schrecklich die Zerstörung anzusehen ist, so sehr sind es auch die Taten gewesen. Einzig allein wenn ich Kinder sehe, spüre ich Stiche im Inneren. Wie sie in ihrer vom Staub befallenen Kleidung durch die Straßen laufen, bei den Ruinen Halt machen, beginnen, nach etwas Wertvollem zu suchen, das sie zum Tauschen nutzen könnten, nur um dann, wenn die Suche abgeschlossen ist, zu spielen anfangen.

Als ich heute Morgen aus dem Haus ging und einige Minuten später zur Heinrichstraße kam, sah ich ein kleines Mädchen mir entgegenkommen. Es war nicht älter als sechs oder sieben. Sie trug eine weiße Haube auf dem Kopf, eine ihr viel zu lange dunkle Hose, festes Schuhwerk und eine hellblaue Wolljacke. Sie hatte einen kleinen Hund auf dem Arm, den sie vermutlich gefunden hatte. Sie hielt ihn fest an sich geklammert, während er zufrieden hechelte. Auch sie wirkte fröhlich und lachte, wenn sich der Kopf des Hundes zu ihr drehte und ihr die Wange leckte. Dasselbe Mädchen sah ich einige Tage zuvor, da noch ohne Hund, wie sie in einem der zerstörten Häuser, unweit von Esthers und meiner Wohnung, es musste der Hubertusweg gewesen sein, den Schutt durchsuchte. Stein für Stein rollte sie beiseite, sofern er ihr nicht zu groß war. Sie schien verzweifelt und zugleich versessen darauf, nicht aufzugeben. Vielleicht war es sogar der Hund, den sie suchte. Vielleicht war es etwas zu essen.

Sie nun aber lächeln zu sehen, wärmte mir das Herz, während es gleichzeitig von Schmerzen heimgesucht wurde. Der Gedanke, Kinder in dieser zerstörten Stadt unter diesen Bedingungen aufwachsen zu sehen, ließ den Antrieb in der Mitte meiner Brust schwerer werden. Eine vom Kriegsorkan heimgesuchte Stadt ist kein Ort für Kinder. Insbesondere, da sie nicht diejenigen sind, die den Sturmtanz aufführten.

Wie es wohl jenen geht, die den Tornado heraufbeschwört haben? Ihre Gesichter sprechen eine undeutliche Sprache. Ich sehe einige von ihnen weinen. Lautes Schluchzen drängt aus so manchen Ruinen, wenn frühere Leben und Lieben betrauert werden. Andernorts räumen versteinerte Gesichter pragmatisch auf. Erschöpfung scheint sich überall breitzumachen. Nicht einmal die Gesichtszüge wollen noch straff in Form verbleiben. Alles sackt herab, die Knochen der Wangen stechen mehr heraus, je länger die Aufräumarbeiten dauern.

Vereinzelt begegne ich aber auch Menschen, die einen Scherz machen und lachen, nur um sich dann, wie von einem Hammer getroffen, an die neue Realität zu erinnern und in alte Gesichtsformen zurückzukehren.

Ich sehe ihnen allen stumm zu, wie sie das aufbauen, was sie eingerissen hatten, und rede nicht mit ihnen. Meine einzigen Gespräche, die ich neben Esther führe, sind mit Menschen, die ich davon überzeugen möchte, mir eine Chance zu geben. Es fällt mir schlicht schwer, mich zu öffnen. Vor den Leuten zu stehen und ihnen tatenlos beim Aufbau zuzuschauen ist entwürdigend genug. Mich aber dann auch noch in einen Dialog zu begeben, einen Plausch vielleicht, während sie den Schutt wegtragen, ist einfach zu viel. Was soll ich auch sagen? »Ich komme aus euren Lagern, wie geht's?«

Ausgeschlossen. Allein bei dem Gedanken bekomme ich das Gefühl, mich reinigen zu müssen.

Ein ähnliches Bedürfnis überkommt mich jedes Mal, kurz bevor ich an eine der fremden Türen klopfe. Ich gehe betteln, so muss man es ausdrücken. Ich bettle um Arbeit und es ist erniedrigend. Was genau mir dieses Gefühl gibt, ist schwierig in Worte zu fassen. Ich vermute, es ist das Wissen, diejenigen nach Hilfe zu fragen, die uns den Tod wünschten. Aber wer überleben will, muss Opfer bringen, oder nicht? Wenn Esther sich demnächst um die Wunden dieser Leute kümmern kann, wird es mir wohl auch möglich sein, Gespräche mit ihnen zu führen. Auch wenn ich dabei keinerlei Freude empfinde. Weder vorher, mittendrin noch hinterher.

Die einzige Ausnahme bestand in meiner Begegnung mit Frau Johnson vor kurzem. Sie war anders. In vielerlei Hinsicht.

Zuerst war ich überrascht, als mir eine dunkelhäutige junge Frau die Tür öffnete. Dann verfiel ich in ein kurzes Lachen. Nicht etwa über sie, keineswegs, es war mehr die Besonderheit und die Komik der Situation: Da klingle ich an dutzend Türen, immer wieder öffnen mir mal mürrisch, mal skeptisch drein schauende Bürger. Plötzlich, als ich mich bereits mit einem weiteren Tag voller Absagen abgefunden hatte und meinen auswendig gelernten Text nur noch lieblos herunterbeten wollte, traf ich auf jemanden, der so wunderbar außergewöhnlich war.

Mein kurzes Lachen zu Beginn des Aufeinandertreffens schien sie allerdings ein wenig vergrätzt zu haben. Sie fragte mich in einem harten Tonfall, was zum Teufel ich wolle und wieso ich lache. Aber wer konnte es ihr verdenken? Öffnet die Tür und da steht jemand, der über sie, eine Schwarze, lacht. Das konnte ihr nicht gefallen.

In einem Versuch, den ersten Eindruck schnell zu revidieren, antwortete ich ihr, dass ich ihr keineswegs zu nahe treten und sie auslachen wollte. Es sei nur ein Impuls der Überraschung gewesen. Ich entschuldigte mich höflich und versicherte ihr, dass ich mich freue, sie kennenzulernen. Sie ließ sich nicht anmerken, ob ihr meine Erklärung genügte oder sie meine Entschuldigung annahm. Stattdessen erneuerte sie ihr Warten auf Beantwortung ihrer Frage, indem sie die Augenbrauen hochzog und den Kopf ein wenig nach vorne streckte. Ich sagte ihr, dass ich versuche, die Einwohner der umliegenden Häuser dazu zu bringen, mich ihre Kinder unterrichten zu lassen, aber bisher wenig Erfolg hatte. Ich war hierbei direkt und beschönigte nichts. Aus irgendeinem Grund wollte ich, dass sie die Wahrheit wusste. Ein Gefühl der Verbundenheit keimte in mir. Ich hatte das Gefühl, dass sie ebenso mit Problemen mit den Bewohnern zu kämpfen hatte wie ich, wenn auch auf andere Weise.

Vielleicht fußte dieses Gefühl darauf, dass wir beide in jenem Moment wie Gestrandete auf einer Insel mit lebensfeindlichem weißem Sand waren. Möglicherweise lag es auch daran, dass ich mir bei ihr sicher sein konnte, sie wäre kein Schatten. Mein Gefühl sagte es mir, ebenso wie meine Augen es taten. Dieser Eindruck bestätigte sich im weiteren Verlauf, als sie mir auf die Frage, was sie denn hier mache, erzählte, dass ihr Mann bei der Behörde arbeite, die uns die Wohnung zugewiesen und mit einigen Haushaltsgegenständen versorgt hatte. Sie warte nur darauf, dass die bürokratischen Hürden genommen würden, um die Schulen wieder beginnen zu lassen. Sie hatte zwar keine Ausbildung als Lehrerin genossen, war aber dennoch willens, den Bürgern dieser Stadt etwas beizubringen. Da sowieso ein erheblicher Mangel an Lehrkräften bestand, hatte sie über die Verbindungen ihres Mannes bereits eine Stelle in Aussicht. Lediglich Räume mussten gefunden, Schulbücher noch von geistigen Schadstoffen der Schatten befreit und Lehrpläne erstellt werden. Dann könnte es losgehen.

Als ich das hörte, wurde ich ganz unruhig im Herzen. Schulen! Wieder eröffnen! Ich fragte sie ohne Umschweife, ob es noch weitere freie Stellen gäbe und erzählte ihr, was ich konnte. Daraufhin sagte sie mir, dass sie davon nicht überrascht wäre, aber es schwierig sei, darüber Auskunft zu geben. Immerhin müsste man erst eine räumliche und zeitliche Struktur für den Unterricht schaffen. Den müsste man dann wiederum den Anwohnern mitteilen, um so die Kinder, die dem Krieg nicht zum Opfer gefallen waren, versammeln zu können. Es könne durchaus sein, dass man zu Beginn nur einzelne Stunden zu bestimmten Tageszeiten abhalten würde. Immerhin befänden wir uns im Winter und einen Raum wohltemperiert zu halten, wäre schwierig genug. Die Einzelstunden würden dann sicher von einer Handvoll Lehrern erledigt und soweit sie wüsste, gab es bereits jemanden, der meine Fächer unterrichtete: ein Professor einer Universität, der aus dem Exil zurückgekehrt sei. Glemperer sei sein Name, wenn sie sich recht erinnerte.

Schon verwandelte sich die Unruhe in Tumulte in meinem Inneren. Da erschien vor mir ein Regenbogen, den ich hoffnungsvoll verfolgte und einen Topf mit Gold erwartete, nur damit er sich — kurz vor dem Erreichen des Endes — in Luft auflöste. Ich fühlte mich wie ein Narr, überhaupt gehofft zu haben. Es war töricht, direkt durch die Tür, die sich vor mir öffnete, laufen zu wollen. Mein Herz verdunkelte sich und ich verspürte einen Zorn gegenüber der Frau, von der ich mich ebenso beraubt fühlte wie von diesem Glemperer. Meinen Unmut muss Johnson, ihr Vorname war mir leider unbekannt, mir angesehen haben. Kaum erwachten diese Gefühle in mir und drohten sich wie eine mit giftigem Rauch gefüllte Luftblase auszuweiten, versicherte sie mir, sie würde an mich denken, sobald der Schulbetrieb eine gewisse Regelmäßigkeit erlangt hatte und sie mehr Lehrkräften bräuchten. Immerhin seien viele Lehrer entweder in den Krieg gezogen und nicht zurückgekehrt oder aufgrund ihrer Haltung nicht mehr tragbar. Man müsse sie erst reinwaschen, bevor man zulassen könne, dass sie Kontakt zu Schülern bekämen. Da könne man unbefleckte, geradlinige Lehrer gut gebrauchen. Aber eben erst in einigen Monaten. Ich sei sichtbar nicht von Schattenmaterial belastet und hätte daher keine schlechten Chancen.

Ihre Worte arbeiteten in mir und schienen den Trubel zu

beruhigen. Als wären sie Lassos, die wilde Pferde einfangen und besänftigen, sorgten sie dafür, dass ich wieder hoffnungsvoller wurde. Das seien gute Nachrichten, sagte ich und dankte ihr herzlich. Ich verspürte den Impuls, sie zu umarmen und sie fest an mich zu drücken, weil sie mir die Schwere im Innern für den Moment nehmen konnte, aber ich widerstand. Stattdessen gab ich ihr die Hand, drückte sie fest mit beiden Händen und versicherte ihr, dass es wahrlich eine Freude war, sie getroffen zu haben. Sie lächelte ob meiner Fröhlichkeit und erwiderte, dass ich mir diese gute Stimmung erhalten sollte, damit auch die Schüler davon angesteckt würden. Ich solle ihr meinen Namen und Adresse geben, damit sie mir zu gegebener Zeit einen Brief schreiben könne. Ich gestand ihr, dass ich es kaum erwarten könnte, von ihr zu hören und verabschiedete mich.

Als ich ging, spürte ich, wie ich glücklich war. Inmitten der zerstörten Häuser, die für den Augenblick nicht mehr länger nach mir riefen.

Kapitel 11 - Der Kaffee

Eine Woche nach dem Zwischenfall mit Jaffke saßen David und Esther ein wenig zur Seite gebeugt an den beiden Enden des Sofas. Jeder von ihnen fand zuvor ein Position, damit sie nicht wieder zueinander geführt wurden. In ihren Händen hatten sie jeweils einen metallischen Becher, von dem heller Qualm emporstieg. Als hielten sie den heiligen Gral, umklammerten sie den schwarzen Wachmacher. Es war der erste Kaffee seit einer langen Zeit. Umso mehr wollten sie ihn genießen und gönnten sich nur kleine Schlucke, die ihre Geschmacksrezeptoren belegten.

»Eine gute Idee«, sagte sie zu ihm glücklich und atmete den Dampf durch ihre Nasenlöcher ein. Sie schloss dabei ihre Augen, wie David sah, und wirkte zufrieden. Er mochte das.

»Ich habe den Mann zuerst nicht gesehen. Nur den Kaffee, den habe ich gerochen«, antwortete er und führte seinen Becher an ihren, sodass es ein kurzes Klirren gab. »Ich lief dem Duft nach, ging um die Ecke hinten am Herbertsplatz. Da waren rund fünfzig Leute, die in einer Schlange standen. Sie trippelten mit den Füßen, um die Kälte nicht zu sehr in die Glieder ziehen zu lassen. Immer wieder wankten sie zur Seite, um zu sehen, wann sie an der Reihe wären. Ich atmete dann noch einmal diesen köstlichen Duft ein und es war um mich geschehen. Ich musste uns einfach zwei Becher besorgen«, sagte er und nahm einen weiteren Schluck.

»Du hast dich einfach angestellt? Wie wolltest du denn bezahlen, hattest du Geld dabei?«, fragte sie erstaunt. Sicher dachte sie sorgenvoll an ihre finanzielle Lage. Die ähnelte eher einem verdorrten Feld als einer blühenden Oase, da sie beide weiterhin kein Einkommen hatten und von den Hilfen lebten, die man ihnen als "Bewohner mit Lagerhintergrund" von Amtswegen zugestand.

»Ich wusste nicht, dass der Kaffee etwas kostet. Ich hätte es mir denken können, aber ich war zu betört von dem Geruch. Hätte auch sein können, dass jemand den Trümmermenschen einfach eine Freude machen wollte. Naiv, ich weiß. Die ganze Zeit über, in der ich in der Schlange stand, konnte ich nur daran denken, wie ich die zwei Becher nach Hause bringe und wir sie genießen. Ich hatte die Freude in deinem Gesicht vor Augen.«

»Aber wie hast du denn zahlen können? Man wird dir die Becher wohl nicht kostenlos gegeben haben?«

»Umsonst waren sie nicht. Aber sie kosteten mich keinen Taler«, sagte er und grinste sie selbstzufrieden an.

»Ich kann dir nicht folgen, David«, antwortete sie.

»Der Mann, der den Kaffee gebrüht und verkauft hat, war nicht allein. Er war in Begleitung eines kleinen Mädchens, vermutlich seine Tochter oder seine Nichte. Sie half ihm, die Metallbecher zu stapeln, die von den Menschen noch an Ort und Stelle ausgetrunken wurden. Hektisch schlangen sie das heiße Getränk herunter in der Hoffnung, dass es ihr Innerstes wärmte. Sie mussten ja alle mehr oder minder Eisblöcke sein, wenn sie den ganzen Tag über mit dem Wiederaufbau beschäftigt waren. Einige von ihnen kamen sogar mit ihren Schubkarren zum improvisierten Stand des Mannes. Lediglich einige Holzbretter waren zusammengefügt worden, ähnlich wie man es früher bei den Maronenverkäufern sah, falls du dich erinnerst. Nicht einmal Räder hatte der Stand. Der Mann verließ sich anscheinend darauf, dass die Bewohner dankbar genug sein würden, sein Geschäft nicht auseinander zu nehmen. Ein mutiger Mann. Aber wenn ich mir ansah, wie viel Energie die Menschen durch einen Schluck dieses Zaubertrankes bekamen, musste man ihm recht geben. Die herunterhängenden Fassaden der Erschöpften wurden schlagartig restauriert und Leben kehrte zurück. Es war interessant anzusehen, sag ich dir.« Er setzte kurz ab, um erneut einen Schluck zu nehmen. Das viele Schwärmen hatte in ihm die Sehnsucht wachsen lassen, das Getränk erneut in seinem Mundraum und Magen zu spüren.

»Als ich dann vor ihm stand, hinter mir mindestens fünfzehn weitere Kaffeehungrige, die wohl ebenso vom Duft angelockt worden waren, sagte ich ihm, dass ich gerne zwei Becher hätte. Dann nannte er mir einen Preis, bei dem mir beinahe schwindelig wurde. Für zwei Tassen! Wucher, dachte ich mir, aber sicher war es für ihn nicht einfach, an den Kaffee zu kommen. Möglicherweise verkaufte er auch private Reserven und nicht wenige Menschen waren bereit, für diesen flüssigen Luxus zu zahlen.«

»Außer dir«, warf Esther ein.

»Oh, ich hätte. Wenn ich das Geld gehabt hätte und wir nicht darauf angewiesen wären, jede Münze immer und immer wieder umzudrehen. Aber ich hatte es einfach nicht, das Geld meine ich.«

»Wie hast du es angestellt, dass wir diesen Luxus nun trotzdem genießen können?«

»Ich habe angeboten, dem Mädchen Schreiben beizubringen. Es war noch so jung, dass ich vermutete, es hätte bisher noch keinen oder wenig Unterricht bekommen. Mehr als ablehnen und mich fortjagen konnte er nicht, daher probierte ich es.«

»Und dem hat er zugestimmt?«

»Zuerst war er abgeschreckt, unterstellte mir sogar niedere Triebe. Er wollte sich gerade echauffieren, ob ich etwas mit dem Kind vorhätte, als ich meine besten Absichten beteuerte und ihm erzählte, dass ich versiert im Unterrichten sei und er mir eine Chance geben solle. Ich habe ihm auch erzählt, dass ich bereits einige Zeit von Haustür zu Haustür ginge, um endlich Schüler zu finden. Er antwortete dann nur, dass ich wohl der Lehrer sein müsse, der bei seinen Bekannten geklingelt habe. Von dem hätte er schon gehört. Freundlich soll er gewesen sein, wenn auch verzweifelt. Doch wie die anderen Bewohner war auch er skeptisch, wie er mir offen gestand. Ich würde es ihm schon beweisen, sagte ich ihm und forderte ihn auf, er solle mein Wissen gerne überprüfen. Er schaute mich dann prüfend an. Dann nannte er einige Titel von Büchern und erwartete von mir, deren Autoren sowie Handlungsstränge zu nennen. Es war wohl sein Versuch, meinen Bildungsgrad zu testen. Er nahm vermutlich an, ein Mann niederer Triebe wäre nicht in der Lage, diese Dinge zu wissen, die, für ihn, nur einem klugen Geist eigen wären. Er sprach davon, dass nur Lehrer sich mit diesen Schundwerken auseinandersetzen würden, mit denen er in seiner Schulzeit gequält wurde. Kein Mensch würde sich freiwillig damit beschäftigen und dieses Wissen verankern, wenn er nicht durch die Wahl seines Berufes häufig dazu genötigt wäre, Einzelheiten immer wieder aufzurufen. Bei allen anderen Menschen, die nicht lehrten und unterrichteten, würden die vielen Details verblassen oder in dunkelste Ecken des Gedächtnisses gesperrt. Eine törichte Logik, die ich nicht so recht verstand, aber ich war nicht da, um mit ihm zu streiten. Wenn er ein solches albernes Spielchen brauchte, um mir den Kaffee zu gewähren, dann sollte mich der Teufel holen, dass ich aus falscher Eitelkeit nicht jede Aufgabe richtig beantworte. Ich tat es also, lückenlos, woraufhin er sich erstaunt zeigte. Er lobte mein Wissen und wir trafen die Vereinbarung, dass ich den Kaffee bekäme, wenn ich seine Nichte Julia heute und in zwei Tagen, wenn er wieder da ist, eine Stunde lang unterrichte. Für jede Tasse eine Stunde. Ich solle aber keinesfalls mit ihr weggehen, sondern in der Nähe bleiben, damit er ein Auge auf uns haben könne.«

»Deswegen kamst du heute so spät wieder. Ich dachte, dass du vielleicht einen weiteren Weg gegangen wärst oder getrödelt hast.«

»Ja, entschuldige bitte. Ich war versessen auf den Kaffee und wurde es immer mehr, je länger ich mitansehen musste, wie die Menschen in der Schlange einen Becher nach dem nächsten in ihre Kehlen kippten. Ich hatte schon die Sorge, dass der Mann keinen mehr für mich hätte! Zum Glück lief es mit dem jungen Mädchen gut genug, dass der Mann einverstanden war, mir bereits nach der ersten Stunde zwei Becher zu geben, die ich ihm beim nächsten Mal wieder mitbringen soll. Das hätte er nicht machen müssen. Daher rechne ich es ihm hoch an.«

»Ein netter Mann! Und deine erste Schülerin! Ich freue mich für dich«, sagte Esther und klopfte ihm auf den Oberschenkel. »Was hast du mit Julia gemacht? Du hast doch keine Materialien.«

»Ich zeigte ihr einige Buchstaben des Alphabets mittels eines Stocks und dem Erdboden. Dann ließ ich sie einige Wörter damit bilden und auch bereits schreiben. Ein schlaues Kind — das hohe Lerntempo machte ihr nichts aus. Mehrere Buchstaben in nur 60 Minuten ist eigentlich viel zu schnell, aber ich wusste, dass ich den Mann nicht beeindrucken würde, hätte ich ihr nur das A beigebracht. Julia machte zügig mit und wirkte froh, nicht mehr nur die Becher zu stapeln. Wo er wohl so viele davon herhatte? Einige waren richtig verbeult.«

»Sicher alle gefunden. Vielleicht ist er einer von denen, die sich die Mühe machten, die Ruinen zu durchforsten. Oder er sammelte offen herumliegende Becher ein, die er bei Streifzügen durch die Stadt fand. Frag ihn einfach das nächste Mal«, erwiderte sie und lächelte ihn an.

»Werde ich. Schmeckt er dir denn? Der Kaffee meine ich.«

Esther nahm erneut einen Schluck, ließ das wohltuende Getränk einen Moment in ihrem Mund und nickte dann. »Ganz wunderbar ist er. Ich hätte nicht gedacht, dass eine Flüssigkeit so viele Erinnerungen hervorbringen könnte. Ich fühle mich in die Zeit versetzt, in der ich mit meinen Eltern und Großeltern beisammen saß, wir uns den ganzen Tag nichts vornahmen und kurz nach dem Mittagessen damit begannen, eine kleine Kaffeezeremonie abzuhalten. In der erzählten wir uns gegenseitig von den letzten Wochen. Wir teilten Probleme, Sorgen und Freuden miteinander, während jeder von uns ein oder zwei Tassen trinken konnte. Das war eine schöne Tradition.« Sie wirkte zufrieden, während sie diese Worte sprach.

»Vermisst du sie, die Zeit von damals?«, fragte er sie, obwohl er sich die Antwort denken konnte. Er hatte aber festgestellt, dass Esther sich selbst eher als Zuhörerin denn als jemand sah, der von der eigenen Vergangenheit erzählte. David musste oft alles herauskitzeln, als wären seine Fragen Lockmittel, die einen verschüchterten Fuchs aus seinem Bau holen wollten. Es klappte, hin und wieder, aber letztendlich war er auf ihre Mitarbeit angewiesen. Drängen hatte wenig Sinn, wenn das Ziel war, sie näher zu sich zu bringen. Sie war eine junge Frau, die bei jeder Bedrängnis den Impuls verspürte, von dannen zu ziehen und nicht zurückzukehren. Daher wartete er auf geeignete Momente, sie besser kennenzulernen.

»Natürlich. Ich vermisse alles. Meine Eltern, meine Großmutter, meinen Großvater, meine kleine Nichte Martha, das Dorf, die Unbeschwertheit, den Frieden und die Unversehrtheit, hier und hier«, sie hob einen Arm, streckte den Zeigefinger aus, zeigte auf ihr Herz und dann auf seine Stirn. Der Finger berührte ihn leicht an der Schläfe und pochte einige kurze Male an seinen Kopf.

»Das fehlt mir auch«, sagte er nach kurzem Überlegen,

»Besonders diese Ruhe im Geist, wenn man mal mit sich alleine ist. Ablenkungen gelingen mit anderen Menschen oder wenn man eine Aufgabe besitzt. Aber ist man für sich, schreibt sich die Gedanken vielleicht von der Seele, wird man zu einem Spielball, da die Bilder, Erinnerungen und Eindrücke auftauchen, wie sie möchten. Reiner Zufall herrscht in Momenten der Einsamkeit, ob man von ihnen beglückt oder betrübt wird.«

»Spielball wird, wer sich umschubsen lässt. Schütteln solltest du dich, sobald trübselige Gedanken, egal in welcher Größe, auftauchen und dich befallen wollen.«

»Leicht gesagt, schwierig verwirklicht. Für mich haben die Gedankenstränge eines jeden Menschen ein Kontrolltor, das aber, je älter man wird, mehr und mehr Löcher bekommt. War dessen Aufgabe zuvor, negative oder belastende Gedanken zu filtern, finden die Bilder und Vorstellungen irgendwann die Schlupflöcher und gelangen einfach so wie Ratten hindurch: Dabei weiten sie die Eingänge, sodass sie beim nächsten Mal noch einfacheres Spiel haben. Gerade Überlegungen, die einen mit ihrem Gewicht herunterziehen, besitzen ein Talent fürs Auffinden dieser Lücken. Zu allem Überfluss haben sie auch noch garstige Widerhaken, mit denen sie sich verankern können. Sie kommen nicht, um ebenso schnell wieder zu verschwinden, sondern um zu verweilen. Das macht diese Biester zu so einem Ärgernis.«

»Erste Menschen sind übrigens verhaftet worden«, sagte Esther auf einmal, nachdem sie den Blick von ihm gerichtet und auf das Bild neben dem Fenster gestarrt hatte.

David, der während seines Monologs immer weiter in sich zusammensackte, schaute für einen Moment perplex wegen des Themenwechsels. Ein harter Schnitt von seinem Gesagten hin zu ihrem Satz. Er wusste nicht, wie er darauf reagieren sollte.

Redete er sich doch gerade erst warm und hätte noch so viel mehr zu sagen gehabt, um ihr klarzumachen, wie es in seinem Kopf manchmal aussah.

Als Esther ihn dann aber ansah und mit dem Kopf schüttelte, verstand David, was sie mit dem Themenwechsel bezwecken wollte: Sie hatte ihn aufgefangen. Erneut. Er war im Begriff zu fallen, in sich selbst hinein. Diese tiefen, in Dunkelheit liegenden Gräben, die er mit seinen Gedankenketten selber aushob, waren sein Steckenpferd. Esther hingegen bemerkte die Gefahr und befreite ihn davon, indem sie ihn aus dem selbst verschuldeten Unmut riss und wie aus einem beginnenden Fiebertraum aufweckte.

»Haben sie sich freiwillig gestellt oder hattest du recht und die Täter sind verraten worden?«, fragte er, griff ihre Hand für einen Augenblick, drückte sie sanft zusammen und nickte, um sich bei ihr für den Wechsel zu bedanken.

»Es war lediglich die Rede davon, dass einige Aufseher der Lager gefasst wurden. Dazu noch einige Dutzend Offizielle, also Entscheidungsträger unterschiedlichen Ranges. Ganz besonders seien sie aber hinter Richtern und Politikern der Parteispitze her. Immerhin haben sie nicht nur die geschützt, die gegen Gesetze verstießen, sondern gemeinsam neue Richtlinien verfasst und realisiert, die dieses Land ins Dunkel rissen. Uns damit ebenfalls.«

»Haben sie im Radio etwas darüber gesagt, wie die Chancen stehen, wirklich alle Beteiligten zu erwischen? Und hat man mit der Bestrafung begonnen?«, fragte er interessiert. Er hätte nicht damit gerechnet, dass dieser Prozess aktiv verfolgt werden würde. Scheinurteile und ebenso scheinheilige Bemühungen hatte er erwartet. Das war er gewohnt und es gab wenig Grund für Hoffnung, dass sich die Geschicke geändert hätten.

»Einige wurden wohl ohne lange Gerichtsprozesse hingerichtet.

Per Strick oder durch die Kugel. Die Beweise waren zu erdrückend, hieß es in den Nachrichten. Das waren aber nur die kleinen Fische. Die Hauptverantwortlichen sind noch auf der Flucht oder untergetaucht. Aber es ist zu erwarten, dass ihre Prozesse noch schneller abgehandelt werden, immerhin ist deren Schuld kaum verbergbar. Wie viele sie jedoch letztendlich finden und bestrafen können, ist nicht zu sagen. Man soll sich ihnen jedoch keinesfalls nähern, warnte die Polizei. Viele dieser Leute seien rücksichtslos und gefährlich. Wenn man diese tollwütigen Hunde in eine Ecke jage, müsse man damit rechnen, dass sie zum Angriff ansetzen. Daher solle man sich nur bei der Polizei melden und keinesfalls versuchen, die Gesuchten eigenmächtig zu fangen. Man solle die Augen offen halten und jede Auffälligkeit melden.«

»Gut, ein sinnvoller Ratschlag. Wir haben erlebt, wie skrupellos diese Leute sein können. Da noch nicht alle von ihnen gefasst wurden, lass uns darauf hoffen, dass die Suchbemühungen eher intensiviert als abgebaut werden.«

»Aber wer weiß schon, in welchen Unterschlüpfen sich diese Leute verstecken und wie man sie finden soll? Wäre ich in ihren Schuhen — ein widerlicher Gedanke — würde ich die Uniform oder die Robe schnellstmöglich verbrennen. Um Dank meiner menschlichen Hülle unterzutauchen.«

»Man sieht diesen Leuten leider nicht an, welche Verbrechen auf ihre Konten gehen, da hast du recht. Bei Pinocchio wächst wenigstens die Nase, sobald er lügt. Aber wenn jemand von ihnen Unrecht verübt, möglicherweise sogar jemandem das Leben raubt, geschieht nichts. Würden sie für jede Tat ein Stückchen schrumpfen, würde man sie alle leicht als die Kleinsten unter uns identifizieren und richten können. So aber sind sie als Menschen getarnte Wölfe. Wer weiß, wie vielen wir schon begegnet sind, mit ihnen geredet haben, sie für halbwegs rechte Menschen hielten und ihnen die Hände gaben«, antwortete David.

»Oder ihnen als Nachbarn begegneten«, antwortete Esther. Sie beide sahen sich an und schwiegen für einen Augenblick, als müssten sie das gerade Gesagte verdauen. David hatte schon länger eine Ahnung, dass der Nachbar nicht nur aus Freude sein Bein gab. Er musste es im Krieg verloren haben und wenn er für die Schatten und ihr Fortbestehen gekämpft hatte, war er für David ebenso schuldig wie die Richter und Parteimitglieder.

»Schiebt er beim Verlassen des Hauses noch immer nur den Stein weg und kümmert sich bei der Heimkehr nicht mehr weiter darum?«, fragte Esther.

»Jaffke? Sicher. Das war zu erwarten, immerhin haben wir es nicht mit ihm abgestimmt. Aber der soll sich mal nicht so anstellen. Deine Idee war gut, die Tür im Hauseingang mit einem Stück Geröll zu beschweren, sodass der Wind sie nicht unentwegt aufpusten und die kalte Luft hereinlassen kann. Da profitieren wir alle von, immerhin gefriert der Boden nicht so schnell. Aber was macht er, anstatt sich zu bedanken? Er meidet uns; kommt kaum aus seiner Wohnung, wenn wir im Hausflur sind.«

»Ob das an meiner Hilfe liegt?« Sie klang besorgt.

»Ich glaube nicht. Er war uns vorher schon nicht freundlich gesinnt. Da hat sich nicht viel verändert. Wenn man so möchte, hat dein Eingreifen, das ich übrigens noch immer nicht verstehe, zumindest für ein wenig Entspannung gesorgt. Immerhin schreit er nicht mehr rum, wenn mal ein Geräusch von uns zu hören ist. Er wirft uns auch weniger hasserfüllte Blicke zu, wenn wir ihm dann doch mal begegnen. Bisher zumindest.«

»Warum kannst du nicht verstehen, dass ich ihm geholfen habe? Wie kann man das denn nicht nachvollziehen?«

»Die Frage ist: Was für ein Mensch war da in Not? Du hast

gemerkt, dass wir keinen netten Nachbarn haben. Sondern einen ehemaligen Soldaten, der für das Land, das uns in Lager schickte, kämpfte, tötete und dafür bestraft wurde. Seinen Hass hat er aber nicht auf dem Schlachtfeld zurückgelassen. Er nahm ihn in seinem engstirnigen Geist mit in seine Wohnung.«

»Trotzdem ist er ein Mensch. Er fühlte Schmerzen und schrie, weil er litt.«

»Ich hätte ihn bei jedem Anflug von Gegenwehr dort liegen gelassen. Soll er sich doch selbst aufhelfen, wenn er die unverdiente Hilfe ablehnt. Deine Ruhe und deine Gutmütigkeit hätte ich nicht aufbringen können.«

»Wenn ich gegangen wäre und ihn dort hätte liegen lassen, hätte das nur seine Vorurteile bestätigt und er hätte mehr Grund für seine Abneigung gefunden. Wem wäre damit geholfen? Weder dir, mir noch unseren Leuten.«

»Aber ihm auch nicht. Er hätte mehr gelitten. Einer der Schattenanhänger mit Schmerzen. Wäre das nicht auch etwas wert?«, fragte David.

Esther schaute ihn entsetzt an.

»Wir sind keine Richter, David. Und erst recht keine Henker, die andere Menschen bestrafen«, antwortete sie ihm, bevor sie aufstand, ihn noch einmal mit ernstem Blick ansah und das Wohnzimmer in Richtung Küche verließ.

David blieb zurück. Aus den beiden Bechern stieg weiter Dampf empor.

Kapitel 12 - Esther

Ich weiß manchmal nicht, ob ich mich besorgt zeigen sollte oder lieber ignorant. Seine kurzen, aber für mich so heftigen Ausflüge in die Gruppe derer, die sich nach Rache sehnen, scheinen sich zu mehren. Als würde sich in seinem Inneren eine Dunkelheit ausbreiten, die sich durch seine Venen einen Weg zu seinem Herz bahnt. Oder übertreibe ich, bilde es mir gar ein? Bin ich es, die ihn zu negativ zeichnet und bewerte seine Worte über?

Vielleicht meint er es auch nicht so, wie er es sagt. Worte, die schneller ausgesprochen, als vom Verstand beleuchtet und für akzeptabel befunden werden.

Früher, auf den Wege nach unserer Befreiung, wählte er sie weiser. Er begeisterte mich damals mit der Tiefsinnigkeit und Eindringlichkeit seiner Gedanken. Ein faszinierender Mensch — wenn er denn möchte und er selbst ist. Diese aggressive, rachsüchtige Note ist so untypisch für ihn.

Es wirkt, als läge eine Krankheit in der Luft dieses Landes, die hierfür empfängliche Menschen, zumeist Männer, aber auch ein erheblicher Teil Frauen, ergreift und das Denken dieser Personen verändert.

David wird zunehmend einer von ihnen. So klingt es zumindest. Es macht mich fassungslos und zugleich bedrückt es mich. Vielleicht beschäftigt ihn, von Haus zu Haus zu gehen, in die Gesichter der Bewohner zu blicken und nicht zu wissen, ob sie aufseiten der Internierung waren oder dagegen aufstanden. Es ist sicher nicht einfach für ihn, muss er sich doch schäbig fühlen, wenn er an den Türen klingelt und bittet, man solle ihm eine Arbeit geben.

Vielleicht führt er in seinem Inneren aber auch noch viel mehr Kämpfe, von denen ich nichts weiß. Es würde mich nicht wundern. Er ist ein gebildeter Mann, dem einfache Gedanken oft fremd sind. Umso schwerer wiegt dadurch die Belastung seines Gemüts. Seine mangelnde Fähigkeit, über seine Gefühle zu reden und sich mir zu öffnen, verschlimmert die Situation.

Und doch muss es sein. Nur wenn ich weiß, in welche Richtungen er sich entwickelt, was sich in seinem Inneren abspielt und woher er die Motivationen für seine Sätze nimmt, kann ich ihn verstehen und dabei helfen, ihn wieder zu sich finden zu lassen. Bisher ist er im Nebel und irrt einsam umher. Er sucht nach einer Lichtung. Ich möchte ihm mit einer Kerze in der Hand den Weg weisen. Wer so viel miteinander in der Hölle erlebt und überlebt hat, kann sich nicht unterkriegen lassen, sobald man wieder die Erde unter den Füßen spürt.

Kapitel 13 - Die Geste

Vorsichtig beugte sie sich über ihn und horchte, ob seine Atmung in regelmäßigen Zügen verlief. Sie war besorgt. Es war das erste Mal, dass er nicht mit ihr reden konnte, weil der Schmerz ihn so betäubte. Sein Gesicht konnte sich nur zu einer Fratze des Leids verformen, die ihr nicht gefiel, ihr sogar Angst machte. Vielleicht hätte sie Medizin besorgen können, aber er weigerte sich beharrlich, ihre Hilfe anzunehmen. Er glaube nicht an dieses Zeug und hätte schon schlimmere Dinge überstanden, ohne sich mit Pillen zu betäuben. Ein Narr, wie sie fand, helfende Mittel abzulehnen. Wahrscheinlich aus falschem Stolz heraus. Warum auch immer er eine solche Abneigung hegte, es trieb sie in den Wahnsinn, dass sie ihn leiden sehen musste und nichts tun konnte. Vielmehr noch: nichts tun durfte. Einzig allein das inzwischen nur noch lauwarme Handtuch konnte sie wechseln, wohl wissend dass es nicht die Besserung versprach, wie es Medikamente getan hätten. Aber David blieb stur. Einzig allein ein mit heißem Wasser getränktes Tuch, das sie auf seinen schmerzenden Bauch legte, ließ er zu.

Sie war froh, dass er endlich eingeschlafen war. Es waren schon einige Tage, dass er durch Magenschmerzen wachgehalten wurde. Hätte er mal nicht gierig auch meinen Kaffee ausgetrunken, dachte sie, nachdem sie sich neben den schlafenden David auf das Sofa gesetzt hatte. War es überhaupt Gier? Sie hatte nach ihrem kurzen Streit immerhin das Zimmer verlassen, weil sie nach seinen Aussagen nicht mehr mit ihm in einem Raum sein konnte. Dort ließ sie den Kaffee zurück, direkt vor seiner Nase.

Vielleicht war es auch nur einer der inzwischen angelernten

Impulse, alles zu essen und zu trinken, sofern man nur die Möglichkeit hatte. Nahrung und sauberes Trinkwasser waren eine Rarität im Lager. Minimale Rationen sollten den Willen brechen. Letztendlich mag es auch eine wirtschaftliche Entscheidung gewesen sein, hatte man dort Tausende zu versorgen.

In jedem Fall aber eine erbarmungslose Situation, Menschen jeden Alters, jeder Statur und körperlichen Verfassung derart zum Hungern zu zwingen. Wenig erstaunlich, dass bald Kämpfe, Neid und Missgunst ausbrachen, wenn einer mal aus Versehen mehr bekam als die anderen. Ebenso stürzte man sich auf Reste, die von einem Insassen — ob freiwillig oder durch den Tod — übrig gelassen wurden. Tumulte brachen für einen Bruchteil eines Momentes aus, die Menschen wurden zur tierischsten Version ihrer Selbst. Nur um ihrem Körper für einige Stunden etwas mehr Nahrung und damit Lebenswillen zugestehen zu können.

Sie war David daher nicht böse, dass er sich ihren Kaffee ungefragt einverleibt hatte. Wie könnte sie? Sie kannte den Reflex nur zu gut, zur nächsten Nahrungsquelle zu springen und alles in sich hineinzuschlingen. Sie hätte ihm vielleicht nicht den Kaffee weggetrunken, aber wohl eher weil sie gefürchtet hätte, sie würde starke Bauchschmerzen bekommen, war doch der Kaffee durch seine Bitterstoffe nicht gerade leicht verträglich, wenn man ihn zu schnell und in zu großer Menge trank. Sie selbst spürte schon nach den kleinen Schlucken, die sie genommen hatte, wie ihre Magenwände rebellierten. Ihr Bauch zog sich zusammen. Sie fühlte sich unwohl, aber von Stichen war sie weit weg. Ungefähr die anderthalb Becher entfernt, die in Davids Bauch landeten.

Esther fragte direkt am ersten Tag seiner Beschwerden, warum er nicht wenigstens zu einem Arzt ginge. Damit dieser ihn beraten würde, wie man diese kleinen Teufel, die mit ihren Dreizacken sein Inneres ankratzten, wieder vertreiben könnte. Aber David wimmelte sie ab, dass er nicht mehr zu Ärzten ginge. Er habe sie erlebt. In seiner Gefangenschaft. Habe gesehen, wie sie ihn und die anderen musterten, wie die Insassen kategorisiert wurden, ob sie noch körperlich fit genug für die Arbeit wären. Wenn sie es waren, durften sie leben. Wenn nicht … nicht. Alle um ihn herum hatten Schmerzen, waren zuerst von der langen Reise, dann von der schweren Arbeit gezeichnet, aber bei diesen medizinischen Appellen, zu denen ausnahmslos jeder antreten musste, rissen sich alle zusammen. Nichts wäre schlimmer gewesen, als für untauglich zur Arbeit gehalten zu werden.

Bei kleineren Problemen wie Splittern, Blasen an den Füßen und Handinnenflächen oder Zahnschmerzen waren die Ärzte sowieso keine Hilfe. David war zuvor davon ausgegangen, sie hätten einen hippokratischen Eid abgelegt und sich verpflichtet, jedem Menschen zu helfen, sofern es in ihrer Macht lag. Doch diese Quacksalber waren daran nicht interessiert. Sie kümmerte es nur, die Gefangenen möglichst schnell wieder ihrer Beschäftigung zuzuführen. Hatte man eine Erkältung, gab es keine Hilfe. Schmerzte der Zahn, wurde er mit einer Zange gezogen und die Blutung mit alten Stoffbündeln gestoppt, die dann wieder abzugeben waren. Waren die Füße durch das stundenlange Laufen in Mitleidenschaft gezogen, wurde Jodsalz benutzt. Darüber wurde ein wenig Alkohol gekippt, um die Wunde zu reinigen. Dann gab es erneut einige Tücher, die man auf die Sohle legen und wieder zur Arbeit gehen musste. Plagten einen Kopfschmerzen, die manchmal so stark wurden, dass die eigene Sicht beeinträchtigt wurde, durfte man es sich nicht anmerken lassen. Fiel es dennoch auf, wurde es notiert und die Wächter merkten es sich. Kam es öfter vor, dass man deswegen den anderen Arbeitern hinterherhinkte, konnte es sein, dass man die nächste medizinische Untersuchung nicht überstand. Ständiges Kratzen durch Flohbefall und andere Probleme, sofern sie nicht gefährlich für die ganze Gruppe waren, wurden von den Ärzten ignoriert. Kein Wunder, dass jeder irgendwann von diesen kleinen Biestern zerbissen war.

»Ärzte können mir gestohlen bleiben. Arrogante Nichtstuer, die sich selbst zu Göttern erklären, weil sie über Leben und Tod entscheiden. Weißt du, wer ebenfalls darüber urteilt? Mörder. Die Gewissenlosigkeit zu besitzen, einem Menschen das Leben rauben zu können, ist nichts Gottgleiches«, antwortete David, als Esther nicht aufgehört hatte, ihm einen Besuch bei den Kittelträgern nahezulegen.

Danach war das Thema für sie nicht mehr aufgreifbar. Sie hätte nichts dagegen sagen können. Auch sie erlebte die Ärzte in den Lagern und konnte nachvollziehen, wieso er so dachte. Deswegen blieb ihr nur, die Handtücher regelmäßig zu wechseln und nach ihm zu sehen.

Dennoch herrschte in ihr eine gewisse Aufbruchsstimmung. Sie mochte es nicht, so untätig zu sein und nur passiv auf sein Leid reagieren zu können. Sie wollte ihm helfen und ihm, wenn sie ihm die Schmerzen schon nicht nehmen konnte, wenigstens eine Freude machen.

Da er sich die letzten Tage weigerte, Nahrung zu sich zu nehmen, weil er fürchtete, es könnte seinem Magen schaden, kam ihr die Idee, ihm etwas derart Leckeres vor die Nase zu setzen, dass er ebenso gierig nach dem Essen greifen würde, wie er es nach dem Kaffee getan hatte. Gleichzeitig durfte es nicht zu gewürzt, musste aber leicht verdaulich sein. Damit sich sein Zustand keinesfalls verschlimmerte. Ein Kuchen — das wäre was, dachte sie sich. Die süße Versuchung würde er kaum verschmähen können. Ein kleiner Pfundkuchen wäre genau richtig, beschloss sie. Schon auf den Märschen erzählte er ihr, wie sehr er sich danach verzehrte, endlich mal wieder ein Stück Schokolade oder überhaupt etwas Süßes essen zu können. Bisher fehlte es ihnen an einem passenden Anlass, um ihm diesen Wunsch zu erfüllen.

Esther sah auf ihren leidenden Gefährten hinab und begann mit der Planung im Kopf: Etwas Butter, Mehl und Zucker könnte sie von der Bäckerin bekommen, bei der David vor ein paar Tagen war. Vielleicht war sie ihr freundlicher gesinnt. Eier würde sie sicher auch besorgen können. Die Bauern der umliegenden Höfe sind immer wieder in der Stadt, um sich einen Lebensunterhalt zu verdienen. Und wenn ihr Geld nicht ausreichen sollte, könnte sie anbieten, eine Zeit lang auszuhelfen. Das würde schon klappen!

Mit diesem Elan stand sie vom Sofa auf, legte das Handtuch noch etwas genauer über David und ging in die Küche. Dort griff sie in eine kleine dunkelgrüne Schatulle, die sie im hinteren Teil des Schrankes neben dem Herd versteckten, und holte ein wenig Geld heraus. Dann überzeugte sie sich, dass David weiterhin ruhig schlief, nahm ihren Mantel, nebst Schal, vom Haken im Flur, holte ihre grauen Handschuhe aus der Manteltasche, zog sie an und verließ optimistisch die Wohnung.

Als sie später wieder von ihrem Einkauf zurückkehrte, war David noch nicht aufgewacht. Das war ihr ganz recht, denn so hatte sie genug Zeit, die Zutaten miteinander zu vermengen, eine Schüssel als Backform zu missbrauchen und den Kuchen zu backen.

Nach einer guten Dreiviertelstunde holte sie den Kuchen aus dem Ofen, stellte ihn vorsichtig auf einem Teller ab, nahm ein Buttermesser, um den warmen Pfundkuchen in acht etwa gleich große Stücke zu teilen, und ging damit ins Wohnzimmer.

David war durch ihr Treiben in der Küche bereits geweckt

worden und begrüßte sie mit fragenden Augen, als sie das Wohnzimmer betrat.

»Was hast du denn gemacht?«

»Ein Pferd«, scherzte sie. »Wonach sieht es denn aus?« Sie führte den Kuchen auf seine Augenhöhe und sah, wie sich Begeisterung in seinem Gesicht ausbreitete.

»Du hast gebacken?«

»Ganz Recht!«, erwiderte sie und streckte ihren Rücken dabei ein Stück nach hinten, wodurch ihr Stand gerader wirkte.

»Aber wie?«

»Mit meinen Händen?«

»Nein, ich meine: wie konntest du die Zutaten bezahlen? Wir haben doch kaum Geld.«

»Mach dir darüber keine Sorgen. Ich habe etwas weniger zahlen müssen, weil ich der Verkäuferin erzählte, warum ich einen Kuchen für dich backen wollte und das hatte sie gerührt. Sie hätte ihrem Mann vor dem Krieg auch immer gerne Kuchen gebacken. Er hatte wohl einen besonders süßen Zahn und war stets aus dem Häuschen, wenn sie ihm etwas von der Backstube mitbrachte. Mein Vorhaben erinnerte sie an sich selbst. Deswegen bekam ich die Zutaten etwas günstiger. Ich sollte ihr aber versprechen, dass ich unbedingt wieder vorbeikomme, um ihr zu erzählen, wie der Kuchen geworden ist. Und bei der Gelegenheit sollte ich natürlich erneut bei ihr einkaufen.«

»Von welcher Bäckerin sprichst du?«

»Ich denke mal von derselben, bei der du Brötchen kaufen wolltest. Ich war einfach noch einmal da und habe mein Glück versucht.«

»Und sie hat dir nicht nur die Zutaten verkauft, sondern einen Rabatt gewährt, während ich nicht einmal Brötchen bekam, weil ich bin, wer ich nun einmal bin?«, fragte er erstaunt.

»Ich habe wegen des eisigen Windes und leichten Schneefalls meine Handschuhe getragen. Dazu noch zwei Pullover, einen Mantel und einen Schal. Vermutlich hat sie deswegen nicht gesehen, dass ich aus dem Lager bin. Bei dir reichte ein Blick auf deinen Handrücken und sie wusste Bescheid.«

»Das kann sein. Ich sollte auch einmal über Handschuhe nachdenken. Die Reaktionen auf mich wären vielleicht weniger reserviert und ablehnend.«

»Probiere es aus, sobald du wieder auf den Beinen bist, aber zuerst isst du«, sagte sie und hielt ihm ein Stück hin.

»Aber abgesehen davon, dass sie dir die Zutaten reduziert gab«, begann er ihre Handlung ignorierend, »War es denn nicht trotzdem zu viel Geld? Gerade der Zucker ist doch teuer.« Er schaute auf das Stück in ihrer Hand, war aber offensichtlich mehr an ihrer Antwort interessiert, anstatt sich den Bauch zu füllen.

»Ist er. Deswegen ist dieser Kuchen auch weniger süß, als es mir lieb wäre, aber er wird trotzdem schmecken. Sag mal, anstatt mir Löcher in den Bauch zu fragen, willst du denn nicht endlich probieren? Dein Magen muss dich verabscheuen, dass du ihm diese Stücke vorenthältst, so leer wie er ist«, sagte sie und sah ihn erwartungsvoll an.

»Meinst du, ich kann ihn essen?«, fragte er sie.

»Ich bin sicher. Er enthält nichts, was deinen Bauch aufregen könnte. Pfundkuchen ist extra bei Bauchschmerzen geeignet. Hat meine Großmutter schon gesagt! Er wird dir schmecken. Hast doch früher schon davon geschwärmt, endlich wieder etwas Süßes essen zu können.«

»Daran erinnerst du dich?«

»Manchmal höre ich dir zu, David«, antwortete sie und zwinkerte, »Aber wenn du jetzt nicht endlich in diesen Kuchen beißt, esse ihn allein.«

»Schon gut, schon gut. Vielen Dank, Esther.«

David richtete sich von seiner liegenden Position auf. Das Handtuch fiel dabei von seinem Bauch, aber er konnte es noch mit einer Hand auffangen, bevor es den Boden erreichte. Währenddessen stellte Esther den Teller auf den Tisch, setzte sich neben ihn und reichte ihm ein Stück in die Hand. David nahm es mit dem Kopf nickend entgegen und biss beherzt in das Kuchenstück, das dabei einige Krümel abwarf. Bereits beim ersten Kontakt des saftigen Kuchens mit seiner Zunge verfiel er ins Grinsen.

»Das schmeckt ganz vorzüglich«, murmelte er mit vollem Mund und küsste dabei seinen Zeigefinger und Daumen, die einen Kreis formten, während die anderen Finger abgespreizt waren. Eine Fingerhaltung, um besonderen Geschmack auszeichnen zu können, wie er ihr einmal erzählte. Sie wusste das zwar bereits, aber sie mochte den Glanz in seinen Augen, wenn er etwas erklärte. Sie empfand es nicht als Belehrung, sondern vielmehr als Ausdrucks ihres Paktes, sich Dinge zu erzählen, die ihnen durch den Kopf gehen.

Esther war glücklich über das Davids Handzeichen. »Du lügst auch nicht?«

Er kaute noch einmal, bevor er antwortete. »Selbstverständlich! Ich würde niemals lügen, wenn es um Kuchen geht. Er schmeckt fantastisch«, sagte er und griff ihre Hand. Dann nahm er mit der anderen Hand den Rest des ersten Stückes und verschlang es mit drei weiteren Bissen.

Währenddessen blieben ihre Hände miteinander verbunden.

Kapitel 14 - Die Löwenhöhle

»Was für ein Teufelszeug hast du denn da gemacht?«, fragte David und hielt sich seinen Bauch. Krämpfe überkamen ihn seit gut einer Stunde. Zusammengerollt lag er in der Fötusstellung auf der Couch, massierte seinen Bauch mit kreisenden Bewegungen. Währenddessen lief Esther unentwegt in die Küche, um in noch höherer Schlagzahl die Handtücher mit warmen Wasser zu benässen und die benutzten Tücher zum Trocknen aufzuhängen. Das alles stets begleitet von wildem Keuchen und Fluchen Davids.

»Nichts! Ein bisschen Mehl, etwas Salz, Ei, eine kleine Menge Zucker und Butter. Nichts also, was dir vorher Probleme bereitet hätte. Es liegt nicht an meinem Kuchen!«, verteidigte sie sich im Türrahmen stehend. Ihr ging es nicht so sehr darum, dass David sie beschuldigte oder recht zu haben. Sie wollte schlicht nicht verantwortlich für sein Leid sein.

»Aber irgendetwas muss es sein! Es fühlt sich an, als hätte ich einen Vulkan im Bauch!«, beschwerte er sich aufgebracht.

»Hoffentlich hast du den Ausbruch nicht hier, sondern auf der Toilette«, antwortete sie und lächelte verschmitzt.

»Schön, dass du dich an meiner Qual erfreuen kannst«, gab David zurück, ohne auf den Versuch, ihn zum Lachen zu bringen, einzugehen.

»Ach, David. So war das nicht gemeint«, sagte sie, ging zu ihm und strich ihm sanft über den Kopf. Seine Haare waren vom vielen Wälzen ganz durcheinander, während sich in seinem Nacken und auf seiner Stirn ein Schweißfilm gebildet hatte. »Ich hoffe, es geht dir bald besser.«

David nickte und hielt weiter seinen Bauch. Für eine Zeit stand

Esther still neben ihm, hatte ihre Hand an seinem Kopf und strich vorsichtig darüber. Sie versuchte positive Energie zu ihm zu übertragen. Vielleicht würde sein Denkapparat dadurch etwas beruhigt werden, sodass das Schmerzempfinden nachließe.

»Du wirst den Kuchen nicht mehr essen, oder?«, fragte sie nach einer Weile zaghaft mit einem Blick auf den noch üppig gefüllten Teller.

»Bist du verrückt?«, rief er in einem Tonfall, der ihr überhaupt nicht gefiel. Bösartig und herrisch klangen die Worte, die aus seinem Mund kamen.

»Ich …«, setzte sie an, »Ich dachte nur, dass du ihn vielleicht essen magst, wenn es dir besser geht.«

»Damit es mir wieder schlecht geht? Keinesfalls«, antwortete er schroff. Es fiel ihr schwer, diese knappen und kühler werdenden Antworten als Reaktion auf sein Leid und nicht als persönliche Angriffe zu sehen. Sie würde mit ihm darüber reden müssen, sobald es ihm besser ginge. Jetzt hätte es wenig Sinn. Dafür war seine Laune zu düster gefärbt. Es würde sicher in einem Streit enden und seine mangelnde Zurückhaltung würde einen Disput nur schlimmer werden lassen.

»Schade«, antwortete sie schlicht, ohne ihre Enttäuschung zu sehr in ihrer Stimme erkennbar zu machen und nahm ihre Hand von Davids Kopf. »Es sind noch 5 große Stücke. Ich kann nicht alle alleine essen. Dann würde ich auch Bauchschmerzen bekommen.«

»Schmeiß sie weg«, sagte er, ohne zu ihr zu schauen.

Esther sah ihn entgeistert an. Das konnte nicht sein Ernst sein. Nach so viel Mühe, die sie in diese Geste investiert hatte, nur damit er wieder zu Kräften kommen würde.

David realisierte den Gesichtsausdruck von Esther erst einige Momente später, nachdem er anscheinend eine Reaktion von ihr erwartet und zu ihr geblickt hatte, warum sie ihm diese denn schuldig blieb. Als er sah, wie sie guckte, musste ihm das Gesagte bewusst geworden sein, denn er streckte seine linke Hand zu ihrer aus. »So meinte ich das nicht«, begann er und führte auch seine rechte Hand zu ihrer. »Bitte entschuldige. Der Kuchen ist vorzüglich, wirklich, und ich bin dir dankbar, dass du diese Anstrengungen auf dich nahmst. Ich weiß es zu schätzen, glaube mir. Aber mein Bauch fühlt sich an, als würden meine Eingeweide brennen. Als hätte jemand dort drinnen ein Lagerfeuer gemacht, das zu einem Waldbrand wurde. Ich wollte nicht so böse antworten. Noch weniger möchte ich, dass es dir ebenso geht wie mir. Deswegen iss bitte keinesfalls den Kuchen auf — so gut er auch war. Es reicht, wenn einer von uns leidet und das sollst bitte nicht du sein.«

»Meinst du …«

»Es ist zumindest möglich, dass es dir auch so geht«, unterbrach er sie in dem Glauben, ihre Frage vorhersehen zu können.

»Nein, darauf wollte ich nicht hinaus. Meinst du, ob Jaffke vielleicht einen Teil des Kuchens nehmen würde? Immerhin stecken Geld und Arbeit darin. Ich kann ihn nicht ganz essen und es wäre schade, ihn in unserem Müll verschimmeln zu sehen. Wer weiß, wie lange sich der hält. Sonst wäre wirklich alles umsonst.«

»Ob du den Kuchen wegwirfst oder ihm gibst und er ihn auf den Boden schmeißt, kommt letztendlich aufs Gleiche hinaus«, sprach David mit einem Hauch Abscheu in der Stimme.

»Vielleicht würde er sich freuen.«

»Vielleicht würde er dir den Kuchen mit seiner Krücke aus der Hand hauen und dich anschreien.«

»Es ist Kuchen. Wie könnte auch nur irgendjemand auf dieser Welt so bei einem Stück Kuchen reagieren?«

»Du kannst es probieren, wenn du möchtest. Aber erwarte nichts. Gehe vom Schlimmsten aus und ich wette, dass er noch einen Weg finden wird, deine Erwartung zu unterbieten. Wenn er einen Handschlag bereits verweigerte und sich nicht von dir helfen lassen wollte, als er wortwörtlich am Boden lag, wird er sicher kaum einen Kaffeeklatsch mit dir eingehen wollen.«

Esther dachte über Davids Worte nach: Würde sie sich nur zum Narren machen, wenn sie ihm einen Teil des Kuchens anböte? Würde er sie anschreien und ebenso reagieren wie in dem Moment, als sie ihm nach seinem Sturz aufhelfen wollte? Ein erneutes Drama im Hausflur?

»Ich werde es trotzdem versuchen«, sagte sie, ohne David direkt anzusehen.

Wenig später hing ihre rechte Hand direkt vor der Haustür Jaffkes in der Luft — Klopfen oder Klingeln? Ihr Zeigefinger und ihr Mittelfinger waren zu Haken geformt, sodass sie mit den Fingerknöcheln anklopfen könnte, während sie in der anderen Hand drei Kuchenstücke auf einem Teller balancierte. Sie hörte, wie sich Jaffke hinter der Tür durch den Raum bewegte. Das Klacken seiner Gehhilfen, die auf den wohl nicht mit einem Teppich ausgestatteten Boden trafen, war laut genug, um sicher zu sein, dass er daheim war und nicht schlief. Esther wollte ihn keinesfalls für diese Überraschung wecken. Ähnlich wie es wenig ratsam war, einen Bären aus dem Winterschlaf zu reißen, wollte Esther auch Jaffke keinen Grund geben, sich auf sie zu stürzen.

Sie klopfte. Ohne Grund entschied sie sich gegen die Klingel. Schlicht eine spontane Entscheidung, die schneller von ihrem Gehirn beschlossen und als Impuls an ihre Hand weitergeleitet wurde, als sie hätte eingreifen können. Wohl auch weil sie deren Läuten noch nie gehört hatte, da weder Jaffke noch sie selbst Gäste bekamen, und sie ihn nicht mit einer penetranten Klingel verärgern wollte. Mit diesem Mann umzugehen, war ein wenig, als würde man auf Eierschalen durch ein Minenfeld gehen, dachte sie. Jeder Schritt musste sorgfältig überlegt sein. Bewegungen konnten zur Explosion führen. Unerträglich eigentlich, aber Esther ließ sich davon nicht entmutigen. Vielleicht war es Ehrgeiz, vielleicht Naivität. Das würde sich herausstellen.

»Hau ab!«, rief es aus dem Inneren von Jaffkes Wohnung.

Esther klopfte erneut. Dieses Mal etwas fester. So leicht würde er sie nicht vertreiben können.

»Menschenskinder!«, war dieses Mal zu hören. »Was ist?«

Die Tür blieb weiterhin verschlossen, nur das Geräusch der Gehhilfen war nicht mehr zu hören. Jaffke war vermutlich stehengeblieben. Er musste sich auch in Richtung Tür gedreht habe, denn war die erste Antwort noch etwas undeutlich, konnte Esther die anderen Ausrufe klarer verstehen.

»Ich habe etwas für Sie«, rief Esther, nachdem sie ihren Kopf näher zur Tür bewegt hatte, damit er sie besser hören konnte und sie nicht zu sehr schreien musste. Dann legte sie ihr Ohr nahe an das Holz, um zu hören, ob er sich zur Tür aufmachte.

»Verschwinde gefälligst! Ich lasse mir nichts andrehen. Von euch schon gar nicht!«

Esther überlegte, ob sie die richtige Entscheidung getroffen hatte. So viel Gegenwehr, noch bevor sie überhaupt vorgetragen hatte, was sie von ihm wollte. Sollte sie umdrehen und zurückgehen? Den Kuchen lieber wegschmeißen, als sich diesen Kleinkrieg mit diesem Giftspucker auszusetzen?

»Zu feige, um einer Frau die Tür zu öffnen?«, platzte es aus ihr heraus. Eine Provokation. Vielleicht biss er an.

Und wirklich: das Geräusch der sich nähernden Krücken war zu hören. Dann wurde die Tür aufgerissen und vor ihr türmte sich der Mann mit der Boxerstatur auf.

»Sag das noch mal! Du …« Seine Augen funkelten hasserfüllt, als seien dahinter Pfeile, die er nur zu gerne in sie bohren würde.

»Ach, da sind Sie ja. Schön, dass Sie Zeit haben«, begann Esther sofort und ignorierte Jaffkes Zorn. Sie holte den Kuchen hervor und hielt ihn unter seine Nase. »Ich habe Kuchen gebacken. Aber leider zu viel. David und ich schaffen ihn nicht alleine, daher bekommen Sie den Rest.«

»Bleib mir bloß weg damit! Wer weiß, was du da für Gift reingemischt hast. Wollt euch sicher nur auch meine Wohnung unter eure gierigen Pfoten reißen. Damit euch das ganze Haus alleine gehört. Nichts da!«, erwiderte Jaffke und machte eine ablehnende Handbewegung, die durch seine Krücken noch verstärkt wurden.

»Sie haben mich missverstanden. Das war keine Bitte. Ich gebe Ihnen diese Kuchenstücke. Ob Sie die essen oder nicht, ist Ihre Sache. Aber der Inhalt dieses Tellers gehört ab jetzt Ihnen«, gab sie ihm zu verstehen.

»Und ich sagte, dass ich diesen Fraß nicht will.«

»So wie ich das sehe, Herr Jaffke, gibt es zwei Wege: entweder Sie werden einsichtig, dass ich den ganzen Tag hier stehen und Sie von dem abhalten kann, was auch immer Sie in ihrer Wohnung machen. Oder aber, und das wäre die Variante, die ich bevorzuge, Sie nehmen den Kuchen an und wir verabschieden uns.«

Jaffke wirkte übertölpelt. So schienen noch nicht viele mit ihm gesprochen und sein Gebell völlig ignoriert zu haben. Sicher gehörte er zu den Männern, die nur den eigenen Willen und den von Vorgesetzten respektierten, dachte sie sich. Währenddessen genoss sie, wie sich Jaffkes Gesichtszüge zu einem Fragezeichen verwandelten.

»Wie? Was …«, fing er an und stockte, um anscheinend seine Gedanken zu ordnen. »So weit kommt es noch. Ich lasse mir nicht von deinesgleichen die Pistole auf die Brust setzen! Das könnt ihr mit den ganzen weichgeklopften Drückebergern machen, die zu feige waren, für ihr Land zu kämpfen! Ich habe mich aufgeopfert für …«, sagte Jaffke, als Esther mit den Augen rollte und sich an ihm vorbei in seine Wohnung drängelte.

Es war ihr Glück, dass er nur die Tür öffnete, ohne sich demonstrativ versperrend in den Türrahmen zu stellen. So ergab sich für sie genug Raum, den sie für die rasche Bewegung nutzte. Jaffke konnte das Geschehen nur überrascht beobachten, während Esther zu schnell an ihm vorbei war, als dass er noch sein Standbein hätte verlagern und ihr mit der Krücke den Weg verbieten können.

»Sofort raus!«, schrie er sie an. Seine Augen waren geweitet, während sich ein weißer Spuckefaden an seinen Mundrändern abzeichnete.

Esther blendete ihn aus. Sie sah sich kurz um und überlegte, wo sie den Teller abstellen könnte, sodass er leicht rankäme und keine Mühe damit hatte. Neben der hellbraunen Schrankwand, in der einige Bücher standen, deren Buchrücken sie aus der Entfernung nicht lesen konnte, dem kleinen Schränkchen daneben, auf dem sich ein Rundfunkgerät befand, das ihrem eigenen gar nicht so unähnlich sah, und dem schon arg in Mitleidenschaft gezogenen Sessel, konnte sie keinen optimalen Platz finden. Also ging sie hinüber zum Sessel. Sie befreite den daneben in dunklem Holz gehaltenen Beistelltisch von der Zeitung, die sie auf das durchgesessene Polster legte, und stellte den Teller mit den Kuchenstücken hin. Da wird er sie sich einfach wegnehmen können, ging es ihr durch den Kopf. Dann gewährte sie dem Hintergrundrauschen von Jaffkes Geschrei wieder Zugang zu ihrem Kopf.

»Eine Frechheit! Alles stimmt, was man über euch gesagt hat! Los, versuch nur mich auszurauben! Sicher kommt dein kleiner Freund gleich und dann räumt ihr mir die Wohnung leer.

Ekelhaftes Pack!«, redete sich Jaffke in Rage.

»Seien Sie still und freuen Sie sich über den Kuchen.«

»Ich habe mich wohl verhört. Soweit kommt es noch, dass ich mir den Mund verbieten lasse! Immerhin bin ich hier geboren. Ich habe ein Recht hier zu sein!«

»Wurde Ihnen etwa auch diese Wohnung zugewiesen und haben schwarz auf weiß, dass sie sich hier aufhalten können?« Ulrich Jaffke schaute konsterniert.

»Natürlich nicht! Das ist bereits seit Jahren meine Wohnung gewesen. Nur wegen des Krieges habe ich sie kurz verlassen!«

»Da hat man Ihnen dann auch das Bein abgenommen, oder?«

»Was? Ja, jetzt hör auf mit deinen Ablenkman …«

»Granate oder Mine?«, unterbrach sie ihn.

»Das geht dich überhaupt nichts an!«

»Das stimmt. Aber ich würde es trotzdem gerne wissen. Verraten Sie es mir doch, bitte.«

»Warum sollte ich?«, antwortete Jaffke widerspenstig.

»Es interessiert mich und ich glaube, dass Sie hier vor Einsamkeit eingehen wie eine Blume, die zu wenig Sonne und Wasser bekommt.«

»Pah!«

Jaffke machte erneut eine ablehnende Handbewegung, die energisch wirken sollte, aber dadurch, dass er mit dem Arm noch auf der Gehhilfe lehnte, sah seine Hand mehr wie das Wedeln eines kurzen Hundeschwanzes aus. Esther musste sich ein Lachen verkneifen. Nicht der richtige Zeitpunkt.

Dann ging Jaffke, der noch gut drei, vier Meter von ihr entfernt stand, zu seinem Sessel hinüber, lehnte die Krücken links an die Seite, nahm die Zeitungen vom Polster und warf sie auf den Boden hinter sich. Er musste erkannt haben, dass ihr Auftreten keine Angelegenheit war, die nach wenigen Sekunden schon beendet gewesen wäre. Sie kam, um zu verweilen. Zumindest bis er sich geschlagen gegeben und den Kuchen angenommen hätte. Streiten könnte er zur Not auch noch im Sitzen, wie ihm sicher klar war.

Jaffke kniff seine Augen zusammen und biss sich auf die Zähne, als er sich von der aufrechten Position in den Sitz fallen ließ. Er atmete mit einem starken Luftstoß aus, als er das Polster unter sich spürte, während Esther ihn beobachtete und genau wusste, warum er sich so verhielt.

»Es tut noch immer weh, nicht wahr?«

Jaffke fing an, seine Beine zu massieren und schloss dabei die Augen. Immer mal wieder war ein leichtes Zucken an seinen Augenlidern zu sehen.

Als er sie wieder öffnete, erschrak er und wich nach hinten.

»Kuchen?«, fragte Esther, die den Teller vom Beistelltisch gehoben hatte und ihn unmittelbar unter Jaffkes Nase hielt.

»Wird Sie ablenken.«

»Ja, weil er mich umbringen wird. Giftmischerin.«

Esther rollte mit den Augen und schüttelte den Kopf. Nun war sie es, die ihre Augen schloss. Dann ließ sie einen Finger über dem Teller kreisen, senkte ihn willkürlich herab, nahm das Stück, auf das ihr Finger zeigte und biss ab. »Zufrieden?«, murmelte sie kauend.

»Was soll das beweisen? Die Stücke kannst du genauso gut abgezählt haben!«

»Jetzt reicht es mir! Ich kam her, bin Ihnen freundlich, sogar respektvoll entgegen getreten und habe Kuchen angeboten, kostenlos. Sie wissen selbst, wie knapp solche Luxusgüter im Moment sind. Und Sie haben nichts Besseres zu tun, als mich anzufauchen, niederzumachen, zu beschimpfen und sich wie ein Unsympath aufzuführen. Warum verhalten Sie sich so? Weil Sie Hirngespinsten nachjagen, die Ihnen schon Ihr Bein geraubt haben. Sie sind nichts weiter als ein Mitläufer. Keine eigenen

Gedanken, nur Befehlen folgen und wenn das nicht geht, werden sie grob und beleidigend. Typisch für euch! So habt ihr den ganzen Kontinent mit eurem Hass und irrsinnigen Ideologien überzogen! Und was hat es euch gebracht? Sehen Sie sich die Stadt an, die Armut, die Toten, die in so manchen zerbombten Häusern vor sich hin verwesen. Sehen Sie an sich selbst runter! Sind dieser blinde Gehorsam und der Glaube in vor Schwachsinn triefende Lügen das alles wirklich wert?«, brauste Esther auf. Ihre Stimme war klar und laut. Sie ärgerte sich maßlos über dieses ungehobelte Verhalten und selbst wenn sie viel Geduld hatte, war eine Grenze erreicht, an der sie sich diese Reaktionen nicht mehr gefallen ließ. Ein absolutes Unding, wie sich dieser Mensch gibt, dachte sie. Der sollte mal froh sein, dass ich kein körperlich ebenso massiver Berg bin wie er, sonst hätte er sich bereits eine gefangen.

»Große Worte von einem so kleinen Persönchen. Gebe ich zu. Hast du die bei euch vor einem Spiegel geübt? Was willst du von mir? Soll ich mich etwa dankbar zeigen? Dass du meinen Hausfrieden brichst, in vielerlei Hinsicht sogar. Nur dir habe ich das doch zu verdanken!«, er zeigte auf sein Bein, »Ohne euch wäre das nicht passiert! Hättet ihr einfach den Anweisungen Folge geleistet, wäre es sicher nicht zum Krieg gekommen. Aber das sieht euch ähnlich. Erst zerstört ihr jeden Ort, den ihr beheimatet so lange, bis sich die echten Einwohner, diejenigen, die ein Geburtsrecht haben und sich dort aufhalten dürfen, wehren. Und dann? Inszeniert ihr euch als Opfer und das so glaubhaft, dass die Welt darauf hereinfällt. "Den Armen müssen wir helfen, sie verteidigen, sie sind doch so unschuldig" rufen die Trottel dann und ihr lacht euch ins Fäustchen! Euer Plan hat in der Vergangenheit schon viel zu oft funktioniert. Ihr wart bestimmt nicht mal überrascht, dass man euch unterstützt und dabei völlig ignoriert, dass ihr Raubtiere mit angeklebten

Engelsflügeln seid. Nur wegen euch liegt dieses Land in Trümmern!«

»Entschuldigung, dass wir so unbequem waren und uns nicht haben auslöschen lassen. Es wäre sicher einfacher für euch verblendete Bewohner dieses Hasslandes gewesen, hätten wir uns bereitwillig in die Gräber begeben. Aber ich frage dich«, nach einem Höflichkeits-Sie stand ihr nicht der Sinn, »Haben David oder ich dir das Bein persönlich weggeschossen oder es mit einer Bombe zerfetzt?«

»Nein. Aber eure Freunde oder Verbündeten, wie auch immer ihr euch bezeichnet!«

»Es waren nicht wir, die dich in diesen wahnsinnigen Krieg schickten! Es waren nicht wir, die dich dazu veranlasst haben, sich aus purer Dummheit zu opfern. Was auch immer man dir erzählt hat, welches Mittel man in deinen Kopf einflößte, um die Sicht auf die wahren Zustände so zu vernebeln, es waren nicht wir. Weißt du, was David und ich gemacht haben, als du dein Bein verloren hast?«

»In der Hölle schmoren sicher nicht. Leider«, antwortete Jaffke. Seine Hände waren zu Fäusten geformt, seine Körperhaltung steif.

»Wir waren in etwas Schlimmeren gefangen als in der Hölle. Wir waren an einem Ort, an dem wir nicht mehr als Menschen existierten. Degradiert — wertlos, austauschbar, verbraucht. Es wurden Dinge getan, die an Grausamkeit nicht zu überbieten sind und wir alle waren Zeugen. Glaub mir, viele von uns hätten nur zu gerne mit dir getauscht und wären mit einem verlorenen Bein heimgekommen. Gesunde Glieder hätten wir geopfert, nur um uns vorzeitig aus diesen Lagern zu retten und in Frieden leben zu können. Jeder von uns!«

Jaffke blieb stumm.

Esther wusste nicht, ob ihre Worte gerade in ihm arbeiteten

oder ob er sich bereits den nächsten Tiefschlag überlegte. Er schaute sie nicht einmal an. Während sie sprach, hatte er seinen Blick mehr und mehr von ihr genommen. Die Härte in seinen Augen und seine versteiften Gesichtszüge schienen sich zu lösen, aber sie konnte sich nicht sicher sein, ob ihre Rede diese Veränderung herbeigerufen hatte. Sie beobachtete sein Schweigen und wartete darauf, dass er das Wort ergriff.

Plötzlich war ein lautes Getöse im Treppenflur zu hören. Schwere Stiefel trafen lautstark auf das morsche Holz der Treppe. Mit hoher Geschwindigkeit, ähnlich einer Gewehrsalve, knallten die Schritte auf die Stufen und schienen sich von der Eingangstür des Hauses hochzuarbeiten.

Esther und Jaffke blickten sich an. Beide reagierten nicht, sondern warteten ab, bis das Geräusch kurz abebbte. Esther fing an zu zittern. Sie kannte das Geräusch von schweren Stiefeln, die Hausflure entlang laufen. Sie wartete nur darauf, dass die Tür von Jaffkes Wohnung aufflog, man sie erneut an den Haaren die Treppen hinunter und dann hinaus auf die kalte Straße zerrte, wo man ihr vermutlich wieder einen Gewehrlauf auf den Kopf setzte, während man sie mit den Stiefeln auf den Boden drückte.

Doch die Tür blieb verschlossen.

»Was soll das? Was ist das für ein Lärm?«, schrie Jaffke, als die Schritte erneut zu hören, aber von seiner lauten Stimme schon beinahe gänzlich überdeckt waren. »Rede, Weib!«

»Ich weiß es nicht!«, schrie sie zurück.

»Lüge! Verdammtes Lügenpack! Das ist doch dein Liebhaber! Was habt ihr vor? Wollt ihr mich terrorisieren? In meinem eigenen Haus!« Jaffke griff nach den Krücken und richtete sich hektisch auf. Dann stieß er ohne ein weiteres Wort das untere Ende der rechten Krücke in Esthers Bauch. Überrascht von dieser Reaktion, konnte sie die Attacke nicht abwehren oder ihr mit einem Satz zur Seite ausweichen.

»Hören Sie auf damit!«, befahl sie ihm und hielt sich die Stelle, die von ihm getroffen wurde.

Dann war es still. Der Hausflur war ruhig, keine Schritte waren mehr zu hören. Wer auch immer das gewesen war, hatte aufgehört, die Treppen wie ein Wilder hochzurennen.

»Verschwinde! Sofort! Und sag deinem Freund, wenn er das noch einmal macht, komme ich rüber und nehme ihm mehr als nur ein Bein. Hau ab!«, begann Jaffke erneut zu schreien.

»David liegt auf der Couch mit schlimmen Magenschmerzen, seit er den Kaffee getrunken und Kuchen gegessen hat. Er kann nicht mal stehen, so hundsmiserabel fühlt er sich. Niemals kann er das gewesen sein!«, erwiderte sie in ähnlichem Tonfall.

»Ach? Der Kuchen, den du mir andrehen wolltest, hat ihm den Magen versaut? Und dann bringst du ihn mir? Warte nur!« Dieses Mal stieß er nicht in ihren Bauch, sondern schwang die Krücke so, dass sie ihren linken Arm traf. Immer wieder und wieder holte er aus, und trieb Esther so in Richtung der Eingangstür.

Esther ließ es geschehen, denn ihr Wille, sich noch länger bei dieser Person aufzuhalten, war für den Moment gebrochen. Widerlich war es, wie dieser Kerl mit ihr umging, sie für alles verantwortlich machte. Hätte es jetzt zu Donnern begonnen, wären vermutlich auch sie und David Schuld gewesen. Dass diese Kerle nicht merken, wie lachhaft und einfältig ihre eigenen Gedanken sind.

»Ich bedaure Sie«, sagte sie, bevor sie die Wohnung verließ und Jaffke die Tür hinter ihr mit einem gewaltigen Knall zuschlug.

»Was ist das für ein Lärm?«, äffte sie ihn hörbar nach und ging zurück in ihre Wohnung.

Kapitel 15 - Die Entdeckung

Es dauerte mehrere Tage, bis David von den Magenschmerzen erlöst war. Anfangs krümmte er sich noch auf dem Sofa, war aber dann mehr und mehr in der Lage, Gespräche zu führen. Auch die Attacken in seinem Bauch wurden seltener, sodass Esther kaum noch die Handtücher wechseln musste. Sie wich jedoch auch dann nicht von seiner Seite, als er zu beteuern begann, es würde ihm besser gehen und sie könne sich ruhig die Beine vertreten gehen. Sie hatte zu große Sorge, dass ihm etwas geschehen könnte und sie wiederkäme, um David in verschlimmerter Lage anzutreffen. Es war kaum zu erwarten, dass Jaffke, sollte David in einem solchen Moment um Hilfe rufen, reagieren würde.

Am heutigen Morgen war es dann, als David die Decke von seinem Bauch warf, ihr sanft über den Kopf strich, sich waschen ging und ihr sagte, er fühle sich so gut, dass er einmal wieder versuchen wolle, eine kleine Runde durch Hebräu zu drehen. Er könne nicht nur auf die völlige Genesung warten, sondern müsse sie selbst aktiv vorantreiben.

Esther hatte dagegen keine Einwände. Es war für sie ein gutes Zeichen, dass er bereits nach dem Aufwachen eine solche Energie hatte. Ob die Heilung letztendlich doch durch den Pfundkuchen kam, wusste Esther nicht. Sie war nur glücklich, ihn nicht mehr leidend auf dem Sofa zu sehen und, damit einhergehend, sich nicht mehr so um ihn und sein Wohl sorgen zu müssen. Eine solche Anspannung den ganzen Tag lang aufrechtzuerhalten, während man kaum andere Beschäftigung fand, war mehr als belastend und kraftraubend.

Gleiches konnte man auch über die Frage sagen, wo David denn abbliebe. Bereits seit Stunden war er unterwegs. Er hätte längst zurück sein müssen. Auch wenn er ihr versichert hatte, ihm ginge es gut, fürchtete sie, die Bauchschmerzen könnten auf einmal zurückgekehrt sein und er würde ihre Hilfe brauchen. Vielleicht hätte sie ihn nicht alleine gehen lassen sollen? Hoffentlich waren diese Gedanken nur düstere Gespenster, die ihre Laune trüben wollten. Es fiel ihr schwer ruhig abzuwarten. Am liebsten wollte sie sich auf den Weg machen, um nach ihm zu sehen.

Ihr war bewusst, dass ihre Gedanken und deren Dringlichkeit ihr etwas Gluckenhaftes verliehen, doch sie konnte sich nicht dagegen wehren. Immerhin war sie sein Anker in der rauen See des Lebens. Sie gab ihm Halt und mochte diese Rolle. Gleichermaßen war er ihr Stein im tobenden Meer, sodass auch sie, wenn vielleicht nicht in gleichem Maße, auf ihn angewiesen war.

»Was machst du denn für ein Gesicht?«, hörte sie auf einmal eine Stimme fragen.

David.

Wie war er hereingekommen, ohne dass sie es hörte? War sie derart tief in sich versunken, dass sich ihre anderen Sinne eine Pause gönnten? Warum meldeten sie ihr nicht, dass da ein Schlüssel geklappert haben musste und eine Tür geöffnet wurde? Oder hatte das Geräusch eines vorbeifahrenden Autos sein Eintreten überdeckt?

»Ist alles in Ordnung?«

»Ich war nur mit den Gedanken woanders«, antwortete sie. Mehr musste er gar nicht wissen. Vielleicht kannte er ihre Ängste ihn bezüglich. Sie wollte nicht den Eindruck erwecken, sie würde ihn kontrollieren oder sei abhängig von ihm. Dem war nicht so. Aber nach den vielen Wochen, die zwischen der ersten Begegnung und dem heutigen Tag lagen, hatte er den Stellenwert einer Familie eingenommen.

»War ich Teil deiner Tagträume?«, fragte er und schmunzelte.

»Ja, in denen warst du pünktlich«, sagte sie in einem scherzenden Unterton, ohne den wahren Kern der Anschuldigung allzu sehr zu offenbaren. David lachte kurz, stoppte dann aber und sah auf die Uhr.

»Oh, es ist wirklich später geworden, als ich gedacht habe. Tut mir leid, Esther. Dafür habe ich fantastische Neuigkeiten! Wirklich! Solche guten Nachrichten hörst du nicht jeden Tag, bist du bereit?«

Sie nickte.

»Ich habe Arbeit gefunden!«, rief er vor Freude strahlend. Die Tonlage seiner Stimme erhöhte sich dabei etwas vor Aufregung. Esther war perplex. Hatte sie richtig gehört oder war sie noch in ihrem Gedankenspaziergang unterwegs?

»Ehrlich?«, fragte sie ungläubig nach. Sie traute es ihm natürlich zu, war er doch ein leidenschaftlicher Erklärer und beschäftigter Denker. Aber diese Worte aus heiterem Himmel zu hören, nachdem die zahlreichen anderen Spaziergänge so ertraglos waren wie ein Weingebiet in einer Wüste, war nur schwer zu verarbeiten.

»Wenn ich es dir sage! Nun, nicht Arbeit im Sinne einer Schule. Das noch nicht. Johnson hat sich noch immer nicht gemeldet, aber damit habe ich auch nicht gerechnet. Einige Monate würde es dauernd, sagte sie, deswegen bin ich noch nicht unruhig. Nein, aber Schüler habe ich. Endlich!«

»Was? Das ist wundervoll! Wie ist das passiert?«, fragte sie aufgeregt.

»Moment, lass mich erst einmal den Mantel, den Schal und die Handschuhe weglegen. Ich schwitze. Wahrscheinlich hätte ich die Treppenstufen nicht so schnell nehmen sollen, aber ich wollte dir unbedingt davon erzählen. Ich glaube, ich bin sogar etwas schneller gegangen, je näher ich dem Haus kam«, sagte er und fing an zu lachen. Währenddessen ging er in die Küche und kehrte ohne seine Sachen wieder.

»Hättest du das für möglich gehalten?«, fragte er, als er das Wohnzimmer betrat. Seine Mundwinkel waren weit nach oben gezogen, seine Augen leuchteten. »So miserabel wie es zuvor lief? Die Menschen haben mich doch gemieden, mir die Türen vor der Nase zugeschlagen, als sei ich ein Bettler, der sie um das letzte Stückchen Brot und den Notgroschen anbettelte. Angefeindet haben sie mich. Doch nun rennen sie mir nach, als wäre ich der Rattenfänger von Hebräu. Verrückt, wie das Leben spielen kann«, sprach David freudig, während er hektisch um Esther herumging. Er konnte seine Begeisterung kaum im Zaum halten. Esther genoss diesen Anblick.

»Erzähl, David!«, bat sie ihn in diesem Hoch halten wollend.

»Wo fange ich nur an? Es gibt so viel zu berichten! Ich kam vorhin wieder zu dem Mann mit dem Kaffee, um meine Schulden einzulösen und seiner kleinen Nichte Schreiben beizubringen. Du erinnerst dich, dass ich ihm das versprochen hatte, damit ich den Kaffee bekam?«

»Natürlich, ich erinnere mich. Damit begann das Unheil erst.«

»Richtig. Eigentlich könnte ich böse mit ihm sein, weil sein Kaffee mir Bauchschmerzen bereitete, aber es ist nicht seine Schuld, wie mein Körper darauf reagierte. Deswegen blieb ich ihm gegenüber neutral und freundlich. Als ich wieder zum Stand des Kaffeehändlers kam, warteten der Mann und die Kleine schon ganz nervös auf mich. Sie waren sich wohl nicht sicher, ob ich wirklich Wort halten würde. Wer wollte es ihnen verübeln? Ich hatte zugesagt, dass ich so schnell wie möglich zurückkehren würde, um mein Versprechen einzulösen, aber die elendigen Bauchschmerzen hielten mich davon ab. Möglicherweise freuten sie sich gerade aufgrund dieser Befürchtung, mich leibhaftig wieder vor ihnen zu sehen und auch unsere zwei Becher, die ich zurückbrachte, steuerten ihren Teil bei, dass sie mir den letzten Ausfall vergaben. Eigentlich hätte nur die Meinung des Mannes zählen sollen. Aber auch die kleine Julia war vergrätzt, dass ich sie habe sitzen lassen. Sie hätte wohl — so erzählte mir der Mann — in den Tagen zwischen dem Unterricht und meinem Fernbleiben davon geschwärmt, wie viel Spaß es ihr machte, auch mal etwas zu lernen und nicht nur die Langeweile bekämpfen zu müssen. Balsam für meine Seele, sage ich dir«, erzählte er. Aufgeregt nutzte er seine Hände, während er sprach, um dem Gesagten noch mehr Ausdruck zu verleihen.

Es freute Esther, ihn wieder so lebendig auf den Beinen zu sehen. Sie versuchte sich, während sie mit einem Ohr weiter seinen Ausführungen folgte, daran zu erinnern, wann sie ihn das letzte Mal so energisch sah, aber ihr fiel kein vergleichbarer Moment ein. Selbst der Gedanke an die Schatzsuche auf dem Dachboden hatte ihn nicht so glücklich gemacht. Umso mehr spürte sie, wie sich Wärme in ihrem Herzen ausbreitete.

»Das glaube ich dir«, sagte sie und lächelte ihn an.

»Es war wunderbar. Wie fröhlich dieses kleine Mädchen darauf reagierte, dass es unterrichtet wurde. Ein wenig fühlte ich mich an meine früheren Schulklassen erinnert. Sie waren aufgeweckt und freuten sich darauf, den Unterricht zu beginnen. Auch wenn einige Kollegen sich über eine gewisse Faulheit in ihrem Unterricht beschwerten. Bei mir verhielten sie sich anders. Ich forderte sie heraus, ließ sie bei schwammigen Äußerungen noch ein wenig über dem Feuer grillen, bis ihre Antworten lückenlos überzeugend waren. Für manche Außenstehende hätte es wie eine Tortur gewirkt, aber in Wirklichkeit trieb ich jeden der Schüler dazu, präzise zu sein und sich des eigenen Verstandes zu bedienen. Ich wollte das Beste aus ihnen herauskitzeln und das tat ich. Es war eine tolle Zeit, so lange sie anhielt.«

Er machte eine Pause und wirkte für einige Sekunden, als würde er in alten Erinnerungen schwelgen.

»Aber genug davon. Was ich dir eigentlich erzählen wollte: Andere Eltern, die ebenfalls dem betörenden Kaffeeduft folgten, sahen, wie ich mit der kleinen Julia neben dem Stand lernte, übte und mich bemühte, ihr so viel Wissen wie möglich in der Kürze der Zeit zu vermitteln. Sie sprachen mich an, ob ich Erfahrung im Umgang mit Kindern hätte, was ich bejahte, und ob ich bereits unterrichtet hätte, woraufhin ebenfalls ein "ja" folgte.«

»Ich freue mich so für dich«, unterbrach Esther ihn für einen kurzen Augenblick.

»Warte, es kommt noch besser! Ganze drei Familien haben mich gebeten, ob ich nicht auch ihre Kinder unterrichten würde. Das Leben sei hart und die meisten Eltern kämen neben der Arbeit und der Instandhaltung der eigenen Wohnung kaum hinterher. Daher würden sie es begrüßen, wenn ihre Kinder zusammen mit anderen lernen könnten. Lesen, schreiben, vielleicht sogar rechnen; das sei essenziell in einer Welt, die sich im Umbruch, aber vor allem im Aufbau befand. Sobald die vielen Häuser und Geschäfte des Landes wieder stünden, müssten doch genügend Menschen bereitstehen, um aktiv zu werden und die Positionen zu besetzen. Da wolle natürlich jeder Elternteil, dass das eigene Kind in der Lage wäre, die an sie gerichteten Erwartungen und Aufgaben zu erfüllen.«

»Und was bedeutet das für dich?«

»Nun, ich werde jedes der Kinder erst einmal kennenlernen und für ein oder zwei Stunden unterrichten. Ich will schauen, wo es steht, um dann sagen zu können, wie man am ehesten voranschreitet. Die Eltern, die dort zusammenkamen, hatten sogar die Idee, dass man alle Kinder an einem Ort versammeln könnte, um sie, so wie in einer Schule, zu unterrichten. Im Moment sei das noch nicht von offizieller Stelle geregelt, sagten sie mir, aber das wusste ich bereits von der Johnson. Allerdings würden die Kinder nicht jünger und bräuchten die geistigen Herausforderungen. Ich signalisierte selbstverständlich die Bereitschaft, diese Aufgabe zu übernehmen. Zum Dank wollten sie mich ermuntern, mit ihnen auf die Unterrichtsstunden anzustoßen, was ich allerdings dankend ablehnte, weil ich meinem Magen das nicht zumuten wollte.

Aber glaube mir, ich war in Freudenstimmung! Drei Familien und die kleine Julia noch dazu, stell es dir nur einmal vor! Selbstverständlich werden wir so nicht reich, aber im Vergleich zu den Zeiten, in denen ich von Tür zu Tür ging und die Leute mich und mein Angebot ablehnten, ist das schon ein Fortschritt!«

»Ich bin stolz auf dich, das sind tolle Nachrichten! Hast du denn schon einen Termin ausgemacht, wann du die anderen Kinder kennenlernen wirst? Sind sie im gleichen Alter wie Julia? Hattest du deine Handschuhe die ganze Zeit über an?«, fragte Esther, die ihre Hand während seines Redeschwalls auf seine legte.

»Handschuhe? Wieso? Hatte ich, ja.«

»Nur so«, begann sie für einen Augenblick nachdenklich, dann: »Also, sag schon! Was weißt du bereits über die Kinder und wann beginnst du?«

»Morgen geht es los. Ich muss mir noch eine Route durch die Stadt machen und genau planen, welchen Weg ich gehen muss, um pünktlich zu sein. Direkt zwei Kinder werde ich sehen und am Folgetag das dritte Kind. Noch kenne ich ihre Namen nicht, aber da die Eltern mich mit Julia sahen, die keinesfalls älter als 6 sein kann, werden die anderen Kinder nicht viel älter sein. Ich freue mich so sehr, dass ich kaum Worte dafür finde, auch wenn ich bereits die ganze Zeit geredet und dich kaum habe sprechen lassen. Ich habe es so vermisst, Wissen zu vermitteln, auch wenn ich es selbst nicht wahrgenommen habe. Es war, als sei ein Stein aus einer Mauer herausgefallen und abhandengekommen: alles funktionierte zwar noch, aber an der Stelle instabil und zugig. Doch jetzt scheint alles wieder intakt. Zumindest soweit das möglich ist. Eine Aufgabe zu haben, ist so ein erleichterndes Gefühl. Gehst du nicht auch demnächst zum städtischen Krankenhaus und stellst dich vor?«

»Ja, ich bin sehr nervös.« Sie hatte den Entschluss gerade am Morgen gefasst und mit ihm darüber gesprochen. Sie fühlte sich bereit. Immer nur auf ihn und seine Rückkehr zu warten, war kein Leben für sie. Es machte sie verrückt, wenn sie zur Untätigkeit gezwungen war. Deswegen beschloss sie, auf eigenen Beinen zu stehen. Sie plante, an einem der kommenden Tage einmal beim Hebräer Krankenhaus vorbeizugehen und nach der Stelle zu fragen, die man ihr angedeutet hatte, als sie in die Stadt kamen. Auch die Zeit, in der sie sich um ihn kümmerte, hatte ihren Teil dazu beigetragen, ihren alten Beruf zu vermissen. Die Freude bei David zu sehen, nachdem es ihm besser gegangen war, war ein Gefühl, das sie auch bei anderen Kranken hervorrufen möchte.

»Es wird dir sicher gefallen. Der Mensch braucht einfach Beschäftigung. Selbst wenn es bedeutet, von Tür zu Tür gehen zu müssen und nach Arbeit zu bitten. Wir existieren nicht, um uns damit zu begnügen, nichts zu tun. Wir existieren, um zu schaffen. Während du verletzten Menschen Hoffnung und auch Linderung gibst, ist meine Aufgabe, Bildung und Wissen unter diejenigen zu verteilen, die es dringend brauchen. Damit sie bereit für die Welt sind. Ich kann dir sagen, es macht mich so froh, dass wir beide jetzt auf einem guten Weg sind!«

Kaum war das letzte Wort gesprochen, führte er ihre Hand zu

seinem Mund, drückte einen zarten, doch überschwänglichen Kuss auf den Handrücken. Dabei ignorierte er die darauf befindlichen Zahlen und Buchstaben und brachte sie dazu aufzustehen. Er umarmte sie, drückte sie fest an sich, ließ ihr aber noch genug Raum, um sich aus der Umklammerung zu lösen, sollte es ihr unangenehm sein.

Sie blieb. Auch sie umschloss ihn.

So verweilten sie eine für Esther nicht enden sollende Zeit. Als sie sich schließlich lösten, berührten Davids Lippen ihre Wange. Ob unbeabsichtigt oder gewollt war für Esther nicht ersichtlich. Vielleicht war es bewusst, vielleicht ein Ausdruck nach mehr. Beide verharrten einen Augenblick, schauten sich fragend an, ob sie auf die Berührung reagieren, sich sogar küssen sollten. Er wartete offensichtlich auf ihren ersten Schritt, während sie ihn beobachtete.

Aber es geschah nichts. Keiner von ihnen überwand sich, diese neue Ebene in ihrem Verhältnis zu erreichen. Sie schauten sich lediglich an und schwiegen dabei. Die Stille war nicht unangenehm, eher elektrisierend. Sie harrten aus, standen einander gegenüber, als nähmen sie die Energie des Anderen in sich auf. Lediglich durch ihre Hände miteinander verbunden, die sich nur noch leicht berührten, aber nicht mehr ineinander griffen. Ganz ungezwungen baumelten sie und ließen den Kontakt willkürlich werden.

Dann war Esther es, die ihre Hand aus seiner löste. Auch dies geschah schneller, als sie diesen Befehl hätte geben können. Ein inneres Treiben lenkte sie — nicht weit von ihm weg, aber aus der nächsten Nähe. Sie bereute es bereits in dem Moment, als sie ungewollt eine Distanz zwischen ihnen beiden aufbaute. Es fühlte sich an, als würde er ihr fehlen, aber die Entscheidung, die ihr Körper ohne ihren Geist, vielleicht aber mit ihrem Herzen, getroffen hatte, war nicht rückgängig zu machen. Der

Moment war vorbei.

Als würde David Gleiches spüren, setzte er zu einer Frage an, die so sehr aus dem Nichts erschien, dass sie wusste, es musste sein Versuch sein, sich ihrer Entscheidung — und als nichts Anderes konnte es für ihn aussehen, auch wenn sie dies selbst nicht steuerte — zu entziehen, ohne sich zu sehr zu entblößen.

»Fühlst du dich bereit für deinen Arbeitsbeginn?«, setzte er an. »Es wird sicher ungewohnt sein. Eine Herausforderung. Du wirst schlimme Dinge sehen.« Er blickte sie an und sie spürte, wie er sie zwischen den Zeilen bat, das neue Thema aufzunehmen und ihn nicht auch verbal abzuweisen.

Esther musste einen Moment nachdenken. In ihrem Kopf tanzte der gerade verflossene Augenblick, mit dem Bewusstsein, in Kürze Krankheiten und Wunden zu sehen, die sie noch aus ihrer Ausbildung kannte. Gleichzeitig spürte sie eine ähnliche Freude wie David, wieder eine Beschäftigung zu besitzen, bei der sie helfen konnte. Natürlich würde es harte Abende geben, an denen sie schweren Herzens war. Wenn ihr beispielsweise die Gesichter derer einfallen, denen sie nicht mehr hatte helfen können. Aber das war ein Teil des Berufes, für den sie sich bestimmt fand, ebenso wie die Momente des Glücksrausches, wenn die Bemühungen fruchten und wieder Hoffnung in den Augen der Patienten zu sehen ist.

»Ich hoffe es. Ich habe lange kein Krankenhaus mehr betreten, mindestens ebenso lang keine Vielzahl an Verletzten gesehen. Aber ich werde das schaffen. Hab Vertrauen. Jaffke konnte ich auch in begrenztem Rahmen helfen. Teilweise zumindest.«

»Das stimmt. Erst im Hausflur und dann hast du ihn mit dem Kuchen vielleicht etwas mehr auf die Seite der Denkenden und etwas weg von den Hassenden geholt. Sogar den Teller hat er wieder hergebracht. Zwar nur vor die Tür gestellt, sodass ich fast darauf getreten wäre, aber immerhin. Mehr Anstand als ich ihm zugetraut habe.«

»Was aber nicht zeigt, ob er den Kuchen auch wirklich gegessen hat«, gab sie zu bedenken.

»Das nicht, aber behält man die Möglichkeit im Hinterkopf, dass er den Teller nebst Kuchenstücke auch auf den Hausflur hätte schleudern können, lässt der Weg, den er gewählt hat, zumindest hoffen. Es hätte schlimmer kommen können. Insbesondere nach eurer Verabschiedung. Ich habe sie nur vom Sofa aus gehört, aber kann immer noch nicht verstehen, wie eine einfache Geste deinerseits derart eskalieren konnte. Zuerst waren da Schreie, dann Ruhe und am Ende auf einmal wieder sinnloses Gebrüll.«

»Da sind wir zu zweit; ich verstehe es auch nicht. Ich habe mir in den letzten Tagen den Kopf zermartert, an welcher Stelle das Gespräch in toxische Bahnen abgebogen ist, um dann in diesem Sumpf zu landen. Ich finde keine Erklärung. Nachdem ich gedacht hatte, das Eis geschmolzen zu haben, versuchte ich es mit Nachsicht, Freundlichkeit und auch mit einem gewissen Maß an Mitgefühl, als ich vor ihm stand. Nichts wirkte. Ab und zu schien er zwar zu brechen und seine Maske des harten, kalten Menschen fiel ein wenig. Aber diese Augenblicke waren nicht nur rar, sondern wurden alsbald von ihm mit Härte weggespült. Als würde er sich bemühen, den entstandenen Riss in seiner Grobschlächtigkeit, durch die ein Mensch zu sehen war, mit einer zusätzlichen Schicht an Unfreundlichkeit und Unverschämtheit zuzuschweißen. Damit die Mauer wieder dicker und schwerer zu durchstoßen wurde.«

»Nun, irgendetwas wirst du bewirkt haben. Immerhin bekamen wir den Teller in einem Stück wieder.«

Esther nickte nachdenklich. Irgendetwas, ja. Aber was nur? Ob ihre Worte in Jaffkes Kopf waberten und fruchtbaren Boden fanden? Schwer vorstellbar, so wie sie herausgeworfen wurde.

Dennoch spürte sie, wie in ihr Hoffnung aufkeimte.

»Aber wie es zur zweiten Schreiunterbrechung kam, hast du noch nicht erzählt. Du wirst doch nicht, nur um ihm sein Benehmen heimzuzahlen, raus auf den Hausflur gegangen und dann lautstark die Treppen rauf und runter gerannt sein? Zugegeben, es wäre unterhaltsam und hätte seine Wirkung sicher nicht verfehlt, aber das sähe dir nicht ähnlich, Esther.«

»Ganz Recht. Ich war es nämlich nicht, die diesen Lärm veranstaltete. Jaffke dachte, dass du das gewesen wärst und hat mich fürchterlich aufgebracht mit dieser Anschuldigung.«

»Ich? Abgesehen davon, dass ich sterbenskrank auf dem Sofa lag, was hätte das für einen Sinn haben sollen?«

»Sicher denselben, den du mir eben zugestehen wolltest: Jaffke aufzuregen und ihn so zu zermürben. Zumindest dachte er, das wäre dein Grund.«

Nun war es David, der schweigend überlegte.

»Wenn du es nicht warst«, begann er dann, »und ich auch nicht, wer war es? Jaffke kann es unmöglich gewesen sein. Nicht nur, weil du direkt vor ihm standest, sondern vor allem weil er eine solche Geschwindigkeit höchstens dann erreichen könnte, wenn er sich die Treppe hinunterstürzen würde.« Die Vorstellung sorgte für den Anflug eines Grinsens bei David.

»Ich denke, dass es eines der Kinder gewesen sein wird? Vielleicht spielten sie Fangen oder Verstecken und da kam unser Hausflur ganz Recht«, vermutete Esther.

»Das halte ich für ausgeschlossen«, antwortete David und schüttelte dabei den Kopf, um seinen Worten mehr Ausdruck zu verleihen.

»Warum? Wer sollte es sonst sein?«

»Das kann ich dir nicht beantworten, aber ein Kind war es sicher nicht. Dafür waren die Stiefel zu schwer. Es klang nach einem erwachsenen Körper, der die Treppen hinauf lief. Bis zum Dachboden ist er gekommen, wenn ich richtig hörte. Dann fing die Schreierei von Jaffke an und ich habe nicht mehr hören können, wie er — nehmen wir an, es sei ein Mann gewesen — wieder herunterging. Ich hatte die Hoffnung, dass du oder Jaffke aus der Wohnung kommen würden, um den Typen zu stellen und zu fragen, was er hier treibt. Ich selbst konnte mich kaum erheben, so sehr rangen mich die Schmerzen nieder. Aber ihr wart mehr mit euch beschäftigt, als dass ihr diesem Kerl eine Standpauke geben konntet.«

»Aber er ist heruntergegangen, oder?«, fragte sie mit geweiteten Augen.

»Ich nehme es doch an? Er wird nicht die ganze Zeit bis heute oben im Hausflur ausgeharrt haben. Das kann ich mir nicht vorstellen. Warum sollte er auch?«

»Nicht im Hausflur, aber im Dachboden. Der ist nicht abgeschlossen. Wir beide waren bereits oben. Oder hast du einen Schlüssel nutzen müssen?«

Er schüttelte den Kopf. »Du meinst doch nicht, dass jemand die Treppen hochlief und dann den Dachboden ausräumte?«, fragte er sie mit zusammengekniffenen Augenbrauen. Er musste sie in dem Moment für verrückt erklärt haben. Völlig abwegig sei dieser Gedanke. Sie konnte es in seinem Blick erkennen.

»Wenn er wirklich bis da oben gelaufen ist?«

»Aber dann hätte er doch trotzdem wieder den Weg nach unten antreten müssen«, erwiderte David.

»Und wenn wir es nur nicht gehört haben, weil er in der Nacht gegangen ist?«

In ihrem Kopf herrschte Zirkus. Dutzende mögliche Szenarien spielten sich gerade in ihr ab. Mit unterschiedlichen Ausgängen.

»Hirngespinste. Wirklich.«

»Vielleicht. Möglicherweise sogar. Aber jetzt geistert der Gedanke in meinem Kopf umher.«

»Möchtest du, dass wir nachsehen?«, fragte er sie. Seine Stimme klang dabei nicht genervt, sondern eher verständnisvoll. Er wollte ihren Geist entlasten.

Esther nickte. Es war ihr nicht unangenehm, ihrer Vermutung nachzugehen. Sie wäre sicher auch alleine gegangen, hätte David es nicht vorgeschlagen. Aber so waren sie zu zweit und konnten sicher eher beurteilen, ob etwas gestohlen wurde oder nicht. Immerhin verfügten sie beide über eigene Erinnerungen, was im Dachboden vorzufinden war, da jeder Geist eigene Vorlieben hat, was für ein Gedächtnisbild zu fotografieren ist und was nicht. So erklärte Esther sich den Wunsch zumindest, gemeinsam mit David auf den Dachboden gehen zu wollen. Insgeheim könnte es auch Angst gewesen sein, falls der Mann weiterhin dort oben war und wie ein ungeladener Gast verharren wollte.

»Dann lass uns gehen. Sehen wir direkt nach, damit wir das Gespenst verjagen können«, sagte er und lächelte sie an.

»Was ist mit Jaffke? Er ist daheim. Er wird sicher hören, wenn wir hochgehen«, sagte sie mit besorgter Stimme. Keinesfalls möchte sie die wenigen Meter, die er anscheinend auf sie beide zu machte, wieder in einen kilometerweiten, inneren Abstand verwandeln.

»Soll er ruhig. Wenn da oben wirklich jemand ist, wird er sich erschrecken und zu fliehen versuchen. Ausgerechnet dann in die Arme Jaffkes zu laufen, der sicher rauskommen wird, um zu sehen, was wir treiben, ist Lektion genug, nicht erneut auf unseren Dachboden zu gehen. Dieses 3,5-beinige, klackende Ungetüm im Wutrausch wünscht man dem schlimmsten Feind nicht«, antwortete David.

Daraufhin ging er voran in Richtung Dachboden. Esther war schräg hinter ihm, als sie die letzte Stufe hinauf auf den Dachboden nahmen. Sie warteten einen Moment und lauschten, ob sie ein Geräusch hören konnten, aber nichts als die Stille umfing sie.

»Sei vorsichtig«, flüsterte Esther in sein Ohr. David nickte nur. Dann öffnete er die Tür.

Kapitel 16 - David

Mit welcher Vorahnung wir auch immer in diesen kalten, staubigen Dachboden gingen, wir wurden überrascht. Ich sicher mehr als sie, hielt Esther es immerhin für möglich, dass sich jemand an unserem Dachboden zu schaffen machte. Sie lag nicht verkehrt mit dieser Intuition.

Als ich die Tür öffnete, fiel mir direkt dieser Geruch auf. Ein vertrauter Gestank. Wenn ein Mensch zu lange in einem Raum verweilt, ohne ihn zu lüften, fängt es an zu riechen. Chemische Prozesse müssen unsichtbar für unsere Augen vonstattengehen. Saubere Luft wird mit übel riechender ausgetauscht. So wusste ich unmittelbar, dass Esther Recht hatte. Ein Einbrecher — eine Vorstellung, die mich unruhig werden ließ.

Ich konnte aber niemanden sehen, als ich den Raum absuchte. Mir fiel nur auf, dass es dort oben anders aussah. Jemand hatte die Kisten durchwühlt. Ich war mir sicher, dass wir sie, als wir nach Esthers eigenmächtigem Gang erneut hier waren, anders stapelten. Jeder von uns nahm sich damals eine der Kisten vor und wir suchten in ihnen, so vorsichtig es nur ging, um weder zu laut zu sein noch etwas kaputt zu machen. Wir fanden nichts. Auch nach der jeweils sechsten Kiste hätten wir uns nur die Familienalben und alte Spielsachen nehmen können, für die wir noch keine Verwendung hatten. Familienerbstücke waren auch verstaut worden, aber nichts, das uns hätte nutzen können. Wertvolle Dinge fanden wir nicht.

Daher erheiterte mich der Gedanke, dass der Einbrecher diese Strapazen auf sich nahm, die Treppen hoch zu rennen und alles zu durchforsten, ohne aber etwas Lohnenswertes finden zu können. Trotzdem war der Grundgedanke, hier nach etwas

Wertvollem zu suchen, nachvollziehbar. Warum er aber die Decke, die zuvor über dem Sekretär hing, über das Fenster auf der rechten Seite geworfen hatte, begriff ich nicht. Sollte es ein Schutz gegen die Kaltluft sein? Warum wäre das für ihn von Belang gewesen? Reingehen, die Kisten absuchen, runterrennen und zum nächsten Haus, oder nicht? So dachte ich es mir und auch Esther sagte, sie ginge davon aus, dass der Mann schnell wieder verschwunden wäre.

Doch dann sahen wir in der hintersten Ecke, links neben dem großen Wandschrank mit dem Spiegel, die Plane, die zuvor das Gemälde bedeckte. Sie war mehrfach zusammengefaltet und lag dort in einer halbrunden Position. Wenn ich wollte, hätte ich mich genau in die Mitte davon setzen können und sie wäre mir ein Schutz gegen die Kälte gewesen. Als ich hinüberging, um meine Annahme zu überprüfen, fielen mir einige Scheiben Brot auf, die in einen Teil der Plane eingewickelt waren. Vermutlich sollte so Staub und Ungeziefer ferngehalten werden.

Das alles sprach nicht dafür, als hätte man nur einen kurzen Raubzug begangen. Jemand musste hier oben seit dem lauten Stampfen gesessen haben. Aber wer könnte so arm dran sein, sich auf einem kalten Dachboden zu verstecken und das mit der ständigen Befürchtung, er würde entdeckt werden?

Die Frage ließ einen Schauer meinen Rücken hinunterlaufen. Man hätte sie auch mit "David Jonathan Rosch" beantworten können. Plötzlich überkamen mich die Gemeinsamkeiten zu meinem eigenen Leben, die ich verdrängt hatte, als ich dort oben stand und mich von den Umständen überfordert fühlte. Der Erkenntnisschlag traf mich mit ganzer Wucht:

Auch ich fand mich einst auf einem Dachboden wieder. Weil ich mich fürchtete. Fürchten musste. Damals vor dem Lager. Auch ich wurde genötigt, um meine Freiheit zu bangen. Um mein Leben ging es mir nicht so sehr; es stand für mich außer

Frage, dass das nicht in Gefahr wäre. Törichte Naivität eines Mannes, der belesen sein mag, aber die Welt trotzdem nicht kannte, schon gar nicht verstand.

Hätte ich wissen müssen, welche Konsequenzen auf mich warteten, wenn man mich finden würde? Sicher. Ich hatte genug Hinweise gehört. Hinter vorgehaltener Hand sprach man davon, dass überall riesige Gebiete zu Lagern umfunktioniert wurden. Menschen brachte man dorthin, wenn sie nicht die richtigen Ansichten besaßen.

Vielleicht hätte ich dem Beispiel einiger Nachbarn und früherer Freunde aus der Gemeinde folgen sollen. Abhauen — egal wohin. Hauptsache außer Reichweite der gierigen, von Blut und Schuld verschmierten Hände, die nach mir und so vielen anderen gleichzeitig griffen. Aber ich unterschätzte die Gefahr und den schattigen Einfluss. Ich hielt es sogar nur für eine temporäre Laune der Menschen um mich herum, wie sie in der Geschichte schon so oft auftauchte. Doch das Ausmaß war dieses Mal ein vielfach Größeres, getrieben durch den Plan, sich vermeintlicher Sündenböcke wie mich zu entledigen. Wie bei einer Maschine wurden die Teile gebaut, zusammengesetzt, bis der Tötungsapparat einsatzfähig war und uns in diesen Fleischwolf zerrte. Ich hätte es wissen müssen. Vielleicht tat ich es sogar und wollte es nicht wahrhaben. Untypisch für mich, neige ich sonst eher zu einer klaren Sicht auf die Dinge. Aber dieser Schleier, der sich über meine Augen legte, wurde erst gelüftet, als ich fliehen musste.

Versteckt habe ich mich, nachdem man mich aus der Schule geworfen hatte, weil ich es nicht ertrug, wie man die Kinder indoktrinierte, ihnen vorgab, wie sie in nur vorbestimmten Bahnen zu denken hatten. Unerträglich der Gedanke, dass Kinder nicht frei und aufgeklärt leben können, sondern wie Wissenssklaven angekettet wurden.

Kinder sind der größte und wertvollste Rohstoff, den eine Gesellschaft hat, und ihre freien Geister sind es, die eine Grundlage für die Zukunft bilden. Aber man weigerte sich, kritisches Denken zu fördern. Denn wer denkt, hat die Illusion einer Wahl. Doch die gab es für diese Kinder nicht mehr: Entweder folgen oder verfolgt werden. Für beinahe alle Kinder war es der erstgenannte Pfad, den sie bereitwillig beschritten.

Ich sah diese Entwicklung mit einer Mischung aus Sorge und Furcht. Anfangs verharmloste ich eventuelle Auswüchse dieser Entfremdung vom eigenen Verstand, tat es als pubertäre Schwankungen ab, die vom Elternhaus hervorgerufen wurden. Aber es kam der Zeitpunkt, an dem ich nicht mehr wegschauen konnte. Aus einer Minderheit wurde die hassende Mehrheit und damit eine Gefahr.

Ich versuchte dem entgegenzuwirken, tat mein Möglichstes: Ich sammelte die Vorurteile, die sie besaßen, setzte mich mit ihnen auseinander, recherchierte und argumentierte. Meine Worte sollten sie reinwaschen, vom Schmutz befreien, der sich in ihrem Inneren einnistete und brütete. Aber dieser Widerstand wurde nicht toleriert.

Eines Tages kam der Schulleiter in mein Klassenzimmer, als ich gerade erfolgreich einige der Schüler überzeugte, sich ihres Hasses zu entledigen. Er nahm mich mithilfe eines weiteren Lehrers in Gewahrsam. Man wollte mich an die Abteilung übergeben, die zuständig für die Bestrafung aufständischen Benehmens war. Der Direktor links, der vermeintliche Kollege rechts, während sie beide meine Arme hielten und mich hinausführten.

Eine erniedrigende Situation, so vor den Augen der Schüler verschleppt zu werden. Wie ein Schwerverbrecher trieben sie mich aus dem Klassenzimmer hinaus auf den Flur der Schule. Ich sah, wie einige der Schüler aus dem Klassenzimmer kamen, um mir hinterherzuschauen. Ich mag mich täuschen, aber ihre Gesichter wirkten wenig zuversichtlich. Manche mochten sogar ängstlich gewesen sein, als würde man mich zeitnah in mein Unglück werfen. Kindern sagt man gerne nach, sie seien zu klein oder zu jung, um die Regeln und Verläufe der Welt zu verstehen, aber diese Schüler wussten genau, was mit denen geschah, die gegen den Willen der Schatten waren. Ich sah es in ihren Augen, diese Befürchtung und vielleicht sogar eine Spur des Mitleids.

Jener Anblick der Kinder war es auch, der in mir den Impuls auslöste, mich nicht wie ein friedliches Schaf mitführen zu lassen. Geistesgegenwärtig genug, mein linkes Bein vor mein rechtes zu stellen, weiterzugehen und mich so selbst zu Fall zu bringen, konnte ich für einen Moment für Unruhe sorgen. Die beiden Männer lockerten ihren Griff überrascht und gaben mir die Möglichkeit loszurennen. Ich stieß mich von ihnen ab, sodass der Direktor der Schule, ein älterer Herr Anfang 60, zu Boden fiel. Der Speichellecker von Lehrerkollege war sofort zur Stelle, um dem Direktor aufzuhelfen, wodurch ich einen wertvollen Vorsprung von einigen Metern erlangte. Ich bahnte mir den Weg aus der Schule und machte mich sofort auf, zurück in meine Wohnung zu kommen.

In bequemer Gehweite entfernt lag das kleine Zimmer, das ich bewohnte, seit ich alleine war. Seitdem Anna nicht mehr da war. Ich packte meine Sachen zügig zusammen, wohl wissend, dass die Ordnungshüter sicher zur Schule gerufen wurden, wo sie mich hätten einkassieren wollen, mich dann aber nicht vorfanden und zu meiner Wohnung kommen würden. Eine logische Abfolge: schon hunderte Male gesehen oder zumindest davon gehört.

Ich hetzte mich also. Nahm die Dinge, die ich dringend brauchen konnte, packte einen kleinen Koffer, der nicht viel mehr erlaubte als einige Hemden, eine Hose und Wertsachen, wie die Uhr meines verstorbenen Vaters, meinen Ehering, ein Bild von Anna und mir und dem Stift, mit dem ich meinen ersten Vertrag als Lehrer unterschrieben habe. Dazu noch so viel Geld, wie ich daheim hatte, was allerdings kaum der Rede wert gewesen war. Dann verschwand ich. Orientierungslos war ich nicht, kannte ich die nähere Umgebung doch recht gut, aber rastlos konnte man meinen Zustand nennen. Aufgebracht.

Es hatte ein wenig von einem kindlichen Versteckspiel, wie der Räuber sich vor den Gendarmen in Acht nehmen musste, die jederzeit um die Ecke kommen könnten und ihn festgenommen hätten. Doch diese Kindlichkeit verlor sich schnell, wenn mir die möglichen Konsequenzen einer Festnahme in den Sinn kamen. Ernsthaftigkeit trat an die Stelle.

Es folgten Tage des Ausharrens, Sorgen um Möglichkeiten zur Übernachtung und viele Stunden des angespannten Wartens. Ich suchte Schutz in Hinterhöfen, in Kellern, auf Dachböden oder, wenn ich besonders viel Glück hatte, in Wohnungen, die aufgebrochen waren. Beinahe anderthalb Wochen war dieses Versteckspiel erfolgreich, bis ich eines Morgens, es muss gerade einmal kurz nach fünf Uhr gewesen sein, aus dem Haus ging, um mir ein paar Nahrungsmittel auf dem Wochenmarkt zu besorgen. Ich war zu früh da, konnte aber genau dadurch vermeiden, dass mich viele Menschen sahen. Deswegen hielt ich es für eine gute Entscheidung. Die Gefahr, dass mich ein Schüler oder ein Elternteil erkennen könnte, wenn ich später gegangen wäre, war schlicht zu groß.

So gewissenhaft ich diese Gedanken und Vorsichtsmaßnahmen traf, so unglücklich war ich am Tag meiner Festnahme: Einige der Händler bauten gerade auf und ich versuchte mit einer gewissen Penetranz ihre Bedenken, mir bereits vor offiziellen Marktbeginn etwas zu verkaufen, zu zerstreuen. Zuerst war das von Erfolg gekrönt. Aber just in dem Moment, in dem mir ein hiesiger Bäcker einen ganzen Laib Brot aushändigte, nach dem ich gierig und hungrig griff, bemerkte ich, wie zwei Ordnungshüter durch die Stände marschierten und sich davon überzeugten, dass niemand gegen die geltenden Vorschriften verstieß. Sie sahen mich, wie ich das Geld gerade übergeben und den Laib entgegengenommen hatte — auf frischer Tat ertappt, trotz aller Vorsicht. Weglaufen wäre zwecklos gewesen, dafür waren sie zu nah und die Straßen zu ausgestorben, als dass ich hätte untertauchen können. Noch dazu hätte der Hall meiner schnellen Schritte sie zu meinem Versteck geführt, wäre ich dorthin geflüchtet.

Hätte ich einen anderen Weg nehmen sollen? Einfach wegrennen, egal wohin? Ganz bestimmt. Vielleicht wäre ich in der Tat schneller gewesen und die beiden hätten nach einer Zeit aufgegeben. Aber auf diese Idee kam ich in meiner Schockstarre nicht. Ich rührte mich nicht vor Angst wie das Kaninchen vor der zischenden Schlange.

Die beiden Männer kamen näher, verlangten nach meinen Papieren und meinem Namen. Dann kontrollierten sie ihn mit einer Liste an Flüchtigen und schon fand ich mich in Gewahrsam wieder — ohne Wertsachen, ohne meine Kleidung, ohne den Rest des Geldes, vor allem ohne meinen Ehering und das Bild von Anna.

Sie fehlt mir, wenn ich ehrlich bin. Es reißt mir das Herz aus der Brust, diese schreckliche Zeit mit dem Wissen überlebt zu haben, dass ich sie nicht freudig in den Arm nehmen und küssen kann. Niedergestreckt worden, noch bevor ich ernsten Widerstand in der Schule leistete. Ein Schlag gegen die Schläfe, der sie bewusstlos werden ließ und ein Schuss in den Rücken waren die Auslöser ihres Ablebens. So berichtete man es mir zumindest.

Ich war nicht dabei. Konnte nur noch, als ich es erfuhr, zu ihrem kalten Körper laufen, der halb über den Bürgersteig ragte und auf der schmutzigen Straße lag. Alle Menschen gingen an ihr vorbei. Niemand nahm Notiz von ihr. Ein weiterer Toter am Straßenrand war nichts Besonderes mehr für die Leute.

Für mich aber war es meine Frau — die Liebe meines Lebens, die ich verlor. Geraubt wurde sie mir, aus Gründen, die ich nie erfahren würde. Hatte sie nicht gegrüßt? Griff sie ein, als ihr ein Unrecht begegnete? War sie es Leid, wie alle anderen auf uns herabblickten? Ich wusste es nicht und habe noch immer keine Antwort auf die Fragen, die mich seit langer Zeit verfolgen. Ich werde dieses Gefühl sicher nie vergessen, wie ihre sonst so warme Haut abkühlte. Das Leben war aus ihr gewichen, ich spürte es, als ich mich auf den Bürgersteig neben sie setzte, sie auf meinen Schoß zog und mich von ihr verabschiedete. Nie mehr würde ich in ihre schönen Augen blicken oder von ihrem herzerweichend strahlenden Lächeln erfasst werden. Einfach so aus dem Leben gerissen, ohne jede Vorwarnung.

Ein Nachbar meldete mir, dass er einen Schuss hörte, nachsah, was denn geschehen war, und sie auf dem Boden lag. Er rannte zu mir, klingelte so sehr Sturm, dass ich fürchtete, die Polizei wäre hinter mir her. Als er mir dann sagte, ich müsste mich beeilen, da meine Anna Hilfe bräuchte, rannte ich, als hätte ich einen Wettlauf mit dem Teufel selbst. Doch ich konnte nichts mehr für sie tun. Ich fragte, schluchzend wie schreiend, ob ihr niemand helfen könnte, ein Arzt oder eine Krankenschwester, ob Passanten etwas gesehen hätten, ob sie zumindest wüssten, wer der Täter gewesen war. Aber ich erhielt keine Antwort. Nur eine weitere Tote, die niemals Gerechtigkeit finden würde.

Auch wenn mir der Gedanke das Herz zum Zerbersten spannt, dass ich ihrem Mörder keiner Strafe zuführen konnte, musste ich einsehen, dass mein Leben weiterging. Die Zeit nahm keine

Rücksicht auf mein Flehen, das Leben anzuhalten, sondern marschierte wie ein unbeeinflussbarer Soldat immer weiter und weiter. Bis an diesen Punkt. Bis ich Esther traf und wir uns vor kurzem sehr nahe kamen.

Doch wäre dir das recht gewesen, Anna? Die Möglichkeit lag vor mir, keinen Meter entfernt: ein Schritt und ich hätte ihre Lippen berühren, sie küssen können. Aber ich tat es nicht. Warum nur nicht? Ich hatte dich im Hinterkopf und es fühlte sich an, als würde ich mit dem Schwur brechen, den wir uns einst gegeben haben. Aber bin ich nicht hier auf der Erde geblieben, während du die Reise in eine andere Welt ohne mich antreten musstest? Wäre es da verwerflich, auf die Dinge zu reagieren, die das Herz schneller schlagen lassen?

Es wäre eine große Hilfe, wenn ich dich noch einmal sprechen und herausfinden könnte, ob du über mich wachst und einverstanden wärst, wenn ich Esther berühre. So wie ich dich berührte, meine ich. Mir ist bewusst, wie egoistisch dieser Wunsch ist, erfrage ich doch im Grunde eine Erlaubnis, eine moralische Zustimmung, um eine andere Frau küssen zu können, während meine rechtmäßige Ehefrau nicht mehr unter uns weilt. Bis dass der Tod uns scheidet, heißt es im Volksmund, aber ich habe diese Scheidungspapiere nie unterschrieben. Ich habe sie ja nicht einmal angefordert. Was ist, wenn der Tod nicht auf eine natürliche Weise kam, sondern brutal und kaltherzig von einem auf den anderen Moment durch unrechtes Handeln erfolgte? Ist die Scheidung dann trotzdem rechtens — legal wie emotional?

Hätte ich wirklich die Chance, noch einmal mit dir zu sprechen, sollte ich meinen Wunsch als zweit- vielleicht sogar als drittrangig betrachten. Das wäre das Richtige. An erster Stelle würde vermutlich eine Entschuldigung stehen. Dafür, dass ich nicht da gewesen bin, um dich zu schützen, zu verteidigen und mein Leben für deines einzusetzen. Dieser Schmerz, wenn ich daran denke, dass du alleine warst, während du deine letzten Atemzüge machtest, ist unerträglich. Dieses Gefühl, nicht deine Hand gehalten, dir nicht noch einmal meine Liebe versichert, dir nicht einen letzten Kuss gegeben zu haben, während du diese Welt verlässt, wird für ewig ein Versäumnis sein, das mir Tränen in die Augen steigen lässt. Es tut mir leid, Anna.

"Vergiss die Zeitung nicht", waren meine letzten Worte an dich. Völlig belanglose Silbenkombinationen, aber wie hätte ich es ahnen sollen? Du hast mit einem "ja, weiß ich doch" geantwortet und dann trennten sich unsere Wege. Fragen, ob du noch leben würdest, hätte ich dich nicht um die Zeitung gebeten, sind derart selbstzerstörerisch, dass ich es mich nicht wage, sie mir zu stellen und zu verfolgen.

Dass unser letzter Austausch mit etwas so Banalem endete, ist komisch wie tragisch. Natürlich hätte ich dir sagen müssen, wie sehr ich dich liebe, aber wenn man diese Worte immer wieder nutzt, verlieren sie ihre Besonderheit. Bis das Besonderste im Leben auf einmal fortgerissen wird und man sich wünscht, jener Person diese Worte noch einmal sagen und sie von ihr hören zu können. Es schmerzt, Liebling.

Dennoch muss ich mich der Wirklichkeit stellen, in der du nicht mehr bei mir bist, es aber eine andere Person gibt, die sich meiner erbarmt und angenommen hat. Ich muss hoffen, dass du auf mich herab blickst und mir deine Zustimmung schenkst, wenn du siehst, wie die vielen dunklen Momente, die mich und meine Seele zerfraßen, gebrochen werden durch den Lichteinfall, den Esther bringt. Sie erhellt den Raum und sorgt dafür, dass die kleinen Erinnerungsbiester, die mich zu Boden drücken wollen, nur bedingt eine Chance haben. Ich werde niemals wissen, ob du mit den Entscheidungen, die ich traf, einverstanden bist oder ob du eher einen Blitz auf die Erde schleudern würdest, um mir zu zeigen, wie sehr du gegen mein Handeln bist. Aber ich muss versuchen, ein Gefühl von Akzeptanz zu entwickeln, dass meine Zeit mit dir endete. Gleichzeitig muss ich diese wundervolle, zum Schluss aber brutale Zeit mit dir wie ein Kapitel eines Buches hinter mir lassen und die Feder meiner Biographie selbst in die Hand nehmen. Das Kapitel wird immer ein Teil meiner Geschichte sein und ich werde es so nah am Herzen tragen wie ich nur kann.

Von nun an müssen aber neue Seiten geschrieben, neue Sätze durch die Tage und Wochen geformt werden, die auf Esther und mich zukommen. Wie es scheint, wird sie bald im Krankenhaus beginnen, während ich erste Unterrichtsstunden mit Schülern abhalten werde. Noch dazu müssen wir herausfinden, was es mit dem Einbrecher auf sich hatte, der verschwunden ist, dessen Anwesenheit auf dem Dachboden aber diese vielen Gefühle und Erinnerungen erwachen ließ. Auch das Verhältnis zu Jaffke wist zu brüchig, um von einer Konstante zu sprechen. Vieles wird in der nächsten Zeit passieren und ich hoffe, dass du, Anna, dabei deine schützende Hand über mich hältst oder auf meinen Rücken legst, damit ich nicht Gefahr laufe, mich umzudrehen und einen Sinn in meiner Vergangenheit zu suchen. Die Zukunft wartet. Auch sie klingelt bereits Sturm, ähnlich wie es der Nachbar damals tat. Und ich bin im Begriff, die Tür zu öffnen.

Kapitel 17 - Das Krankenhaus

»Ich hätte nicht gedacht, dass es so anstrengend sein würde«, sagte Esther, während David ihr gegenüber in der Küche saß.
»Warum haben sie dich auch an deinem ersten Tag direkt arbeiten lassen? Ich dachte, du warst nur da, um dich vorzustellen und dich umzusehen.«
»Davon ging ich aus, aber im Krankenhaus sagte man mir, dass sie jede helfende Hand gebrauchen können. Die meisten Schwestern hätten schon kaum mehr Zahnfleisch, auf dem sie laufen könnten. Man gab mir die Kleidung, ich sollte mich umziehen und ich könnte mir alles ansehen, während ich die Patienten versorge. Wenn ich etwas nicht wüsste oder mir noch nicht zutraue, sollte ich Bescheid geben.«
David hörte zu, während er ihr ein Brot machte. Er dachte sich, dass ihr ein wenig Nährstoffe guttun würden. Als er gerade auf dem Weg in die Küche war, kam sie vom ersten Tag im Krankenhaus zurück, schloss die Tür hinter sich und lehnte sich erschöpft aussehend dagegen. Sie verharrte dort für einige Sekunden und wirkte nicht, als hätte sie seine Anwesenheit bemerkt. Er sah sie an und sie tat ihm ein Stück weit leid. Gleichzeitig empfand er aber auch Stolz für sie, da sie mutig genug war, diesen Schritt zu gehen und ihn bis zum Ende durchzuhalten.
»Es war unmenschlich anstrengend«, fuhr sie fort, »Dutzende Menschen, vielleicht sogar Hunderte, die sich meinen Namen nur merkten, um ihn schreien zu können, wenn sie etwas brauchten oder wollten. Was in den seltensten Fällen dasselbe war. Ich habe solche Tage bereits in meiner Ausbildung erlebt und natürlich war ich an den Anblick gewöhnt, Verletzte zu

sehen. Zwar nicht in einer solchen Vielzahl, aber der Krieg war erbarmungslos. Leid und Schmerzen wohin ich auch blickte. Egal welches Zimmer ich auch betrat. Ich half diesen Menschen, so gut ich konnte, aber gleichzeitig hatte ich deine Stimme im Kopf, dass sie alle Schuldige waren, die ich da verarztete.«

Sie blickte ihn vorwurfsvoll an.

»Meine Stimme? Ich habe heute Morgen doch kaum etwas über die Kriegsrückkehrer in den Krankenhäusern gesagt?«

»Das nicht, aber wie du die Menschen draußen beschriebst und auch wie du Jaffke siehst, brannte sich mir ein. Immerhin spieltest du dieses Klagelied bereits einige Male und aus unerfindlichen Gründen nahm ich diese Melodie in mir auf. Ich wollte es nicht, aber bevor ich jemandem half, schaute ich unbewusst auf das Namensschild, überprüfte, ob mir die Person als Schatten bekannt war. Ich zögerte dadurch jedes Mal, ob ich die Hilfe wirklich erteilen könnte. Nur wegen deines Liedes. Natürlich tat ich es schließlich, aber nur mit Überwindung. Ich hoffe, dass ich dieses Zögern in den nächsten Tagen ablegen kann, denn sonst wird man mich wohl kaum dauerhaft beschäftigen können.«

»Wirst du sicher«, ermutigte er sie. »Das sind die anfänglichen Tage, die sicher noch überwältigend wirken. Die vielen Eindrücke, die Verletzungen, die Leiden der Menschen, dazu das alte Gefühl, wieder für sie verantwortlich zu sein. Da ist es ganz normal, dass du dich davon etwas überfordert fühlst.«

»Das war noch nicht alles. Stelle dir ein ganzes Krankenhaus mit Ulrich Jaffkes vor. In jedem Zimmer, auf jeder Etage, nur mit unterschiedlichen Beschwerden. So fühlte es sich für mich an.«

»Klingt wie die Hölle.«

»Ähnlich. Ich dachte, ich käme zum Krankenhaus, darf ein

wenig mit den anderen Schwestern laufen und erst in den nächsten Tagen würde die Arbeit beginnen. Stetig von Tag zu Tag gesteigert, verstehst du?«

David nickte.

»Aber ich irrte. Ohne Rücksicht darauf, dass ich weder die Patienten noch die Umgebung kannte und schon seit Jahren nicht mehr als Krankenschwester aktiv war, wurde ich direkt in den Alligatorensumpf geworfen. Ich musste mich beweisen, wurde in jedem Zimmer neu auf die Probe gestellt. Das wäre aber noch nicht einmal das große Problem gewesen, aber durch die dünnen Handschuhe sah man die Tätowierung. Ein Teil der Patienten wehrte sich dann, überhaupt von mir angefasst zu werden. Andere setzten zu Spuckattacken an, einige warfen Beleidigungen in meine Richtung. Erst als ich zwei weitere Paar Handschuhe anzog und die Etage wechselte, konnte ich mich den Patienten normal nähern.«

»Das klingt nach einem furchtbaren ersten Tag. Es macht mich wütend, wie die Menschen mit dir umgegangen sind! Eigentlich sollten sie demütig vor dir in den Staub kriechen und sich entschuldigen. Dieser Abschaum, ich sollte mal vorbeikommen und sie mir zur Brust nehmen!«, platzte es aus ihm heraus.

Esther blickte ihn entgeistert an. »Ich werde nicht zulassen, dass du meine Schlachten schlägst. Es ist nett gemeint, aber ich schaffe das allein. Es war nur anstrengend.«

»Entschuldige. Ich zweifelte nicht an deinen Fähigkeiten. Selbstverständlich kannst du es alleine. Ein schlechter Vorschlag, verzeih bitte.«

»Aber nur, wenn du versprichst, mich niemals "Schwester Esther" zu nennen«, antwortete sie und stieß mit ihrem Bein sachte gegen ihn.

»Du verlangst wirklich ein großes Opfer«, sagte er und bekam einen weiteren Stoß als Quittung. »Aber gut. Deine Argumente sind unschlagbar wie durchschlagend.«

Er lächelte ebenso wie sie.

»Genug von meinem Tag. Wie war deiner?«, fragte sie ihn nach einer kurzen Pause und begann, das Brot vor ihr zu essen.

»Hervorragend. Insgesamt sind es jetzt sechs Kinder, die von ihren Eltern in meine Obhut gegeben wurden. Bildung soll es regnen!«, begann er enthusiastisch, »Zwei Jungen und vier Mädchen. Allesamt in einem ähnlichen Alter. Natürlich zahlen die Eltern nicht viel, weil sie erst einmal sehen wollen, wie es läuft. Aber einige von ihnen haben mir schon in Aussicht gestellt, dass ich in einigen Wochen, wenn sie zufrieden sind, mehr bekommen würde. Natürlich werden wir von so wenigen Kindern nicht reich, aber es wäre ein kleines, geregeltes Einkommen, wenn ich mich richtig anstelle.«

»Das klingt schön, David. Ich bin sicher, dass du die Eltern begeistern wirst. Würde es sich nicht sogar anbieten, sie zusammen zu unterrichten, weil sie doch in einem ähnlichen Alter sind? Vielleicht zusätzlich zu den Einzelstunden? Dann könnten sie zusammenarbeiten und würden sich gegenseitig etwas beibringen.«

»Du wirst lachen, die Idee hatte ich auch bereits. Aber es gibt ein Problem.«

»Die Eltern davon zu überzeugen?«

»Stimmt. Dann gibt es sogar zwei Probleme. Die Eltern und die Räumlichkeiten. Wo soll ich sechs Kinder unterkriegen? Ich kann sie nicht alle neben dem Kaffeestand unterrichten. Zumal die Schneeflocken immer dicker werden.

Esther überlegte eine Weile und schlug dann vor, man könne die Gruppe im Notfall in ihrer Wohnung versammeln.

»Hier?«, fragte David. Die Idee war ihm selbst nicht gekommen. »Es könnte eventuell ein falsches Signal aussenden, wenn ein Mann sechs Kinder in seine Privatwohnung bringt, meinst du nicht? Eltern könnten falsche Schlüsse ziehen und schon wäre die Arbeit wieder passé. Zumal junge Geister auch nicht in die Nähe eines Ulrich Jaffkes sollten. Du hast den Tag über erlebt, zu welchen Auswüchsen das führen könnte. Außerdem kann es vorkommen, dass die Kinder etwas lauter werden und das würde dieses Humpelstilzchen von gegenüber nur aufregen. Wer weiß, wie er toben würde. Das erzählen die Kinder daheim und schon wäre ich sie wieder los. Nein, hier geht leider nicht«, sagte David und bemerkte dann, wie Esther ein Lachen unterdrückte. Er überlegte einen Moment, was er gesagt hatte.

»Humpelstilzchen?«, fragte er sie.

Sie nickte und fing laut an zu lachen. Auch er konnte nicht an sich halten.

Dann klopfte es an der Tür.

Esther und David sahen sich erschrocken an.

»Das kann doch nicht sein Ernst sein! Was für ein Hundegehör hat dieser Mann?«, fragte David, ohne eine Antwort zu erwarten.

»"Wenn man vom Teufel spricht" trifft hier wohl viel zu genau zu.«

David nickte. »Wahrscheinlich hat er uns nur lachen gehört und der Funke an Glücksgefühlen störte seinen Radar. In der Nähe von Ulrich Jaffke darf niemand glücklich sein oder er schreitet ein.«

Es klopfte erneut, dieses Mal etwas stärker. »Macht auf«, schallte es von außen.

»Gehst du hin, bitte? Ich habe heute genug seiner Sorte behandelt.«

»Natürlich. Leg dich ins Wohnzimmer aufs Sofa, wenn du magst. Ich wimmele ihn ab, was auch immer er möchte.«

Mit diesen Worten stand David auf, strich ihr einmal sanft über die Wange und ging zur Tür, während sie hinter ihm ins Wohnzimmer ging. Er war angespannt, da er vermutete, es gäbe wieder ein Problem und Jaffke bräuchte Sündenböcke.

»Was können wir denn heute für Sie tun?«, fragte David mit sarkastischem Unterton, nachdem er die Tür geöffnet und Jaffke erblickt hatte. Dieses Mal stand er nur auf einer Krücke, die parallel zu seinem noch funktionstüchtigen Bein stand. Dadurch, dass er auf die zweite Gehhilfe verzichtete, besaß er eine leicht schiefe Haltung.

»Es geht um den Dachboden«, kam Jaffke direkt zum Punkt, ohne sich mit Höflichkeitsfloskeln aufzuhalten. »Wart ihr da heute Nacht?«

»Auf dem Dachboden meinen Sie?«

»Ja, wovon rede ich denn?«, fragte Jaffke genervt.

»Nein. Weder ich noch Esther waren heute Nacht oben. Was sollten wir auch da?«

»Wer weiß, vielleicht wolltet ihr euch dort ein wenig bedienen?« Davids Augen wurden größer. Hat er etwa herausgefunden, dass sie sich das Bild genommen hatten?

»Jedenfalls habe ich da heute Nacht etwas gehört. Als würde jemand dort oben die Kisten von einem Ort zum anderen schieben«, fuhr Jaffke fort.

»Wir waren es nicht.«

»Da seid ihr euch sicher? Wage es nicht, mich anzulügen.«

»Alles in Ordnung?«, fragte Esther vom Wohnzimmer.

»Ja, alles okay. Bleib nur liegen, ich kläre das schon«, antwortete David, ohne aber von der Tür wegzugehen. Lediglich den Kopf hatte er nach hinten gebeugt, damit sie ihn besser hören konnte. Dann wandte er sich wieder Jaffke zu.

»Ich verspreche es Ihnen. Wir waren nicht oben«, versicherte David.

»Das will ich auch von ihr hören.«

»Sie haben hier nichts zu fordern, Jaffke. Esther ist erschöpft und braucht jetzt Ruhe, um wieder zu Kräften zu kommen.«

Davids Ton wurde rauer, seine Stimme blieb aber in der gleichen Tonlage. Entschieden und bestimmt, jedoch nicht aggressiv.

»Zu viel auf dem Dachboden herumgewühlt, was?«, fragte Jaffke provokant.

»Zu lange mit jammernden, meckernden Menschen verbracht, die ihr im Krankenhaus den letzten Nerv rauben wollten, weil«, er brach kurz ab, »weil sie neu ist.«

Jaffke wurde hellhörig. Anstatt direkt zu antworten, wie er es zuvor tat, führte er seine rechte Hand an seinen Mund und tippte sich einige Male auf die Lippen.

»Im Krankenhaus sagst du? Dort arbeitet sie?«, fragte er. Weißer Speichel sammelte sich in den Ecken seines Mundes, während er ihn ein wenig offen hielt, um weiterhin seinen Finger überlegend über die Lippen zu bewegen.

»Ja?«

»Als?«

»Krankenschwester«, antwortete David knapp. Ihm gefiel das plötzliche Interesse an Esther nicht. Es konnte nichts Gutes bedeuten, wenn Jaffke mal nicht fluchte.

»Meinst du, dass sie da an Medikamente kommt?«

»Es würde mich nicht wundern, ja. Aber gleichzeitig weiß ich, dass sie nichts entwenden kann.«

»Wer spricht von entwenden? Einem Mann mit Schmerzen soll sie helfen. Dafür hat sie sich doch schließlich verpflichtet. Ich brauche gar nicht viel, nur ein Mittel, sollte mir mein Bein wieder Probleme bereiten«, sagte Jaffke und fing an, sich über den Stumpen zu streichen.

»Gehen Sie doch einfach selbst ins Krankenhaus und besorgen sie sich welche.«

»Hab ich doch versucht! Wollten sie mir nicht geben. Für die war ich keine Priorität, da ich laufen konnte und keine offenen Wunden hatte. Eine von den Krankenschwestern meinte sogar, dass ich mit den Tabletten sicher nur auf dem Schwarzmarkt handeln will. Keine Chance.«

»Das tut mir leid für sie und trotzdem gilt: Esther kann nicht einfach Medikamente für Sie klauen.«

»Das soll sie mir selbst sagen.«

»Erneut, Jaffke, Sie haben nichts zu fordern! Und überhaupt: Warum sollte man Ihnen helfen? Nichts als Scherereien haben wir bisher mit Ihnen gehabt!«, antwortete David, nachdem er einen kurzen Moment überlegt hatte, welche der möglichen Abzweigungen er nehmen sollte: er hätte diplomatisch reagieren und ihm ein Gegenangebot machen oder schlichtweg zustimmen können. Aber dafür waren zu viele Dinge geschehen, zu viele laute Worte wurden hin und her gefeuert, sodass diese zwei Wege für ihn unbegehbar waren.

»Immerhin habe ich euch den Teller wieder vor die Tür gestellt und nicht mal ein "Dankeschön" erhalten! Außerdem habt ihr euch doch hier eingenistet und zuerst meine Ruhe gestört!«, verteidigte sich Jaffke.

»Jetzt hören Sie aber …« David stockte. Es bringt nichts, dachte er sich. Anstatt zu antworten, atmete er einige Male tief durch. »Wir waren nicht auf dem Dachboden und Sie werden weiterhin mit ihrem Leid leben müssen.«

Dann schloss er die Tür und ließ einen verdutzt schauenden Jaffke stehen.

Ein gutes Gefühl, dachte David.

Kapitel 18 - Die Ampel

Am folgenden Morgen verließen David und Esther gemeinsam das Haus. Sie war auf dem Weg ins Hospital, während er zu einer Stunde mit einer neuen Schülerin musste. Er mochte das Kribbeln in seiner Brust, wenn er einen neuen jungen Geist vor sich hatte, gemeinsam mit dem Kind herausfand, wie viel es schon wusste, die Grenzen auslotete und dann dabei half, eben jene Mauern zu überspringen. David war glücklich an diesem ersten Morgen, an dem sie gemeinsam zu ihren jeweiligen Arbeitsplätzen gingen.

Ein ihm unbekanntes Gefühl überkam ihn in jenem Moment, als sie das Haus verließen. Es war einer Mixtur aus Hoffnung und Stolz nicht unähnlich, nun wieder Beschäftigung zu besitzen und gemeinsam mit Esther produktiv sein zu können. Wenn er sich zurückerinnerte, wie viele Monate und Jahre es wohl schon her war, seit jeder von ihnen einen normalen Arbeitstag hatte: morgens aufstehen, sich fertig machen, und dann aus dem Haus zu gehen, um sich den Lohn hart zu erarbeiten. Für viele Menschen weltweit sicher nichts Besonderes, sofern man denn zu arbeiten gewillt ist, aber für jemanden wie sie war es ein Schritt in eine Normalität, die man sich herbeisehnte.

Aber nicht nur die Möglichkeit zu arbeiten, berauschte ihn. Auch die Tatsache, dass sie im Begriff waren, sich ein neues Leben aufzubauen, bereitete ihm Freude. Er hoffte, dass sich das auf Esther übertragen würde und eine beruhigende Wirkung haben könnte, da sie am Morgen noch darüber klagte, wie gerädert und übermüdet sie sich fühlte. Am Abend lag sie auf dem Sofa, hatte einen Arm auf ihrem Kopf und sagte mit geschlossenen Augen, dass sie Kopfschmerzen habe, die so sehr pochten, dass sie eigentlich David fragen müsste, ob er sie auch hörte. Esther litt und war auch nur mit seiner Hilfe in der Lage, den Weg ins Schlafzimmer mit den zwei einzelnen Betten zu finden, die man ebenfalls von den Behörden erhalten hatte. Am Morgen des heutigen Tages meinte sie, ihr Rücken würde sie umbringen, da sie das viele Herunterbeugen zu Patienten nicht mehr gewohnt war. David überließ ihr sogar seinen Stuhl, damit sie sich mit dem Rücken richtig tief darin vergraben konnte. Als sie dann schlussendlich das Haus verlassen mussten, um nicht zu spät zu sein, sagte sie, es ginge ihr schon besser und sie müsse sich nur an die neue Arbeitslast gewöhnen. David war dennoch in Sorge.

Dies mochte auch der Grund dafür gewesen sein, dass er sich auf dem Weg zum Ort, wo sich ihre Wege trennen mussten, von ihrem Tempo leiten ließ: war sie in der Laune, über ein Thema zu plaudern, zeigte er sich willens, das Gespräch zu begleiten. Wollte sie lieber schweigen, so gab er ihr den Freiraum und war bemüht, die Stille nicht unangenehm werden zu lassen. Das ist sowieso das große Glück, fand David, wenn man jemanden findet, mit dem nicht nur das Reden Freude bereitet, sondern auch das Schweigen zelebriert werden kann, ohne dass sich ein Druck aufbaut, die Stille mit Worten durchschneiden zu müssen. Das ging vor Esther nur mit Anna. Ein gutes Zeichen?

Nach einer Weile standen sie an einer Ampel, die durch ihr rotes Leuchten signalisierte, man müsse die Geschwindigkeit des eigenen Lebens für einen Moment bremsen, damit diejenigen, die sich ein Auto leisten und es unterhalten konnten, ihrerseits vorbeiziehen können. David machte so eine Unterbrechung nicht viel aus, hatte er doch keine große Eile, sondern lag ebenso gut in der Zeit wie Esther für ihren neuen Tag im Krankenhaus. Sie brauchten sich nicht zu hetzen. Nichts könnte einen Morgen mehr ruinieren als Hektik, die sich wie ein starker Regenschauer über die Köpfe der Menschen setzte und sie den restlichen Tag über triefen ließ.

Neben ihm und Esther warteten vier weitere Hebräuer, ein Ehepaar und zwei Männer, ebenfalls darauf, dass das kleine Licht von rot auf grün schaltete, als sie sahen, wie bei dem Wohnhaus gegenüber die Tür aufflog. Wilde Schreie suchten die Luft heim und jemand rannte mit panischem Gesichtsausdruck hinaus. Die Tür war mit einer solchen Kraft aufgeschleudert worden, dass sie gegen die dahinterliegende Wand schlug und sich dann, in ähnlicher Geschwindigkeit, wieder auf den Weg zum Türrahmen machte. Als hätte sie ein Eigenleben und sehne sich danach, unbedingt wieder einzurasten. Die Frau, die wohl ihren Schwung vom Treppenflur mitnahm, um die Tür aufzustoßen, war nicht sonderlich auffällig und wären hinter ihr nicht laute Schreie gewesen, hätte ihr wohl niemand groß Beachtung geschenkt. Ihr grauer Mantel, die darunter liegende weiße Bluse und ihr dunkelgrüner kleiner Filzhut hätten sonst kaum Aufmerksamkeit erregt. Lediglich die wild flatternden Haare waren etwas, was einem aufgefallen wäre. Das mochte aber daran liegen, dass die Frau so schnell rannte, wie ihre Beine es nur hergaben.

Wenig später, es durften gerade einmal ein oder zwei Sekunden gewesen sein, stürzten drei Polizisten aus eben jenem Haus. Sie blieben einen Moment stehen, blickten erst nach links, dann nach rechts und liefen der Frau hinterher, die vor ihnen aus dem Haus rannte.

David und Esther beobachteten die Szene ebenso, wie es die anderen Wartenden taten. Plötzlich war der Farbwechsel einer Ampel völlig irrelevant geworden. Das reale Leben hatte mehr Spannung zu bieten. Eine Verfolgungsjagd spielte sich vor ihren Augen ab: Die Polizisten schrien, riefen Drohungen aller

Couleur in Richtung der Frau, nannten sie eine Verbrecherin und dass man sie aufhalten solle. Als sie aber sahen, dass die Frau bereits einen kleinen Vorsprung erlangt hatte und nicht langsamer wurde, sie musste Ende 30 und in guter körperlicher Verfassung gewesen sein, zog einer der Polizisten eine Waffe, blieb stehen, zielte und feuerte einige Male.

David erschrak ebenso wie Esther, die in einem spontanen Reflex nach seiner Hand griff, diese aber kurz darauf wieder losließ, als wäre sie sich bewusst geworden, welches Bild man von zwei Händchen haltenden Menschen hatte.

Alle Blicke machten einen Sprung von dem Polizisten, der die Waffe in der Hand hielt, hin zum Opfer, das den Sprint verlangsamte und in ein leichtes Gehen wandelte. Nur wenige Meter später stellte die Frau auch das ein und stand nur noch. Dann sank sie auf ihre Knie, als einer der Polizisten, ein stattlicher Mann mit einer ähnlichen Statur wie Jaffke, auf den nach vorne kippenden und offensichtlich getroffenen Körper der Frau sprang und ihn zu Boden drückte. Die Entflohene hatte keine Möglichkeit, den Aufprall zu verhindern oder auch nur abzufedern. Sie fiel mit der Brust und ihrem Gesicht frontal auf den harten Bürgersteig. Das nicht zu unterschätzende Gewicht des Polizisten verstärkte den Aufprall. David hätte nicht darunter sein wollen, wenn er sich ansah, wie der Mann die Frau am Boden hielt. Schnell kamen die anderen Polizisten hinzu, hielten die Verbrecherin an den Armen, halfen ihr auf und nahmen sie fest. Sie lebte noch, wie es schien, auch wenn in ihrem Körper nicht mehr viel Leben war. Die Polizisten kümmerte das wenig. Sie zogen und rüttelten am Körper der Frau und begannen zu jubeln. Sie freuten sich, als hätten sie gerade einen großen Sieg errungen.

»Ist das nicht die Friedler«, fragte die Ehefrau an der Ampel ihren Mann.

»Meinst du? Dass die sie wirklich schnappen würden?«

»Sah so aus. Ich habe sie noch nie so ängstlich gesehen. Tut einem richtig leid, die arme Frau«, antwortete sie auf die Nachfrage ihres Mannes.

Davids und Esthers Blick begegneten sich. Ob sie das Gleiche dachte wie er? Anscheinend wurde doch gerade jemand verhaftet, der offenkundig flüchtete, also etwas zu verbergen und damit ein schlechtes Gewissen hatte. Es musste sich daher um eine rechtmäßige Verhaftung handeln. Warum also das Mitleid? Er überlegte, ob er Esther fragen sollte, was sie von der Geschichte hielt, aber ihr Blick brachte diesen Gedanken zum Schweigen. Sie wollte wohl lauschen, was sie von den anderen Wartenden über die Frau hören konnten.

»Heutzutage verhaften die Bullen wirklich wahllos. Warum diese Hebräuerin? Warum nicht diese vielen Zugezogenen? Die sollte man verhaften. Aber doch nicht die Friedler! Die hat doch nur gewissenhaft ihre Arbeit gemacht. Und dafür wird man schon eingesperrt? Das ist doch ein Witz, Helga. Da schuftet eine Frau ihr Leben lang, ist loyal ihrem Gewissen gegenüber, folgt ihren Chefs und jetzt ist sie die Gelackmeierte. Ich hab es schon mal gesagt, aber ich sage es noch mal: das ist eine bodenlose Frechheit. Ich will gar nicht wissen, wie viel Geld da geflossen ist, damit man anstatt der richtigen Verbrecher, die ja jetzt wieder wie Ungeziefer in unsere Gegenden strömen, arme Hebräuer verhaftet, die sich nichts zu Schulden haben kommen ließen. Bald ist es soweit und man darf gar nichts mehr! Nicht einmal seine eigene Meinung sagen darf man oder man wird verhaftet. Sieht man doch bei der Friedler!«

»Meinst du wirklich?«, fragte die Ehefrau.

»Wenn ich es dir sage. Der Abschaum ist wieder da und, genauso wie früher, übernimmt er jetzt die Macht hier. Anders ist es doch nicht zu erklären, dass guten Männer und Frauen reihenweise der Prozess gemacht wird. Hast doch vor ein paar Tagen selbst gesagt, dass du nicht fassen kannst, wie häufig diese Razzien überall in der Stadt geschehen. Und dann schießen die dreckigen Bullen auch noch direkt! Damit ihnen ja niemand entkommt. Je berühmter und wichtiger für unsere Sache du warst, umso schneller haben sie dir eine Kugel in den Rücken gejagt. Alles für ihre verdammten Quoten. Und wer hat das befohlen? Das Ungeziefer. Ganz klar!«

»Aber haben wir die nicht alle entsorgt? Wie viele können da noch übrig sein?«

»Zu viele«, sagten die anderen zwei Männer an der Ampel beinahe zeitgleich. Alle vier lachten, nur Esther und David verzogen keine Miene. Beide schauten über die anderen Wartenden hinweg und beobachteten, wie die Verhaftete aus ihrem Blickfeld gebracht wurde.

Dann sprang die Ampel auf grün und erlaubte es ihnen weiterzugehen. Esther gab David mit dem rechten Arm einen kleinen Stoß und nickte mit dem Kopf in Richtung der Ampel. Sie überquerten die Straße mit etwas Abstand zu den anderen, denen ebenfalls aufgefallen war, dass die Ampel umgeschaltet hatte.

»Und solchen Leuten willst du helfen«, flüsterte er ihr zu.

Kapitel 19 - Esther

Ich kann mir vorstellen, welche Gedanken in David herrschten, als wir an der Ampel standen. Wie es in ihm getobt haben musste. Am liebsten hätte er die Leute wohl noch vor Ort zur Rede gestellt und gejubelt, als die Polizisten die Schattenfrau erschossen. Das würde seinem Bild von Gerechtigkeit ähnlich sehen.

Mir erging es da anders: Mich schockierte dieser plötzliche Ausbruch an Gewalt. Auch wenn sich in mir eine Stimme regte, es sei richtig und gut gewesen, dass ein Schatten weniger auf dieser Erde war. Eine ruhige Stimme, die in einem giftigen Tonfall meine Aufmerksamkeit ergaunern wollte. Ich schluckte sie schnell herunter, da mir ihre gehässigen Worte unangebracht schienen, hatte doch ein Mensch vermutlich sein Leben gelassen.

David hingegen musste sich gefreut haben. Ich sah kein Lächeln in seinem Gesicht, auch seine Augen leuchteten nicht auf, aber seine Haltung wirkte weniger angespannt, als er hörte, dass die Frau ein Teil der Schatten war. Vielleicht bildete ich mir das aber auch nur ein. Selbst wenn es typisch für ihn und seine Sicht der Welt wäre.

Das ist sein Weg, mit den Erfahrungen umzugehen und die Dinge, die wir erlebten, für sich arbeiten zu lassen. Aber was ist mit mir? Was ist mein Pfad in dieser Welt und begehe ich ihn in meiner eigenen Geschwindigkeit oder werde ich unbewusst gelenkt? Hat er etwa recht mit seiner Frage gehabt? Will ich wirklich solche Menschen unterstützen?

Es stimmt, ich gefalle mir in der Rolle als Helferin. Es verschafft mir ein wohliges Gefühl, wenn andere Menschen, Dank meiner

Unterstützung, Besserung erfahren und fröhlicher werden. Ich mag es, wenn trübe Augen aufklaren und eine Freude zurückerlangen, die lange aus ihnen gewichen war. Deswegen eile ich nur zu gerne, sobald ich etwas beitragen kann, um genau diesen Zustand hervorzurufen.

Vielleicht ist daran mein Optimismus schuld. Ich glaube einfach, dass glückliche Menschen weniger dazu neigen, sich schlecht zu verhalten, weil ihnen ihr positives Inneres eine Form von Ausgeglichenheit gibt. Wer von Ärger und Leid gequält wurde, ist sicher eher bereit, auf einen Menschen zu treten, der auf dem Boden liegt — eine Form von Aggressionsventil. Wer aber Frieden gefunden hat, wird, so hoffe ich, eher versuchen, den Menschen aufzurichten. Zumindest wird er zögern, ihm noch weiteren Schaden zuzufügen. Das wäre schon etwas.

Möglicherweise ist es aber auch nicht der Optimismus, sondern ein Gefühl von Naivität, das mich dazu verführt, Menschen unter die Arme greifen zu wollen. Unabhängig von ihrer Herkunft, ihren Ansichten und ihrer Sprache. Jeder Mensch verdient Hilfe in Lagen der Not, so naiv es auch klingen mag. Sehe ich Leid, ist es mir gleichgültig, wer die Person ist, wer sie war und wohin sie noch gehen wird. Das war schon immer so. Ich sehe den Menschen vor mir, nicht die Zahl seiner Entscheidungen und Äußerungen. Ist das falsch?

David würde das bejahen. Wenn es nach ihm ginge, müsste man zuerst alle Menschen verhören, bevor man ihnen Erlösung verschafft. Sonst könnte es doch sein, man würde das Böse wieder zu Kräften bringen. Eine Gedankenkette, die ich zwar verstehen, aber nicht nachempfinden kann. Ich helfe — und zwar jedem.

Gleichzeitig frage ich mich: Ist meine Gutmütigkeit wirklich so grenzenlos, dass ich ohne zu zweifeln auch diesen Leuten beistehen würde, die an der Ampel mit uns warteten und sich das Maul über uns zerrissen? Oder anderen Hebräuern, die vielleicht ähnlich dachten, aber sich nicht trauten, offen dazu zu stehen?

Es sind Fragen, zu denen es keine richtige Antwort geben kann, kein kategorisches "Ja" oder "Nein". Man müsste von Fall zu Fall unterscheiden. Eine klare Antwort zu geben, hieße automatisch von Einzelfällen auf eine ganze Gruppe zu schließen und genau das ist jene verwerfliche Tat, die uns überhaupt erst zur Zielscheibe machte. Man hat dabei wissentlich ignoriert, dass Menschen-Puzzle aus vielen hunderten Einzelteilen bestehen, die sich bei jedem von uns individuell zusammensetzen und verallgemeinert stattdessen lieber. Schubladendenken.

Dabei ist doch eines sicher: Menschen passen nicht in einzelne Boxen. Ihre Seele ist zu groß und in zu viele unterschiedliche Richtungen ausgebreitet, als dass man sie in eine Schublade sperren könnte. Auch wenn Gesellschaften es seit Jahrhunderten versuchen, ist es noch nicht gelungen, eine zu bauen, die groß genug wäre, um die Vielfältigkeit eines Menschen darin zu halten. Aber ich verstehe den Impuls. Es ist einfacher, wenn man sich einredet, dass alle Menschen gleich wären und man sie kategorisieren kann, als seien sie nur Namen auf Akten, die man alphabetisch ordnet. Vielleicht steckt dahinter wirklich der harmlose Wunsch, die Welt zu verstehen und sie ordnen zu können.

In Hebräu, in diesem Land, ebenso wie an so vielen Orten in der Geschichte, trug dies aber gefährliche Früchte: Anstatt zu sehen, dass Menschen eher einem Busch ähneln, deren Eigenschaften in den einzelnen Blättern, Zweigen, Wurzeln und Früchten zu sehen sind, hält man sie für ein simples Stück Holz. Artenvielfalt interessiert nicht: alles wertlose Hölzer, egal welcher Herkunft sie sind, sobald sie eine bestimmte Form oder

Farbe haben. Solche Verallgemeinerungen sind es, die David, mich und so viele andere Menschen an die Grenzen der Existenz trieben.

Da kann ich mich doch unmöglich einreihen und ebenfalls anfangen, Kisten zu bauen, in die ich alle Menschen Hebräus oder dieses Landes verfrachte. Die Menschen an der Ampel waren fürchterliche Exemplare und ihre Worte, insbesondere da sie auch mit einem Lachen gesprochen wurden, brannten sich in mein Herz. Aber damit alle Hebräuer abzutun, erscheint mir nicht richtig. Ich kann nicht andere Menschen dafür bestrafen — unterlassene Hilfe käme einer Bestrafung gleich — nur, weil sich einige Leute furchtbar verhielten. Zumal es durchaus das Potenzial gibt, angerichtetes Unrecht als solches auch zu erkennen und sich gegen ein Fortschreiten zu entscheiden. Einfach auf die gute Seite zurückkehren, meine ich.

Das gilt für alle, sogar für Menschen wie Jaffke.

Kapitel 20 - Die Annäherung

Man könnte meinen, der Hausflur sei schon zu einem erweiterten Zuhause geworden, dachte Esther, als sie erneut vor Jaffkes Tür stand. Sie zögerte, ob sie klopfen sollte. Nicht etwa, weil sie befürchtete, ob er daheim sein und schlafen könnte, sondern weil sich ihr Innerstes sträubte, ihm einen Gefallen zu tun. In ihrer Hand befand sich eine kleine Schachtel mit Tabletten.

David war dagegen. Keinen Zentimeter an Entgegenkommen forderte er von ihr, auch wenn er wusste, dass er sie nicht hätte abhalten können. Dennoch machte er deutlich, wie wenig er davon hielt, dass sie Jaffke helfen wollte. Hätte er gewusst, dass sie sogar auf den unverschämten Wunsch eingehen würde, hätte er ihr gar nicht erst von Jaffkes Bitte erzählt, sagte er ihr bitterernst.

Sie war zuerst ungläubig, dass Jaffke sie überhaupt um etwas bitten würde und dann auch noch um Diebstahl. Im Grunde also um etwas, was er von ihr und David sowieso erwartete und was zu seinem Repertoire an Vorurteilen gehörte. Vielleicht hatte er sie auch nur deswegen gefragt. Aber wenn es um sein eigenes Wohl ging, interessierte er sich wohl nicht für Recht und Ordnung.

Sie haderte lange mit sich, ob sie helfen sollte oder nicht. Es vergingen einige Tage, in denen sie im Krankenhaus immer wieder diese Schachtel mit den Tabletten sah, sogar den Impuls verspürte, sie zügig einzustecken. Andere Male dachte sie, dass sie verrückt sein müsse, ihre neue Arbeitsstelle, die sie gerade erst antrat, zu riskieren und das ausgerechnet für einen Mann wie Jaffke. Aber dann erschienen ihr bereits die Erinnerungen, wie Jaffke auf dem Boden im Hausflur lag und sie Zeuge war, wie der Schmerz in sein Bein zog. Ihr Gehirn war ein perfides Instrument, das die Waage halten wollte zwischen der Ablehnung von Jaffkes Verhalten, dem Gefühl, er habe diese Tortur verdient, und gleichzeitigem Mitleid, dass kein Mensch so leiden sollte.

Es fühlte sich an, als wären da zwei Mächte mit Seilen an ihren Armen und sie zogen immer kräftiger auf jeder Seite. Es hätte sie mit Sicherheit zerrissen, wenn sie sich nicht entschieden hätte: Sie war gerade im Zimmer eines Patienten, als sie den Arzt, den sie begleitete, mit zurückhaltender Stimme, die beschämt wirken musste, bat, ihr zu erklären, wie es zu Phantomschmerzen käme. Der Arzt verstand die Frage nicht, da der Patient im Raum keinerlei dieser Symptome hatte, aber als Esther erzählte, dass sie wegen ihres Nachbarn fragte, zeigte sich der Arzt auskunftswillig:

Es ginge wohl darum, dass der Körper stets annimmt oder annehmen möchte, dass er noch völlig intakt sei. Als gäbe es ein körpereigenes Gedächtnis, das sich nur auf die eigenen Körperfunktionen bezieht. So bildet man sich ein, dass zum Beispiel ein Bein schmerzt, auch wenn es längst amputiert ist. Andere Leiden kommen auch durch "Stumpfschmerzen" zustande, weil sich Blut sammelt und nicht vernünftig fließt, sodass Verstopfungen auftreten, die Stiche verursachen können. Esther war überrascht über diese Antwort und hätte gerne mehr erfahren, verstand aber, als der Arzt sie darauf hinwies, dass noch weitere Patienten warten würden. Esther erkundigte sich nur noch, welche Möglichkeiten der Hilfe es geben könnte.

»Schmerzmittel. Man kann es auch mit Massagen probieren, aber das halte ich für wenig sinnvoll, weil das Leiden beim Phantomschmerz im Hirn erzeugt wird und keine körperliche Ursache hat. Hypnose könnte auch wirken, um klarzumachen, dass das andere Bein Ihres Nachbarn nicht mehr da ist, aber auch das ist eher wenig hilfreich. Daher helfen nur Schmerzmittel, die genau die Areale im Gehirn blockieren, die Rezeptoren belegen und verhindern, dass ein Schmerzreiz und eine darauf entsprechende Reaktion ausgelöst wird«, antwortete er.

Esther beließ es dabei und fragte nicht weiter nach. Sie wollte keinen Verdacht darauf lenken, was sie im Schilde führte. Gleichermaßen wurde ihre Entscheidung, Jaffke zu helfen, durch das Gespräch mit dem Arzt noch bestärkt. Die Vorstellung, dass nichts anderes außer Schmerzmittel helfen würde, ließ eine Welle des Mitgefühls durch ihr Inneres treiben.

Sie musste die Tabletten stehlen, wenn sie wollte, dass es Jaffke besser ginge. Sie rechtfertige es vor sich selbst, dass er es bereits probierte, aber abgelehnt wurde, und wenn man ehrlich war, hatte man sowohl als Krankenschwester als auch als Arzt die Verpflichtung, Menschen von ihren Problemen zu erlösen. Ob das nun in einem Krankenhaus geschah oder außerhalb. Menschen in Not musste man zur Hilfe eilen.

Sie klopfte mit der Hand, in der die Tabletten waren, an die Tür. Es raschelte im Inneren, als würden die kleinen Pillen gegeneinander fliegen. Ein lautes "Was?" ertönte von Jaffkes Wohnung.

»Esther — von nebenan.«

Dann fasste sie sich an den Kopf und schüttelte selbigen. Natürlich von nebenan! Wie viele Esthers wird es wohl in seinem Leben geben, die im selben Haus wohnen und jetzt bei ihm vor der Tür stehen können?

»Moment!«, hörte sie ihn rufen. Dann war da erneut das Geräusch der Gehhilfen, das sich der Tür näherte.

Zumindest kein direktes Anschreien, bisher auch noch keine Flüche oder Beschimpfungen, stellte Esther überrascht fest. Sie spürte den Drang, sich zu vergewissern, ob sie sich vor der richtigen Wohnung befand, als die Tür geöffnet wurde und Jaffke vor ihr stand. Seine Gesichtszüge waren weniger angespannt, die Augen nicht hasserfüllt zugekniffen. Auch seine Körperhaltung war eher nach vorne gebeugt als kerzengerade.

»Medikamente?«, fragte Jaffke. Anstatt lange um den heißen Brei herumzureden, hatte er ihn direkt gelöffelt und inhaliert. Er musste das Geklapper der Pillen durch das Holz gehört haben.

»Nennen Sie mir erst einen Grund, warum Sie die bekommen sollten«, versuchte Esther ihn in eine Ecke zu drängen und sich selbst einen Ausweg zu schaffen, ihm die Schmerzmittel nicht geben zu müssen. Der Kampf in ihr war wohl doch noch nicht entschieden. Der Wunsch, ihm zu helfen, lag weiterhin im Clinch mit den Erfahrungen, die sie mit Jaffke in diesem Hausflur machte.

»Ich könnte sie mir auch einfach nehmen, weißt du?«

Er schaute selbstsicher auf sie herab.

»Ich könnte sie auch einfach die Treppen hinunterwerfen. Wir wissen ja, wer die besseren Chancen hätte, sie rechtzeitig zu erreichen«, antwortete sie und blickte auf sein Bein.

»Volltreffer.« Er nickte anerkennend. »Es gibt keinen Grund, den ich dir nennen könnte. Entweder du gibst mir die Pillen oder nicht. Es wird dir sicher gleichgültig sein, was für Schmerzen ich habe. Ihr denkt doch eh zuerst an euch.«

»Immer diese Unwahrheiten und Unterstellungen. Ich habe die Medikamente immerhin besorgt; das sollte meinen guten Willen zeigen. Von Ihnen erwarte ich jetzt ein Entgegenkommen in einer Form, die mich glauben lässt, dass es richtig war, mich für Sie einzusetzen. Und meine Arbeit zu riskieren.«

»Du hast aber nicht dieses elende Pervitin besorgt, oder? Das haben sie uns schon in der Armee immer gegeben, wenn wir durchhalten sollten. Es seien Wachmacher, hieß es, aber keiner hat uns gesagt, dass man davon für mehrere Stunden hellwach wird, nur um danach in ein Loch zu fallen und sich vor Müdigkeit nicht mehr rühren zu können. Ein Teufelszeug. Einmal habe ich es von einem Kameraden probiert, als wir in einem der Gräben die Nachtwache hatten. Erst am nächsten Tag bekam ich meine Augen wieder zu und hatte das Gefühl, selbst mit einer Woche Schlaf nicht auszukommen. Ich kenne viele, die abhängig davon wurden und es jeden Tag einnehmen wollten. Die kleine Dose war auch schnell geöffnet, konnte überall verstaut werden. Kaum wurdest du müde, hast du dir eine kleine Tablette gegönnt und warst aufgeheizt für die nächsten Stunden. Schmerzen waren wie vergessen. Aber wehe deine Dose war nach mehreren Tagen aufgebraucht. Dann brauchtest du Nachschub. Dringend. Leute wurden aggressiv und konnten sich kaum zurückhalten, die Dosen ihrer Kameraden zu stehlen. Ich sah das und war sicher, dass ich diesem Teufel auf keinen Fall anheimfallen werde. Daher verschwinde sofort mit dem Zeug, wenn es Pervitin ist.«

»Ist es nicht. Das klingt auch nicht wie ein Schmerzmittel, sondern wie eine Droge, die keinen Sinn in einem Krankenhaus hätte. Dort sollen die Patienten schlafen, um sich zu erholen. Eukodal habe ich dabei. Es soll die Bereiche ihres Gehirns blockieren, die diese Schmerzsignale aussenden.«

»Aber das wird meinen Schädel nicht zu Brei machen, oder?«

»Es wird Ihnen helfen. Um die Festigkeit ihres Hirns haben Sie sich früher auch nicht gesorgt, als Sie alle diese Lügen aufgesogen und nicht hinterfragt haben.«

»Bisher bestätigt sich alles, was ich hörte.«

Esther schüttelte ungläubig mit dem Kopf. Diesem Mann war nicht mehr zu helfen. Völlig verbohrt. Er hatte immer brav die Suppenkellen mit Unwahrheiten in sich hineingestopft. Nie hatte er sich Gedanken darüber gemacht, ob das, was er da mitbekam, wahr sein kann oder ob man aus ihm eine Marionette für größere Zwecke machen wollte.

»Ich gebe Ihnen die Schmerzmittel.«

»Darauf habe ich gesetzt«, antwortete Jaffke.

»Unter einer Bedingung.«

»Natürlich, das war zu erwarten! Ohne Gegenleistung könnt ihr Bande nichts tun. Alles muss man euch mit gleichem Wert zurückzahlen, sicher noch mit Zinsen!«, regte er sich auf.

»Seien Sie still und hören Sie zu.«

»Soweit kommt es noch, dass ich …«

»Ruhe!«, unterbrach Esther ihn bestimmt. »Sie bekommen die Schmerzmittel dieses eine Mal, wenn Sie mir drei Dinge erzählen: warum Sie sich entschieden haben, in den Krieg zu ziehen, welche Urteile, die Sie über uns gefällt haben, auf Tatsachen beruhen und wer Ihnen das alles erzählte. Sie reden, dann bekommen Sie die Tabletten.«

»Erst die Tabletten.«

»Nein.«

»Warum interessiert dich das? Was kümmert dich meine Vergangenheit?«

»Lassen Sie das meine Sorge sein, Jaffke«, antwortete sie.

Jaffke überlegte, während er gierig auf die Tabletten starrte. Esther wartete auf eine Reaktion.

»Ein Kompromiss um das Ganze abzukürzen«, begann er. »Du gibst mir eine Pille und ich erzähle. Ich spüre, wie mein Bein vom Stehen langsam wieder zu stechen beginnt, also kann ich die Wirkung ausprobieren. Sollte sich keine Besserung einstellen, werde ich aufhören zu erzählen und dich als Betrügerin rauswerfen.«

»Einverstanden«, sagte sie, so ruhig sie konnte. Innerlich brodelte es in ihr, weil sie einen kleinen Sieg über ihn errungen hatte. Dieses Mal war es nicht sie, die den Rückzug antrat und das machen musste, was Jaffke ihr durch aggressives Verhalten aufzwang. Sie setzte sich durch. Sogar von einem Kompromiss sprach er!

Ihr Herz klopfte schneller. Das durfte sie ihm keinesfalls zeigen; er musste weiterhin das Gefühl haben, er würde die Kontrolle besitzen. Esther wusste, dass die Tabletten wirken, immerhin entnahm sie kleinen runden Pillen dem Medikamentenschrank eines Krankenhauses. Da gab es keinen Platz für Humbug und nutzlose Mittelchen.

Esther öffnete die Eukodal-Schachtel mit ihrer linken Hand und nahm eine Tablette heraus. Jaffke ließ diesen kreisrunden Fleck in ihrer Hand nicht aus den Augen, als sie die Schachtel in ihre Hosentasche wandern ließ. Dann streckte sie ihre Hand aus.

»Wir haben eine Vereinbarung?«, fragte sie, während sie die Pille zwischen den Zeigefinger und Daumen hielt. Die andere Hand streckte sie aus und wartete darauf, dass er sie ergriff. Jaffke schlug ohne Zögern ein und nickte. Dann ließ Esther die Pille in seine Hand fallen. Mit einer abrupten Bewegung fing er den knopfgroßen Krümel, warf ihn sich in den Mund, kaute kurz und schluckte die zerkleinerten Reste mit einem Gurgeln herunter.

Jaffke blieb einen Augenblick ruhig und schloss die Augen. Als würde er spüren wollen, wie sich die Pille in seinem Magen in ihre Einzelteile zerlegte, von der Säure noch weiter zersetzt wurde, in seinen inneren Kreislauf über ginge und die Wirkung einsetzte. Doch es tat sich nichts. Zumindest machte er keine Anstalten, dass die Tablette bereits eine Besserung hervorrufen würde.

Dann öffnete er wieder die Augen. »Dass die Wirkung von solchen Mittelchen nie direkt einsetzen kann.«

Er drehte sich um, kehrte Esther den Rücken zu und

marschierte von der Haustür wieder zu seinem Sessel, um sich zu setzen. Sie sah ihm nach, machte mit ihrem rechten Fuß einen kleinen Schritt nach vorne und zögerte. Sollte sie nun hinterhergehen? Wollte Jaffke die Tür zuschlagen und hatte es nur vergessen, weil ihn die Pille berauschte? Sie selbst hatte derartige Schmerzmittel noch nie genommen und konnte ihre Wirkung daher nicht nachfühlen. Selbst wenn sie Erfahrung gehabt hätte, wäre der Effekt einer Tablette bei ihr sicher anders gewesen als bei Jaffke, der fast zwei Köpfe größer und gut fünfzig Kilogramm schwerer war.

»Willst du die Antworten jetzt hören oder nicht?«, rief er ihr ungeduldig entgegen.

Sie wurde aus ihrer Wartestellung gerissen, schüttelte kurz den Kopf, als würde sie sich von den selbst gestellten Fragen befreien wollen, und ging hinein. Die Tür fiel nach einem kurzen Antippen ihrerseits ins Schloss. Jaffke blickte zu ihr.

»Willst du an der Tür stehen bleiben? Vor ein paar Tagen warst du nicht so schüchtern, als du hier reingestürmt bist. Also los, nimm dir einen Stuhl aus der Küche und setz dich hin. Oder bleib stehen, ist mir egal. Ich werde die Geschichte nur einmal erzählen und dann habe ich meinen Teil der Abmachung erfüllt, verstanden?«

Esther schaute sich kurz um, wo sich die Küche befand, aber da die Wohnung kaum anders aufgebaut war als ihre eigene, fand sie sich schnell zurecht. Nach einigen Sekunden kam sie mit einem braunen Stuhl mit gleichfarbigem Polster in das Zimmer, in dem Jaffke saß und erneut die Augen geschlossen hatte.

»Vielleicht bilde ich es mir nur ein, aber die Tablette könnte langsam zu wirken anfangen«, sagte Jaffke kurz, nachdem Esther ihren Stuhl ungefähr zwei Meter vor dem Sessel aufgestellt hatte. Die Krücken waren nur 1,30m lang, wie sie vermutete. Sie sollte also vor eventuellen Ausreißern an seiner

Benehmensfront sicher sein.

»Schön für Sie. Dann sehen Sie ja, dass ich Ihnen keine Halsbonbons gab.«

»Scheint wohl so. Bin selbst überrascht. Vielleicht seid ihr doch zu etwas zu gebrauchen.«

»Vielleicht sind "wir"«, sie machte die Anführungsstriche mit ihren Fingern, sodass Jaffke, der die Augen öffnete, als sie zu antworten begann, es genau sehen konnte, »einfach nicht alle gleich. Als wäre jeder von "uns" Teil einer Masse, ohne jeden Funken Individualität.« Sie spürte, wie diese haltlose und oft benutzte Verallgemeinerung sie wütend machte.

»Oh, Frau Professorin! Komm' runter von deinem hohen Ross. "Wir"«, dieses Mal machte Jaffke die Anführungszeichen, »haben wohl gezeigt, wer über wem steht«, sagte Jaffke und grinste ihr provokant entgegen.

»Ihr habt gezeigt, wie man als Massenmörder in die Geschichte eingeht. Wie Menschen sich selbst unter die Stufe von Tieren begeben, nur um ihren verzweifelten, wertlosen und verwirkten Leben einen Sinn zu geben. Und wie man einen Krieg erbärmlich verliert, um nun, wie kleine Streuner, an die Leine genommen zu werden. Durchspülen wird man euch, damit der Dreck, den ihr in eure Hirne gestopft habt, um überhaupt etwas darin zu haben, entfernt wird. Zur Rechenschaft wird man euch ziehen, vor die Gerichte schleifen, euch Feiglingen den Prozess machen und euch für das bestrafen, was ihr aus blindem Hass und größter Dummheit getan habt. Das ist die Pille, die jetzt auf euch wartet, und ich hoffe, dass sie in ihrer Wirkung nie nachlassen wird!«, redete sie sich in Rage. Ihre Atmung hatte sich während der Ansprache beschleunigt. Ihr Gesicht nahm eine rötliche Färbung an, die Fingerkuppen ihrer beiden Hände waren blutleer und weiß.

Jaffke starrte sie mit großen Augen an. Offenkundig unfähig, etwas auf das Gesagte zu erwidern.

»Ach, und ich werde nicht zum Medikamentenkurier für Sie. Eine einzige Packung. Mehr nicht. Seien Sie sparsam damit«, fügte sie hinzu. »Und jetzt fangen Sie endlich an zu erzählen, damit ich Ihnen die restlichen Tabletten geben und gehen kann.«

»Schon gut, schon gut. Hör auf, dich hier aufzuspielen. Ist mir auch lieber, wenn ich meine Ruhe habe. Hauptsache du gibst mir die anderen Pillen. Ich brauche sie — dringend. Also sag noch einmal: was wolltest du wissen?«

»Warum Sie in den Krieg gezogen sind, welche Dinge, die Sie über "uns" zu wissen glauben, auf wirklichen Tatsachen beruhen und woher Sie die Lügen bezogen haben«, antwortete sie, nachdem sie mit den Augen gerollt hatte. Er wusste genau, was sie wollte. Es ging ihm doch nur darum, die Antworten noch einmal herauszuzögern, dachte sie sich.

»Also schön. Für die Pillen: Ich bin der Armee beigetreten. Freiwillig, weil ich für mein Land kämpfen wollte. Es verteidigen. Es gab keine Alternative. Das Land brauchte Männer, die ohne Angst, dafür aber mit voller Überzeugung antraten, um unser Fortbestehen zu sichern.«

»Das jedoch nie bedroht war.«

»Wenn sich mehrere Nationen zusammentun, um deine Existenz zu vernichten, dann ist da sehr wohl eine Bedrohung.«

»Sie irren sich, Jaffke. Es war kein Verteidigungskrieg, in den man Sie geschickt hat. Es war ein Angriffskrieg und die anderen Länder haben versucht, den Frieden zu verteidigen, bevor euer Wahn die ganze Welt in den Abgrund reißt. Falls das nicht sowieso bereits geschah.«

»Ansichtssache. Wir fühlten uns bedroht und daher musste ich eingreifen. Wie meine Mutter immer sagte: an erster Stelle steht das Land; ehre es und es wird dich ehren. Sie hat diesen Satz so oft gesagt, dass ich schon anhand ihres Gesichtsausdrucks sehen konnte, wenn er bevorstand. Ehre es und es wird dich ehren. Mein Vater konnte davon ebenfalls ein Lied singen. Auch er wusste jedes Mal, wenn Mutter zur großen Rede ansetzte. Er versuchte sie dann immer zu stoppen, weil es ihm wie eine Schallplatte vorkam, die man zu oft gehört hatte. Sie nannte ihn nur einen Feigling, weil er sich weigerte, den Schritt zu gehen, den sie an seiner Stelle ergriffen hätte. Mich nannte sie nie so, nachdem ich ihr gesagt hatte, ich würde ihrem Wunsch folgen und in die Armee gehen. Sie war voller Stolz. Mein Vater war vehement dagegen. Er hoffte, ich würde ebenfalls Fabrikarbeiter werden. Aber das war nichts für mich. Langweilige Arbeit ohne jede Ehre. Nein! Die Anerkennung, die mir meine Mutter allein schon deswegen gab, dass ich mich für unser Land einsetzte, reichte mir als Vorgeschmack, um keine Zweifel daran zu hegen, dass ich im Krieg für unsere Heimat kämpfen muss. Denn ohne Heimat sind wir nichts.«

»"Ehre es und es wird dich ehren", als Motto. Wenn ich mich hier so umsehe, stellt sich mir die Frage: wie hat man Sie geehrt?«, fragte sie und blickte ihm direkt in die Augen.

Jaffke wirkte überrascht über diese Frage. Er schaute auf sein Bein und dann um sich herum. Eine kleine 1,5-Zimmer-Wohnung ohne jeden Prunk. Rustikales Mobiliar verkörperte das Innere des Bewohners; alles war funktionell, nichts dekorativ. Für Schönes gab es keinen Platz in dieser Wohnung. Es musste einen Zweck erfüllen und dabei war es nicht von Bedeutung, ob Farben zueinander passten oder ein gutes Wohngefühl vermittelten. Der Lack war an manchen der Schränke abgesplittert, der graue Teppich hatte einige Flecke. Die Fenster, die kaum eine bessere Sicht nach draußen ermöglichten als die in Esthers und Davids Wohnung, waren mit grau-braunen Schlieren überzogen. Die Sicht zur Welt war trüb und man konnte die Wirklichkeit dahinter mehr erahnen als sehen.

»Die Menschen nicken mir anerkennend zu, wenn sie mich sehen. Sie wissen, dass ich für ihr Wohl und ihre Freiheit kämpfte«, brachte Jaffke nach langem Zögern schließlich hervor.

»Sind Sie sich da sicher? Vielleicht blickt man sie auch nur von oben bis unten an, verharrt auf ihrem rechten Bein, sucht auf und ab nach dem Fleisch, das sie auf dem Schlachtfeld ließen.«

Jaffke schüttelte den Kopf. »Unsinn! Aber selbst wenn dem so wäre, stünde meine Familie, vor allem meine Mutter, hinter mir und würde mich dafür hochleben lassen, was ich für dieses Land tat. Sie weiß es zu schätzen, dass ich mich für die Partei eingesetzt habe und für das mein Bein gab, woran wir beide glaubten.«

»Sie beide oder vielleicht doch nur ihre Mutter?«

»Wir beide.«

»Wo ist sie denn, ihre Mutter? Ich sehe sie nicht. Wenn sie so große Stücke auf Sie und Ihre Leistung hält«, sagte Esther und blickte sich in einer Form um, als würde sie aktiv nach ihr suchen.

»Weil sie nicht mehr existiert. Mein Vater hat sich das Leben genommen, als ich kaum einen Monat aus dem Haus und in der Armee war. Er ertrug es nicht, wie sich die Welt veränderte und wie meine Mutter nur noch vom Krieg und der Partei sprach. Sie selbst wurde durch Fliegerbomben aus dem Leben gerissen. Vermutlich zu der Zeit, als man mir das Bein abnahm. Geschwister hatte ich keine und auch sonst war meine Familie zu dünn besiedelt, um jetzt noch Verwandte zu besitzen. Aber streue ruhig Salz in meine Wunden.«

»Wie hätte ich das ahnen sollen? Ich glaube aber, so wie es sich anhört, sind Sie nicht in den Krieg gezogen, weil Sie von den politischen Zielen überzeugt waren, die man Ihnen vorgab. Sie zogen aus, weil Sie Ihrer Mutter etwas beweisen wollten. War sie es vielleicht, die Ihnen den Floh ins Ohr setzte, sich aufopfern zu müssen?«

»Sie war überzeugter als ich, keine Frage. Aber das bedeutet nicht, dass mir die Überzeugung fehlte.«

»Das sicher nicht, aber so häufig wie sie Ihre Mutter erwähnen, liegt die Vermutung nahe, dass sie besonders stolz auf Sie gewesen wäre. Also ist sie sicher auch die treibende Kraft gewesen, dass Sie sich für eine Sache verpflichten, hinter der Sie nicht so sehr wie ihre Mutter standen. Immerhin nutzten Sie nur zu Beginn das Wort "ich" als Sie begründeten, warum Sie in den Krieg zogen. Danach gaben Sie nur Erwartungshaltungen anderer wieder. Außerdem zögern Sie, ihre Vorurteile gegenüber uns zu benennen und an der Realität zu belegen.«

»Ich zögere nicht. Ich kam nur nicht dazu, weil mich deine Nachfragen zwingen, bei einem anderen Thema zu bleiben. Selbst wenn du wieder Anstoß daran finden wirst, aber auch hier hat meine Mutter die führende Hand. Von klein auf hat sie mir immer wieder alles über dich und deine Sippschaft erzählt. Rückwirkend könnte man fast von einem täglichen Ritual sprechen, selbst wenn es sicher weniger häufig war. Aber jedes Mal, wenn ein Artikel über euch in der Zeitung war, wir Reden im Radio hörten oder uns über Nachbarn Geschichten zu Ohren kamen, nahm sie mich beiseite und sprach über euch. Als dann die Partei erstarkte und genau das vertrat, was meine Mutter immer sagte, war es völlig um sie und um uns geschehen. Wir beide sahen uns ernst genommen, fühlten unsere Ansichten über die Welt bestätigt.«

»Und was waren das für Ansichten und Weisheiten, die Ihre Mutter Ihnen beigebracht hat?« So sehr sie diese Details aus ihm herauslocken wollte, so sehr begann die Vorstellung der

Mutter und ihre häufige Erwähnung einen Nerv bei ihr zu treffen.

»Sie sprach davon, dass ihr Diebe seid. Wie ekelerregende, Krankheiten bringende Ratten würdet ihr alles stehlen, was nicht fest angeschraubt ist. Noch dazu seid ihr hinterlistig, wollt den Menschen ihr ganzes Hab und Gut abnehmen, damit ihr euch bereichern und auf uns herunterschauen könnt. Und wenn ihr nicht bekommt, was ihr euch erhofft, wendet ihr miese Tricks an. Bringt zur Not auch jemanden um. Ihr habt nicht einmal Skrupel bei kleinen Kindern, die ihr schon früh für eure Zwecke einspannt, um sie auf eure Seite zu ziehen. Damit ihr eine ganze Armee von Ratten heranzüchten könnt, die das Land in den Würgegriff nehmen, und Menschen, die hier seit Jahrzehnten lebten und hier geboren sind, versklaven«, sprach Jaffke in einem Tonfall, der immer mehr Aggressivität durchblicken ließ. Es war, als würden die Worte in ihm arbeiten und Galle produzieren, die ihm nun hoch im Rachen stand.

Esther dachte einen Moment über das Gesagte nach. Ihr waren diese Vorwürfe vertrauter als so manche Familienmitglieder. Sie waren schon seit so vielen Jahren ihr Begleiter. Wie einen ungeliebten Nachbarn, dem man immer dann begegnet, wenn man es am wenigsten erwartete, traf sie auf diese Vorurteile und musste sich mit ihnen beschäftigen. Selten setzte sich die Situation fort, nachdem man sie mit diesen Äußerungen verunglimpft hatte. Meist endete das Gespräch damit, da entweder sie oder ihr Gegenüber von dannen zog, um nicht mehr länger in Kontakt zu stehen. Dies war mit Jaffke nicht möglich. Nicht umsonst hatte sie von ihm diese Offenheit verlangt, sie konnte unmöglich nun das Weite suchen als Resultat ihrer eigenen Überforderung.

»Also hat uns Ihre Mutter als Schatten beschrieben?«, erwiderte sie nach einigem Nachdenken.

»Das war klar«, brauste er weiter. »Davor warnte sie auch immer. Ihr habt geschickte Zungen und wisst, wie ihr euch aus jeder Situation herausreden könnt. Euch würde es sogar gelingen, den Kopf aus einer Schlinge zu reden, indem die Seile von selbst von eurem Hals springen!«

»Aber ist es nicht so? Die Eigenschaften, die wir, gemäß Ihrer Mutter, besitzen, passen zu jeder einzelnen Schattentat.«

»Es geht nicht um die Partei, sondern um euch! Wenn dein Plan war, alle Anschuldigungen von dir zu weisen, indem du sie auf andere Gruppen beziehst, können wir das Gespräch auch beenden!«

»Jaffke, hören Sie mir zu, anstatt sich darüber Gedanken zu machen, ob ich einen Plan hatte oder nicht. Ziehen wir doch einmal die Vergleiche: Angeblich stehlen wir. Was haben die Schatten gemacht? Uns alle Besitztümer genommen, unser Hab und Gut für eigene Zwecke eingezogen und uns eingesperrt, wo sie uns mehr nahmen, als man hektisch mit den Händen greifen konnte. Da unterscheidet sich die schattige Realität also nicht von den Gerüchten über uns. Noch dazu brachten sie viele Menschen um und verführten die Jugend mit ihren Lügen, damit auch sie hassten. Wie man an Ihnen sieht.«

»Mich hat noch nie jemand verführt!«

»Das ist schade für Sie«, scherzte sie, was Jaffke verwirrt aufnahm, »aber Ihre Mutter hat Ihnen die Flöhe der Abneigung uns gegenüber ins Ohr gesetzt und dort vermehrten sie sich bis zu diesem Gespräch. Daher hören Sie zu! Bisher trafen drei der Vorwürfe auf die Schattenmänner und -frauen zu. Und auch die Versklavung von Menschen ist wohl eher ihre Expertise gewesen oder hat Sie jemand gezwungen, Ambosse von einem zum anderen Ort zu bringen, nur um sie dann wieder zurückzutragen? Oder zwanzig Stunden am Tag mit anderen niedersten Arbeiten zu verbringen, die nur dazu dienten, Sie zu brechen? Ich denke nicht, Jaffke! Sie lebten frei. Wie die Made im Speck konnten Sie sich suhlen und waren verschont von den Dingen, die man mit uns machte. Ich hätte Sie Ihnen auch nicht gewünscht. Das würde ich nie, aber ich verlange eines von Ihnen Jaffke.«

»Ach, jetzt verlangst du noch mehr? Ich habe deine Bedingung bereits in die Tat umgesetzt!«

»Ich fordere, Jaffke, dass Sie ehrlich die Frage beantworten, ob ich nicht Recht habe. Haben nicht die Schatten die Dinge getan, die Ihre Mutter uns vorwarf und uns deswegen zu schlechten Menschen erklärte?«

Jaffke wusste offenkundig keine Antwort darauf. Seine Augen suchten die Lösung im Raum und schienen eine Zeit zu brauchen, bis sie überhaupt einige Teilkonstrukte gefunden haben. Er setzte immer wieder mal an, öffnete den Mund und wirkte, als würde er etwas sagen wollen und können, aber schloss ihn dann, um seine Worte neu zu ordnen.

»Die Partei tat, was sie tun musste. Sie mag die Dinge, die man euch vorwarf, getan haben, aber das geschah lediglich in dem Versuch, Feuer mit Feuer zu bekämpfen! Ihr habt mit euren Taten eine Reaktion provoziert und euch wurden die Grenzen aufgezeigt«, sagte er und nickte kurz, als sei er mit sich selbst zufrieden.

»Bloße Anwesenheit ist noch keine Tat. Erst recht kein Verbrechen. Wir lebten unter euch, wir waren Teil eurer Schulen, eurer Arbeitsplätze, Klubs und Vereine. Wir standen hinter und vor euch beim Einkaufen, saßen neben euch beim Arzt, waren unter euch, wenn es Anlässe zum Feiern oder Trauern gab. Wir waren ein Teil eurer Gesellschaft. Das alleine war bereits der Grund, die Verbrechen an uns zu verüben und uns dann eben jener zu beschuldigen, um zu rechtfertigen, noch verstärkter gegen uns vorgehen zu können. Wenn Sie mich fragen, klingt eher das nach schlechten Menschen. Schuld am Mord hat doch der Jäger dafür, den Abzug gedrückt zu haben und nicht das Reh, auf das gezielt wurde!«

Jaffkes Stirn legte sich in Falten, als hätte sie etwas gesagt, das er erst einmal verarbeiten müsste. Möglicherweise hatte ihm noch nie jemand die Verhältnisse derart erklärt und seine schiefe Sicht auf die Welt etwas begradigt. Sie unterfütterte die fehlende Balance und stellte so ein Gleichgewicht her. Zumindest war das ihr Wunsch und ihrem Gefühl nach waren ihre Worte nicht völlig an Jaffke vorübergezogen.

»Das reicht jetzt«, sagte er nach einiger Zeit, in der Stille herrschte, und fuchtelte mit den Händen herum. »Ich habe meinen Teil der Abmachung erfüllt. Jetzt bist du dran. Gib her.«

Esther zögerte nicht. Sie wusste, dass seine Ablenkung vom eigentlichen Thema einer weißen Flagge gleichkam und sie einen Triumph eingefahren hatte. Für den Moment konnte sie nicht mehr erreichen. Sie griff in ihre Tasche und holte die Schachtel mit den restlichen Eukodal-Tabletten hervor. Dann stand sie auf, ging zu Jaffke hinüber und legte die Packung auf den kleinen Tisch neben seinem Sessel.

»Danke«, sagte Jaffke.

Esther nickte lediglich, wartete einen Augenblick, ob Jaffke noch etwas sagen würde. Als dieser sie aber nur anstarrte, wurde ihr klar, dass ihre Zeit dort abgelaufen war. Sie drehte sich um und machte sich auf zur Tür.

»Der Stuhl.«

»Oh.« Esther kam zurück, hob den Stuhl an und trug ihn wortlos in die Küche. Sie würdigte Jaffke keines Blickes, spürte aber, dass sie beobachtet wurde.

»Sie sollten übrigens aufpassen«, begann sie, als sie aus der Küche kam und sah, wie Jaffke sie anschaute, »David und ich waren auf dem Dachboden, um den Geräuschen nachzugehen, die Sie gehört haben.«

»Und?«

»David geht davon aus, dass dort oben jemand war und Unterschlupf suchte. Einige der Kisten wurden durchwühlt und eine Decke war ausgebreitet. David fühlte sich daran erinnert, wie er selbst so einige Nächte verbringen musste und meinte, dass die Person wiederkommen könnte, wenn sie nichts Besseres findet.«

»Du meinst, es lebte jemand auf dem Dachboden? Warum sollte man da hochgehen und sich der Kälte aussetzen? Da ist keine Heizung; nicht einmal das Fenster ist abgedichtet.«

»Man kann nicht wählerisch sein, wenn man keine Wahl besitzt. Warum auch immer dieser Mensch sich gezwungen sah, Schutz auf dem Dachboden zu suchen, es wird der letzte Ausweg gewesen sein.«

»Wann und warum war David denn in einer solchen Situation?«, fragte Jaffke interessiert.

»Das kann er Ihnen sagen, wenn er das möchte. Das ist seine Geschichte.«

Kapitel 21 - Das Männergespräch

Es schneite kräftig an diesem Morgen. Das weiße Pulver lag in zentimeterhohen Schichten aufgetürmt auf den Bürgersteigen, während die Straße einen bräunlichen Farbton angenommen hatte. Hinzu kamen die eiligen Schritte der Bewohner Hebräus, deren Fußspuren kaum Abdrücke hinterließen, waren sie nur hastig in den Schnee gepresst. Keine Zeit zum Rasten. Die Kälte fuhr in die Glieder.

Auch David spürte die Umarmung des kalten Windes, der seine Nasenspitze rot werden ließ. Sie lief ihm und er verbrachte die Hälfte des Weges von Julia und ihrem Großvater damit, die flüssigen Grüße seiner Nase in den Ärmel seines grauen Mantels verschwinden zu lassen. Unappetitlich, wie er selbst fand. Aber er hatte keine Hand frei. Die waren damit beschäftigt, die einzigen zwei Wärmequellen festzuhalten, die er im Moment zur Verfügung hatte und um die er von anderen Fußgängern zweifellos beneidet wurde. Während sich die Leute nach ihm, vornehmlich aber sicher dem betörenden Duft des Kaffees, umdrehten, hatte David nur den Gedanken, dass er die zwei Becher möglichst schnell heimbringen müsste. Er machte sich keine Sorgen darum, ob er wieder Bauchschmerzen bekommen könnte. Inzwischen hatte er eingesehen, dass es seine Gier war, die ihn damals in die Lage versetzte, einen brennenden Magen zu haben. Hätte er langsam getrunken und sich die Schlucke eingeteilt, so wie Esther es tat, wäre nichts passiert. Er würde sich diese Vorgehensweise von ihr abgucken und lernen sich zu zügeln.

Als er wenig später am Haus ankam, stellte er beide Kaffees auf der steinernen Anhöhe ab, die nur wenige Zentimeter von der

Eingangstür entfernt war. Dann stemmte er sich mit Kraft gegen die Tür, die noch immer durch den Stein gesichert wurde. Inzwischen hatte sich David damit abgefunden, dass dieser Brocken so etwas wie ein Türwächter war, zumindest bis der Frühling anbrach. Dann könnte man sicher auf ihn verzichten. Wirklich zufrieden war er mit dieser Lösung jedoch nicht, da er weiterhin davon überzeugt war, eine einfache Reparatur würde das Problem beheben. Jedoch wollte er die wenigen finanziellen Mittel, die ihm und Esther nun zur Verfügung standen, nicht dafür verschwenden. Lieber wollte er sparen, sodass sie, sobald die Zeit reif wäre, ihre Wohnung verschönern konnten. Vielleicht würden sie sogar in Erwägung ziehen, sich eine andere Wohnung — ohne einen Jaffke gegenüber — zu suchen. Trotzdem war es David lästig. Er fragte sich jedes Mal, warum Esther dieser Stein nicht nervte. Sie musste einen geheimen Trick besitzen. Aber in ihr steckte sowieso viel mehr, als man mit bloßem Auge erkennen konnte. Das wusste er. Er würde sie danach fragen, beschloss er, als er die Tür endlich so weit geöffnet hatte, dass er mit den Kaffees hindurchgehen konnte. Blieben nur noch die vielen Treppenstufen, die zwischen ihm und der warmen Wohnung standen.

David musste mit dem Kopf schütteln, war er doch kein Freund davon, zu hoch zu wohnen. Er verstand nicht, warum man sich der Anstrengung aussetzen sollte, dutzende Stufen und damit hunderte Höhenzentimeter hinter sich bringen zu müssen, nur um auf die anderen Bürger herabschauen zu können. Es war ihm unbegreiflich, warum man sich gerade in jungen Jahren danach sehnte, möglichst hoch zu wohnen, denn dadurch alleine würde man nicht auch im Leben hoch hinauskommen. Noch dazu war es überflüssig, da keine Hoffnung bestehen konnte, die Wohnung bis zum Lebensende zu halten; im fortgeschrittenen Alter bekäme man zunehmend Kummer mit dem eigenen Körper und hätte nicht mehr die Kraft, sich in das oberste Stockwerk zu kämpfen. Warum also nicht direkt in eine der erreichbareren Wohnungen niederlassen, vielleicht sogar im Erdgeschoss, um wirklich auf Augenhöhe mit den anderen Menschen zu sein?

Esther und er hatten natürlich keine Wahl, da man ihnen diese Wohnung zugewiesen hatte. Eine der Wohnungen auf den unteren Etagen wäre allerdings besser gewesen, da sie so nicht in direkter Rufreichweite von Jaffke wären. Aber gegenüber dem Schimmelbefall in den einen, der totalen Verwüstung in weiteren und zerschossenen Fenstern in anderen Wohnungen, waren sie wohl mit ihrer eigenen Bleibe gut bedient. Oder wären sie mit einem Tausch einverstanden gewesen, hätte man es ihnen angeboten? Sicher nicht. Vielleicht. Unter Umständen? Solch irreführenden Gedanken und Fragen überkamen David nicht selten, wenn er sich Stufe um Stufe des Treppenhauses nach oben kämpfte. Wie ein alter Mann fühlte er sich immer, sobald er den Treppenansatz zu seiner und Esthers Wohnung erreicht hatte. Dringend müsste er eine kleine Pause einlegen. Allerdings kam er sich albern vor, insbesondere da nur wenige Meter entfernt ein Mann mit nur einem voll funktionierenden Bein lebte, der den gleichen Weg hinter sich brachte. Ihn sah David nie in akuter Atemnot nach Luft schnappen. Vielleicht hatte ihn das Training bei der Armee abgehärtet, vermutete David.

Oben angekommen war er gerade im Begriff, sich darüber den Kopf zu zermartern, als sich die Tür zu Jaffkes Wohnung öffnete. In seinen Gedanken versunken hatte David das näher kommende Geräusch der Gehhilfen nicht gehört und schaute Jaffke nun entgeistert an. Jener blieb stehen und schien ebenfalls darüber erstaunt zu sein, einen japsenden Nachbarn vor sich zu sehen, der sich mit dem Ellbogen am Treppengeländer festkrallte. Beinahe so, als würde jener fürchten, eine Hand könnte ihn aus dem Nichts greifen und herunterziehen.

»Oh«, sagte Jaffke nur und schloss mühsam die Tür. Er hatte offensichtlich Probleme, beide Gehhilfen festzuhalten, während er die Tür zuziehen wollte. Erst nach einem zweiten Versuch gelang es, als er die Gehhilfe, die parallel zu seinem verletzten Bein war, in die Hand gab, die sich auf die andere Krücke stützte. Mit der freien linken Hand zog er die Tür soweit zu sich, bis ein Einrasten des Schlosses zu hören war.

»'n Abend«, antwortete David und löste seinen Ellenbogen vom Geländer, um seine Haltung zu begradigen. Jaffke nickte lediglich, als er sich wieder zu David umgedreht hatte. Sein Mund war merkwürdig zusammengedrückt. Ein Schlitz formte sich, der vermuten ließ, dahinter läge ein Lächeln, das bewusst oder unbewusst zurückgehalten wurde. Eine freundliche Geste, die nur zum Teil verwirklicht wurde, selbst wenn sie vollständig gedacht sein mochte.

»Was sind das für Becher?«, fragte Jaffke und hob seinen Kopf in Richtung der zwei Gegenstände, die David in der Hand trug. David schaute herunter, mehr instinktiv und aus Verlegenheit als aus Unwissen, was er da seit fünfzehn Minuten durch die Stadt transportierte.

»Kaffee.«

»Hm.«

Sie schauten sich an. Es herrschte keine Anspannung zwischen ihnen, eher ein Unbehagen, ob die Konversation damit beendet war und sie ihrer Wege gehen sollten. Sie schwiegen. Auch wenn es offensichtlich war, dass sie die Stille gerne bekämpfen wollten. Ihnen fiel jedoch kein passendes Thema, um das Band der Wortlosigkeit zu durchschneiden.

»Ich kann den Stein unten aus dem Weg räumen«, schlug David schließlich vor, nachdem er sich erinnert hatte, worüber er selbst vor wenigen Augenblicken noch nachgedacht hatte.

»Nicht nötig. Ich schiebe die eine Krücke unter eine Kante des Steins und hebe ihn hoch, sodass er nach hinten fällt.«

»Gut. Esther und ich waren nicht sicher, ob es gehen würde und haben diskutiert, ob eine Reparatur der Tür nicht hilfreicher wäre.«

»Einfach wäre es, aber auch kostspieliger. Und es würde nichts bringen. Die nächsten Einbrecher würden die Tür wieder beschädigen. Da kann man es gleich bleiben lassen.«

»Darf ich Sie etwas fragen?«

»Kann ich dich davon abhalten?«

»Sie könnten sich dagegen aussprechen und ich würde Ihren Wunsch respektieren.«

»So viele Worte, obwohl die Antwort eigentlich "nein" lautet. Frag. Ihr beiden scheint ganz vernarrt in mich zu sein«, stellte Jaffke fest und grinste dabei.

David ließ sich von der Nadelspitze nicht beeindrucken. Er wusste, dass Esther zu Jaffke gegangen war. Wenn es um sie und sich selbst ging, passte kein Blatt dazwischen. Sie waren durch die Erlebnisse verbunden und öffneten ihre Seelen so bereitwillig wie Mäntel, wenn der Frühling die Wärme bringt.

Esther berichtete ihm, was Jaffke ihr erzählt hatte. Er konnte ihren Worten kaum glauben, insbesondere als sie sagte, der brüllsüchtige, bis oben hin mit Hass gefüllte Nachbar hätte zwischendurch wie ein Mensch mit ihr gesprochen. Esther vermutete sogar, ihr Nachbohren hätte Denkprozesse bei ihm ausgelöst. Das war für David schwer vorstellbar. Aber das mag der Grund gewesen sein, warum er den Vorschlag mit dem Stein gemacht hat. Und bisher zeigte Jaffke tatsächlich nicht die Feindseligkeit, die zuvor Teil seines Verhaltens war.

»Warum reden Sie mit mir?«, fragte David.

»Hm?«

»Sie richteten sonst nur Flüche an mich. Dieses Mal waren es Sätze ohne eine Beleidigung. Bisher zumindest. Ich bin erstaunt und kann nicht einordnen, was Sie im Schilde führen«, erklärte David in aller Ehrlichkeit.

»Ist das so?«

David nickte.

»Vielleicht hat deine Freundin ihr Übriges getan, damit ihr nicht mehr in einem ganz so schlechten Licht steht.«

»Wie hat sie uns aus diesem Lichtkegel bewegt, ohne dass ich etwas von ihrem Ziehen und Drücken bemerkt habe? Sagen Sie bloß der Kuchen und die Pillen?«, fragte David erstaunt.

»Ganz Recht. Der Kuchen war eine Geste, auch wenn man sagen könnte, dass ihr mich lediglich als Abfalleimer missbraucht habt. Allerdings waren die Pillen ein Gefallen, ohne Zweifel. Zwar erwiderte ich den mit der Beantwortung einiger Fragen, aber schmerzbefreite Monate sind für mich mehr wert, als eine kurze Reise in meine Vergangenheit. Dazu noch die Hilfe im Hausflur, als ich gestürzt bin, die Erklärungen über die Verurteilungen eurer Sippschaft und ihre Hartnäckigkeit, dass man wirklich annehmen könnte, sie hätte Interesse daran, mir beizustehen. Imponierend«, sagte Jaffke und bewegte sich auf David zu. Sein Tempo war nicht überaus schnell, aber führte bei seinem Gegenüber dazu, zumindest für einen kurzen Moment überrascht zu sein.

»Sie ist wahrlich niemand, der einen Knochen in Frieden lässt, bis dieser nicht bis auf den letzten Millimeter vom Fleisch befreit ist. Es ist so viel Gutmütigkeit in ihr, dass sie manches Mal überschäumen muss, wenn sie jemanden leiden sieht. So trafen wir überhaupt erst aufeinander. Ich habe ihre Penetranz am eigenen Leib erfahren und kann Ihnen versichern, dass Sie sich schlau verhalten, wenn Sie ihren Willen erfüllen und sich helfen lassen«, antwortete David und ging näher an seine

Haustür. Er wusste nicht, ob Jaffke den Weg nach unten suchte, aber er machte so den Gang zur Treppe möglich.

»Wo du gerade davon sprichst: wie seid ihr zwei euch begegnet? Ihr seid unterschiedlich wie Tag und Nacht, wie der weiße Schnee und daneben die verdreckte Straße. Habt ihr euch auf einer deiner Dachboden-Übernachtungen getroffen?« Jaffke stand nun unmittelbar neben David und hatte seinen Körper zur Treppe gedreht, sodass nur sein zu David gerichteter Kopf eine direkte Linie zu seinem Gesprächspartner bildete. Ein kurzer Impuls in der Nackenmuskulatur und das Gespräch hätte enden können.

»Hat Sie Ihnen davon erzählt?«

»Teilweise. Wir sprachen über den Typen, der es sich auf dem Dachboden bequem gemacht hatte und sie erwähnte, dass du das ebenfalls hinter dir hast. Traft ihr so aufeinander?«

David wusste nicht, was er darauf antworten sollte. Er zögerte und wog innerlich ab, ob es sich um ehrliches Interesse handelte oder lediglich als Grundlage für zukünftige Beleidigungen diente. Gleichzeitig war nicht ersichtlich für ihn, woher ein gesteigertes Interesse Jaffkes kommen könnte. Hatten die Schmerzen, die nun anscheinend nicht mehr so vehement in seinem Körper wie Parasiten hausten, früher dazu geführt, dass er sich so miserabel aufführen musste? War es wirklich so einfach, sich der Vorurteile zu entledigen? Indem der Schmerz, durch was auch immer er hervorgerufen wird, entfällt, sodass an die Stelle des Leids plötzlich ein Gefühl von Menschlichkeit treten konnte?

»Ich würde Ihnen gerne antworten, aber die Becher werden kälter und schwerer«, versuchte er sich Zeit zu erschleichen, um die sich selbst gestellten Fragen akkurat und angemessen zu beantworten. Er musste sich auch überlegen, wie viel er Jaffke von seiner eigenen und Esthers Geschichte anvertraute.

»Verstehe«, antwortete Jaffke und drehte seinen Körper zu David. Die beiden Männer standen sich einen Augenblick gegenüber, als würde es zu einem Duell auf Leben und Tod kommen. Wie zwei Cowboys, die nur darauf warteten, ihre Colts zu ziehen und das Gegenüber in eine hölzerne Verkleidung zu bringen. Sogar Jaffkes Haltung passte hierzu, waren seine Hände angewinkelt auf der Hüfthöhe, wo sich die Haltegriffe der Krücken befanden. David hingegen wäre wohl bei einem solchen Duell verloren gewesen, waren seine Hände nicht nur zwischen Bauchnabel und Brustansatz positioniert, sondern hielten noch zwei Gegenstände in der Hand, derer er sich entledigen müsste, um überhaupt zu einer unsichtbaren Waffe zu greifen.

»Also …«, begann David vorsichtig und sah Jaffke fragend an. Was sollte hier geschehen? Worauf wartete dieser Kerl?

»Dann bring die Becher doch rein, wenn du sie nicht mehr halten kannst«, schlug er mit einem Ansatz von Augenrollen vor, als sei dieser Rat der logischste Gedanke, den die Welt jemals hervorgebracht hätte.

David rührte sich zuerst nicht. Möglicherweise traf ihn die Überraschung über das Gesagte oder Unsicherheit über den Fortgang des Gesprächs. War es damit beendet und Jaffke würde hinuntergehen oder erwartete er, David wieder an der Tür zu sehen? Davids Kopf war leer und befehlslos wie eine riesige Wüste, in der sich der Sand über eine längst vergangene Schlacht gelegt hat.

»Ich. Ja. Das könnte ich machen«, brachte er schließlich stotternd hervor. Er verharrte erneut, bis Jaffke ihn mit einem Blick ansah, der David jeglichen Intellekt absprach. Als wolle Jaffke fragen, was er Narr denn noch herumstünde, anstatt die Idee in die Tat umzusetzen. Dann wurde Jaffke deutlicher, indem er seine rechte Hand in Richtung der Tür hin- und herbewegte und David sich so gescheucht fühlte.

David leistete dieser Aufforderung Folge, drehte sich um, kniete sich kurz nieder, um einen Kaffee abzustellen, damit er die Tür öffnen konnte. Dann hob er die Becher wieder auf, ging in die Küche und stelle sie dort ab.

Im selben Moment schoss ihm die Frage ins Hirn, ob er die Tür hinter sich und damit auch das Gespräch hätte schließen sollen, als er hörte, wie die Krücken ihren Weg vom Treppenhaus in Davids und Esthers Wohnung fanden. Das Geräusch der Gehhilfen und der unterschiedlichen Bodenflächen veränderte sich minimal, aber dennoch hörbar: War es im Treppenhaus hallend hell, als würde man zwei halb-volle Glasflaschen aneinander klopfen, klang es nun, als würde man mit seinen Fingerknöcheln auf einer Tischplatte kraftvoll pochen.

David blieb einen Augenblick ruhig stehen und versuchte zu hören, ob seine ersten Sinneseindrücke ihn möglicherweise getäuscht hatten oder ob Jaffke wirklich in der Wohnung war. Dann wurde das Geräusch lauter.

Hektisch blickte David sich nun um. Seine Augen blieben beim gestohlenen Bild hängen, das Esther von ihrem Aufenthalt auf dem Dachboden mitgebracht hatte. Er ging hinüber, packte es an den Seiten und wollte es gerade abhängen, als ihm klar wurde, dass das keine Lösung des Problems gewesen wäre. Er könnte das Bild in der Küche nicht verstecken, lediglich in die Lücke beim Herd stellen, die aber durchaus einsehbar wäre. Noch dazu wäre es auffällig gewesen, einen Nagel in der Wand für ein Bild zu haben, aber das einzige Bild in der Küche nicht aufzuhängen. Heraustragen und es hinter oder unter dem Sofa verschwinden zu lassen, konnte David ebenfalls nicht, da Jaffke ihn mit dem Bild unter dem Arm gesehen hätte. Es musste also eine andere Lösung her, während Jaffke hörbar näher kam.

Für David hatte die Situation eine paradoxe Gefühlsflut zur

Folge: einerseits kam ihm der Augenblick merkwürdig vor, als würde Jaffke besonders langsam vorankommen und gleichzeitig pumpte sein Herz schneller, um ihn selbst anzutreiben, sich zügig etwas auszudenken. Wie eine Dampflok, deren Heizer immer weiter Kohlen in die hungrigen Flammen warf, schoss das Blut durch Davids Bahnen und beschleunigte seine Gedanken.

Dann sah er die mögliche Rettung. Mit schnellen Schritten überwand er die Distanz zum Schrank, der sich rechts neben dem Herd befand, öffnete die Tür, nahm eine weiße Tasse heraus, die mit blauen Blüten verziert war, stellte sie auf den Tisch und schüttete einen Teil des Kaffees hinein. Danach drehte er sich um und kam just in dem Moment zur Küchentür, als Jaffke von links erschien.

»Kaffee?«, fragte David in einem Tonfall, der für geübte Ohren einen gehetzten Unterton besaß, da die einzelnen Laute des Wortes peitschengleich herausgeschleudert wurden. Jaffke entging dies allerdings. Er schaute auf die Tasse und den inzwischen nur noch zur Hälfte gefüllten Metallbecher, die sein Gegenüber ihm fast auf Augenhöhe entgegenstreckte.

»Ist das dein Ernst? Das kann ich nicht ablehnen«, antwortete Jaffke und ging weiter in Richtung des Wohnzimmers, das von der Küchentür aus bereits einsehbar war.

David überraschte die Selbstverständlichkeit, mit der sich sein Nachbar in der Wohnung bewegte. Er hatte durch die schnelle Abfolge seiner Handlungen nicht weiter nachgedacht, was die Folge seines Angebots sein würde. Sicher rechnete er jedoch nicht damit, dass es dazu führen würde, dass sich Jaffke noch länger in der Wohnung aufhält. Ihm ging es nur um die Ablenkung. Aber es half nichts. Der Schritt war getan und er konnte ihm schlecht den Kaffee wieder abnehmen. Deshalb folgte David seinem Nachbarn ins Wohnzimmer.

»Kann ich offen sprechen?«, fragte er, als sich Jaffke auf das Sofa setzte, sehr tief einsackte, die Krücken neben sich an das Sofa lehnte und seine Hand in Richtung des Kaffees ausstreckte.

»Es ist deine Wohnung. Mach, was du willst.«

»Zuerst reden Sie mit mir als sei ich ein Mensch, dann ihr Interesse an meiner Person und nun sitzen Sie hier auf meinem Sofa. Es sieht aus, als würden wir zusammen Kaffeetrinken. Ich muss gestehen, ich bin überrumpelt von dieser Entwicklung.«

»Du kannst mir auch dabei zusehen, wie ich den Kaffee trinke. Dann trinken wir ihn nicht zusammen. Würde mich wenig stören«, erwiderte er.

»Sie wissen, was ich meine.«

»Herrgott, da haben sich die Richtigen gefunden. Deine Freundin hat auch den Hang, Gespräche zu verkomplizieren, weil euch eure Gefühle immer so unklar sind. Es ist doch ganz einfach: ich will etwas wissen und entweder sagst du es mir oder nicht. Und das Angebot zum Kaffee kam von dir. Ich habe mich nicht eingeladen.«

»Aber in die Wohnung«, sagte David ohne nachzudenken.

»Was?«

»Es ist ein Zeichen der Höflichkeit«, wechselte David das Thema. »Ich teile meinen Kaffee mit Ihnen, wenn alles im respektablen Rahmen bleibt. Dennoch steht meine Frage im Raum: wieso jetzt und warum auf diese Art?«

»Deine Freundin und ich haben uns vor nicht allzu langer Zeit über das unterhalten, was man so über euch sagt, als sie mir die Pillen gab. Sie hat versucht, es auf jede mögliche Art zu zerpflücken und mich ins Grübeln gebracht. Zwar nicht zum Umschwung, aber zum Nachdenken, ob wirklich jede Geschichte über euch so wahr ist, wie man es sich erzählte. Ob manche Urteile nicht vorschnell gefällt wurden. Nachdem sie mir einige Male geholfen hat, durch die Pillen sicher auch ihre Arbeit riskierte, bin ich gezwungen, zumindest anzuerkennen, dass ihr nicht solche selbstsüchtigen Egoisten seid, die nur ihre eigenen Vorteile sehen«, antwortete Jaffke, allerdings ohne David anzusehen. Sein Blick galt dem Kaffee. Als das letzte Wort gesprochen war, nahm er einen gierigen Schluck.

»Also wollen Sie von mir erfahren, ob noch mehr Dinge, die man Ihnen erzählte, gelogen waren?«

»Von Lügen hat keiner gesprochen. Bisher gibt es nur ein Exemplar von euch, das sich anders verhalten hat. Dir könnte man Ähnliches nachsagen, daher lässt sich vielleicht von anderthalb Exemplaren sprechen. Gleichzeitig sind Ausnahmen Teil einer jeden Regel.«

»Und nun steht die Frage im Raum, ob wir die Regel oder die Ausnahmen sind.«

»Dafür wäre mehr nötig, als nur zu erfahren, wie du und Esther aufeinander gestoßen seid.«

»Auch dazu bin ich bereit. Ich rede nicht über alles, aber ich kann Ihnen so viele Antworten geben, wie mein Innerstes es meinen Lippen erlaubt.« Es war sein völliger Ernst. Undenkbar noch am Morgen, dass sein Nachbar Interesse an der Wahrheit hegen könnte. Doch hier saßen sie beide und wenn David seinen Teil dazu beitragen könnte, dass weniger Vorurteile über sie existieren, so würde er es versuchen. Er war sich bewusst, dass die Gehirnwäsche, die man den Menschen dieses Landes teils als gern gesehenes Angebot unterbreitete, teils aufzwang, nicht ohne eigene Bemühungen rückgängig gemacht werden konnte. Man müsste aktiv dagegen vorgehen, ebenso wie er es damals schon bei seinen Schülern und Schülerinnen machte.

»Fang damit an, wie ihr euch begegnet seid. Ach, und warum du glaubst, dort oben würde jemand leben, wenn weder ich noch ihr jemanden sahen«, sagte Jaffke und hob den Kopf zur

Decke hin an.

»Wir trafen uns im Lager«, begann David ohne Umschweife. »Genau genommen auf dem Weg von einem Lager zu einem anderen. Sie sah mich auf einem der Märsche. Da kam sie näher zu mir und sorgte durch eine Ungeschicktheit beinahe dafür, dass man mich erschossen hätte. Seitdem sind wir emotional miteinander verbunden.«

»Körperlich nicht?«

Die Nachfrage verunsicherte David. Was sollte er darauf antworten? Hatte er die Antwort für sich selbst schon gefunden, ob er sich auch physisch mit ihr verbunden fühlte oder es überhaupt erst einmal wollte? Esther war eine wunderschöne und gutherzige Frau, wie er fand, aber gleichzeitig spürte er die Zähne seiner Gewissensbisse Anna gegenüber. Möglicherweise zwang er sich zu Beginn deshalb Esther eher als eine Cousine oder eine jüngere Schwester wahrzunehmen. Auch wenn das mit jedem Tag schwerer wurde, da ihr Zusammenleben dem einer Ehe ähnelte. Das Fehlen von Geschlechtsverkehr eingeschlossen, wie man bei lange verheirateten Ehepartnern zu scherzen pflegt.

Ihm selbst war jedoch nicht zu Scherzen zumute, da dies ein Thema war, das er nicht ansprechen konnte. Redeten sie sonst über alles, öffneten Gespräche mit einer Leichtigkeit wie die Seiten einer Zeitung, war das Körperliche ein verschlossenes, brockenschweres Buch und keiner von ihnen vermochte es alleine anzuheben. Sie müssten es gemeinsam tun, Hand an die gewichtigen Ecken legen und es wenden, sodass sie beide Zugang hatten. Dafür brauchte es den ersten Schritt, den weder sie noch er bereit waren zu gehen. Er aus einem Gefühl des Verrats heraus, während sie ihm nur sein Alter als einen Grund gab, sich nicht auch körperlich aufeinander einzulassen. Als wären diese beiden Dinge nicht bereits genug, gesellte sich noch die Angst vor einer zu langen Berührung hinzu. Die Vergangenheit spielte ihnen zu übel mit, als dass sie die Erinnerungen abstreifen könnten. Wie sollte David also wissen, wo sie standen, wenn sie nicht in der Lage waren, darüber frei zu reden? Wie durch einen Wald, der weder von Sonnen- noch von Mondlicht heimgesucht würde, wanderte er in der Dunkelheit, ohne Orientierung, jedoch mit der Gewissheit, stürzen und sich verletzen zu können.

»Das gehört zu den Dingen, die ich nicht besprechen werde«, versuchte sich David aus der Frage zu befreien, die noch eine Weile in seinem Inneren spuken würde.

»Ich verstehe«, antwortete Jaffke und fing vielsagend an zu grinsen. Es wirkte wie Häme. Als würde er genau wissen, dass er mit dieser Frage einen wunden Punkt erwischt hatte. Vielleicht war es auch eine Falle, die dieser Antworten-Jäger aufstellte und David sprang in seiner Naivität herein.

»Aber ich kann Ihnen beantworten, inwiefern ich vermute, auf dem Dachboden lebe jemand. Wenn Sie das weiterhin wissen wollen.«

Jaffke sah ihn einen Moment an und es war offensichtlich, dass ein Gedankenprozess in seinem Inneren gestartet war, dessen Ergebnis jeden Augenblick verbal präsentiert werden würde.

»Erzähl mir vom Lager«, sagte er zu David, womit sein Grinsen verschwand und eine ernste Miene an dessen Stelle trat.

»Aus welchem Grund?«, fragte David misstrauisch. Mit dieser Frage hatte er nicht gerechnet.

»Weil ich viel darüber hörte. Aber Gerüchte können wenig mit der Wahrheit zu tun haben.«

»Den Gerüchten über uns schenkten Sie aber bereitwillig Glauben.«

»Das ist etwas anderes. Die schienen glaubwürdig. Während die Dinge, denen ich in meiner Zeit bei der Armee begegnete, nur

Resultate von Verfälschungen und Dramatisierungen sein können. Ich will die Wahrheit hören. Von jemandem der da war«, sagte er und nickte zu der Lagernummer auf Davids Handrücken.

»Aber lautet nicht eines dieser Vorurteile über uns, dass wir kategorische Lügner seien? Wie können Sie dann von jemandem wie mir die Wahrheit erfahren?«

Jaffke dachte einen Augenblick nach. »Die Ausnahmen von der Regel.«

»Oder die Ehrlichkeit ist die Regel, während diejenigen, die zu Lügen greifen, die Ausnahmen sind.«

»Möglich. Bisher nicht erwiesen, aber möglich. Doch dein Zögern und Ausweichen überzeugt mich nicht.«

»In Ordnung. Sie haben recht. Ich kann Ihre beiden Fragen verknüpfen und Ihnen damit sowohl vom Dachboden als auch vom Lager erzählen. Es wird die Wahrheit sein und gleichzeitig eine Herausforderung. Obwohl die Wahrheit selten eine sein sollte, aber leider zu oft ist«, David setzte kurz ab, um sich zu sammeln. »Ich bitte Sie mit Fragen zu warten, bis ich den letzten Satz gesprochen habe, denn Sie müssen verstehen, dass die Vergangenheit begraben liegt und sie hervorzuholen Kraft kostet. Tonnen von Erde, die absichtlich darüber geschüttet wurden, müssen erst einmal beiseite geschoben werden, um zum Inneren zu gelangen. Sind Sie damit einverstanden?«

Jaffke blickte ihn verwirrt an. Er schien nicht zu verstehen, was so schwer sein könnte, ihm davon zu erzählen, aber er ließ sich nicht zu einem Kommentar hinreißen. Er nickte lediglich, griff zur Tasse mit dem noch immer vor sich hin dampfenden Kaffee und lehnte sich zurück.

»Vor einigen Jahren, es dürften mittlerweile gut und gerne fünf oder sechs sein, arbeitete ich in einer Schule. Ich unterrichtete. Nicht weil ich es musste oder weil es mir in die Wiege gelegt wurde, sondern weil ich es liebte. Es ging mir nicht einmal darum, speziell mit Kindern zu arbeiten. Sondern vor allem mit Menschen, die im Prozess waren, die Welt um sie herum zu verstehen und dabei ihre Fähigkeiten weiter ausbauten. Es ist ein faszinierender Anblick, wenn man sieht, wie andere Menschen lernen. Heranwachsende haben viele Momente dieser Art. Dieses Blitzen in ihren Augen, das Leuchten der Erkenntnis, wenn sie eine Fragestellung durchschaut haben — es verschaffte mir ein Gefühl der Freude. Insbesondere wenn wir uns mit literarischen Werken beschäftigten, die anfangs auf Unverständnis stießen und dann Seite um Seite mehr erschlossen wurden. Da blühten sie und ich auf. Aber die Zeiten änderten sich. Ein innerer Herbst zog in die Menschen und die Beschwerden wuchsen. Mehr und mehr schüttelte man die Blätter der Vernunft ab, ließ die Blüten der Erinnerung verkümmern und begrüßte den rauer werdenden Wind. Die häufiger und unnachgiebiger wehenden Böen waren aber nur für einen Teil der Bevölkerung spürbar. Für Menschen wie Esther und mich. Während der andere Teil mit verbalen Fächern noch für eine Verstärkung des Luftstoßes sorgte. Beinahe täglich folgte Steigerung um Steigerung, vor der auch Kinder nicht verschont blieben. Sie wurden ebenfalls in den Strudel gerissen; manche ließen vielleicht auch bereitwillig hineinziehen.

Ich kämpfte dagegen an, mit aller Macht. Das war jedoch im Ministerium und in der Leitung der Schule nicht erwünscht und schon bald war auch ich es nicht mehr. Man schnappte mich, wollte mich für meinen Einsatz bestrafen, doch ich riss mich los, flüchtete und wurde ein Gesuchter. Schnell lief ich heim, nahm das Allernötigste und versteckte mich daraufhin in Hinterhöfen, Kellern und auch auf Dachböden — wie es mir das Schicksal eben vorgab. Jeder Abend bedeutete ein neuer Unterschlupf, da es zu gefährlich wurde, zu lange an einem Ort zu verharren. Vielleicht gab es diese Bedrohung eher in meinem Kopf als in der wirklichen Welt, aber ich folgte diesem Gefühl. Doch irgendwann wurde ich unvorsichtig und man nahm mich fest. Eine Narrheit meinerseits, vor der ich mich selbst warnen würde, nur um der an mir nagenden Frage zu entgehen, ob mein Leben anders verlaufen wäre und ob es Hoffnung gegeben hätte. Es ist eine der Weggabelungen, an denen man sich für einen Pfad entschied, diesen entlang schreiten muss und sich auf jedem zurückgelegten Meter fragt, ob man nicht hätte lieber abbiegen sollen. Aber ich weiß, dass es nichts bringt, sich gedanklich in diesen Fleischwolf zu quetschen. Dennoch sind manche Gedanken wie ein Juckreiz: oftmals nicht präsent, aber in den unangebrachtesten Momenten überkommen sie einen und man möchte nur, dass sie aufhören. Leider kann man sie nicht einfach wegkratzen.«

»Warum verhafteten sie dich?«, fragte Jaffke und unterbrach den heranströmenden Gedankenstrudel Davids. Vielleicht ahnte er, dass sein Gegenüber noch eine Weile in diesem Redefluss verharren könnte, wenn man ihn nicht wieder auf das richtige Thema zurückführte.

»Richtig. Entschuldigung, ich drifte ab. Das passiert mir nicht selten.«

»Schon gut.«

»Sie verhafteten mich, weil ich versucht habe, den Schülern zu vermitteln, dass sie den Gerüchten und vorschnellen Urteilen nicht glauben, sondern einen offenen Geist beibehalten sollten. Ähnlich wie Sie es jetzt versuchen, wollte ich die Schüler ermutigen, sich auf die Suche nach der Wahrheit zu begeben. Das hieß man nicht gut und wollte meinen "negativen" Einfluss auf die Kinder stoppen.«

»Also verhaftete man dich dafür, dass du Schülern ein Lehrer warst.«

»So würde ich es ausdrücken, ja.«

»Und man brachte dich dann zu den Lagern?«, fragte Jaffke. Er richtete seinen Rücken von der Lehne des Sofas auf und rückte ein Stück näher an die Kante des Sitzkissens.

»Ja. Ich hoffte zuerst auf eine Instanz, die sich meinem Fall annehmen würde, aber ich hörte, dass solche Hoffnungen trügerisch waren. Hirngespinste derer, die an Rechtschaffenheit glaubten, sie sogar gewohnt waren, doch im entscheidenden Moment verwehrt bekamen. Ohne ein Gericht, das mich schuldig gesprochen hätte, führte man mich vom Markt, wo man mich fand, zur Polizeistation. Nachfragen meinerseits wurden ignoriert oder belächelt, manches Mal auch mit Schlägen beantwortet. Dann brachten sie mich zu einer zentralen Sammelstelle. Man sagte mir nicht, dass der Weg dorthin mehrere Stunden dauern würde, aber mir wurde schnell klar, dass ich mein Zuhause nicht mehr sehen würde. Ein schlimmes Gefühl, das sich wie ein endlos tropfender Wasserhahn ins Bewusstsein hämmert. Sie verrieten mir auch nicht, wohin wir fuhren, lediglich ein Laster mit anderen Menschen stand bereit. Kein Wort durfte gesprochen werden. Drei Wächter waren ebenfalls im Wagen und man tat gut daran, ihren Anweisungen bis ins Detail zu folgen. Wenn ich ehrlich bin, wuchs in mir gar nicht der Wunsch nach Widerstand, weil mich das Rausreißen aus meinem Leben paralysierte und ich nicht für möglich gehalten hätte, dass das Vorgehen so durchgeplant wäre. Ergreifung, Transport, Sammlung. Alles erfolgte ohne auch nur einen Hauch des Überlegens. Genau getakteter Drill, der schon Dutzende, Hunderte Male so vollzogen wurde. Wie eine Maschine funktionierte diese Schattenfabrik und ich war ihren sich unentwegt bewegenden Bändern ausgeliefert.«

David setzte einen Moment ab. Er nahm einen Schluck aus seiner Kaffeetasse. Die Bilder seiner Erinnerung trafen ihn. Als würde er unter einem Wasserfall stehen, spürte er die Millionen an Eindrücken auf ihn niederprasseln, während er versuchte, diesen gewaltigen Massen standzuhalten. Er musste kurz durchatmen, damit er zumindest einen Teil dieser Bilder beiseiteschieben und sich auf den Mittelpunkt seiner Erzählung konzentrieren konnte. Jaffke beobachtete ihn und seine Unterbrechung argwöhnisch, aber zog es vor, die Pause nicht mit eigenen Worten zu füllen. Er begnügte sich damit, David anzustarren.

»Als wir an der Sammelstelle ankamen«, setzte David wieder an, »sah ich Hunderte Familien, wie sie in einem Kreis saßen, eng aneinander gedrängt. Es sah nicht wie eine gezwungene Form aus. Sie hätten sich vom Freiraum her anders positionieren können, aber sie zogen die Talerform vor, anstatt überall verstreut zu sitzen. Um sie herum standen einige Wachen, die aber mehr oder weniger Abstand hielten. Nur wenn einige der Kinder aufsprangen, um Fangen zu spielen, lösten sie sich von ihren Positionen, um böse schauend Ordnung zu fordern. Man gehorchte. Das war schwer verständlich für mich, da die Menschen im Kreis den Wachen zahlenmäßig weit überlegen waren. Mindestens zehnmal so viele Männer, Frauen und Kinder kauerten aneinander, anstatt sich aufzulehnen und Antworten zu verlangen. Sie klammerten sich lieber an ihr Gepäck. Überall standen Koffer zwischen den einzelnen Familienmitgliedern, manche wurde auch als Sitzgelegenheit missbraucht, weil der Boden zu kalt war. Diese Möglichkeit besaß ich nicht, weil sich mein Besitz noch in meinem Versteck befand. Ich würde es nicht brauchen, sagte man mir und löste bei mir Herzschmerzen aus.

Während wir dort auf etwas warteten, von dem wir nicht

wussten, was es sein würde, kamen erste Gerüchte auf, dass man uns allesamt erschießen wollte. Das hielt ich jedoch für wenig überzeugend, da man sich hierfür nicht erst die Mühe hätte machen müssen, so viele Menschen an einem Ort zu versammeln. Das hätte man sofort bei der Festnahme machen können. Andere hielten ihre Hand vor den Mund, um die Kinder vor den Worten zu schützen, und flüsterten, dass man uns sicher abtransportieren würde. Es gäbe Lager, in denen man uns zur Arbeit zwingen würde. Ich glaubte diesen Worten, da ich ebenfalls von diesen Lagern gehört hatte.

Einige von uns waren zu dem Zeitpunkt noch hoffnungsfroh, da Arbeit besser als umbringen wäre und die Schatten so wenigstens einen Grund gehabt hätten, uns am Leben zu lassen. Ich war da weniger zuversichtlich. Nicht etwa, weil ich mehr wusste als die anderen — dem war nicht so —, sondern weil ich die Augen meiner Schüler vor meiner Festnahme sah. Sie waren voller Angst um mich. Wir waren in großer Gefahr.«

»Und du solltest Recht behalten«, warf Jaffke ein. Er hielt seine Tasse jetzt, seit David erneut mit dem Sprechen begann, in der Hand. Sie bewegte sich nicht zum Mund und auch nicht hinunter zum Tisch. Jaffke blieb ruhig sitzen, drehte sich nur ein wenig mehr zu David.

»Ich hätte gerne falsch gelegen. Aber als alle Wächter wie auf einen unsichtbaren, unhörbaren Befehl, gleichzeitig schrien und begannen, uns zusammenzurücken, nur um uns dann in kleine Gruppen aufteilen zu können, war mir bewusst, dass wir mit dieser Sammelstelle nicht das Ende unserer Reise erreicht hatten. Es ging weiter. Viel weiter.

Die einzelnen Gruppen wurden mit einigen Metern Abstand durch ein Tor geführt, das mit einer hohen Mauer verbunden war und uns bis dato den Ausblick dahinter verborgen hielt. Ich selbst war in der siebten Gruppe und sah erst verspätet, dass man uns zu einem Zug führte. Zwar waren vorher bereits einige Rufe und Schreie zu hören, aber da die Gruppen eine entsprechende Größe hatten, konnte niemand in meiner sehen, was mit dem ersten Bündel an Menschen geschah. Wir gingen nicht davon aus, dass man uns zur Erschießung abholen würde, wie vorher vermutet, weil die Schreie nur vereinzelt waren und wir keine Schüsse auf deren Antwort hörten. Es war also eine Überraschung, als wir durch das Tor gingen, dem Weg noch eine Weile folgten und dann vor einem Zug standen, der eher einem Gütertransport ähnelte. Welche Torheit mich auch aus der Entfernung glauben ließ, wir würden Plätze wie normale Passagiere finden, kann ich nun nicht mehr klären. Bitterlich enttäuscht wurde diese Erwartungshaltung, als ich sah, wie die ersten Gruppen in die unterschiedlichen Waggons des Zuges gebracht wurden. Menschen weinten, während die Aufpasser zählten. Nur eine bestimmte Menge sollte in die jeweiligen Waggons. Alles hatte man vorher berechnet.

Der Waggon neben dem, der meiner Gruppe vorbestimmt war, war bereits geschlossen, als wir an ihm vorbeigeführt wurden. Es brannte sich in mein Gedächtnis, wie Hände unterschiedlicher Größe und Altersmaserungen durch die engen Löcher der Außenwand drangen, ich Stimmen hörte, die Warnungen aussprachen, Schreie, die mein Mark erschütterten. Aber es gab nichts, was ich für sie hätte tun können, saß ich doch im selben Boot wie sie und war kurz davor, auch im selben Zug zu stehen. Hätte ich da bereits gewusst, dass meine Gruppe nicht aufgeteilt, sondern, soweit ich das erkennen konnte, geschlossen in den Waggon getrieben wurde, hätte ich zumindest noch vor der Rampe für einen kurzen Moment meine Beinmuskulatur gelockert, damit ich die Krämpfe, die meine Beine während des Stehens im Bann hielten, noch hätte hinauszögern können.«

»Wie lange ging die Reise?«, fragte Jaffke mit brüchiger Stimme.

Seine Mundwinkel waren inzwischen nach unten verzogen, seine Mimik wirkte eingefallen. Als hätten Davids Worte sich in das Fleisch Jaffkes begeben und würden dort als Gewichte hängen. Seine Augen waren mit einem wässrigen Film überzogen.

»"Reise" ist ein eigenwilliges Wort als Beschreibung für den Transport zu den Lagern«, antwortete David noch immer in seinen Redefluss vertieft. »Ich erinnere mich, dass ich anfangs in der Mitte meiner Gruppe war. Ohne Widerstand ging ich die Rampe hinauf — denn was hätte es genützt — stand dicht gedrängt an die anderen Menschen. Keine Möglichkeit sich zu setzen, der Boden war verdreckt, die Platznot offensichtlich. Dann wurden die Anderen ebenfalls in den Waggon getrieben, bis man ein lautes "Stopp" hörte. Bis dahin waren es einige dutzend weitere Personen, die gezwungen wurden, einen Ort für ihre Körper innerhalb des Waggons zu finden. Niemand von uns konnte die Arme heben, geschweige denn ausstrecken. Zu dicht standen wir.

Sofort bemerkte ich, wie die Temperatur im Waggon stieg. Die Körperwärme so vieler Menschen bündelte sich und hatte zu wenige Wege, um in die Freiheit weichen zu können. Lediglich die Löcher, durch die ich beim Nebenwaggon vorher die Hände kommen sah, spendeten ein wenig Luft und Licht. Einzelne Lichtstrahlen schienen durch die Stellen, an denen kein Holz die Sicht auf das Draußen versperrte.

Mehr als zwei Tage mussten wir ausharren, stehend, selbst wenn die Beine versagten. Die Notdurft verrichteten wir über die Tage hinweg meist an Ort und Stelle. Wir sprachen nur in den nötigsten Momenten und sparten unsere Energie, als uns bewusst wurde, dass der Transport nicht nach einigen Stunden hinter uns läge. Ich erspare Ihnen die Einzelheiten dieser, wie Sie es nennen, "Reise", an dieser Stelle. Ich spüre, wie sich in mir die Gefühle der Erschöpfung, der Hitze und der Hilflosigkeit aufbauen, die ich innerhalb des Zuges bekam und ich möchte vermeiden, dass es zu einem Ausbruch kommt. Moment«, sprach David und erhob sich. Seinen Becher mit dem inzwischen kälter gewordenen Kaffee nahm er in die Hand und trank daraus. Er atmete tief durch. Seine Augen waren dabei geschlossen. Seine Hände formten sich zu Fäusten, die er unregelmäßig öffnete und wieder schloss.

»Entschuldigen Sie mich kurz«, fügte er hinzu. Jaffke stimmte zu. David rieb sich mit der flachen Hand einige Male über die Stirn. Es klang, als würde man mit Schmirgelpapier an einer Hauswand entlang laufen. Dann verließ er das Wohnzimmer und ging in die Küche. Dort angekommen, öffnete er das Fenster. Dessen Dichtung war so löchrig, sodass er bereits vorher ein gedämpftes Treiben hörte. Als er dann seinen Kopf hinausstreckte, um den eisigen Wind auf seiner Haut zu spüren, die Autos die Straßen entlangfahren zu sehen und sich einbildete, das Knirschen des Schnees zu bemerken, der dem Gewicht der Menschen nicht standhalten konnte, ging es ihm besser. Das laute Stadtleben lenkte ihn ab. Es trieb sich in seinen Kopf, sodass ein Teil der Bilder, die er durch sein eigenes Graben offenlegte, zumindest beiseite geschoben werden konnten. Auch die tiefen Atemzüge, die er machte und dabei ignorierte, wie die Luft seine Lungenflügel gefrieren ließen, taten ihr Übriges, um ihn weiter zu beruhigen. Er konnte selbst nicht verstehen, was in ihn gefahren war. Warum hatten ihn diese Bilder, die noch nicht einmal zum Schlimmsten gehörten, was er mitansehen musste, derart aus der Bahn geworfen? Er suchte in sich nach der Erklärung, aber er fand keine Antwort außer in seinem menschlichen Dasein. Es überkam ihn einfach. Ungewollt und unvorhergesehen war da diese Horde an Eindrücken, die ihn überrannten.

Es war ihm bewusst, dass er nicht ewig am Fenster stehen konnte. Sein Gast würde sicher unruhig werden. Gleichzeitig würde er ein Fortschreiten des Gesprächs erwarten und sich nicht von Sentimentalitäten Davids stoppen lassen. David musste sich mit der Frage beschäftigen, was er zu tun gedachte: Das Gespräch fortsetzen und die bisherige Erschöpfung, die Signale der Warnung ignorieren? Oder Jaffke hinaus bitten, zu dem er anscheinend zum ersten Mal eine echte Verbindung aufbaute? Zweifelsohne hatte David seine Aufmerksamkeit. Vielleicht könnte er Jaffke in seinem Denken beeinflussen? Bildete dieser Moment, dieses Gespräch unter Männern, das viel mehr monologisch denn dialogisch war, wie David nun realisierte, nicht eine Möglichkeit, jemanden von sich zu überzeugen? Ein Weg, diesen fisseligen Nebel, der über den Taten der schattenhaften Männer lag, zu lüften? Wie ein Windstoß, der die Wolken beiseite weht, könnte die Wahrheit ans Licht kommen, sodass sie für Interessierte sichtbar wäre.

Davids Entschluss festigte sich mit den letzten Überlegungen, die er halb geflüstert, halb gedanklich ausführte. Sein Kopf glitt noch einmal aus dem Fenster. Er nahm einen kräftigen Zug der Winterluft, die sich auf seinem trockenen Gesicht anfühlte, als würden winzige Speere in seine Hautporen gepresst werden. Dann drehte er sich um und ging zurück ins Wohnzimmer. »Geht es wieder?«, fragte Jaffke mit einem Tonfall, der früher möglicherweise sarkastisch gemeint sein könnte, aber David sah eine Ehrlichkeit in seinem Blick und nickte daher.

»Ich brauchte nur etwas Luft. Die Erinnerungen fluteten mich und der Sauerstoff wurde mir knapp. Wenn es Ihnen nichts ausmacht, würde ich die Reise zum Lager gerne auslassen und auch mit meinen Beschreibungen weniger detailliert sein. Einzelne Eckpunkte kann ich noch erzählen und Sie werden sich auch ein Bild von der Zeit machen können, die Esther und ich dort verlebten. Allerdings kann ich Ihnen keinen ausführlichen Bericht geben. Nicht jetzt, nicht heute, nicht mündlich. Vielleicht werde ich in einigen Jahren die Kraft und den Wunsch finden, die Erlebnisse niederzuschreiben und der Frage nachgehen können, ob das Menschen waren, die uns in diese Vergangenheit führten. Heute aber werde ich nur einige wenige Erlebnisse schildern können. Sie müssen verstehen, dass ich nicht nur beliebige Worte ausspreche, die Ihre Neugierde befriedigen sollen. Es ist viel mehr als das: Jedes Wort treibt mich mehr zurück in die Zeit, von der ich mich zu entfernen bemühe. Jede Silbe nimmt mich hoch wie eine Holzpuppe und platziert mich näher an den Zaun. Jeder Ton bringt hervor, was ich zu verarbeiten versuche. Gleichzeitig ist das alles aber zu groß und gewaltig, als dass der Prozess jetzt schon abgeschlossen sein könnte. Als würde man einen verrottenden Blauwal mit einer Pinzette auseinandernehmen und die einzelnen Teile stapeln, gehe ich an meine Vergangenheit. Sie vegetiert in mir dahin und ich tue mein Möglichstes, um sie so zu ordnen, dass sie in die Schubladen meiner Existenz passen«, sagte David und nahm einen Schluck vom Kaffee, nachdem er sich wieder gesetzt hatte.

»Man hört an deinen Worten heraus, dass du Lehrer bist. Viele Worte, die noch in einem arbeiten, wenn der Ton längst versiegt ist.«

»Ist das gut oder schlecht?«

»Erst einmal ist es eine Beobachtung.«

»In der Tat. Ich werde mich aber bremsen. Esther wird zudem bald heimkommen und Sie hatten auch vor, das Haus zu verlassen.«

»Ich wollte lediglich einen Spaziergang machen. Meine Beine dürfen nicht zu lange in derselben Position sein oder die Schmerzen beginnen wieder. Da deine Freundin mir sicher nicht noch eine Packung Pillen mitbringen wird, muss ich vorsichtig sein, wann ich sie nehme und wann die Schmerzen nur von einer Überanstrengung kommen.«

»Ich verstehe.«

»Daher nimm auf mich keine Rücksicht, wenn du erzählst. Berichte, so viel du kannst. Ich will die Wahrheit. Die Dinge, die ich hier und da aufschnappte, können nicht auf Tatsachen fußen. Unmöglich«, sagte Jaffke und schüttelte vehement den Kopf.

David schloss die Augen und richtete seinen Oberkörper neu aus, als würde er sich auch physisch in die Vergangenheit begeben.

»Lärm. Ich erinnere mich an schrecklich laute Rufe, Schreie der Verzweiflung, Stimmen, die um Erbarmen flehten. Wir erreichten irgendwann unser Ziel und mir war sofort klar, dass wir am designierten Ort angekommen waren. Die Art und Weise wie der Zug hielt, so abrupt, so final und dazu das plötzlich auftauchende Stimmengewirr, das viel lauter und eindringlicher war als bei allen Stopps zuvor.

Bei vorherigen Stationen öffneten sich die Gattertüren der Waggons, kurze Kommandos wurden in unsere Richtungen geschrien. Die stark Verwundeten und bereits Gestorbenen, die man im Nachhinein beneiden durfte, wurden hinausgetragen. Opfer der Enge, der Hitze und des Gedränges. Möglicherweise schon vorher nicht im körperlich oder seelisch besten Zustand, die für die Strapazen nicht gewappnet waren. Manchmal merkte man erst, dass der Stehnachbar, der stundenlang ins Ohr atmete — nicht aus Kalkül, sondern dem Zwang des geringen Raumes geschuldet — nicht mehr lebte, wenn man sah, wie sein Gesicht vom Sonnenlicht erfasst wurde, als man ihn heraustrug. Es war keine Zeit für Trauer. In dem Moment, in dem Dahingeschiedene und Angeschlagene nicht mehr Teil der Waggongemeinschaft waren, gab man uns Wasser, indem man es in unsere Richtung schleuderte. Hatte einer der Wärter einen guten Tag, gab es auch mal einige Scheiben Brot, die man eigentlich untereinander hätte teilen können, aber es waren zu wenige Scheiben für zu viele verhungernde Mäuler. Kämpfe brachen aus, das will ich nicht verschweigen, aber nicht aus Zorn oder niederen Trieben. Einzig der Überlebenswille ließ jene, die zu weit hinten standen und nichts bekamen, die Kontrolle verlieren. Wir waren wie mit Raubtieren in einem rollenden Käfig gefangen. Auch das mag für Verletzungen und Tote gesorgt haben. Ich kann es nicht beurteilen. Mein Blick war starr auf die winzigen Löcher in der Außenverkleidung des Waggons gerichtet, während ich die Rufe und das Gepolter im Hintergrund zu ignorieren versuchte. Es war nicht einfach, mich dort zu behaupten, weil jeder Insasse sehen wollte, wohin wir fuhren. Auch der Hauch von Sauerstoff war nicht zu verachten.« Dann setzte er kurz ab, schaute in seinem Wohnzimmer mit glasigem Blick umher.

»Wenn ich es Recht bedenke, ist es doch merkwürdig. Im Waggon selbst war frischer Wind und Sauerstoff ein kostbares Gut. Man drängte sich bei jeder Öffnung der Tore des Waggons nach vorne. Wir sogen so viel Freiheit wie möglich in die eigenen Ateminstrumente und sehnten uns danach, sobald der Zug wieder rollte. Als wir aber an unserer finalen Station ankamen, man die Türe öffnete und uns hinaus ließ, hätte uns die Übermacht an Luft freuen sollen. In mir stieg jedoch sofort der Wunsch auf, wieder in den Zug zu rennen und den Ort zu verlassen. Sogar wenn man mich selbst zum Lokführer gemacht hätte und ich stundenlang schwere Kohle in brennende Schlünde hätte feuern müssen. Es wäre besser gewesen.

Eine Aura der Bedrohung und des Endes umwehten den Ort, an den man uns brachte. Ich sah es ebenso in den Augen derjenigen, die schon hier waren. Auch Panik in den Herzen derjenigen war zu sehen, die von diesem Ort bereits gehört hatten. Es war keine Frage, ob wir in der Hölle waren — die Menschen zeigten es. Doch als würde dies nicht genug sein, mischten sich auch meine anderen Sinne in die Erschaffung eines Gesamteindruckes: Ich hörte die Schreie, das Knallen von Schüssen, von denen ich mir einbildete, wie sie Fleisch durchbohrten. Ich spürte das Eindringen am eigenen Leib. Dazu noch meine Nase, von der ich mir wünschte, sie wie eine Maschine per Knopfdruck hätte ausstellen können.

Das war das erste Mal, dass ein solcher Wunsch in mir aufkeimte und auch nach dem Lager kehrte er nicht zurück. Ich könnte versuchen, den Gestank zu beschreiben, aber die Reichweite keines Wortes würde reichen, dem Wahnsinn nahezukommen. Nicht einmal wenn ich alle Wörter dieser Welt verbinden würde. Im wahrsten Sinne unbeschreiblich war die dortige Mischung aus Verwesung, Schweiß, verbranntem Menschenfleisch, Exkrementen und Hass. Die Spannung, die zwischen den Schatten und den Gefangenen herrschte, war so dick, dass ich sie auf der Haut spüren konnte. Schnell war mir klar, dass Regeln existierten, die nicht zu unserem Wohl gestaltet waren. An die würde man sich dennoch halten müssen, wenn man zumindest einen Funken an Hoffnung behalten wollte.

Ich wandelte mich daher, um des Überlebens willen, von einem aufmüpfigen Lehrer, der sich gegen das System stellte und es zu bekämpfen versuchte, in eine Marionette. Eine Puppe, die alles tat, was von ihr verlangt wurde. Ich ließ mir die Zahlen und Buchstaben in den Handrücken brennen, ähnlich wie man es bei Rindern mit heißen Eisen macht. Ich verzog kaum mein Gesicht dabei. Das wurde mit lobenden Worten von einem der Schattenmänner registriert. Ein Kompliment, das sich im ersten Moment wie Honig meinen Rachen hinunterbewegte, da ich vor einer Bestrafung oder dem Tod sicher sein konnte. Als ich jedoch die Blicke der anderen Gefangenen sah, verwandelte sich der süße Nektar in Säure. Sie mussten mich in diesem Moment für einen Verräter gehalten haben. Aber ich wollte nur überleben. Anders als manch andere um mich herum, die diese neue Situation überforderte, war mein Kopf zumindest klar genug, um zu verstehen, dass man nur mit dem Strom schwimmen kann und keinesfalls dagegen. Man würde sonst untergehen.

Das Lager selbst war ein unwirklicher Ort. So viele Menschen, allesamt bis auf die Knochen heruntergehungert. Trotzdem nötigte man sie zu übermenschlichen Anstrengungen. Tagein, tagaus verrichteten wir unsere Arbeiten. Wir gaben uns mit den kleinsten Essensportionen zwangsweise zufrieden, vegetierten vor uns hin, während wir mit jedem Gramm an Fleisch auch einen Teil Menschlichkeit verloren. Wir wurden zu Arbeitern, die auf Basis von Routine agierten. Wir arrangierten uns mit den Bedingungen, die man uns gab, ließen uns in einen Zeitplan sperren, der nicht erlaubte, dass wir Freude empfanden.

Die Angst saß uns ständig im Nacken. Immer wieder brach die Anspannung und der Zorn auf die Umstände, an denen wir nichts ändern konnten, aus einigen von uns heraus. Tränen flossen ebenso häufig wie der Eiter und das Blut aufgeplatzter Wunden. Wir wurden zu Zeugen unserer eigenen Entwertung: Man machte uns erst zu Tieren, um uns dann nur noch wie wertlose Gegenstände anzusehen. Waren wir zu Beginn noch von unserem Überlebenstrieb geleitet, aßen und tranken, wenn es uns erlaubt wurde, gab es für jeden von uns einen Moment, in dem wir bemerkten, dass wir zu brechen drohten. Als würde unsere äußere Hülle einen Riss bekommen, der dann von den Schattenmännern gegriffen und immer weiter auseinander gerissen wurde, stand jeder mindestens ein, wenn nicht gar mehrere Male an der inneren Klippe. Bewegt von dem dringenden Bedürfnis, sich einfach nach vorne zu lehnen und geschehen zu lassen, was auch immer das Schicksal bereithielt. Wir versuchten gegen die innere Selbstaufgabe zu kämpfen, motivierten uns gegenseitig, wollten eine Einheit gegen die Schatten sein, die uns zu entzweien versuchten. Aber die Worte der anderen konnten nur so tief in die Seele vordringen.

Auch ich stand an diesem Rand. Ich hörte schon das Meer rauschen, wie es nach mir rief, ich solle einfach aufgeben und zu Boden gehen. Das war insbesondere bei den langen Märschen der Fall. Die setzten gen Ende ein, als die Schattengegner immer näher kamen und die Lagerführung Angst davor bekam, dass wir als lebendige Zeugen dem Feind in die Hände fallen könnten. Deswegen trieb man uns aus dem Lager zu benachbarten Stationen. Hauptsache weg vom Feind. So war vermutlich der Plan. Aber wir waren zu viele, um uns alle gleichzeitig zu transportieren. Selbst mit Zügen und Lastwagen war das nicht möglich. Daher liefen wir. Stundenlang, tagelang. Es brachte mich an die Grenze dessen, was ich seelisch und körperlich aushalten konnte.«

»Und dort bist du dann Esther begegnet?«, fragte Jaffke mit zittriger Stimme. David hatte in seiner Erzählung nicht mehr auf seinen Gesprächspartner geachtet, sondern blickte geradeaus. Er beschrieb nur den Film, der vor seinem inneren Auge von seinem Erinnerungsprojektor abgespielt wurde. Er sah sich selbst dabei von außen und blickte auf die Situation herab.

»Richtig. Sie war der rettende Anker in diesen chaotischen Zeiten, die mein Schiff beinahe zum Kentern brachte. Und trotzdem war meine Situation nicht die Schlimmste des Lagers. Sicher nicht leicht vorzustellen, wenn man sich meine Worte vor Augen führt. Aber es gab einige Hungerleidende, die zu allem Überfluss auch noch von Halluzinationen geplagt waren und von den Wachen vorgeführt wurden. Diesen armen, vor Sehnsucht nach etwas Essbarem kaum mehr stehen könnenden Skelette hat man alte Schuhsohlen von Umgebrachten gegeben, sie dünn mit Butter bestrichen und immer wieder auf die Halluzinierenden eingeredet, dass sie sich satt essen sollten. Ein schreckliches Bild, einen erwachsenen Menschen in den letzten Zügen seines Lebens so erniedrigt zu sehen. Aber das war Teil des Schatten-Apparates, uns unter Kontrolle zu halten. Man wollte uns immer spüren lassen, dass sie die Macht besaßen und wir jede Bedeutung für die Welt verloren haben. Gleiches tat man bei den unzähligen Appellen, zu denen wir antreten mussten. Stundenlang standen wir draußen, durften uns nicht rühren, nicht setzen. Es musste gezählt werden, ob noch alle Gefangenen da waren, hatte man uns gesagt. Aber wie hätte man fliehen sollen? Mehrere Linien an Stacheldraht umgaben uns in den Lagern, Schatten mit Gewehren liefen Patrouille und wir waren zu ausgehungert, um einen Fluchtplan ausarbeiten zu können. Durch die Gitter wären wir sowieso nicht gekommen. Bei jeder kleinsten Auffälligkeit hätte man Suchtrupps losgeschickt. Das widerliche Geräusch der Sirenen wäre ertönt, Hektik hätte das Lager ähnlich befallen wie ein Heuschreckenschwarm sich über Getreidefelder hermacht«, sprach David und setzte für einen weiteren Augenblick ab.

Er drehte seinen Kopf zu Jaffke, versuchte in dessen Augen eine Reaktion zu lesen, ob er nicht langsam mal genug gehört hatte. Wie sehr musste sich David noch entblößen, um den Krug der Neugierde Jaffkes komplett gefüllt zu haben und ihn hinausbitten zu können?

Ein kurzer Anflug von Wut machte sich in David auf, die er hätte rausgelassen, hätte er nicht einige tiefe Atemzüge genommen und seinen Blick von Jaffke erneut abgewandt.

Woher kam dieser Anflug von Ärger? War er wütend auf seinen Nachbarn, weil der ihn durch sein Interesse zwang, die Szenen seiner Vergangenheit erneut zu sehen, sogar darüber zu sprechen? Er schämte sich für diese plötzliche Gefühlsregung. Jaffke hatte nichts falsch gemacht, im Gegenteil konnte man sogar sagen: er wollte die Wahrheit wissen und die Suche nach dem wahren Kern einer Sache kann nie falsch sein — schmerzhaft, sicherlich, aber nie falsch.

»Es tut mir leid, aber die Eindrücke sind zu viel für mich. Ich kann nicht weiter berichten. Die Erinnerungen drängen sich auf, als wäre da eine zweite Welt, die sich in meinen Kopf pressen und die Gegenwart verdrängen möchte. Es zerreißt mein Inneres, das noch einmal durchleben zu müssen. Haben Sie Verständnis, Jaffke. Bitte«, sagte David und rieb sich mit den Fingern über seine Stirn, um den Sturm dahinter zu beruhigen. Jaffke blieb versteinert sitzen. Sein Blick lag auf David, während auch er anfing, mit seiner Hand über sein Gesicht zu streichen. Ein tiefes Ausatmen folgte. Dann winkelte er einen Arm an und legte seinen Kopf darauf ab. Seine Augen schlossen sich und er kniff sie stark zu. Was auch immer sich dahinter abspielte, war für David nicht zu erkennen.

Es keimte Unsicherheit in ihm auf, was seine vielen Worte in Jaffke ausgelöst hatten. Ob jener ihm wohl Glauben schenkte? War er möglicherweise zu explizit gewesen? Unruhig begann David seine Position auf dem Sofa zu verändern und nach Balance zu suchen.

»Deckt sich meine Erzählung mit dem, was Sie gehört haben?«, fragte er schließlich und kratzte sich an der Schläfe.

Jaffke öffnete seine Augen und sah David an.

»Ich habe«, begann er, musste aber dann abbrechen, da das zweite Wort von seiner Stimme derart schwach ausgesprochen wurde, dass sie ihm den Dienst versagte und nur ein leichtes

Gluckern zu hören war. Er räusperte sich und klopfte einige Male auf die Stelle zwischen Brustmuskeln und Hals. Als würde dort eine Luftblase sitzen, die nur so zum Platzen gebracht werden konnte.

»Ich habe ähnliche Dinge gehört. Sie klangen allerdings weniger schlimm, weil sie von Menschen erzählt wurden, die alle diese Sachen nicht miterlebt haben. Sie trugen lediglich weiter, was man ihnen selbst einmal erzählt hatte. Die Bestätigung dessen, was ich für haarsträubende Übertreibungen hielt, nun aus deinem Mund zu hören, ist … Ich kann es kaum in Worte fassen. Eigentlich kann ich es überhaupt nicht. Ich glaube dir, keine Frage. Dennoch sind deine Details und die Art, wie du davon erzählst, so unglaublich, dass man dich eigentlich einen Lügner nennen müsste. Ich blickte dir aber oft in die Augen, während du erzählt hast. Da war kein Fünkchen Unwahrheit. Sie waren klar, auch wenn sie glasig nach vorne gerichtet waren. Sie zuckten manchmal hin und her, als würden sie die Gegenden, die du besuchtest, erneut sehen. Aber ich glaube dir. Nichts war erfunden.«

»Danke. Nichts wäre schlimmer, als einen derart tiefen Blick in den Spiegel der Vergangenheit zu gewähren und dann zu hören, dass man es umsonst tat.«

»Umsonst war es keinesfalls. Ich kenne nun die Wahrheit und, wenn ich ehrlich sein darf, tobt in mir gerade ein Kampf. Einerseits das, was ich über euch weiß, was mir beigebracht wurde und gleichzeitig das frische Wissen, was man mit euch gemacht hat.«

»Scheint, als würde sich Ihr Gewissen melden. Besser spät als nie?«

»Ich weiß nicht, ob es wirklich mein Gewissen ist. Spüre ich eine Schuld? Habe ich wirklich viel dazu beigetragen, was man dir und den anderen von euch antat?«

»Haben Sie denn versucht, es zu verhindern?«, fragte David eindringlich.

Jaffke war von dieser Frage überfordert und hatte darauf keine direkte Antwort.

»Vermutlich nicht. Aber vielleicht war das auch nicht meine Aufgabe. Die bestand darin, das Land zu verteidigen — nicht euch. Verstehe mich nicht falsch: Ich wünschte, ich könnte dir an dieser Stelle sagen, dass ich es nicht gewusst und mich deine Geschichte überrascht hätte. Es wäre gelogen, nun zu behaupten, ich wäre unwissend gewesen.«

»Wenn man nicht gegen das Unrecht vorging, ist man dafür gewesen.«

»Gibt es wirklich nur schwarz und weiß?«, fragte Jaffke in einem Tonfall, der darauf schließen ließ, dass er nicht provozieren, sondern eine ehrliche Antwort wollte. Er schien es nicht zu wissen.

»Nehmen wir an, Sie würden auf offener Straße angegriffen werden. Man würde Ihnen die Gehhilfen rauben und sich über Sie lustig machen. Dann wandelt sich dieser Konflikt in ein Handgemenge, da Sie eine solche Unverschämtheit natürlich nicht tatenlos und unkommentiert geschehen lassen können. Sie sind in der Unterzahl gegen die Angreifer, die sich nach einer Weile auf Sie stürzen. Sie wollen Sie für ihren Widerstand bestrafen, indem sie einen Hagel an Schlägen auf Sie niederprasseln lassen, bis Sie sich nicht mehr rühren. Stellen Sie sich jetzt vor, dass es Menschen gab, die drumherum standen. Eine ganze Gruppe unterschiedlichen Alters und Geschlechts. Einige schauten erschreckt weg, andere konnten ihre Augen kaum abwenden. In manchen von ihnen kam der Drang auf, zu Ihnen zu eilen und Sie gegen das Unrecht zu verteidigen, aber gleichzeitig waren sie von Angst erfüllt, dass man mit ihnen Selbiges anstellen könnte, was man mit Ihnen tat. Wieder andere ergötzten sich an Ihrem Aufbäumen, dem Blutvergießen und Adrenalinrausch, den eine solche Szene zweifellos verursachen kann. Sie ist auf eine bizarre Art aufregend und stellt ein Ausbrechen aus dem Alltag dar. Eine Gruppe von Menschen wurde hier zu Beobachtern und letztendlich griff keiner ein. Würden Sie nicht jeden von ihnen verfluchen? Wäre es Ihnen nicht gleichgültig, was die Motive hinter dem Zögern oder dem nicht-existierenden Handeln der Figuren waren, die auf Sie herabsahen? Sie wären alle schuldig, weil sie es unterließen zu helfen. Wer ein Verbrechen beobachtet und nicht eingreift, wird selbst zum Täter. Sehen Sie das anders?«

»So habe ich es noch nicht betrachtet. Ich erinnere mich, als mir das Bein von einer Granate zerfetzt wurde. Wie ich jeden um mich herum angeschrien und beschuldigt habe, dass sie der Grund wären, warum ich inzwischen nur noch ein gesundes Bein besitze. Die Armee, den Krieg, die Partei, euch, sogar die Krankenschwestern habe ich mit Flüchen belegt, da keiner von Ihnen verhinderte, was mir passiert ist. Ich kenne das Gefühl, das du beschreibst. Sie alle waren Schuldige in meinen Augen, sind es vielleicht heute noch.«

»Dann verstehen Sie wie Esther und ich uns fühlen, wenn wir heute durch diese Stadt gehen und nicht wissen, wer von den Menschen, die uns manchmal ignorieren, manchmal aber sogar anlächeln, ebenfalls nur ein Beisteher war und nicht eingriff. Wir wissen es nicht. Aber es ist auch nicht an uns, das herauszufinden. Es würde nichts verändern. Wir können uns nur arrangieren und sensibel auf jede Veränderung der Gesellschaft achten, sodass wir im Fall der Fälle fliehen können.«

»Wieso sprichst du von fliehen?«, fragte auf einmal eine weibliche Stimme.

David und Jaffke schauten beide in die Richtung, aus der sie die

Frage hörten. Es war Esther, die sich an den Türrahmen gelehnt hatte, erschöpft aussah und von der Arbeit im Krankenhaus heimgekehrt war. Keiner der anwesenden Männer hatte auf ihr Hereinkommen reagiert. Beide waren zu vertieft in das Gespräch.

»Du bist schon da?«, fragte David überrascht.

»Schon? Ich musste sogar länger bleiben. Ist dir das nicht aufgefallen? Es ist nach 17 Uhr. Es gab einen Notfall bei einer Kollegin, für die ich einspringen musste, obwohl meine Schicht schon vorbei war. Was ist hier los?« Esther hatte die Arme ausgebreitet und deutete mit den Händen zuerst auf den Kaffee und dann das Bild, wie Jaffke und David gemeinsam auf dem Sofa saßen.

»Dein Kaffee steht in der Küche. Ich kann ihn dir gleich nochmal aufwärmen«, antwortete David.

»Ich meine nicht den Kaffee, sondern euch. Ihr haltet einen Plausch?«

David und Jaffke sahen sich an und schüttelten fast synchron den Kopf.

»Männergespräch«, war es dieses Mal Jaffke, der ihr eine Antwort gab. »Nichts Besonderes. Ich hatte Fragen und David hat mir berichtet. Vom Dachboden und dem Lager.«

»Wirklich?« Esther sah David so eindringlich an, dass dieser sich unwohl fühlte. Als würde er in einem Verhör sitzen und es sei eine heiße Glühbirne auf ihn gerichtet. Er nickte daher nur.

»Er hat Ihnen alles erzählt?«

»Alles sicher nicht. Das kann man auch nicht. Dafür fehlt die Zeit und auch die Kraft. Ich habe ihm so viel gesagt, wie ich konnte. So viele Eindrücke weitergeben, wie es mir möglich war«, gab David zu verstehen.

»Sehr beklemmend und schrecklich, diese Dinge zu hören, muss ich sagen«, warf Jaffke ein.

Es entstand ein Moment des Schweigens. Verstohlene Blicke wurden ausgetauscht. Die Stille war unangenehm und lag wie ein schweres Gasgemisch zwischen ihnen. David wusste nicht, was er noch weiter sagen sollte und Jaffke schien nicht zu verstehen, dass das Ende der Erzählstunde erreicht war. Esther stand weiterhin am Türrahmen.

Auf einmal war da ein Kratzen, als würden Schuhe mit brüchigen Sohlen, in deren Lücken sich kleine Steinchen gesammelt haben, auf ungedämpften Boden begeben. Dann folgte ein dumpfer Aufprall. Alle drei schauten hoch.

Der Dachboden.

»Das kann doch wohl nicht …«, begann Jaffke.

»Sehen Sie? Wir können das nicht gewesen sein.«

»Den schnappe ich mir!«, brauste Jaffke auf. Er griff hektisch nach seinen Gehhilfen. Dabei hatte er Mühe, sie in die richtige Position zu bringen, aber David, der inzwischen aufgestanden war, half Jaffke am Arm hoch in die aufrechte Position.

»Wir kommen mit«, sprach David.

Jaffke schritt voran. Währenddessen versuchte David, sich vor ihn zu drängen. Ein Mann auf zwei Krücken könnte sicherlich nicht viel ausrichten, wenn der Einbrecher schnell die Treppe hinunterrennen würde. Womöglich würde er noch selbst hinunterfallen. Doch Jaffke war zu breit und groß gebaut, um an ihm vorbeizukommen und auch noch schneller bei Esther, als David erwartet hatte. Sie ging einen Schritt zur Seite, trat ins Wohnzimmer und ließ Jaffke passieren.

»Was machen wir denn jetzt?«, flüsterte Esther David zu, als er zu ihr kam.

»Wir fangen einen Einbrecher, nehme ich an«, antwortete David ohne Umschweife.

»Aber wie?«, fragte Esther besorgt.

»Wir sind zu dritt und der Einbrecher hoffentlich alleine. Bessere Chancen haben wir nicht.«

»Und was ist, wenn der Mann bewaffnet ist und keine Scheu hat, die Waffe gegen uns zu richten?«

David zögerte mit seiner Antwort. An diese Eventualität hatte er nicht gedacht. Er ging bisher von einem armen Menschen aus, der sich lediglich nach einem Rückzugsort sehnte. Nicht aber, dass es sich um jemanden handeln könnte, der ihnen schaden wollte.

Er sah Esther an, merkte an ihrem Blick, dass Sorge in ihr aufzukeimen drohte. Ihre Augen zeigten einen Anflug von Angst, der ihm Herzschmerzen bereitete.

»Wir haben schon andere bewaffnete Männer überlebt«, sagte er, nahm ihr Gesicht in beide Hände und küsste zärtlich ihre Stirn.

Kapitel 22 - Der Eindringling

Ulrich Jaffke stand vor der Tür des Dachbodens. Währenddessen hielt sich David schräg neben ihm und deckte so einen Teil des Weges zu den Stufen ab. Esther war dahinter und hatte die Arme ausgebreitet. Sie sah ein wenig danach aus, als würde sie einen großen Blumenstrauß fangen wollen.

David wollte eigentlich als Erster an die Tür gehen, aber Jaffke stapfte mit Feuer in den Adern die Treppen hoch und klopfte einige Male mit den Krücken an die hölzerne Tür, als David sich gerade in Position brachte.

»Beweg deinen Arsch raus!«, schrie Jaffke und schlug erneut gegen die Tür.

Niemand rührte sich. Selbst das Kratzen, das sie vorher über ihren Köpfen gehört hatten, war verstummt.

»Ich komme jetzt rein! Pass auf, was du machst!«, rief Jaffke erneut und öffnete die Tür so plötzlich mit einem kraftvollen Stoß, dass David zusammenzuckte. Esther sog scharf die Luft ein.

Die Tür sprang beinahe aus den Angeln und schlug an der dahinter liegenden Wand ein. Es klang, als würde etwas Putz abbröckeln. Ob Jaffke einen solch immensen Kraftaufwand betrieb, um den Einbrecher zu erschrecken oder ihm nicht die Möglichkeit zu geben, sich hinter der Tür zu verstecken, wusste David nicht. Er konnte nur mit großen Augen zu Jaffke schauen. Was für eine ungeheure Kraft dieser Mann hatte. Er versuchte sich eine geistige Notiz zu machen, sich niemals in eine körperliche Auseinandersetzung mit ihm zu begeben, denn auch wenn jenem ein Teil des Beines fehlte, war der Rest weiterhin imposant.

Jaffke machte einen Schritt nach vorne, stand nun im Türrahmen und füllte ihn beinahe gänzlich aus — ein Leuchtturm an menschlichem Fleisch. Hatte David vorher noch Bedenken, Jaffke könnte körperlich unterlegen sein, wenn er auf den Einbrecher träfe, verflogen die Sorgen. Jemand müsste schon ähnlich physisch veranlagt sein wie sein Nachbar selbst, um ihn überhaupt aus dem Türrahmen schieben zu können. Zumal Jaffke einen eventuellen Angreifer auch noch mit den Krücken auf Abstand halten könnte.

»Komm raus, du elender Hund!«, brüllte Jaffke, als David und Esther zu ihm aufschlossen. Sie standen beide hinter ihm und lugten auf Zehenspitzen über seine Schulter hinweg, was David aufgrund seiner Größe leichter fiel.

»Ich komme, ganz ruhig!«, hörte David eine männliche Stimme rufen. »Enttäuschend. Ich hoffte, mein Fehltritt blieb unbemerkt.«

»Bei dem Lärm, den du veranstaltet hast, war es kein Wunder, dass wir dich gehört haben. Los, beweg dich! Damit wir dich sehen können und wissen, wer die Dreistigkeit besitzt, sich hier einzuquartieren!«

Der Angesprochene tat, wie ihm geheißen wurde. David konnte sein Erscheinungsbild nicht richtig erkennen, da der Mann noch in der Dunkelheit des Raumes war und das Fenster wegen der Decke davor kein Licht hinein ließ. Es war lediglich auffällig, wie beschwerlich es für ihn schien, von dem kleinen Lagerplatz aufzustehen und ins Licht zu treten. Sicher war dem Mann die Kälte in die Glieder gefahren, dachte David.

»Siehst du ihn?«, flüsterte Esther David zu.

»Nur die Umrisse. Warte, lass ihn herauskommen«, antwortete er, während Esther ein wenig nach hinten ging, um anscheinend einen eventuellen Fluchtversuch verhindern zu können.

Wenige Augenblicke später trat Jaffke einen Schritt zurück,

ohne sich nach hinten umzusehen. Kurz nach ihm folgte ein Mann, der erst im Licht des Hausflures wirklich zu sehen war. Er war nicht sonderlich groß, möglicherweise gerade einmal einige Zentimeter größer als Esther. Sein Kopf sah einem Ei nicht allzu unähnlich, mit Ausnahme der Haarbüschel, die knapp über einem Ohr begannen und in einem Halbkreis zum anderen Ohr führten. Der Mann war hager. Sein Anzug, der trotz des Staubes vom Dachboden edler als der Mensch wirkte, der in ihm steckte, hing nur noch am Körper. Anscheinend war er für eine Version dieses Mannes maßgeschneidert worden, die deutlich besser genährt war. David schätzte ihn auf Anfang, Mitte 60. Seine schwächlich wirkende Erscheinung stand konträr zu seinem Gesichtsausdruck und seiner Haltung, die eine Erhabenheit auszeichneten. Der Mann war sich der Ausstrahlung bewusst, wie es David schien, und er musste sie genießen, so hoch wie er sein Kinn trug. Wortwörtlich sogar, denn sein Hals und sein Unterkiefer bildeten keinen rechten Winkel, sondern es sah mehr wie ein Halbkreis aus, der von seinem Hals zur Kinnspitze geformt wurde.

»Rombrecht?«, fragte Jaffke erstaunt, als er ihn für einen Moment betrachtete.

»Ganz Recht«, antwortete der ältere Mann und nickte. Seine Mundwinkel verzogen sich dabei zu einem halbgaren Lächeln, als sei er wenig darüber überrascht, dass man ihn erkannt habe.

»Sie wissen, wer das ist?«, war es dieses Mal Esther, die eine Frage in den Raum warf.

»Nur vom Sehen. Wir sind uns nie begegnet. Dieser Mann war eine Berühmtheit in Hebräu — besser gesagt sein Vater.«

David hörte aufmerksam zu. Ihm entging nicht, wie sich für einen kurzen Moment ein böses Funkeln in dem Blick des Mannes ergab, als sich Jaffke korrigierte und nicht ihm, sondern Rombrechts Vater die Lorbeeren zusprach.

»Berühmt wofür?«, fragte David.

»Er und sein alter Herr waren Richter hier. Hohe Tiere. Hatten viel zu sagen. Der Vater war sehr beliebt.«

»Und der Sohn?«

»Eher gefürchtet. Er hat die härtesten Gesetze durchgesetzt. Ich selbst habe nie mit ihm verkehrt, da ich mir nichts habe zuschulden kommen lassen, aber sein Ruf war auch mir bekannt. Ihm wollte man, wenn möglich, lieber aus dem Weg gehen. Gnadenlos sei er, hieß es immer.«

Rombrecht nickte, als würde er sich für die Worte bedanken.

»Was habt ihr jetzt vor?«, fragte er in die Runde, ohne aber jemanden speziell anzusehen.

»Wir bringen Sie erst einmal in unsere Wohnung und da können Sie erzählen, was sie hier oben gemacht haben. Danach entscheiden wir, ob wir die Polizei holen wollen oder nicht«, sagte David.

»Lasst mich einfach gehen. Ich packe kurz zusammen und ziehe weiter.«

»Nichts da! Du bleibst hier. Man hat nicht jeden Tag die Ehre, sich mit einem hohen Richter zu unterhalten«, antwortete Jaffke.

Wenig später saß Jaffke links neben Rombrecht und David auf der rechten Seite. Beide hielten den alten Mann an jeweils einem Arm fest. Eine Vorsichtsmaßnahme, um sicherzugehen, dass sich der Einbrecher darüber im Klaren war, wie wenig Freiraum er in dem folgenden Gespräch hatte.

»Rede«, setzte Jaffke an. »Was hast du auf dem Dachboden gemacht? Hast du uns bestohlen? Wie lange warst du schon da oben?«

»Ich habe es nicht nötig, unnütze Kisten auf einem Dachboden fremder Menschen zu durchwühlen und diese dann auch noch zu bestehlen«, antwortete Rombrecht.

»Woher wissen Sie denn, dass die Kisten unnütz sind, wenn sie nicht hineingeschaut haben?«, fragte David spitzfindig. Er erwischte Rombrecht auf dem falschen Fuß. Jener rang peinlich berührt nach Worten.

»Dazu ist nicht viel vonnöten, oder?«, versuchte er sich zu fangen, »Man braucht sich nur umzusehen. Allein beim Hereinkommen fällt die kolossale Armut bereits auf. Wie bei Höhlenmenschen wird der Eingang von einem einfachen Stein gesichert. Nicht einmal genug Geld vorhanden, um eine Tür reparieren zu lassen. Als wäre das nicht genug, herrscht anscheinend kein Sinn für Ästhetik und Anspruch. Wie sonst ist es zu erklären, dass überall im Hausflur die Farbe abblättert? Es ist offensichtlich, dass auch in Kisten auf dem Dachboden dieses verlotterten Gebäudes nichts zu finden sein könnte! Wer in einem Armutshaus lebt, wird keine Diamanten verstecken können.«

Seine Stimme war dabei etwas höher, als man von seinem Erscheinungsbild erwartet hätte. Noch dazu schien er sein Sprechtempo künstlich zu verlangsamen. Er genoss das Reden. Die Erwartungshaltung seiner Gesprächsteilnehmer nach einer schnellen Antwort kümmerte ihn wenig. Ein Mann, der es gewohnt war, die Zügel in der Hand zu halten, ließ sie sich auch in einer solchen Situation nicht nehmen. Er war sichtlich angetan davon, wie ihm drei Menschen zuhörten und darauf warteten, dass er sie mit einer Antwort versorgte.

»Du trägst die Nase ja noch immer höher, als es dir gut tut, Rombrecht«, entgegnete Jaffke wenig beeindruckt.

»Was für ein geistreicher Kommentar. Immerhin scheinen Sie mich zu kennen. Das ist mehr als ich von Ihnen sagen kann«, entgegnete Rombrecht, ohne Jaffke eines Blickes zu würdigen. Er schaute geradeaus und machte durch seine kerzengerade Haltung deutlich, dass er sich selbst für zu wertvoll erachtete, um derart verhört zu werden. Ein Rombrecht gibt keine Auskünfte, sondern erteilt Befehle, so zumindest kam es David vor.

Es störte ihn, wie sich dieser kleinere, ältere Mann nicht aus der Reserve locken ließ und weiterhin versuchte, die Kontrolle über das Gespräch zu behalten. Immerhin hatten sie ihn gerade von ihrem Dachboden geholt und befragten ihn. Trotzdem fühlte es sich so an, als seien David und die anderen Teilnehmer eines Schauspiels, bei dem Rombrecht die Fäden zog.

»Schluss jetzt. Genug der Ausflüchte und Beleidigungen. Erzählen Sie uns, was Sie auf unserem Dachboden gemacht haben«, sagte David in einem Versuch, die Leitung des Gespräches zu übernehmen.

Rombrecht sah ihn an. Er musterte ihn, nur um dann mit einem verächtlichen "Pah" wieder wegzuschauen.

»Nichts hat sich verändert!«, begann Jaffke. »Sein Vater war ein Heiliger. Jeder Mensch in diesem Ort liebte ihn. Ein wirklich großer Richter. Ein Wohltäter könnte man sagen, der viel Sinn für Gerechtigkeit besaß. Dass aus seinem Samen so eine hochnäsige Figur wurde, ist mehr als schändlich für diesen wunderbaren und wertigen Nachnamen. Er hätte Besseres verdient.«

»Wagen Sie es ja nicht, meinen Vater zu verleumden«, sprach Rombrecht und warf Jaffke böse Blicke zu. Rombrecht war augenscheinlich eine solche Beurteilung nicht gewohnt und dass ausgerechnet Jaffke, der nur wenig einem Edelmann ähnelte, ihm nun Respekt versagte, musste Rombrecht mächtig ärgern, dachte David. Ihn zu diskreditieren und nicht als höchste Instanz zu sehen, musste neu für diesen hageren Kerl sein, der doch bemüht war, die Fassade des großen Rombrechts aufrechtzuerhalten.

»Ich sprach nicht schlecht über ihn, sondern über sein

Erzeugnis. Dieser Mann war ehrenvoll. Man konnte sich auf ihn verlassen. Er tat nur, was er als moralisch richtig empfand. Deswegen war er beliebter als so manche Politiker des Ortes«, erklärte Jaffke und sprach dabei eher zu David und Esther als zu Rombrecht, dem diese Worte sicherlich nicht fremd waren. »Bis man ihn erschossen hat. Auf offener Straße. "Raubüberfall" hieß es, aber jeder in der Stadt wusste, dass er nicht wegen seines Reichtums, sondern wegen seinen Einstellungen starb. Ernst Rombrecht war nicht zu korrumpieren. Er hatte seine Ideale und wenn etwas dagegen verstieß, handelte er und nahm sich der Sache an. Es ist eine Schande, dass ein Wurm wie du, Heinz, Teile seines Namens trägt!«, sprudelte es weiter aus Jaffke heraus. Er steigerte sich in seiner Wortwahl und der Kraft seiner Stimme so sehr, dass David fürchtete, sein Nachbar würde sich zeitnah mit seinen über einhundert Kilogramm auf den alten Mann stürzen und ihn wie ein Streichholz in der Mitte durchbrechen.

Esther musste einen ähnlichen Eindruck gehabt haben, denn sie trat einige Schritte näher an Jaffkes Seite und positionierte ihre Hand auf seiner Schulter. Sie würde ihn nicht zurückhalten können, sollte er sich wirklich auf Rombrecht stürzen, aber vielleicht könnte sie eine solche Handlung überhaupt erst verhindern.

»Für dich noch immer Richter Rombrecht! Ich habe mich nicht durch mein Examen gequält, um Bestnoten gekämpft und mich bis zur höchsten Instanz unserer Gesetzgebung hochgearbeitet, damit mich jeder dahergelaufene Bauer mit dem Vornamen anspricht. Falls du überhaupt laufen kannst«, giftete Rombrecht zurück.

Jaffkes Augen wurden größer. Wut stieg offenkundig in ihm auf, so wie sich sein Körper versteifte und der Griff am Arm des alten Mannes stärker wurde. Wie ein Bulle, der beim

Stierkampf in seiner Box voll Adrenalin und Anspannung darauf wartet, explodieren zu können, saß Jaffke nun da.

»Wir sollten«, begann Esther, die dieses Testosteron-Gebaren der beiden Männer mit mehr und mehr besorgter Miene betrachtete. »Lasst uns mit diesen Streitereien aufhören. Sie führen zu nichts. Warum sind Sie auf dem Dachboden gewesen, Herr Rombrecht? Sagen Sie uns das, geben Sie uns eine vernünftige, respektvolle Begründung und dann sehen wir weiter.«

Rombrecht sah zu ihr, dachte einen Moment darüber nach, als würde er seine Möglichkeiten sondieren wollen.

»Ich habe mich versteckt«, begann er nach langem Zögern, »wie ihr euch denken könnt. Ein Mann mit meiner Vergangenheit, mit dem familiären Hintergrund und dem Namen, sucht es sich nicht ohne eine Not aus, auf einem staubigen Dachboden zu verharren, sich dort nahezu häuslich einrichten zu müssen und jeden Abend zu hoffen, dass ihn die Kälte nicht holt.«

Sein Tonfall hatte sich dabei nicht geändert, aber seine Geschwindigkeit zog ein wenig an.

»Von welcher Not sprechen Sie?« Dieses Mal war es David, der zu dem Eindringling sprach.

»Was wohl?«, antwortete dieser, als müsste es völlig klar sein, wovon er redete. David aber wusste es nicht und auch die anderen schwiegen. Keiner von ihnen brachte eine Vermutung hervor; sie warteten nur darauf, dass Rombrecht fortfuhr. »Wirklich? Rückständiger als ich dachte. Also ihr, meine ich.«

»Ich sagte, Sie haben respektvoll und vernünftig zu antworten«, ermahnte ihn Esther. Als sie diese Worte sprach, nahm sie ihre Hand von der Schulter Jaffkes, der sich bis dahin wieder etwas besser im Griff hatte.

»Ich werde gesucht«, sagte Rombrecht knapp und emotionslos.

»Von wem und warum sucht man dich? Bist du etwa mit den Freunden deines Vaters aneinander geraten und jetzt haben sie erkannt, was für ein Würmchen du bist?«

»Keineswegs, Halbbein«, antwortete Rombrecht und grinste hämisch in Jaffkes Richtung. »Aber wie ihr vielleicht gehört habt, gibt es tagtäglich Razzien. Man sucht in der ganzen Stadt nach Menschen wie mir.«

»Richtern?«, fragte Esther.

»Er ist ein Schattenmann«, sagte David auf einmal mit glasigen Augen, hinter denen ein Krieg tobte. Er hatte bereits seit Beginn des Gespräches das Gefühl, dass dieser Mann etwas zu verbergen hatte. Er wirkte zu souverän und selbstsicher, als dass er nur ein gewöhnlicher Richter hätte gewesen sein können. Ein solcher müsste sich nicht auf Dachböden verstecken. Er könnte mit erhobenem Haupt auf die Straße treten, sich den Menschen stellen, ihnen in die Augen sehen und müsste sich vor keiner Art Verfolgung fürchten. Ein Richter, im eigentlichen Sinne, hat vernünftige moralische Werte, die ihm den Weg weisen.

Der Mann, der zwischen ihm und Jaffke saß, war jedoch ganz anders: Er verkroch sich auf einem kalten Dachboden. Wie eine Ungeziefer suchte er sich einen Unterschlupf und missbrauchte alles, was ihm nicht gehörte, um sich selbst einen Vorteil zu verschaffen. Es bestand kein Zweifel: sie hatten einen Richter der Schatten, einen Handlanger der Partei, in ihrem Wohnzimmer sitzen.

Sofort ließ David von dem Mann ab. Mit einem Gefühl von Ekel und Hass riss er seine Hände los. Er spürte den Drang, nicht mehr auf dem Sofa zu sitzen. Er wollte aufstehen und gleichzeitig konnte er Jaffkes Wunsch, diesem Mann weh zu tun, durchaus etwas abgewinnen. Aber anders als Jaffke, der sich wohl nur am großen Mundwerk und der Arroganz Rombrechts störte, hatte David tiefergehende Beweggründe: Neben ihm saß einer der Männer, die Recht sprachen — das Recht der Schattenmänner. Ein skrupelloser und herzloser Mann musste es sein, der tausende, wenn nicht mehr, Menschen wie Esther und ihn zu fürchterlichen Strafen wie den Lagern oder dem sofortigen Tod verurteilten.

Esther und David hassten die Richter, wie jeder andere, der unter ihnen zu leiden hatte. Dabei war es nicht entscheidend, dass diese Männer Urteile fällten, die fernab jeder Vernunft waren. Es lag eher daran, dass sie in ihrer Position eine Hoffnung für alle unrechtmäßig festgenommenen Menschen darstellten und ihre Machtposition missbrauchten.

»Schattenmann — ich liebe diesen Titel«, setzte Rombrecht an und lächelte selbstgefällig. »Aber er wird nur von denen benutzt, die sich vor uns fürchten. Interessant. Da kann ich mir jedes Haus der Stadt aussuchen und lande ausgerechnet bei Dreien eurer Sorte. Hat man euch nicht erwischt? Schade.« Sein Lächeln verbreiterte sich. Er genoss die Provokation.

»Riskante Gesprächsstrategie für jemanden, der einen Anruf bei der Polizei entfernt ist, einen Strick um seinen brüchig-alten Hals zu haben«, erwiderte David und stand auf. Er ertrug es nicht länger, in unmittelbarer Nähe mit diesem Mann zu sein. Nun, wo David wusste, wen er neben sich sitzen hatte, konnte er die Niederträchtigkeit und seelische Schwärze dieses alten Kerls spüren.

»Ist es wirklich das, was ihm droht, sobald wir jemanden von den Behörden Bescheid geben?«, fragte Esther mit beunruhigter Stimme.

»Du hast die Meldungen im Radio selbst gehört. Männer wie er werden gesucht. Händeringend! Man will die Figuren, die sich verantwortlich zeichneten, die eine so massive Schuld auf ihren Schultern tragen, dass es mir ein Rätsel ist, warum er überhaupt einen geraden Rücken haben kann. Sie sind verantwortlich,

Esther. Das da«, er zeigte auf Rombrecht mit wütendem Blick, »ist einer der Männer, die Menschen wie dich und mich in die Lager geschickt haben. Wer weiß, wie viele Hunderte, Tausende Menschen er ohne auch nur an ein Wimpernzucken zu denken, hinter diese Höllentore sandte. Denk an die Sammelstellen, die Züge, die Erlebnisse in den Lagern. Denk an die vielen Kilometer an Märschen, die wir mit blutenden Füßen zurücklegen mussten. Das da ist einer der Männer, die Schuld daran sind. Und wenn du mich fragst: er verdient den Strick oder die Kugel. Am liebsten würde ich dabeistehen, um wenigstens einen Hauch von Genugtuung und Gerechtigkeit zu erfahren!«

»Aber macht es unsere Leiden ungeschehen? Wenn er stirbt, verschwinden dann auch unsere Erinnerungen?«, fragte sie.

»Das kann nicht dein Ernst sein! Erinnerst du dich nicht an die Dinge, die wir durchlebt haben?« Davids Stimme klang vorwurfsvoll.

»Wie sollte ich sie je vergessen?«, antwortete sie mit einer Schwere in der Stimme, die David den Hals zuschnürte.

Er war zu weit gegangen, selbst wenn es nur ein Schritt gewesen war. Eine solche Frage erübrigte sich und er hätte sie nicht stellen dürfen. Natürlich hatte sie das Geschehene nicht aus ihrem Kopf gestrichen. David spürte Scham in ihm aufsteigen, die sich mit seinem Unverständnis mischte, wie Esther seine Ansicht in dieser Sache nicht teilen konnte.

»So meine ich das nicht. Bitte verzeih. Es ist mir nur unbegreiflich, wie du nach allem, was man mit uns tat, wie ungerecht und unmenschlich man uns behandelte, ihn nicht auch zur Verantwortung ziehen willst.«

»Ich bin kein Richter, David. Es ist nicht meine Aufgabe, Menschen zu verurteilen. Ich helfe ihnen«, antwortete sie knapp.

»Der Mann auf dem Sofa war Richter und er hat die fürchterlichsten Entscheidungen getroffen. Die schlimmsten aller Urteile gesprochen.«

»Dem würde ich widersprechen«, warf Rombrecht ein, der sich das Gespräch zwischen Esther und David bis dahin regungslos angesehen hatte. »Ich hatte meine Aufgabe und die habe ich erfüllt. Gewissenhaft, wie es von mir verlangt wurde. Daran kann wohl kein Zweifel herrschen.«

»Darauf bist du auch noch stolz?«, fragte David entsetzt.

»Selbstverständlich. Es gab keinen effektiveren, angeseheneren Richter. Niemand hatte eine solche Verurteilungsquote. Die Leute wurden schneller verurteilt, als sie hereinkommen konnten. Man hätte eine Drehtür in mein Gericht einbauen können. Leute wie ihr seid kategorisch schuldig, da braucht man nicht erst lange überlegen. Dafür gab es die dementsprechenden Richtlinien und Gesetze. Aber auch ohne sie hätte ich so entschieden. Ekelerregendes Pack.« Seine Stimme veränderte sich trotz des giftigen Inhalts kaum. Sie blieb monoton und besaß weiterhin eine Langsamkeit, die seiner Sprechweise innewohnte.

»Achte auf deine Wortwahl. Sonst brauchen wir niemandem mehr Bescheid zu geben und das Problem, also dich, erledige ich selbst mit eigenen Händen!«, meldete sich Jaffke aus seiner Pause, in der er David und Esther machen ließ, ohne sich einzumischen. Vermutlich war er überrascht über Davids Aufbäumen und behielt sich vor, nicht näher in die Interaktion zu treten, da er nicht selbst von Rombrechts Taten betroffen war. Das würde zumindest erklären, warum er schwieg, bis der alte Mann eine unsichtbare Linie überschritten hatte und er ihn nun zur Räson rief, dachte Esther. Jaffke würde seinen Worten sicher nicht ohne den Wunsch geäußert haben, sie auch zu realisieren.

»Das wird hoffentlich nicht nötig sein, Jaffke«, setzte David an. »Wir rufen jetzt die Behörden und lassen die ein Urteil über den Richter sprechen. Das wird sicher nicht überraschend ausfallen, aber dafür umso besser für uns.«

»Nein!«, rief Esther und legte ihre Hand auf Davids Arm. »Wir können unsere Erlebnisse nicht ausradieren, indem wir diesen Mann dem Scharfrichter vorsetzen.«

David sah Esther mit starrem Blick an und schüttelte mit dem Kopf. Sie konnte sich nicht wirklich für diesen Kerl einsetzen. Für jeden, aber nicht für einen Schattenmann!

»Das kannst du nicht ernst meinen! So verbohrt kann man nicht sein. Es ist schön und gut, dass du Menschen helfen möchtest, aber diese Figur auf unserem Sofa ist längst kein Mensch mehr, sondern ein Teufel!«

»Und du klingst wie eine schattige Version deiner selbst. Redest genauso, wie man über uns sprach. Das wäre kein Mensch. Ich bleibe dabei, wir rufen nicht an.«

»Du musst völlig verrückt geworden sein. Das ist ein ver- dammter Schatten! Natürlich rufen wir an! Die Polizei hat darum gebeten und noch vor kurzem hast du die Hebräuer verteidigt, dass sie schon die Schatten melden würden. Jetzt haben wir die Gelegenheit, für einen Hauch von Rechtschaf- fenheit zu sorgen und du verweigerst das? Spinnst du?«, fragte David.

»Für die meisten Menschen in der Stadt wird er nur einer von ihnen gewesen sein. Sie können ihr Gewissen beruhigen, indem sie doch noch das Richtige tun. Wir aber, David, haben unter dem Treiben der Schatten gelitten. Wir können die Entschei- dung nicht treffen, weil wir befangen sind. Du willst ihn melden, weil du deine Rache willst! Ich weiß aber, dass die Bilder in meinem Kopf nicht verschwinden werden, wenn Rombrecht umgebracht wird. Ich sage, wir rufen nicht an. Es sind genug

Menschen gestorben!«

»So kommen wir nicht weiter.«, sagte David nach einer langen Pause, in der er Esther kopfschüttelnd anschaute. »Du willst ihn nicht melden, ich hingegen schon. Hier daher mein Vorschlag: Wir sind drei Personen in diesem Raum. Mit drei Stimmen. Dann soll Jaffke entscheiden. Soll er das Zünglein an der Waage sein.« Er spürte, wie diese Diskussion, ebenso wie einige frühere, in ein ewiges Hin und Her gipfeln würde, also schlug er einen Kompromiss vor, um den Disput schnell lösen zu können. So käme die Schlinge auch schneller um Rombrechts Hals, dachte David sich.

Jaffke war allerdings unvorbereitet auf diese plötzliche Rolle, die ihm von David zugeschrieben wurde. »Ich kann das nicht entscheiden. Das ist euer Feind. Nicht meiner.«

»Das ist mir bewusst, aber es geht nicht anders. Esther und ich werden uns nicht einigen können. Wir sind an unterschiedlichen Polen dieses Magneten.«

Jaffke blickte erst zu David, dann zu Esther und schlussendlich zu Rombrecht. Es vergingen einige Sekunden, die David quälend lang erschienen, bis Jaffke wieder sprach.

»Ihr zwei seid Opfer. Geschädigte, wenn man so will. Rombrecht ist der Täter, der vielleicht nicht euch beiden, aber eurer Sippschaft Gräueltaten angetan hat. Und ich soll darüber entscheiden, wer von euch beiden den Willen bekommt«, resümierte er und pausierte erneut. »Lasst es uns so machen: Wir werden unsere eigene Gerichtshandlung veranstalten. Immerhin haben wir Opfer und einen Angeklagten. Dann spiele ich den Richter. Ich nehme den Kerl mit in meine Wohnung, schließe die Tür ab, sodass er gar nicht erst versuchen kann, sich aus dem Haus zu schleichen. Morgen Abend kommt ihr in meine Wohnung und jeder trägt vor, warum wir ihn melden sollten oder nicht. Wenn einer von euch genügend Überzeugungskraft leistet, mich auf eine Seite zu ziehen, werden wir tun, was uns als richtig erscheint. Wer auch immer diesen Austausch als Verlierer erlebt, wird den Beschluss akzeptieren. Esther wird Rombrechts Leben offenkundig verteidigen und du, David, wirst anscheinend dafür eintreten, dass wir die Polizei rufen. Wer mich am ehesten überzeugen kann, bekommt seinen Willen.«

»Eine gute Idee«, sagte Esther und nickte anerkennend. »Bist du einverstanden?«

»Wenn ihr euch bereits einig seid, bringt meine Stimme wenig. Daher bleibt mir nichts anderes übrig als mitzumachen. Aber ich sage euch eines: Wenn wir uns dagegen entscheiden, ihn den Behörden zu melden, ist dieser Abschaum und sein weiteres Leben allein eure Verantwortung! Ich werde mich nicht um ihn kümmern und ihm sicher nicht helfen! Ihr sorgt dafür, dass er verschwindet; ich riskiere nicht meine neugewonnene Freiheit für einen widerlichen Schatten!«

Kapitel 23 - David & *Esther*

Ich kann nur mit dem Kopf schütteln. Dass es darüber überhaupt Diskussionen gibt. Unbegreiflich. Es liegt auf der Hand, was wir zu tun haben. Keinerlei Zweifel dürften existieren. Und doch werden wir uns morgen zusammensetzen und Richter über das Schicksal dieses Mannes sein. Auch wenn jener ältere Kerl diese Berufsbezeichnung so sehr beschmutzte, dass man sie kaum mehr reinwaschen könnte. Aber dennoch muss eines klar sein: Wir haben die Gelegenheit, für Gerechtigkeit zu sorgen. Immerhin ist er kein beiläufiger Soldat, der unter Zwang eingezogen wurde und nie für diese Sache kämpfen wollte. Er ist ein überzeugter Schattenmann. Ein Richter, der seine Macht benutzt hat und viele von uns verriet. Dieser Mann muss seiner Strafe zugeführt werden. Selbst wenn es seinen Tod bedeutet. Alles andere wäre eine Farce und eine Schande für jeden, der unrechtmäßig sein Leben lassen musste. Was wäre die Alternative? Ihm die Freiheit zu schenken? Was wäre das für ein Signal für zukünftige Generationen? Diese schrecklichen Erlebnisse könnten sich beliebig wiederholen, da sich die Verantwortlichen sowieso nicht den Konsequenzen stellen müssten. Nein, das kann nicht sein. Esther wird schon noch einsehen, dass wir nun die Kontrolle haben. Wir dürfen keinesfalls schwach werden und Mitleid empfinden. Eine Emotion, die man uns ebenfalls verwehrte.

Sollten wir wirklich derart tief sinken? Nur, weil man uns nicht gut behandelte? Nur weil man uns jede Menschlichkeit entzog, sollen wir, in einer Situation, in der wir ähnliche Dinge tun können, genauso agieren wie sie es taten? Sollen unsere Vernunft und unser Gewissen zum Schweigen bringen? Sie am besten tief vergraben, während wir gleichzeitig Tücher vor unsere Augen binden, damit wir die Untat nicht mitansehen müssen? Nein. Ich kann es nicht mit meinem Inneren vereinbaren, einen Menschen zu opfern. Selbst wenn er so schlimme Dinge getan hat, wie Jaffke und David andeuteten. Es liegt nicht in meiner Macht, mich wie eine Kaiserin im alten Rom an den Rand des Kolosseums zu stellen und mit einem Daumen nach unten den sicheren Tod dieses Mannes zu beschließen. Ich könnte mir nicht mehr in die Augen sehen und dasselbe unschuldige Gesicht erwarten, das im Moment noch ein Teil von mir ist. Im Gegenteil: ich würde mich verabscheuen und dafür quälen, den Tod von Rombrecht nicht verhindert zu haben. Sobald ich zustimme oder auch nur Jaffke nicht völlig davon überzeuge, ist es das Ende dieses Mannes. Wäre dann auch nur einer von uns wirklich besser als die Schatten?

Es geht auch nicht um die Frage, wer über wem steht. Eine solche Frage hat bereits vorher zu Hass und Missgunst geführt. Hier geht es einzig und allein darum, einen Verbrecher für das zu bestrafen, was er getan hat. Mögen die Gründe für sein Handeln vielfältig und manche davon eventuell nachvollziehbar sein, aber das ändert nicht die Folge seiner Taten. Er hätte auch die Wahl gehabt, sich nicht der Partei anzuschließen und nicht zu ihrem Handlanger zu werden. Aber er entschied sich dagegen. So wie er sich bisher zeigte, beging er seine Verbrechen nicht aus Angst vor Repressionen oder dem niederen Wunsch des Machtgefühls. Rombrecht glaubte an die Ideologien, die vergifteten, erlogenen Thesen und Ansichten der Schatten und schloss sich ihnen deswegen an. Er war kein Schaf, das sich umringt von Wölfen ebenfalls wölfisch verhielt, nur um nicht gefressen zu werden. Mit wehenden Fahnen stellte er sich in die Mitte dieses Rudels und war bereit, jede ihm gestellte Aufgabe zu entrichten. Für mich unverständlich, wie jemand antreten kann, das geltende Recht zu beschützen und es dann gegen die widerlichsten, menschenverachtendsten Gesetze auszutauschen, die sich ausschließlich gegen uns richteten. Und Esther verteidigt das auch noch?

Ich möchte ihn keinesfalls verteidigen. Es liegt mir fern, mich für einen Schattenmann einzusetzen, denn auch ich weiß noch zu gut, für was diese Menschen verantwortlich sind. Doch sehe ich sie weiterhin als eben das: Menschen. Es geht für mich nicht darum, ob ich mich auf die Seite eines Verbrechers stelle. Er ist einer, keine Frage. Aber sind wir wirklich so sehr unserer Moral beraubt worden, dass wir den Tod als gerechte Strafe ansehen? Ich habe mich bei der Radiomeldung gefreut, dass die Polizei nach den Tätern sucht und die Bevölkerung um Hilfe bittet. Ich wollte, dass Prozesse stattfinden und fürchterliche Männer und Frauen bestraft werden. Aber wem nützt es, sie ebenso zu erschießen, wie es die Polizisten mit der Frau an der Ampel taten? Wäre nicht eher eine Gefängnisstrafe angemessen, sodass Rombrecht bis an sein Lebensende, das sicher auch nicht lange auf sich warten lassen würde, in einer kleinen Zelle sein müsste, ohne jede Form der Ablenkung? Dort müsste er über seine Taten nachdenken. Würde da nicht viel eher ein Gefühl von Rechtmäßigkeit einkehren können, als wenn man ihn an einen Baum hängt oder ihn erschießt? Welchen Nutzen hätte das? Ein Schatten wäre gestorben. Lieber sollen sie in Gefängnissen schmoren, sodass ein Umdenken stattfinden kann und sie dadurch realisieren, welche monumentale Schuld sie auf sich geladen haben!

Sollen sie sich ruhig fürchten, sage ich! Jeder dieser widerlichen Schatten. Sie sollen die Nachrichten hören und daran teilnehmen, wie einer von ihnen, vielleicht sogar einer der Höchsten, von seinem Ross gerissen und zur Rechenschaft gezogen wird. Sollen ihnen allen die Knie schlottern und sie sich tagtäglich unruhig umsehen, ob nicht auch für sie der nächste Galgen bereits aufgebaut wird. Ich wünsche es ihnen. Es wäre nur fair. Wenn jeder von uns Nacht für Nacht die Bilder

der Lager und die Enge des Transports spürt, so ist es nur gerecht, wenn diejenigen, die sich verantwortlich zeichnen, ebenso leiden. Wenn es nach mir ginge, würde die Suche sogar noch ausgeweitet werden. Nicht nur Richter und oberste Entscheidungsträger, sondern jeder Bürger sowie jeder Parteiangehörige müsste mit einer Strafe rechnen, da sie das große Übel nicht nur nicht verhindert, sondern aktiv vorangetrieben haben. Dabei sind die Beweggründe irrelevant. Wer sich auf die Seite des Teufels stellt, muss damit rechnen, Brandwunden zu bekommen. Ich spüre für diese Personen kein Mitgefühl. Sie taten, was sie für richtig hielten. Wir sollten dasselbe tun, nur wären wir tatsächlich auf der moralisch richtigen Seite. Anders als sie.

Man darf sich nichts vormachen: ein Anruf, eine Meldung dieses Mannes und wir sind in direkter Linie für sein Ableben verantwortlich. Wie können wir uns über die erheben, die uns töten wollten, wenn wir bei der ersten Gelegenheit, einen von ihnen zu verschonen, das Gegenteil davon machen und uns ebenso verhalten, wie die Schatten es tun würden? Hätten die Mitglieder der Partei oder deren ausführende Hand eine solche Möglichkeit, sie würden nicht zögern, David und mich dem Scharfrichter vorzusetzen. Sind wir dann wirklich moralisch überlegen, wie David es denken mag? Kommt es nicht der Entmenschlichung gleich, die wir erfahren haben, wenn wir Rombrecht wie einen tollwütigen Hund einfach einer Instanz übergeben, die ihn entsorgen wird? Welche Gefahr stellt er denn noch da? Was könnte er tun? Rombrecht ist ein alter Mann und so gebrechlich wie er wirkt, ist sowieso nicht damit zu rechnen, dass er noch weitere 20 Jahre lebt. Daher sollten wir unsere Hände nicht in seinem Blut waschen, sondern ihn zumindest laufen lassen. Wenn er jemandem in die Arme läuft, der ihn verrät, ist es das Schicksal, das diese Entscheidung getroffen hat. Unser Gewissen aber bliebe verschont, da es nicht wir gewesen wären, die ihn an den Galgen lieferten.

Es darf uns auch nicht die Frage beschäftigen, welche Taten er noch imstande ist zu tun. Wir dürfen uns von solchen Gedankenspielen nicht beeinflussen lassen. Es ist nicht von Belang, ob Rombrecht noch Menschen verletzen oder sie gar töten könnte — vermutlich nicht, wenn man ihn sich so betrachtet — aber es geht um die Menschen, die er bereits geschädigt hat. Wir sind es ihnen schuldig. Esther wie auch ich hätten, wären wir hier in Hebräu gewesen, diesem Richter bei unseren Festnahmen begegnen können und so wie er im Wohnzimmer über uns sprach, wäre es keine Frage gewesen, was man mit uns gemacht hätte. Dieser Mann ist voller Hass und nichts auf der Welt würde ihn umstimmen. Selbst wenn er Jahre in einem Gefängnis verbringen und so dem direkten Todesurteil vorerst entkommen könnte, er würde sich nicht ändern. Jemand mit so einem fanatischem Geist, einer Selbstüberzeugung fehlerlos zu sein und gehandelt zu haben, wird auch eine Gefängniszelle nicht umstimmen können. Eher scheint es mir realistisch, dass sich sein Hass steigert und er versuchen wird, andere Gefangene ebenfalls zu überzeugen. Man würde eine neue Brutstätte innerhalb eines Gefängnisses eröffnen, wenn man ihn nicht sofort in Richtung Grab sendet. Es ist eine kalte und herzlose Betrachtungsweise, dessen bin ich mir bewusst, aber was sollen wir sonst tun? Ihn laufen lassen? Niemals. Er hätte so die Chance, sich zu retten und könnte möglicherweise ungeschoren davon kommen. Ein Szenario, das mir Bauchschmerzen bereitet. Wir haben einen dieser Schatten-Verbrecher vor uns und er muss stellvertretend dafür büßen, was man uns angetan hat. Millionen Menschen litten und werden für den Rest ihres Lebens mit den Erinnerungen kämpfen. Es kann keine zweite Meinung geben: Rombrecht ist des Todes.

Sollte sich David wirklich durchsetzen und Jaffke auf seine Seite ziehen können, verändert sich alles. Ich würde diese Schuld auf meinen Schultern spüren, während ich David mit anderen Augen sehen müsste. Nicht freiwillig, es würde sich aus den Umständen ergeben. Wie sollte ich ihn noch als den sensiblen, intelligenten und analytischen Geist wahrnehmen, wenn genau dieser Mensch für die größte Gewissensbelastung meines Lebens verantwortlich ist? Mein Scheitern wäre sein Erfolg und Rombrechts letzter Atemzug. Es würde vom Moment des Schusses oder der Sekunde, in der sein Hals vom Strick umschlossen wird, für immer ein Teil unserer Geschichte sein. David als erfolgreicher Verantwortlicher und ich als unfähige Widerstandskämpferin. Wie sollte uns das zusammenschweißen? Ich würde es nicht verkraften können.

Esther würde der Tod sicher zu Beginn etwas ausmachen, mir möglicherweise auch. Aber während in mir das Gefühl überwiegen würde, die richtige Entscheidung getroffen zu haben, zu der es keine valide Alternative gibt, würde es sie mehr beschäftigen. Immerhin setzt sie sich dafür ein, das Leben dieses Mannes zu verschonen. Gleichzeitig wird sie mit der Zeit einsehen, dass wir uns in einer Einbahnstraße befinden und es nur einen Weg geben kann. Wir können nicht zurückgehen und so tun, als hätten wir Rombrecht nicht gefunden, als hätten wir von seiner Schatten-Zugehörigkeit nicht erfahren und nicht gewusst, dass er Richter für die Partei war. Das können wir ebenso wenig ausradieren wie unsere eigene Vergangenheit. Esther wird es verstehen. Sicher wird es einige Tage dauern, vielleicht ein oder zwei Wochen, aber dann kehrt der Alltag ein und wir können unseren Leben in gewohnter Form nachgehen. Wir waren doch gerade auf einem Hoch — sie mit ihrer Arbeit im Krankenhaus und ich mit meinen Unterrichtsstunden — da wäre es vermessen, sich von diesem älteren Mann, der eine derart große Bedeutung nicht verdient hat, aus der Bahn werfen zu lassen. Nur ein Anruf ist nötig. Dann wird der Mann abgeholt und wir werden zur Normalität zurückkehren. Letztendlich könnte es Esther und mich sogar näher zusammenschweißen, denn als ich ihre Stirn küsste, bevor wir hoch auf den Dachboden gingen, spürte ich ein Herzklopfen bei mir und ich sah es auch in ihren Augen. Da war ein Funke, der sich zwischen uns beiden wie ein kleines Feuer verbreitete. Ich genoss die Berührung meiner Lippen auf ihrer Haut und ich denke, dass dieser Schritt der Richtige war, um in eine gemeinsame Zukunft zu gehen.

Wie ich es auch drehe und wende, die Entscheidung wird einen Einfluss auf unsere Leben haben. Ich wünschte, es wäre nicht so und wir könnten danach ohne eine Veränderung unserem Alltag nachgehen, doch das halte ich für Augenwischerei. Wir werden uns morgen zu Jaffke begeben, ihn von unseren Ansichten überzeugen, sie so genau und nachvollziehbar darlegen, wie es uns nur möglich ist, und dann wird jeder hoffen, genug Überzeugungsarbeit geleistet zu haben. Mir graut es schon davor. So wie es sich mir darstellt, wird eine Verurteilung Rombrechts chaotische Folgen für jeden von uns haben. Ich trage die Last der Verantwortung, Rombrecht ein Seil um den Hals, ich kann David nicht mehr mit den Augen sehen, wie sie ihn noch heute Morgen betrachteten, und unsere Zukunft wäre mehr als ungewiss. Vielleicht würde sich das Gefühl legen, dass wir — und damit meine ich mehr mich, da dies bedeuten würde, ich wäre nicht überzeugend genug gewesen — einem Menschen das Leben nahmen. Vielleicht würde es sich aber auch verstärken. Die Stimmen meines Gewissens würden dann immer lauter, bis sie mir tagtäglich schreiend vorwerfen, gescheitert zu sein, während sie gleichzeitig David als Hauptverantwortlichen bezeichnen. Ähnlich wie ein Windhauch, der einen manches Mal im Griff hat und in eine Richtung drängt, könnte die Entscheidung zugunsten Davids einen Sturm hervorrufen, der mich von ihm weg treibt. Ich wäre nicht stark genug, um mich dagegen zu wehren, denn alleine dieser innere Kampf und die

Anspannung vor der Entscheidung morgen ist kräfteraubend genug. Aber es hilft nichts: ich muss Jaffke davon überzeugen, dass nichts auf der Welt das Geschehene verändert und ein weiterer Toter weder seiner noch unserer Sache dienlich ist. Eine andere Möglichkeit sehe ich nicht, denn Davids Weg würde zu viele Leben ruinieren. Wir müssen die Welt nun nehmen, wie sie ist, und können nicht nachträglich hoffen, eine Genugtuung zu erfahren, die nie eintreffen wird. Auch für David und mich wäre es das Beste, wenn die Sache glimpflich ausginge. Sicherlich wäre David zu Beginn enttäuscht und sauer darüber, dass er seinen Willen nicht bekommen hätte, aber gleichzeitig wäre er besonnen genug, sich nicht von seinen Rachegefühlen übermannen zu lassen. Er ist kein Mann, der selbst zu einer Waffe greifen und die Wege des Schicksals kreuzen würde. Wenn Jaffke mir Glauben schenkt und meinem Vorbild folgt, würde David es akzeptieren. Sicher nicht heute oder morgen, aber zeitnah genug, dass unser fragiles Gebilde, das durch diesen Moment des Kusses auf meine Stirn neue Hoffnung bekam, weiterhin existieren kann. Ich müsste ihm gut zureden, keine Frage, aber immerhin würde Rombrechts Tod nicht die Ebene zwischen uns mit einem Meer fluten, das ein Näherkommen unmöglich macht. Es geht bei dieser Entscheidung schließlich nicht nur darum, ob Rombrecht leben, sondern auch David und ich weiter in dieser Wohnung als Gemeinschaft existieren können.

Es bringt wenig, sich nun den Kopf zu zermartern und sich Strategien zu überlegen, wie ich Jaffke am ehesten überzeugen könnte. Letztendlich muss er die Wahl treffen, denn Esthers und meine Seite sind klar aufgezeigt. Wir wissen, dass wir auf den unterschiedlichen Seiten des Erdballs stehen und auf seine Entscheidung warten. Entweder er kommt zu mir geschwommen und es wird Recht gesprochen oder er treibt zu Esther und dann müssen wir damit leben, das uns unsere Vorfahren verurteilen. Sie werden auf uns hinunterblicken, mit dem Kopf schütteln und sich fragen, wie wir sie derart entehren können.

Aber sollte es wirklich soweit kommen, ist das nicht länger mein Kampf. Ich hätte alles getan, um für die Gerechtigkeit einzustehen. Der Rest läge nicht mehr in meiner Verantwortung.

Die Gedanken werden sich noch eine Weile um Jaffke kreisen und wie er sich wohl morgen entscheiden wird. Ich möchte nicht in seiner Haut stecken, auch wenn es ihm sicherlich gleichgültig sein wird, wen von uns beiden er vor den Kopf stößt, ob David oder mich. Für ihn geht es nur darum, ob er einen Mann verurteilen lässt, den er anscheinend nicht sonderlich leiden kann oder nicht. Wir werden sehen. Der Überlegungen sind genug gewechselt, die Medaille oft genug herumgedreht worden. Meine Rolle steht ebenso fest wie die Davids: Staatsanwalt und Verteidigerin.
Wie bin ich nur in diese Funktion geraten? Hätten wir nur die Tür vernünftig reparieren lassen und nicht auf Jaffke gehört! Dann wäre es niemandem möglich gewesen, sich hinauf in den obersten Stock zu begeben und dort einzurichten. Uns wäre diese fürchterliche Entscheidung erspart geblieben und man würde sich sicherer fühlen. Nun rächt sich diese Rücksicht vor Jaffkes Wunsch und wir sind gezwungen, uns viel mehr Gedanken machen zu müssen als über harmlose Einbruchsversuche.

Kapitel 24 - Die Verhandlung

Jaffke grinste Esther und David an. Er war zufrieden mit sich selbst und dem, was er vollbracht hatte. Niemand hatte es von ihm verlangt; er entschied eigenständig, den älteren Mann zu fesseln. Es wäre nicht nötig gewesen, einen Mann, der halb so viel auf die Waage brachte wie Jaffke, in seiner Freiheit zu berauben, aber es war geschehen und Jaffke wirkte stolz darauf. Wie auch immer die Situation abgelaufen war, die dazu führte, dass Rombrecht auf einem der Küchenstühle mitten im Wohnzimmer landete, seine Hände hinter die hellbraune Lehne verschränkte, die mit mehreren Küchentüchern fixiert waren. David wusste es nicht, hatte aber eine starke Vermutung, dass der blaue Fleck unter Rombrechts rechtem Auge und die daneben liegende Wunde Teile dieses Puzzles waren. Auch die aufgerissene Lippe musste eine Folge der Auseinandersetzung sein, die Rombrecht nun in diese Position brachte. Sicher hat Jaffke es sich nicht nehmen lassen, bissige Kommentare und Beleidigungen in Rombrechts Richtung zu senden, die von diesem kaum freundlich retourniert worden waren.

David dachte darüber nach, ob er bei Jaffke hätte bleiben sollen, um eine solche Eskalation zu verhindern. Gleichzeitig spürte er ein Schadenfreude dabei, den Schattenmann demoliert zu sehen. Außerdem hätte er seine Unterrichtsstunden absagen müssen, wenn er bei Jaffke bleiben wollte. Das hätte sicher keinen guten Eindruck bei den neuen Arbeitgebern gemacht. Daher war es gut so, wie es nun einmal gelaufen ist.

David fragte sich dennoch, wann es zum Aufprall zwischen Rombrecht und Jaffke gekommen war. Er hatte keine Schreie oder Streitigkeiten gehört. Auch Esther meldete ihm nichts.

Vermutlich hätte sie das ohnehin nicht getan, sondern wäre eigenständig rübergegangen, um helfend einzugreifen. Ob Jaffke die Zeit genutzt hatte, in der David und Esther ihren Tätigkeiten nachgingen?

»Was ist passiert?«, fragte Esther mit schockierter Stimme, als sie hinter Jaffke den lädierten Rombrecht erblickte.

»Es gab kleine Unstimmigkeiten. Der Herr wollte nicht sitzenbleiben. Ich habe ihn einige Male aufgefordert, aber nachdem er angefangen hatte, aufmüpfig zu werden und mich als einen "halbbeinigen Tölpel" bezeichnete, habe ich mich etwas eingehender mit ihm beschäftigt. Letztendlich konnte ich ihn überzeugen«, rechtfertigte sich Jaffke, ohne das Grinsen zu verlieren. »Es ist wichtig, dass er sitzt. Es ist immerhin seine Gerichtsverhandlung. Er, als Angeklagter, muss schließlich anwesend sein, wenn verhandelt wird. Außerdem konnte ich kaum die Nacht über ruhig schlafen, wenn ich ständig fürchten müsste, dass er versucht, die Wohnung zu verlassen. Natürlich war sie abgeschlossen, aber wer weiß, ob er nicht zu einem Messer gegriffen und mich bedroht, vielleicht sogar angegriffen hätte. Das war ein zu großes Risiko für Leib und Leben. Im Grunde war es Notwehr.«

»Sie genießen das ein wenig zu sehr, Jaffke«, merkte David kritisch an, konnte sich aber den Anflug eines Lächelns nicht verkneifen. Es blieb von Esther unentdeckt.

»Ich könnte nun behaupten, dass dem nicht so wäre, aber das wäre hemmungslos gelogen. Es bereitete mir Freude, wenn ich ehrlich bin. Es tut ihm gut, auch einmal auf der anderen Seite der Anklagebank zu sitzen. Durch seine Gegenwehr tat er mir einen weiteren Gefallen. Einfältiges Verhalten von einem Mann, der sich selbst für so erhaben hält. Es wird mir ganz schlecht, wenn ich ihn mit seiner Hochnäsigkeit sehe, wie er auf das normale Volk herunterblickt.«

»Das sollte aber Ihre Entscheidung nicht beeinflussen«, warf Esther energisch ein.

Jaffke schüttelte den Kopf. »Das wird es nicht. Bei allem Respektsverlust, den dieser Mann sich erarbeitet hat, ist mir bewusst, dass es um sein Leben und nicht um persönliche Vorlieben geht.«

»In Ordnung. Lasst uns die Angelegenheit nicht unnötig in die Länge ziehen. Jeder von uns wird Ihnen nun erklären, warum Rombrecht oder warum er nicht den Behörden übergeben werden sollte. Sie können entscheiden, welche Sicht Sie mehr überzeugt. Dann sprechen Sie ein Urteil. Einverstanden?«, fragte David und schaute zu Jaffke und Esther. Beide nickten. Jaffkes Lächeln verwandelte sich langsam in eine ernstere Miene, wie ein Schüler, der durch eine deutliche Warnung eines Lehrers realisierte, dass die Zeit des Spaßes vorüber war. Er bewegte sich hüpfend zu seinem Sessel hinüber, da er den Weg anscheinend ohne Krücken überwinden wollte, und setzte sich hin. Rombrecht saß unweit von ihm, sodass er ihn mit einer der beiden Gehhilfen, die wie immer am Sessel angelehnt waren, noch erreichen könnte.

»Wer von euch beiden fängt an?«

»Ist es nicht bizarr, was wir hier tun?«, warf Esther ein. »Wir sind keine Anwälte, wir können diesen Mann nicht verteidigen und richten. Sie als Entscheidungskraft, obwohl Sie Rombrecht vermutlich noch weniger mögen als David. Und wir, die wir Teile der Geschädigten seines Handelns sind, sollen nun für oder gegen seinen Tod sprechen?« Sie schüttelte den Kopf, als wolle sie die Verantwortung abschütteln wie ein kleines Mädchen, das unversehens durch ein Spinnennetz gegangen ist und sich davon zu befreien versucht.

»Ich habe Verständnis für deine Bedenken, Esther«, begann David und legte einen Arm um sie. »Aber es gibt keine

Alternative. Dieser Mann drang in unser Leben ein. Es war nicht andersherum. Er hat sich zu unserem Problem gemacht und nun müssen wir mit ihm und den Umständen umgehen. Wenn Jaffke sich von deinen Worten überzeugen lässt, wird Rombrecht heute noch frei sein und weiterhin versuchen, sich vor den Behörden zu verstecken.«

»Und wenn nicht?«, fragte sie, obwohl sie die Antwort darauf kennen musste.

»Dann wird es Gerechtigkeit geben.«

»Selbstjustiz meinst du.«

»Nicht ich richte ihn. Er wird bereits wegen seiner Taten gesucht. Also hat ihn ein Gericht schon verurteilt. Vergiss nicht, Esther, wir haben es hier nicht mit der Frage zu tun, ob er sich schuldig gemacht hat. Er hat Schuld. Für uns geht es nur darum, ob wir ihn der Polizei übergeben oder nicht. Mehr haben wir nicht zu entscheiden.«

»Trotzdem fühlt es sich nicht richtig an.«

»Das sollte es auch nicht. Wenn es so einfach wäre, über das Leben eines Mannes zu urteilen, dann würde man zurecht an der Ausprägung eines Gewissens zweifeln können.«

»Und dennoch würdest du ihn den Behörden melden.«

»Weil es mir mein Gewissen gebietet«, antwortete David in einem ernsten, aber nicht unfreundlichen Tonfall. Er wollte keinen Streit heraufbeschwören. Das war kein Konflikt zwischen Esther und ihm. Sie waren nichts weiter als Schachfiguren ihrer eigenen Werte, die sie spielten und positionierten, wie sie es beliebten. David wusste, dass Esther den Idealen folgte, die sie seit jeher vertrat, nämlich Menschen zu helfen. Daher war es, so wenig er es akzeptierte, zumindest nachvollziehbar und konsequent, dass sie sich für Rombrecht einsetzte. Er selbst wusste nicht, ob er ebenso charakterlich stringent war. Es fühlte sich an, als hätte er sich kaum verändert.

Sein Verhalten passte in gewisser Weise zu seiner früheren Linie, da er sich schon immer für Gerechtigkeit einsetzte und auch gegen das Gegenteil aufbegehrte. Nun war die Zeit für eben jene Widerspenstigkeit erneut gekommen. Auch wenn er selbst darüber überrascht war, wie eindeutig die Entscheidung war, Rombrecht den Behörden zu melden.

»Ich schlage vor, du beginnst, David. Esther scheint sich noch etwas sammeln zu müssen«, sagte Jaffke und bat ihn mit einem Handzeichen vor seinen Sessel.

»Ich bin einverstanden, wenn du es auch bist?«, fragte David und ging hinüber zu Jaffke, als Esther ihm nicht widersprach.

»Warum Rombrecht den Behörden übergeben werden sollte, ist mit wenigen Worten zu erklären und offensichtlich«, begann David.

»Da bin ich gespannt«, unterbrach ihn Jaffke.

»Es ist schlichtweg unsere Bürgerpflicht. Wer Unrecht sieht und es nicht meldet, wird zurecht als Mittäter belangt, da man ein Komplize wird. Man stimmt dem Unrecht stumm zu, weil man es geschehen lässt. Aber was ist Unrecht genau? Unrecht ist, was gegen das Recht verstößt und die Behörden haben Rombrecht darin bereits schuldig gesprochen. Er ist also ein Krimineller und wenn man nur den Hauch eines Gerechtigkeitssinns hat, dann schickt man die Verbrecher ihrer Strafe entgegen. Nicht nur, weil er tatsächlich schuldig ist, sondern vielleicht sogar, um denen Ehre zu erweisen, denen er geschadet hat. Es werden viele sein und die würden ihre Genugtuung bekommen, wenn man diesen Mann bestraft. Anstatt ihm die Freiheit zu schenken und damit seine Schuld zu ignorieren. Daher bitte ich Sie, Jaffke. Lassen Sie uns die Polizei verständigen, damit wir und alle seine Opfer Gerechtigkeit bekommen. Dann kehrt auch in unsere Leben wieder etwas Ruhe ein.«

Keiner der Anwesenden sagte etwas, nachdem Davids Plädoyer

geendet hatte. Es war kurz, aber das hatte er angekündigt. Für ihn war völlig klar, dass der Sachverhalt keiner zweiten Meinung bedürfe und es offensichtlich wäre, was sie zu tun hätten.

Ob die anderen Personen im Raum dem zustimmten und von David überzeugt wurden, war ohne eine Reaktion nicht zu erkennen. Einzig Rombrecht bewegte sein Mundwerk und schien ein verächtliches Lachen auszustoßen. Durch das Knäuel eines weiteren Handtuches in seinem Mund konnte man es nicht deutlich genug hören. Aber es würde zu dem herablassenden Blick passen, den er David entgegenwarf. Sicher ein Versuch der Einschüchterung seinerseits, aber David ließ es an sich abprallen wie ein Fels in einer Giftwelle. Es kümmerte ihn nicht, was dieser alte Mann dachte oder von ihm hielt. David hatte genug von ihm gehört, dass er wusste, mit diesem Mann nichts zu tun haben zu wollen. Umso schneller sie sich seiner entledigen würden, umso besser wäre es.

»In Ordnung. Das war deine Seite. Jetzt bekommt deine Freundin noch ihre Chance«, sagte Jaffke beiläufig. Er dachte sich nicht viel dabei, wie es schien, als er dieses Wort benutzte, aber als es fiel, blickten sich David und Esther an. Sie beide erröteten. Es war das erste Mal, dass jemand sie so nannte, während sie beide anwesend waren. David wusste nicht, ob es ihr recht war, so bezeichnet zu werden, ob sie sich als seine Freundin sah und sie diese Ebene ihrer Beziehung bereits erreicht hatten. Er wusste es nicht einmal für sich selbst. Ein Freund war er sicherlich, ein Begleiter ihres Lebens sogar, aber mehr? Darüber hatten sie nicht gesprochen.

Während er sich diese Gedanken machte, versuchte er, den Gesichtsausdruck von Esther zu deuten. Es war nicht einfach, da ihre Wangen eine rosa Farbe angenommen hatten und sie kaum seinem Blick stand halten wollte, so als wüsste sie, dass er nach etwas in ihren Augen suchte, aber sie es weiter verbergen wolle. Er hätte nicht übel Lust, sie hier und jetzt zu fragen, so sehr wollte er wissen, wie sie dazu stand. Aber dieser Anflug von Sehnsucht nach der Antwort verflog, sobald ihm der fragende Blick von Jaffke auffiel, der auf ihm lastete. Die Situation war nicht die Richtige, um einer solchen Frage nachzugehen und doch spürte er, dass er ihr nicht mehr lange ausweichen konnte. Dabei wäre es nicht wichtig, wie die heutige Entscheidung ausgehen würde, sein Verhältnis zu ihr würde sich nicht ändern. Dafür war er bereits zu sehr an sie gebunden.

»Fettnäpfchen? Oder warum schaut ihr euch an, als hätte man euch beim Akt erwischt?«, fragte Jaffke und fing an zu lachen.

»Wir haben wichtigere Dinge zu besprechen als diese Frage«, antwortete Esther gerade in dem Moment, in dem David seinen Mund öffnete, um ebenfalls etwas zu erwidern. Er hatte zwar nicht ihre Wortwahl im Sinn, sondern wollte ihn zurechtweisen, dass ihn dies nichts anginge, aber ihre Antwort gefiel David.

»Von mir aus. Dann mal los. Die Bühne gehört dir«, sagte Jaffke und schmunzelte über seine Wortwahl.

»Sehr angemessen, wenn es darum geht, über den Tod eines Menschen zu richten«, sagte Esther ernst.

»Den Mann zurechtzuweisen, der die finale Entscheidung trifft. Na, ob das die beste Strategie ist, möchte ich bezweifeln.« Jaffke hob dabei seinen linken Zeigefinger und wedelte ihn nach vorne und hinten, ohne sein Handgelenk oder seinen Arm zu bewegen. Eine Geste, die Esther sicher seit Kindertagen nicht mehr gesehen hatte.

Nun war sie es, die sich vor den Stuhl von Jaffke bewegte und dort stehen blieb. Sie schaute noch einmal auf Rombrecht, der sie ebenfalls ansah. Es wirkte für einen Moment, als würde ein Austausch zwischen beiden stattfinden, war sie es doch, die sein Schicksal in den Händen trug. Ob sie wollte oder nicht. Er war sich dessen bewusst und sah wenig hoffnungsvoll aus.

David konnte den zweifelnden Blick von Rombrecht sogar ein Stück weit verstehen. Bisher schien Jaffke gegen ihn zu sein und auch David selbst hatte sich mit einer logisch verknüpften Begründung deutlich positioniert. Er wusste natürlich nicht, ob seine kurze Rede bei Jaffke viel Eindruck gemacht hatte, aber er hatte ihn sicher nicht verloren mit seinen Worten, waren sie doch inhaltlich klar genug aus ihm herausgekommen.

»Es geht, wie ich glaube, bei der Entscheidung nicht so sehr darum, was dieser Mann getan hat«, begann Esther. »Es geht darum, was wir tun wollen, tun werden. Ist Rombrecht ein furchtbarer, verabscheuungswürdiger Mensch? Sicher. Hat er den Tod und die körperlichen wie seelischen Verstümmelungen vieler Menschen veranlasst? Auch das. Dieser Mann ist ein Unmensch. Typisch für einen Schatten. Niemals hätte man sich vorstellen können, zu welchen Grausamkeiten der menschliche Verstand fähig wäre. Wie er ganze Bevölkerungsgruppen vom Gesicht der Erde tilgen wollte und dabei so kalt, mechanisch und die Prozesse stetig optimierend vorgehen könnte. Das ist eine völlig neue Dimension menschlicher Abgründe, die Rombrecht nicht nur symbolisiert, sondern aktiv vorangetrieben hat. Selbstverständlich verdient er eine Strafe. Aber wir sind nicht die Richter dieses Mannes. Wir sind nichts weiter als Bürger und in diesem Falle sogar Opfer seiner Taten, wenn auch nur stellvertretend.«

»Stimmt, Richter bin ich«, warf Jaffke ein und wurde sofort mit einem bösen Blick Esthers abgestraft.

»Dieser Mann ist also schuldig. Keine Frage. Das weiß jeder hier im Raum, am meisten wohl er selbst. Auch die Behörden wissen es, sonst würden sie nicht nach ihm suchen. Aber bei der Aufzählung, was er getan und was er für einen verkorksten, von Hass zerfressenen Charakter er hat, fiel immer ein Wort in unterschiedlichen Variationen: "Mensch". Die Schatten haben, das weißt du genauso gut wie ich, David, stets versucht, uns der Menschlichkeit zu berauben. Sie wollten uns herabwürdigen, auf niedrigere Stufen drücken. Vielleicht damit es für sie leichter war, ihre schrecklichen Taten zu begehen. Ich weiß es nicht. Aber eine Sache haben wir uns immer gefragt — du, sowie auch die anderen Insassen, denen ich begegnet bin: würden wir anders handeln, wenn wir die Rollen tauschen würden? Würden wir wirklich ein Lager kontrollieren können und Insassen so behandeln? Zu jedem Zeitpunkt wurde diese Frage verneint. Wir lobten unsere Würde. Sagten, wir würden niemals so etwas tun und den Wert eines Lebens vergessen. Nie würden wir in Versuchung geraten, einen Menschen so sehr zu hassen, dass wir ihn wissentlich des Lebens berauben. Kein einziges Mal würden wir unsere Moral an einen Nagel hängen wie eine dreckige, löchrige Robe und fortfahren, als seien wir Maschinenrädchen in einer gewaltigen Entwertungsfabrik. Wir schworen es uns sogar, David. In der Nacht nach dem zweiten Marsch. Du fragtest mich, ob ich verstehen könnte, wie man eine solch unmoralische Sicht auf die Welt haben kann. Ich konnte dir keine Antwort darauf geben, weil auch für mich diese Dinge unerklärlich waren und wir beide niemals so sein wollten. Und jetzt? Wollen wir ebenso tief sinken und nun, in dem Augenblick, in dem ein Rollentausch geschehen ist, genauso niederträchtig und herzlos einen Tod in Auftrag geben? Denn genau der steht bereits fest. Darüber kann es keine zwei Meinungen geben. Die Meldungen im Radio waren eindeutig genug, dass gerade solchen, die viel Verantwortung für die Gräueltaten trugen, kaum ein Prozess gemacht würde. In den meisten Fällen sei es sogar bereits ohne die Anwesenheit der Angeklagten getan worden, da die Beweise gegen sie zahlreich und stichhaltig gewesen waren, dass keine Verteidigung der Welt sie aus den Fesseln der Schuld hätte lösen können. Dieser Mann wird sterben. Daran gibt es nichts zu rütteln. Wenn, ja, wenn wir ihn der Polizei melden. Es wäre keineswegs nur ein Anruf, als hätte ein Nachbarsjunge eine Scheibe eingeworfen. Sobald wir der Polizei mitteilen, dass Rombrecht bei uns ist, werden sie kommen und ihn töten. Das wäre unsere Schuld. Das wäre die Last, die wir uns aufladen, da wir, ähnlich wie die vielen Ratten, die so viele von uns an die Schatten verrieten, ebenso agierten in einem Moment, in dem wir Größe zeigen könnten. Wir könnten besser sein als diejenigen, die uns umbringen wollten. Wir dürfen uns weder von einem Gefühl der Selbstjustiz oder falschen Gerechtigkeit beeinflussen lassen. Noch sollten persönliche Erfahrungen eine Rolle spielen. Objektiv handelt es sich um einen Verbrecher, absolut, da herrscht Einigkeit. Aber auch er verdient es, eines natürlichen Todes zu sterben. Von mir aus in einem Gefängnis, in dem er bis zu seinem letzten Atemzug darüber nachdenken kann, warum er seiner Freiheit beraubt wurde. Oder er soll bis zum Rest seines Lebens auf der Flucht sein, sich auf den Dachböden dieser Welt verstecken und bei jedem Geräusch verängstigt sein, die Polizei könnte ihn schnappen. Soll er ein kümmerliches Restleben in Angststarre führen. Aber er darf nicht umgebracht werden! Wie können wir uns über diejenigen stellen, sie für uns verurteilen, sie als Monster bezeichnen, wenn wir, sobald sich uns selbst die Gelegenheit bietet, ebenso zu rücksichtslosen Helfern werden und bereitwillig sein Leben nehmen?« Die letzten Worte ihres Vortrages waren brüchiger als der Beginn. Ihre Stimme hatte sich eine etwas erhöhte Klangfarbe zugeschrieben, während sie Rombrecht verteidigte, und konnte diese Veränderung gen Ende hin nicht mehr so kraftvoll verkörpern.

David spürte eine Erschütterung in ihr, die dieser Monolog ausgelöst hatte. Eine improvisierte Rede, die unterschwellig flehende Züge besaß und von dem Wunsch getränkt war, nicht zu versagen. Sie tat ihm auf einmal Leid. Nicht etwa, weil er siegessicher war, sondern weil ihm bewusst wurde, wie viel mehr Hoffnung und Appelle sie in diese kurze Erklärung legte als er. Es dürfte ihnen beiden wichtig sein, Recht zu behalten und die Konsequenzen zu bekommen, die sie jeweils begrüßen würden. Aber ihr schien noch mehr daran zu liegen. Als würde sie eine Entscheidung gegen sich als persönliche Niederlage ansehen und sich dann umso mehr die Schuld geben, nicht alles getan zu haben, obwohl dem natürlich nicht so wäre. Sie tat alles, David sah es. Ihre Augen demonstrierten diese Willenskraft und die Hoffnung auf ein Einsehen von Jaffke und ihm selbst. Er wusste nicht, was ihn genau dazu bewegte, aber er musste sie in den Arm nehmen.

Er näherte sich, während Esthers Blick auf Jaffke gerichtet war, und legte seine Arme um sie. Zuerst zaghaft, da er nicht wusste, ob sie ihn, weil sie nun, in einem gewissen Sinne, Gegner waren, wegstoßen würde. Als sie die Berührung zuließ und einen Arm an seinen schmiegte, drückte er sie selbstbewusster an sich.

»Dem Richter missfällt diese Verbrüderung«, unterbrach Jaffke die Umarmung. David löste sich von Esther, als er die Stimme hörte. Es war ein Impuls, die Arme von ihr zu nehmen. Er bereute diese unkontrollierte, ungewollte Bewegung bereits während er sie ausführte. Die Stimme von Jaffke musste ihn erschreckt haben. So als sei David aus einem Traum rüttelnd geweckt worden und hätte sich instinktiv eines unterbewussten Verhaltensmusters bedient.

»Ihr habt eure beiden Seiten erklärt, aber ich kann nicht sofort eine Entscheidung treffen. Ich werde darüber schlafen müssen. Mein Vorschlag: wir treffen uns am morgigen Samstagabend hier wieder. Dann hatte ich genug Bedenkzeit und sage euch, wie ich mich entschieden habe. Wir könnten bereits mit den

Konsequenzen beginnen: Entweder wir rufen die Behörden, die ihn dann abholen werden«, er nickte dabei zu dem weiterhin geknebelten Rombrecht, dessen Augen sich weiteten, als er derart in das Gespräch integriert wurde. »Oder wir entlassen ihn in die Nacht. Deine Idee von Gefängnis halte ich für Unsinn, Esther. Wir werden keine Möglichkeit haben, etwas am Strafmaß, das für ihn bereits festgelegt wurde, zu ändern. Deswegen werden wir ihn gehen lassen, wenn ich morgen mit dem Gefühl erwache und deine Seite bevorzuge. Dann wäre dein Wunsch realisiert, ihn nicht eigenständig an den Galgen geliefert zu haben. Das dürfte dein Gewissen beruhigen.«

David kniff die Augen zusammen. Es verwunderte ihn, dass Jaffke sich nur in einem kurzen Satz darüber äußerte, was geschehen würde, wenn Jaffke ihm recht gäbe, aber dann ausgiebiger über den Plan sprach, der in Kraft treten würde, wenn er eine Entscheidung zugunsten von Esther träfe. Hatte Jaffke etwa bereits eine Vermutung, in welche Richtung er tendieren würde? Lehnte er mehr zur Seite von Esther? Sie konnte ihn, so eindringlich ihr Appell auch immer gewesen mag, nicht überzeugt haben. David hatte doch deutlich klar gemacht, warum es so wichtig und richtig wäre, dass sie Rombrecht der Polizei übergeben.

»Aber«, unterbrach Jaffke Davids Gedankenstrom, der im Begriff war, immer schneller und wilder zu fließen, »wir sollten auch Rombrecht die Gelegenheit geben, noch etwas zu sagen. Natürlich wird er niemanden von seiner Unschuld überzeugen, dazu wissen wir zu viel über ihn. Möglicherweise hat er aber etwas zu sagen, das mir bei der Entscheidungsfindung hilft. Daher werde ich ihm den Knebel aus dem Mund nehmen. Oder habt ihr Einwände?«

Hatten sie nicht. Im Gegenteil. Esther war diese Idee bereits gekommen und sie fand es nur fair, wenn sie auch ihm das Wort geben würden, damit er seine letzten Worte an sie alle richten konnte. Immerhin ging es um ihn und auch wenn diese vermeintliche Verhandlung der eines Gerichtes ähneln mochte, so war der Angeklagte nur passiv anwesend, konnte sich weder erklären noch äußern. So viel sollte man ihm allerdings zugestehen.

»Gut. Dann ist jetzt deine Chance, etwas zu sagen«, sagte Jaffke, während er aufstand und Rombrecht das Knäuel aus dem Mund zog.

»Widerlich«, begann Rombrecht und verzog dabei das Gesicht, als hätte man ihm eine aufgeschnittene Zitrone in den Mund gelegt. »Was für ein ekelerregend alter Lappen war das, den du Tölpel mir da gegeben hast!«

»Du scheinst nicht intelligenter geworden zu sein, Rombrecht. Etwas mehr Respekt oder wir können sofort die Polizei rufen, damit ich zusehen kann, wie sie die Schlinge um deinen Hals legen«, giftete Jaffke zurück.

»Schluss damit!«, griff Esther ein. »Sie haben versprochen, dass persönliche Gefühle bei dem Urteil keine Rolle spielen, also halten Sie sich auch daran, Jaffke. Lassen Sie Rombrecht reden und dann sehen wir weiter.«

»Das Weib hat dich ganz schön im Griff, Humpelstilzchen. Was wollt ihr jetzt von mir? Ist eure kleine Scharade vorbei? Und du«, er sah zu David, »willst mich am liebsten direkt selbst an den Galgen hängen, was? Eine Farce, jemanden wie dich überhaupt von Gerechtigkeit sprechen zu hören. Du und deine elende Sippschaft seid doch daran schuld, dass ehrenwerte Männer wie ich uns auf Dachböden verstecken müssen. Ihr habt das Land verraten. Sogar deine kleine Freundin hat es eingesehen, dass das Urteil gegen mich Unrecht ist und ihr mich freilassen solltet. Hätte ich nicht für möglich gehalten, dass eine von euch tatsächlich das große Ganze erkennen kann.«

»Es war keine gute Idee, ihn anhören zu wollen«, warf David auf einmal ein. Es widerstrebte ihm, die Beschimpfungen und das hohe Ross dieses Mannes ertragen zu müssen. »Das wird zu nichts führen.«

»Sieht so aus. Der alte Sack ist zu verbohrt in sich selbst und das Bild, das er gerne präsentieren würde. In Wahrheit ist er ein kleiner, erbärmlicher Feigling«, antwortete Jaffke.

»Feigling? Wie kannst du Krüppel es wagen? Du hast wohl deinen Platz am Trog vergessen!«, echauffierte sich Rombrecht. Sein Gesicht lief rot an, seine Augen waren weit aufgerissen. Spucke sammelte sich an seinen Zähnen wie Gift einer Schlange, das nur darauf wartet, in das Fleisch des Opfers zu fließen. Er wackelte hin und her, versuchte sich zu befreien, aber schaffte es nicht. »Wenn ich könnte, würde ich dich eigenhändig in die Lager bringen und dich den ganzen Tag lang Steine schleppen lassen, bis du dir die Arme freiwillig rausreißt!«

Jaffke schaute erst angespannt, dann wütend auf Rombrecht. David fürchtete bereits, es könnte zu einer Eskalation kommen, als sich Jaffkes Gesichtszüge auf einmal entspannten. »Seht ihr beide, wie schnell man dieses Würstchen zur Weißglut treiben kann? Wie eine Marionette braucht man nur an den richtigen Strippen ziehen und er fängt an zu tanzen. Herrlich, dieser Versager.«

»Jaffke. Sie sollen unbefangen bleiben. Lassen Sie sich nicht provozieren oder dieser ganze Aufwand wäre sinnlos gewesen«, mahnte Esther erneut.

»Ist gut, ist gut. Ich bin ruhig. Es freut mich nur, ihn so erniedrigt zu sehen.«

»Wenigstens kann ich noch laufen.«

»Ja, zum Galgen oder zur Gewehrkugel. Da können Sie sich etwas darauf einbilden«, antwortete Jaffke auf Rombrechts

Einwurf.

»Steht Ihre Entscheidung also fest?«, fragte Esther besorgt.

»Nein. Aber diesem Kerl zuzuhören, überzeugt mich eher davon, ihn direkt in Richtung Hölle zu schicken, als ihm noch eine Chance zu geben.«

»Rombrecht«, unterbrach David den Austausch zwischen Esther und Jaffke, »Sie haben gehört, was Esther und ich sagten. Auf welcher Seite wir stehen. Doch ich frage Sie ganz direkt: warum flüchten Sie, wenn Sie kein Feigling sind?«

»Weil ich nicht will, dass unsere Feinde das bekommen, wonach sie sich sehnen! Zu gerne würden sie mich von der Erde tilgen, aber ich lasse mich nicht so einfach fangen!«

»Sagen Sie, während sie gerade doch sehr gefangen aussehen.«

»Eine Ausnahme. Es war wohl nicht zu erahnen, dass ein krüppeliges Dreibein und zwei eurer Sorte mir den Ausgang versperren würden.«

»Meine Geduld ist nicht endlos, Rombrecht. Halt die Schnauze oder meine Hände werden dein Galgen«, drohte Jaffke, »Ich bin es, der über dein mickriges Leben entscheidet. Hast du mich verstanden?« Bei der letzten Frage stand er auf, hüpfte näher auf Rombrecht zu, packte ihn am Kinn und drückte seine Finger zusammen. Kleine Mulden bildeten sich an beiden Wangen des älteren Mannes. David war sich nicht sicher, ob er eingreifen sollte und sah zu Esther hinüber, die ihrerseits Rat bei ihm suchte.

»Aufhören verdammt!«, begann sie dann, als David ebenfalls Unwissenheit demonstrierte, »Es ekelt mich an, wie leichtfertig hier die ganze Zeit darüber gesprochen wird, einem Menschen das Leben zu rauben! Wir müssen Ruhe bewahren und eine sinnvolle Entscheidung treffen. Es bringt nichts, sich an die Gurgel zu springen. Dadurch finden wir keine Gerechtigkeit und erst Recht keine vernünftige Lösung, nach der wir uns weiterhin ins Gesicht sehen können. Rombrecht, ich rate Ihnen, Jaffke nicht weiter zu beleidigen. Es wäre ihr Sargnagel, den Sie anscheinend verhindern möchten. Und Jaffke? Ich weiß nicht, wie oft ich noch erinnern soll, dass Sie unvoreingenommen sein müssen!«

»Ich kann mir diese Beschimpfungen einfach nicht bieten lassen!«

»Das sollen Sie auch nicht! Es geht auch nicht darum, ob wir diesem Mann von allen seinen Taten frei sprechen. Machen wir uns nichts vor: er wird geschnappt. Er ist ein alter Mann, der hier in der Gegend sogar an Berühmtheit erlangt hat! Es ist ein Rätsel, wie er es bis hier hin ungehindert geschafft hat. Aber sei es drum, er wird sicher Glück und Hilfe von ehemaligen Gleichgesinnten bekommen haben. Er wird dieses Versteckspiel nicht ewig durchhalten können. Die Schlinge wird sich immer enger um ihn herum legen, sodass es nur eine Frage der Zeit ist, bis er seine Bestrafung erhält. Deswegen bitte ich Sie Jaffke, lassen Sie es nicht uns sein, die sich schuldig machen, den Tod eines Menschen auf den Weg gebracht zu haben!«

»Er würde sowieso geschnappt werden, sagst du. So habe ich es bisher nicht gesehen«, antwortete Jaffke überlegend.

»Woher willst du das wissen? Vielleicht entkommt er! Bisher wurde er nicht von der Polizei gefunden, wer weiß, ob ihn nicht morgen Abend schon ein alter Parteifreund außer Landes schmuggelt. Wir brauchen die Gerechtigkeit jetzt!«, warf David energisch ein. Er musste sich wohl verhört haben. Er fühlte sich bedroht, als würde man ihm einen sicher geglaubten Sieg noch aus den Händen reißen, als er realisierte, wie Esthers Worte in Jaffke arbeiteten.

»Brauchen wir sie oder du?«, fragte Esther ohne ihre Stimmlage zu verändern.

Mit der Frage hat er nicht gerechnet. Wir, oder etwa nicht?

»Warum sollte nur ich sie wollen? Es geht uns alle an. Wir haben eine Verantwortung und können stellvertretend für die, die es nicht mehr dürfen oder können, jemanden zur Rechenschaft ziehen!«

»Das wird er sowieso. Es gibt in Hebräu kein Entkommen. Bisher hatte er Glück, aber sieh ihn dir an. So ausgemergelt und körperlich schwach er gerade wirkt. Wer weiß, wann er zuletzt eine vernünftige Mahlzeit und frisches Wasser hatte, bevor er sich auf unserem Dachboden versteckte! Alleine der schnelle Treppenaufstieg muss ihn viel Kraft gekostet haben. Erinnerst du dich nicht mehr daran? Wie es polterte, als ich bei Jaffke war? Sicher hat er es da nur knapp geschafft, den Fängen der Polizei zu entkommen, so gehetzt wie er war! Stimmt es nicht, Rombrecht?«

»Ich sah eine Patrouille, keine hundert Meter entfernt. Wäre ich den Weg weiter entlang gegangen, wäre ich in sie gelaufen. Mir blieb nichts anderes übrig, als in ein Haus zu gehen und bei euch sieht man bereits von draußen, dass die Tür nicht richtig verschlossen ist«, antwortete Rombrecht. Zur Überraschung Davids war diese Erzählung nicht nur stimmig mit dem, was tatsächlich hätte passiert sein können, sondern auch die Rombrecht innewohnende Arroganz war für einen Moment verschwunden.

»Also war es wirklich knapp …«, sprach Jaffke und versank tiefer in seine Gedanken.

»Ich glaube, das reicht für heute! Wir haben lange genug Zeit mit Rombrecht verbracht. Jaffke, Sie kennen unsere Standpunkte. Es wird ermüdend. Wir drehen uns nur im Kreis«, versuchte David mit einer etwas zu laut und hoch angesetzten Stimme, diesen Prozess zu beenden, indem anscheinend seine bereits sicher geglaubten Felle wegschwammen. Er wollte weder Esther noch diesem manipulativen Schatten weitere Möglichkeit geben, Jaffkes Entscheidung zu Davids Ungunsten zu beeinflussen. Noch bestand vielleicht Hoffnung, dass seine eigene Rede mehr Eindruck hinterlassen hatte als die von Esther. Aber es war offensichtlich, wie sehr ihre Worte den Soldaten ins Schwimmen brachten. Noch ein paar Minuten und einige Vorträge mehr und es wäre nicht mehr nötig gewesen, den morgigen Samstag abzuwarten. Das Ergebnis stände bereits fest und sie hätten Rombrecht direkt zur Tür hinaus begleiten können.

»Da hast du nicht Unrecht«, pflichtete ihm Jaffke bei. »Du hast deine Sicht dargelegt, deine Freundin ihre und das was Rombrecht will, ist klar und spielt sowieso keine Rolle.«

»Moment! Was ich«, setzte Rombrecht an, wurde aber jäh durch Jaffke unterbrochen, der ihm das Knäuel wieder in den Mund steckte. Unverständliche Geräusche, die entfernt an Worte erinnern, traten hinter dem Tuch hervor.

»Schon besser«, sagte Jaffke selbstzufrieden. »Ich behalte unseren Freund bis morgen Abend bei mir. Keine Sorge, er wird nicht verhungern, ich werde ihm später etwas Brot und Wasser geben. Guck nicht so besorgt, Esther.«

Die Angesprochene schien den Worten nicht zu trauen, aber als David zu ihr hinüberging und sie sanft zur Tür umdrehen wollte, gab sie keine Widerworte. »Lass uns gehen. Jaffke braucht Ruhe zum Nachdenken«, sagte David.

Er war selbst erstaunt darüber, dass sie seinem Vorschlag folgte. Wahrscheinlich hielt sie es für besser, Jaffke nicht mit ihren Bedenken zu konfrontieren und gegebenenfalls auf die Nerven zu gehen, wo sie ihn doch gerade erst, vermeintlich, auf ihre Seite zog.

Sie gingen zur Tür, ohne sich noch einmal umzudrehen. David wusste, dass der folgende Tag über ihre Zukunft entscheiden würde.

Kapitel 25 - Esther

Ob meine Worte ihn wirklich erreicht haben?

Ich wünschte es. Es läge mir viel daran, in ruhiger Gewissheit schlafen zu können, dass ich nicht nur alles tat, was in meiner Macht stand, sondern damit auch erfolgreich war. Elendig quälen würde mich das Gefühl des Scheiterns. Ständige Fragen würden meinen Kopf umkreisen, an welcher Stelle ich mehr Einsatz hätte zeigen müssen — auf emotionaler, verbaler oder geistiger Ebene. Es würde mir zusetzen, das weiß ich. Deswegen hoffe ich umso mehr, dass meine Worte in Jaffke arbeiten und er insbesondere von meinem Ende beeinflusst ist, dass Rombrecht sowieso gefangen genommen würde.

Aber glaube ich das? Bin ich davon wirklich überzeugt? Sicher nicht. Auch hier spricht die Hoffnung aus mir, die meinen Kopf leitet. Ich hatte allerdings den körperlichen Zustand dieses älteren, gebrechlichen Mannes im Sinn, der sich möglicherweise in Eile die Treppen eines Hauses hochschleppen kann, aber letztendlich in einer tatsächlichen Verfolgung durch die Polizei keine Chance hätte. Da mache ich mir wenig Gedanken. Es wird gelingen, ihn zu fassen. Man sah es vor einigen Tagen, als die Polizei den anderen Schatten verfolgte und ihn dann zur Strecke brachte. Die Frau war wesentlich jünger und so wird die Zeit darüber entscheiden, wann Rombrecht von der Polizei gefunden wird. Darauf vertraue ich.

Aber wird es auch David gelingen, über diese Freilassung hinwegzukommen? Er wird es so auffassen, als hätte ich mich gegen ihn gestellt, obwohl wir eigentlich näher beieinander sind, als er denkt. Auch ich möchte, dass Rombrecht für die Dinge bestraft wird, die er den Menschen angetan hat. Allerdings halte ich den Weg des Todes für die falsche Wahl. Ein Schauer durchläuft meinen Körper, wenn ich mir vorstelle, wie ein Mensch, dem ich zuvor noch in die Augen sah, plötzlich nicht mehr da sein könnte.

Das ist ein Gefühl, an das man sich nicht gewöhnen kann. Weder außerhalb noch innerhalb des Lagers. Man vergisst die Gesichter einfach nicht, auch wenn sie sich, sobald sie zahlenmäßig Überhand nehmen, überlappen. So wird es mir auch mit Rombrecht gehen.

Dennoch wird es mich trösten und beruhigen, dem Henker nicht selbst die Axt in die Hand gegeben und damit Beihilfe geleistet zu haben. David wird diese Sicht der Dinge hoffentlich auch übernehmen, sodass wir frohen Mutes in die Zukunft schauen können, uns vielleicht sogar annähern, weil uns diese Erfahrung enger zusammengeschweißt hat.

Ich bezweifle, dass ich in dieser Nacht viel Schlaf finden werde. Meine Gedanken werden die unterschiedlichen Varianten und Ergebnisse des morgigen Gesprächs durchlaufen, mir positive Visionen präsentieren, mich aber auch mit Schreckensbildern versorgen. Es wird ein außergewöhnlicher Moment sein, der sich anschickt, uns am morgigen Tag zu überfallen.

Es wird sich alles verändern.

Kapitel 26 - Die Vollstreckung

Das Schneetreiben wurde stärker. Über Nacht war eine heftige Kaltfront über Hebräu gezogen. Die Fensterscheiben waren beschlagen. Man hätte sogar meinen können, sie wären zugefroren. Von oben bis unten waren wässrige Linien zu sehen, die von Schneeflocken stammten, die der starke Wind an das Glas trieb. Würde man das Fenster öffnen und die Hand heraushalten, man würde sie in dem gewaltigen, weißen Chaos kaum mehr sehen. So dicht flogen die Flocken aneinander. Die eigene Sicht reichte höchstens einen Meter weit und so gut wie nichts auf der Welt wäre in der Lage, Esther in diesen verschneiten Wahnsinn zu treiben.

Der Wind pfiff durch die mäßig abgedichteten Fenster der Küche. Esther hatte sich eine Decke aus dem Wohnzimmer geholt und um sich herumgewickelt, während sie sich vom Tanz der Schneeflocken hypnotisieren ließ. Sie wusste nicht mehr, wie lange sie bereits aus dem Fenster schaute. Es mochten einige Stunden sein. Die Aufregung vor der anstehenden Entscheidung war es, die sie beunruhigte und von anderen Tätigkeiten fern hielt.

Zuerst versuchte sie sich zwar mit Hausarbeit abzulenken, aber jeder Handgriff fiel ihr schwer. Sie war unkonzentriert, hatte ihre Gedanken nur bei dem Für und Wider des bald anstehenden Gesprächs mit Jaffke. Sie spielte jedes erdenkliche Szenario mehrmals durch, behielt den vorherigen Freitag im Hinterkopf und betrachtete jede Mikroregung in Jaffkes Gesicht, an die sie sich erinnern konnte, um herauszufinden, in welche Richtung er tendierte. Aber es war ihr nicht möglich, eine glaubhafte Antwort zu finden, von der sie selbst überzeugt sein konnte. Das erregte ihr Innerstes nur noch mehr, sodass ihr schnell der Sinn danach stand, die Hausarbeit zu ignorieren und einfach zu warten. Sie merkte, dass nichts sie wahrhaftig ablenken könnte. Daher war auch der Versuch, eine alte Tageszeitung zu lesen, nicht von Erfolg gekrönt.

David war in dieser Angelegenheit ebenfalls keine Hilfe. Sie und er wechselten kaum ein Wort miteinander. Als sie aufstand, saß er bereits in der Küche. Ein bedrücktes und distanziertes "Morgen" kam von ihm, das von ihr in ähnlicher Manier erwidert wurde. Dann setzte sie sich hin. Während sie normalerweise einen regen Gesprächsfluss besaßen, hatten sie sich an diesem Morgen nichts zu sagen. Jeder von ihnen war angespannt.

Sie spürte es an sich selbst, wie sie ihn ansah und sich vorstellte, wie er bei einem Sieg oder einer Niederlage reagieren würde. Er machte anscheinend das Gleiche mit ihr, denn sie fühlte sein Starren auf ihrer Haut. Es war unangenehm für sie. Nicht etwa, weil sie es nicht mochte, wenn er schaute, sondern weil sie wusste, dass auch er darüber nachdachte, wie sie reagieren würde. Plötzlich wurde aus einem Starren ein Beobachten, Abwägen und Vermuten. Es machte sie noch unsicherer, weil sie damit wusste, er hatte sich einige Verhaltensmöglichkeiten für sie zurechtgelegt und das engte sie ein. Sie wäre lieber frei von diesem Wissen, sodass sie ebenso befreit reagieren könnte, ohne sich Gedanken darüber machen zu müssen, ob sie seinen Vorstellungen entsprach. Aber Gleiches würde natürlich auch er sagen können — wirre Gedanken eines peitschenden emotionalen Sturmes.

Das Starren und die Erwartungshaltung wären allerdings noch zu ertragen gewesen, hätte sich dazu nicht die Stille zwischen ihnen gesellt. Ein fremdes und falsches Gefühl breitete sich mehr und mehr in Esther aus, je länger dieser Zustand andauerte. David und sie lernten einander schätzen, weil sie sich in Momenten des stummen Leidens mit Wörtern wieder Hoffnung gaben. Doch jetzt, wo sie in Freiheit waren, stand ein Schatten zwischen ihnen und blockierte ihre Bindung. Es war ein Umstand, der für beide neu war und keiner schien einen Zugang zu finden, diese Hürde zu überspringen oder wenigstens zum Teil zu umlaufen.

Esther dachte zu Beginn noch darüber nach, ob sie Themen finden würde, die nichts mit der anstehenden Entscheidung zu tun hätten. Sie verwarf den Gedanken allerdings ebenso schnell, wie er ihr gekommen war. Sollte David reden wollen, würde er sicher beginnen. Ihr selbst stand der Sinn danach, die Zeit bis zum Abend möglichst ohne Streit zu überbrücken und sich gedanklich nicht zu oft in den möglichen Ausgängen zu verfangen. Da wären zeitfüllende Gespräche ihr bevorzugter Weg gewesen, aber ihre Konzentration galt dem Abend.

Diese Stille und die verstohlenen Blicke herrschten wohl einige Zeit vor — Esther blickte zwar häufig auf die Uhr an der Wand über dem Spülschrank, hatte sich aber nicht gemerkt, wann sie den Raum betreten hatte — bis David irgendwann aufstand. Er wolle den Kopf freikriegen, sagte er, und bräuchte dabei etwas frische Luft. Ihren Einwand, dass es zu kalt sei, um lange Spaziergänge zu machen und sie doch auch einfach das Fenster öffnen könnte, wischte er beiseite. Ihm würde die Bewegung guttun.

Es war, weiß Gott, nicht der erste Spaziergang, den David in den letzten Wochen auf sich nahm, daher war die Ankündigung, durch den Schnee gehen zu wollen, nicht ungewöhnlich für sie. Dennoch hatte sie Bedenken, da das Schneetreiben nicht zu verachten gewesen war. Es fiel ihr schwer, seinen Wunsch nachzuvollziehen, sich freiwillig dem eisigen Wind auszusetzen. Aber sei's drum, dachte sie sich. Vielleicht brauchte er auch nur etwas Abstand von der Situation. Wenn er die Wohnung für einige Zeit verließe, würde auch sie entspannter sein können.

Sie hinterfragte seinen Wunsch nicht, sondern begleitete ihn zur Haustür und half ihm dabei, in den Mantel zu steigen. Er solle seinen Schal dicht um den Hals wickeln, damit er sich nicht erkältete, gab sie ihm noch mit auf den Weg, was David umgehend umsetzte. Er dankte ihr mit einem bemühten Lächeln und verabschiedete sich. »Bis nachher«, hieß es aus seinem Mund. Sie dachte sich nichts dabei.

Seitdem hatte sich der kleine Zeiger der Küchenuhr bereits zwei Mal um die eigene Achse gedreht und von David war weiterhin keine Spur. Langsam begann Esther, sich Sorgen zu machen. Ihm wird wohl nichts Schlimmes passiert sein?

Der Verkehr auf den Straßen war aufgrund des kräftigen Schneesturms nahezu zum Erliegen gekommen. Aber es würde bereits ein Wagen und ein unachtsamer Fahrer reichen, damit David beim Überqueren einer Straße zu Schaden käme.

Esther schaltete ab und an das Radio an, um die Nachrichten zu hören, ob ein solcher Unfall gemeldet wurde. Bis auf Warnungen, man solle doch das Auto stehen lassen und zu Hause bleiben, war jedoch nichts von Belang für sie. Auch das beruhigte sie nicht.

Ihr Herz beschleunigte sich wegen der Vorstellung, David könnte etwas passiert sein. Gleichzeitig hörte sie die Stimme ihrer Vernunft, die ihr versicherte, dass alles in Ordnung sei. Seine Spaziergänge wären selten von kurzer Dauer und bei einer solchen Situation wäre es sicher noch schwieriger, sich von dem mentalen Ballast zu befreien, als an normalen Tagen, an denen keine Entscheidung über ein Menschenleben getroffen werden musste. Sicher hätte er nur einige besonders lange Wege gewählt, wäre vielleicht in einem Laden etwas länger gewesen, um sich aufzuwärmen.

Es gab dutzende Erklärungen für das Fernbleiben und doch spürte sie ein Gefühl des Unwohlseins. Wenn es nur nicht so stark schneien würde, dachte sie sich. Dann gäbe es keinen Grund zur Besorgnis. So aber stand sie immer mal wieder auf, versuchte aus dem Fenster der Küche zu sehen, ob David auf dem Weg zurück zur Wohnung war. Aber die großen Schneeflocken, die beinahe die Hälfte ihrer Handfläche abdecken könnten, verboten ihr, auch nur grobe Teile der Straße zu sehen. Sie würde sich wohl gedulden müssen, ging es ihr durch den Kopf.

Auch wenn die vernünftige Stimme in ihrem Kopf zumindest so erfolgreich war, dass Esther sich nicht ebenfalls etwas überzog und das Haus verließ, um nach David zu suchen, konnte sie nicht verhindern, dass sie zur Wohnungstür ging, ihre Ohren an das dünne Holz legte, um zu hören, ob die Tür des Hauses geöffnet wurde. Das tat sie einige Male in der Hoffnung, ihr Gehör würde seine Rückkehr melden. Der Hausflur blieb jedoch stumm. Wenn man einmal von der Stimme Jaffkes absah, die von seiner Wohnung kam. Anscheinend unterhielt er sich entweder mit sich selbst oder hielt Rombrecht einen Vortrag. Das sollte ihr Recht sein, solange er nur eine gute Entscheidung traf.

Kurz darauf hörte sie ein leises Kratzen. Es war kaum hörbar und sie war sich zu Beginn nicht sicher, ob es wirklich von der Tür stammte oder sie es sich eingebildet hatte, aber es klang wie Schritte.

Das musste er sein, dachte sie sich und lächelte.

Ihr Herz atmete erleichtert aus, dass ihm nichts geschehen war. Sie haderte kurz mit sich, ob sie die Tür öffnen und ihn freudig begrüßen sollte oder ob sie sich lieber setzte, erst einmal abwartete, wie sich seine Stimmung gewandelt hatte und dann gegebenenfalls fröhlich über seine Rückkehr reagierte. Sie überlegte hin und her, weil es doch keine richtige oder falsche Wahl in dieser Frage gab.

Letztendlich konnte sie sich nicht einigen. Darum blieb sie in der Tür zur Küche stehen und wollte sich spontan entscheiden, sobald David hereinkam. Entweder sie würde ein Übermaß an Glück verspüren und ihn begrüßen oder sie würde reserviert sein und sich auf einen der Stühle setzen.

Sie wartete. Erstaunlich lange brauchte David für den Aufstieg. Sonst war er immer schneller und seine Schritte deutlicher zu hören, oder etwa nicht? Bildete sie sich das nur ein? Vielleicht war der Schnee Schuld daran, dass sie ihn nicht hören konnte.

Doch dann waren da mehrere Schritte gleichzeitig, als würden einige Personen nebeneinander die Treppen hochgehen. Auch ein Flüstern meinte sie vernommen zu haben, das sicher leise angedacht, aber zu laut ausgesprochen wurde. Was ist denn los, fragte sie sich.

Mit vorsichtigen Schritten ging sie zur Tür. Wie von einem inneren Automatismus getrieben, hob sie ihren Kopf an die Stelle, an der viele Türen ein Guckloch haben, fluchte aber im nächsten Moment, als sie sich bewusst wurde, dass diese Tür ebenso modern war, wie das ganze Haus und über kein solches Loch verfügte. Sie musste die Tür öffnen, um zu sehen, was vor sich ging.

Sie legte die Hand auf die Klinke ihrer Wohnungstür, drückte sie langsam runter, bemüht, wenig Geräusche zu machen, öffnete sie einen Spalt, der groß genug war, dass sie mit einem Auge hindurchsehen konnte. Sie sah nichts. Nur die Tür von Jaffke, die unberührt blieb. Er musste zu sehr in sein Gerede vertieft sein, um die Geräusche zu hören, sonst wäre er bereits lautstark herausgekommen.

Dann wurden die Schritte etwas lauter und kamen näher. Vielleicht wollte David ihr einen Streich spielen? Falls dem so wäre, könnte er sich etwas anhören. Sie erst in Sorge zu versetzen und ihr dann auch noch übel mitspielen zu wollen.

Sie öffnete die Tür noch einen Spalt weiter, sodass sie nun seitlich ihren Kopf ein kleines Stück hinausstrecken konnte. Ja, sie war sich sicher, da waren mehrere Schritte zu hören. Neugierde keimte in ihr auf, wer denn bei diesem Schneetreiben ihr Haus betreten würde. Ob jemand Schutz vor der Kälte suchte oder gar Hilfe brauchte? Es wäre verständlich, immerhin hatte sie David selbst noch davor gewarnt, sich raus zu begeben.

Esther schob die Tür noch ein wenig weiter auf und hörte, dass es mehrere Personen sein mussten, wie viele, konnte sie aber nicht sagen.

Sie trat aus der Tür heraus in den Hausflur, weil sie von oben herab sehen wollte, wer da kam, als sie direkt von einer männlichen Hand gepackt wurde, die ihr den Mund zuhielt, sie zurück in ihre Wohnung drängte und die Tür hinter sich schloss.

Esther erschrak fürchterlich. Ein leiser Schrei entglitt ihr, der durch die Hand auf ihrem Mund kaum zu hören war. Sie blickte die Person an, die sie festhielt.

Ein Polizist.

»Esther Seligmann?«

Sie nickte.

»Bitte bleiben Sie ruhig. Es tut mir leid, Sie erschreckt zu haben, aber meine Kollegen sind auf dem Weg zu Rombrecht. Ist er noch in der Wohnung gegenüber?« Er ließ sie los.

Erneut nickte sie.

»Gut«, sagte der Mann, dessen Namen sie nicht kannte. Dann öffnete er die Tür ein Stück, nickte einige Male stark und schloss sie wieder. »Sie müssen von der Tür weg. Gehen Sie bitte hier rechts in den Raum. Es wird gleich vorbei sein.«

Esther war perplex und wusste nicht, was geschehen war.

Die Polizei? Jetzt? Warum?

Dennoch folgte sie der Anweisung, während sie sah, wie der Polizist durch die Tür wieder auf den Hausflur ging. Dort waren inzwischen zwei weitere Beamte versammelt und schickten sich an, in die Wohnung von Jaffke zu gehen. Dann zog der Polizist, der ihr den Mund zugehalten hatte, die Tür hinter sich zu.

Von da an hörte sie, wie die Polizisten an die Tür Jaffkes klopften, er mit seinen Krücken zur Tür ging, sie öffnete, fragte, was passiert sei und schon entstand ein ohrenbetäubendes Gebrüll. Unterschiedliche Stimmen schrien lauthals, wo Rombrecht sei, dass sie wüssten, er wäre in der Wohnung und kurz darauf kam ein lautes "Hier! Hier ist er!".

Dann ging alles ganz schnell. Selbst Jaffke musste überrumpelt gewesen sein, denn anders als zu erwarten gewesen wäre, schrie er nicht, sondern hatte die Polizisten schlicht gewähren lassen.

Nur Augenblicke später färbten sich die eben noch düsteren, bedrohlich wirkenden Stimmen in heiteres Gelächter. Wieder hätten sie einen von ihnen, sogar ein ganz besonderes Exemplar, verkündeten sie lautstark. Auch Jubel war zu hören und man schien sich gegenseitig zu gratulieren. Dann kamen die Männer aus Jaffkes Wohnung heraus, was Esther durch die näher kommenden Stimmen registrierte, und gingen die Stufen herab. Ihr munteres Gespräch entfernte sich von ihrer Wohnungstür.

Esther verstand nicht, was vor sich ging. Unmöglich konnte sie nur tatenlos geschehen lassen, wovor sie sich die letzten Stunden fürchtete. Die schiere Vorstellung, das verdiente Ende des gespielten Prozesses mit Jaffke nicht miterleben zu können, sich umsonst so verausgabt und für einen Menschen eingesetzt zu haben, nur um einer finalen Entscheidung beraubt zu werden, riss sie aus der Lethargie.

Sie lief zur Tür, riss sie auf, und rannte die Treppe herunter. Sie wollte Antworten, verstehen und wissen, was zum Teufel geschehen war. Jaffke, der am Geländer im Hausflur stand und nach unten blickte, schaute sie fragend an. Auch er war nicht in der Lage, ihr eine Erklärung zu liefern. Sie hielt sich deshalb nicht mit ihm auf, sondern rannte den Polizisten hinterher, die einen schimpfenden und schreienden Rombrecht immer weiter weg vom Ort brachten, der eigentlich ein Gerichtssaal für ihn sein sollte.

Eilig nahm sie die Stufen hinab, sprang sogar von der drittletzten Stufe herunter, um das sich gleichmäßig anhörende Tempo der Polizisten mit ihrer Beute zu Nutzen machen und aufholen zu können.

»Halt! Warten Sie«, rief sie, als sie nur noch eine Treppe von den Polizisten entfernt war, die bereits das Erdgeschoss erreicht hatten, und sah, wie zwei Polizisten Rombrecht an den Armen festhielten. Der andere Mann, der Esther zuvor die Hand auf den Mund gelegt hatte, hielt den übrigen Polizisten die Tür auf. Alle drei ignorierten die Rufe und das Gezappel Rombrechts und tauschten weiterhin Lobpreisungen für die Festnahme aus. Ihnen musste etwas ganz Spektakuläres gelungen sein, wie es Esther schien. Vielleicht war Rombrecht der größte Fisch, den sie in der jüngsten Zeit an der Angel hatten und würden ihn sicher nicht wieder freiwillig gehen lassen.

»Was denn, was denn? Warum die Eile?«, fragte der Polizist, der eben noch in Esthers Wohnung war, und sich auf ihren Ruf hin zu ihr umdrehte.

»Was machen Sie? Woher wussten Sie, dass er hier ist?«, fragte Esther hektisch, während sie die letzten Stufen hinab überwand. Die Fragen platzten einfach aus ihr heraus. Schnell wurde ihr klar, dass sie damit vor den Polizisten zugab, von der Anwesenheit Rombrechts gewusst und sich so möglicherweise strafbar gemacht zu haben. Aber ihr Drang nach Antworten war größer als ihre Vorsicht.

»Seien Sie doch froh, werte Frau, dass Sie diesen Plagegeist los sind. Sie haben genau das Richtige getan!«, sagte der Polizist, während sich der ganze Trupp nach draußen bewegte.

»Ich habe überhaupt nichts getan!«, wehrte sie sich gegen die Anschuldigung. Sie lasse sich nicht ankreiden, etwas mit dieser Aktion zu tun und die Polizei gerufen zu haben! Jaffke hatte noch nicht entschieden!

»Wie bitte?«, fragte der Polizist in sehr lautem Tonfall. Der Schneesturm, der vor dem Haus tobte, schien die Worte Esthers nicht an das Ohr des Polizisten zu transportieren, sondern regelrecht zu schlucken. Esther musste näher herangehen, wenn sie wissen wollte, was gerade passiert und wie der Kommentar des Polizisten gemeint gewesen war. Sie folgte ihnen daher hinaus auf die Straße und hörte hinter sich die Tür zuknallen.

»Was haben Sie gesagt?«, fragte der Polizei in halb schreiendem Ton. Er wartete auf dem Bürgersteig auf sie, blickte aber gleichzeitig auf seine Kollegen, die Rombrecht ein Stück weit die Straße hinauf brachten.

»Wie haben Sie das eben gemeint?« Auch Esther musste die Lautstärke ihrer Stimme steigern, um gegen das Schneegestöber ankommen zu können.

»Wie bitte?«, begann der Polizist erneut, nachdem er seinen Kopf sehr nah zu ihrem Ohr bewegt hatte, »Warten Sie hier! Ich öffne meinen Kollegen nur kurz die Wagentür, dann komme ich zurück.«

Er zeigte mit dem Daumen seiner rechten Hand in die Richtung, in die vermutlich der angesprochene Wagen stehen musste. Warum sie nicht näher am Haus geparkt hatten, wusste Esther zwar nicht, aber vielleicht hatten die Beamten Angst gehabt, jemand würde ihre Ankunft Rombrecht melden.

Esther fiel es schwer, den Wagen auszumachen, da die Armee

der Schneeflocken weiterhin unentwegt marschierte und vom Sturm durcheinander gewirbelt wurden. Sie schaute dem Polizisten nach, wie er sich zügig von ihr entfernte, während sie den eisigen Wind bemerkte, der jede Ritze ihrer Kleidung zu nutzen schien, um mit ihrer nackten Haut in Berührung zu kommen. Weiter weg sah sie die groben Umrisse dreier Gestalten, die sich auf einen dunklen Kasten, vermutlich dem Polizeiwagen, zubewegten. Zuerst waren die Figuren sehr breit, liefen also nicht unmittelbar hintereinander, aber als sie zum Stehen kamen, dachte Esther, dass sich auf einmal die Tür zur Straße hin öffnen würde und noch eine vierte Person zu sehen gewesen wäre. Der Polizist, mit dem sie sprach, war es dann, der eine weitere Tür des Wagens öffnete, wie es den Anschein hatte. Plötzlich sah sie, wie sich die dunklen Figuren wild bewegten. Ein Gerangel entstand, in Folge dessen eine Person zu Boden ging. Währenddessen löste sich eine andere. Sie konnte nicht erkennen, wer in diesem Durcheinander die Oberhand behielt oder was geschehen war, aber die Momente des Chaos konnten sie nicht zu einer Bewegung zwingen. Sie war überrascht über diesen Ausbruch an Hektik vor ihr, beugte sich ein Stück nach vorne, in der Hoffnung, besser sehen zu können, was da passierte. Es war schwer auszumachen, wer im Schnee lag, aber sie sah deutlich, wie auf einmal jemand sich ihr rennend näherte.

»Stehenbleiben! Haltet ihn!«, schrie eine männliche Stimme von weiter weg und noch bevor Esther begreifen konnte, was sich am Polizeiauto abspielte, ertönten bereits zeitversetzt drei Schüsse, die das Schneetreiben durchschnitten. Sie zuckte automatisch wegen der lauten Knalle zusammen, die kaum durch den Schnee gedämpft auf ihren Gehörgang prallten und ihr das Gefühl gaben, jemand hätte ihr mit voller Wucht mit der flachen Hand auf die Ohren geschlagen. Ein schriller Ton entstand, den nur sie hören konnte, während sie der Schockstarre verfiel: Ihr Körper verspannte sich, die Muskeln gingen in Streik, ihr Kopf zeigte nur eine leere Wand.

Als sei die Zeit angehalten, war jeder Gedanke an Bewegung erloschen. Nur ihre Augen waren noch funktionsfähig und fokussierten sich auf das Gesicht des Mannes vor ihr, der auf sie zu rannte, nur noch einen Meter von ihr entfernt war und dann, in Begleitung von Esthers Blick, vor ihr zu Boden fiel. Es war eben jener Mann, den sie genau vor diesem Ende bewahren wollte: Rombrecht — tot.

Ein Schmerz, dessen Kraft sie ebenfalls auf den Boden warf, erfüllte sie im nächsten Moment. Sie hatte es wirklich versucht, hatte alles getan, was sie in der Lage war zu geben. Aber es reichte nicht. Sie hatte sich umsonst für sein Leben eingesetzt und gegen das Unvermeidbare gestellt. War sie gescheitert oder waren die Karten der Umstände von vornherein gezinkt? Hätte sie seinen Tod verhindern können, wenn sie sich früher aus der Wohnung begeben oder die Polizisten daran gehindert hätte, ihn mitzunehmen?

Fragen über die Zwecklosigkeit ihrer Bemühungen begleiteten sie, als sich der Schnee um ihren Körper rot färbte.

»Esther!«, hörte sie jemanden rufen, während sie merkte, wie die Kälte sie immer mehr umarmte. Es ging alles so schnell, dass sie kaum begreifen konnte, dass ihr Körper ihr nicht freiwillig den Dienst verweigerte. Auch als die Person, die eben ihren Namen schrie, zu ihr rannte, sie in seine Arme nahm, spürte sie nicht, wie Kraft und Kontrolle den Weg zurück in ihren Körper fanden. Mit jedem Tropfen ihres Blutes, verschwand ein Teil der inneren Wärme, die sie ausmachte. Schwer atmend blickte sie in Davids Augen, die sich mit endlosen Tränen füllten.

»Was hast du getan?«, flüsterte sie mit brüchiger Stimme, die ebenso versiegte, wie es ihr Leben nur wenige Augenblicke später tat.

Epilog - Mein Abschied

Die letzten Zeilen einer Geschichte sind es, mit denen man sich von jenen trennt, die einem das Vertrauen schenkten, sich in Ruhe hinzusetzen und von der ersten bis zur letzten Seite in fremde Leben zu versinken. Auch ich wünschte, ich könnte diese Erzählung in das Reich der Fantasie verordnen und mit dem letzten Buchstaben hinter mir lassen. Manchmal ist dieser Drang so groß in mir, das letzte Kapitel meines und dieses Lebens abzuschließen, dass ich zu zittern beginne. Ich spüre dann, wie mein Herzschlag unregelmäßig wird und mit jedem Pochen zu rufen scheint, es dürfe nicht sein. Noch höre ich darauf. Immerhin hat das in mir überhaupt erst den Wunsch geweckt, diese Geschichte, Esthers und die meinige, zu erzählen. Ob ich gut daran tat oder es eher hätte lassen sollen, vermag ich an dieser Stelle nicht zu beurteilen. Aber es hat ein wenig geholfen, so viel weiß ich.

Etwas mehr als vier Jahre sind inzwischen ins Land gezogen, seit jenem Tag, an dem ich sie in den Armen hielt. Ich bin mittlerweile ausgezogen, um nicht mehr an das Haus und die Straße erinnert zu werden. Lediglich einige Begegnungen mit Jaffke sind es, die mich zurück in die Zeit reisen lassen. Manchmal unterhalten wir uns sogar über die Welt, die sich um uns herum aufbaut. Er fragt nach, wie es mir in der Schule geht und ob die Schüler nett zu mir sind. Ich frage ihn, wie es seinem Bein geht; er beugt sich herunter, klopft auf seine Prothese und sagt, er genieße die Freiheit. Ich freue mich für ihn.

Wir sind zwar keine Freunde geworden in dieser langen Zeit, aber uns verbindet eine gemeinsame Vergangenheit und er half mir, diese Geschichte zu erzählen.

Als ich mich damals dazu entschied, die Wohnung zu verlassen, räumte ich alle Schränke aus. In dem kleinen Nachtisch neben ihrem Bett, unter einigen Taschentüchern, fand ich ihr Tagebuch. Vermutlich ist das nicht der richtige Begriff für die lose Sammlung an Blättern, auf denen Esther ihre Gedanken schrieb. Wie man die Schriftstücke aber auch immer nennen möchte, ich sah sie und wusste sofort, was sie zu bedeuten haben: Jeder von uns, sowohl sie als auch ich, hatten es uns zur Tradition gemacht, einmal am Tag in uns zu gehen und niederzuschreiben, was uns bewegt und was in unseren Köpfen vor sich geht. Hiermit begannen wir bereits kurz nach unserer Ankunft in Hebräu. Wir versprachen uns, sie am ersten Jubiläum unseres neuen Lebens auszutauschen, um die Entwicklung zu sehen, die wir in diesem einen Jahr machten.

An jenem Tag vor drei Jahren saß ich alleine auf meinem Bett in meiner neuen Wohnung, hatte eine Kerze angezündet, sie neben den Pfundkuchen gestellt, den ich zum Jubiläum buk und versuchte ein erstes Mal, ihre Gedanken zu lesen.

Es ging nicht. Bereits beim ersten Wort erklang ihre Stimme in meinem Gehörgang, als hätte sie sich auf meine Schulter gesetzt. Auch ihre Gesichter erschienen mir: sowohl das vom Tag der ersten Begegnung als auch der letzten.

Es zerriss mir alles.

Ich probierte es immer wieder in den Monaten danach, aber ich fand nie die Kraft, über die ersten Sätze hinauszukommen, ohne in Weinkrämpfe zu verfallen und das schwarze Loch in meinem Herzen zu spüren, das durch ihr Ableben entstanden ist.

Vor einem Jahr war es, als ich Jaffke auf meinem Heimweg von der Schule traf. Er wollte wissen, ob ich inzwischen wieder eine Frau hätte oder ob ich noch trauere. Da brach es aus mir hervor und ich erzählte ihm, dass ich mich von den Erlebnissen nicht befreien kann. Sie schütteln mich, zerren mich zu Boden und schlagen auf mich ein wie eine kriminelle Bande, die mich bestehlen will. Ich muss dabei laut gesprochen haben, da er sich immer wieder peinlich berührt umsah, wie die Menschen um uns herum auf das Gesagte reagierten.

Dann erzählte ich ihm von Esthers Tagebuchzetteln und wie ich daran scheiterte, sie zu lesen. Er riet mir, ich solle sie einfach wegpacken, um weiterleben zu können. Doch das konnte ich nicht. Ich war es ihr schuldig, mich diesem Schmerz zu stellen, immerhin war ich selbst dafür verantwortlich. Außerdem hatte ich mir da bereits in den Kopf gesetzt, dass ich die Erlebnisse am ehesten verarbeiten könnte, indem ich sie von meinem Herzen an ein Bündel Seiten binde. Ich wollte darüber schreiben, wie es ihr und mir ergangen ist, wollte meine Erinnerungen zu Eindrücken für andere Menschen machen, um die Last von meinen Schultern zu nehmen. Aber dafür musste ich Esthers Gedanken kennen, denn meine eigenen losen Zettel, die ich in jener Zeit schrieb, waren einfach nicht genug — es war nicht nur meine Geschichte. Es war unsere.

Jaffke bot von sich aus an, ich solle ihm erzählen, was ich zu schreiben gedenke und er würde passende Gedanken von ihr mit einem Kreuz markieren. Er kam danach immer mal wieder in meine neue Wohnung und fasste mir den Inhalt der einzelnen Tagebuchseiten zusammen. Wir rätselten gemeinsam, welche Stellen nützlich wären und die übernahmen wir dann von ihren Seiten. Auf diese Weise, in Verbindung mit Jaffkes eigenen Erinnerungen, entstand nach und nach dieses Buch. Ich bin ihm dankbar dafür.

Ich weiß nicht, ob es in Esthers Sinne war, welche Teile ihrer Sammlung nun unter ihrem Namen in diese Geschichte eingeflochten wurden. Gleichsam kann ich nicht sagen, ob sie mit der Wahl meiner Aufzeichnungen als Kapitel einverstanden wäre. Ich kann es nur hoffen.

Ich weiß noch nicht einmal, ob sie damit einverstanden wäre, überhaupt eines ihrer Worte zu benutzen. Ich erwähnte bewusst nicht ihre alltäglichen Leiden und Alpträume. Aus Rücksichtnahme. Ich wählte lediglich die Abschnitte, die mich im Fokus hatten, um ihre Privatsphäre so gut es ging zu schützen. Gleichzeitig musste ich etwas von ihr offenbaren, um nicht nur meine Sicht der Ereignisse zu erzählen. Ich wollte ihr gerecht werden und der Welt zeigen, was für ein einzigartiger Mensch einmal diese Erde beschritt. Sagt man nicht, wenn man über eine Person schreibt, könne sie ewig leben?

So ein Denkmal hatte ich im Sinn.

Ich wünschte schlussendlich nur, ich könnte Esthers und meine Geschichte mit einem fröhlicheren Ende versehen. Aber ich denke, sie hatte mit einer Sache recht: Für die Dinge, die geschehen sind, kann es keine Gerechtigkeit, keine gute Wendung geben. So sehr wir sie uns auch wünschen und verdienen.

Es bleibt uns daher nur, alles Menschenmögliche zu tun, um nie wieder in solche Abgründe blicken zu müssen. Damit keine Generation nach uns jemals wieder so zu leiden hat.

Über den Autor

Sven Hensel wurde am 23.10.1987 in Stralsund geboren, zog dann in seiner Jugend nach Leverkusen, wo er sein Abitur machte und kurz darauf Deutsch und Englisch studierte. Er ist ein gesellschaftskritischer Autor, der soziale Missstände in einer literarisch ansprechenden Form behandelt. Für ihn ist es von großer Bedeutung, Probleme unserer Zeit mittels feinfühliger Analysen zu ergründen und ein Bewusstsein für seine LeserInnen zu schaffen. Neben seinen Büchern ist er vor allem noch für seinen Blog bekannt.

Mehr Informationen zum Autor, seinen Werken und den Blog finden Sie auf: www.svenhensel.de

Social Media

Instagram: @AutorSvenHensel
Facebook: @AutorSvenHensel

Weitere Werke

Allein im Miteinander (Theaterstück)
Getriebene (Theaterstück)
Ins Ungewisse (Kurzgeschichten)
Im Kreuzfeuer (Novelle)

Alle diese Werke sind exklusiv über Amazon als Taschenbuch oder im Kindle-Format zu erhalten.